El final del hombre

Crimen y Misterio

Biografía

Antonio Mercero Santos nació en Madrid. Es uno de los tres integrantes del pseudónimo Carmen Mola (junto con Jorge Díaz y Agustín Martínez), ganadora del Premio Planeta 2021 con la obra *La Bestia*, a la que siguió *El Infierno*, y escritora de las novelas *La novia gitana*, *La Red Púrpura*, *La Nena*, *Las madres* y *El Clan*, la exitosa saga de la inspectora Elena Blanco. Periodista de formación, Mercero lleva más de veinticinco años escribiendo películas (*15 años y un día*, *Felices 140*, *Invisibles*) y series de televisión (*Farmacia de guardia*, *Hospital Central*, *Seis hermanas*, *Hache*, *Monteperdido*, *Tramuntana*). Con su propio nombre ha publicado las novelas *La cuarta muerte*, *La vida desatenta*, *El final del hombre*, *El caso de las japonesas muertas* y *Pleamar*, además de la novela gráfica *El violeta*. *Está lloviendo y te quiero* es su última obra.

Antonio Mercero

El final del hombre

Serie Sofía Luna, 1

Planeta

PEFC Certificado

Este libro procede de bosques gestionados de forma sostenible

PEFC

PEFC/14-38-00305

www.pefc.es

eBook DISPONIBLE

Esta edición se ha publicado gracias al acuerdo con Hanska Literary&Film Agency, Barcelona, España

Avda. Diagonal, 662-664, 08034 Barcelona (España)
www.planetadelibros.com

Diseño de la cubierta: Booket / Área Editorial Grupo Planeta
Imagen de la cubierta: Shutterstock
Primera edición en Colección Booket: octubre de 2025

Depósito legal: B. 13.886-2025
ISBN: 978-84-08-30982-6
Composición: Realización Planeta
Impreso en España

I

La noche de San Isidro

Estaba muerto. Disfrutando de los fuegos artificiales.

(Del diario de Mara, nunca encontrado por la policía)

1

El mundo es de las mujeres. Un velo separa esta verdad de la comprensión de los hombres, y en algunos hogares y oficinas se guarda todavía como un arcano.

En casa de los Bálmez, por ejemplo, la noche de San Isidro los gritos empezaron más tarde de lo normal. Llegaron con claridad hasta el cuarto de baño, donde Mara se estaba lavando los dientes y pensaba que tal vez podría bajar al salón a ver la tele un rato con sus padres. Pero no. La mecha había prendido mientras recogían los platos de la cena.

A Mara le pareció que su madre se defendía con mucha vehemencia, como si hubiera decidido plantarse de una vez por todas. Le gustó la novedad, pero a la vez le dio miedo. Se refugió en su habitación y, a través de la ventana, vio que el chalé de Jon seguía a oscuras. Lamentó haberle prestado su móvil, ahora no podía comunicarse con él.

Del piso de abajo llegó el estrépito de algo que se rompía. No era un vaso, ni un jarrón. Tal vez el marco de una foto. ¿La de ella subida a un caballo? ¿La de ella y

Alejandra en la playa, tendidas en la arena y enterradas hasta el cuello? Esperaba que no, esa le gustaba mucho y las fotos desaparecían cuando estallaba el cristal del marco en alguna discusión. Su madre podría comprar otro marco y colocar la foto de nuevo, pero nunca lo hacía.

Cada vez quedaban menos fotos enmarcadas. Ya había desaparecido la de ella de bruja en la última fiesta de Halloween, y también fue retirada la mejor de todas: ella soplando las velas de su tarta de doce años. En esa imagen salía junto a Jon, guapo y sonriente, cómplice secreto y feliz de estar a su lado. Por eso era su favorita. Ese fue el día de la revelación más importante de su vida: Jon salía con su hermana Alejandra no porque le gustara, sino por poder estar cerca de ella, de Mara. Como todavía era una adolescente y él tenía veintitrés años no podían salir juntos, pero él estaba dispuesto a esperar lo que hiciera falta, hasta que la diferencia de edad entre ellos se notara menos. Pobre Alejandra, pensaba Mara, no sabe que Jon la está utilizando como excusa para mantener el contacto conmigo. A veces, solo a veces, una brisa de sensatez le insinuaba que sus pensamientos eran una mera fantasía, que Jon la trataba con cariño porque era la hermanita de su novia y tenía que ganar puntos. Pero prefería pensar lo primero. Un ruido sordo, tremendamente amplificado, golpeó el silencio y Mara contuvo la respiración. Apenas duró unos segundos, hasta que brotó el llanto de su madre, un llanto que era un amasijo de lágrimas, insultos y palabras de súplica. Mara se alegró de tener consigo el iPod de su hermana. Cuando se quedaba sola lo cogía para poder protegerse en caso de que comenzara una discusión. Se colocó los auriculares y puso la música a todo volumen, hasta que le comenzaron a doler los oídos.

Miró por la ventana y, ahora sí, vio que había luz en el jardín del chalé vecino. Le habría gustado poder mandarle un mensajito a Jon y verificar que ya estaba en casa. De todos modos, era fácil imaginárselo en el columpio del jardín fumándose un canuto, como hacía cada noche antes de acostarse. ¿Le daría una calada como hizo en las últimas Navidades?

Se puso un jersey. Todo estaba en silencio. Al salir de su cuarto presintió el llanto ahogado de su madre, que se había metido en el dormitorio. También le pareció oír a su padre preparándose una copa en la cocina. Bajó la escalera con sigilo y salió a la calle. A dos pasos estaba el chalé de Jon. No necesitó llamar al telefonillo porque habían dejado la puerta entornada.

La bombilla del porche le daba al jardín una luz tenue, de bodegón. Vio a Jon en el columpio, la cabeza apoyada en el hierro superior, como si estuviera contemplando las estrellas. Saludó en voz baja. No recibió respuesta, pero no había nada raro en eso: estaba acostumbrada a los silencios melancólicos de Jon. Se sentó junto a él y el columpio se meció suavemente.

Jon tenía un cuchillo hundido en el abdomen. La empuñadura blanca, de nácar, resaltaba en la oscuridad. También tenía sangre en las comisuras de los labios, como si hubiera regurgitado un poco.

Mara comprendió que estaba muerto. Se figuró que lo más normal era avisar a su padre. Pero no se atrevió a hacerlo. Pensó en salir corriendo de allí. El asesino podía estar registrando la casa. Podía estar escondido en el jardín. Pero se dio cuenta de que no tenía miedo. Lo que más le apetecía era quedarse un rato en el columpio junto a Jon.

Se acurrucó en su pecho y le acarició la barba de tres

días que a él le gustaba llevar. Se concentró en esquivar el reguerito de sangre que le caía de un labio.

A las doce empezaron los fuegos artificiales de San Isidro. Proyectándose al futuro, en un ejercicio que Jon le había enseñado a practicar, Mara supo que ese instante lo iba a recordar toda la vida.

2

La llamada se produjo a las nueve menos cuarto de la mañana. La atendió Andrés Moura, el oficial que estaba de guardia, preparándose ya para el cambio de turno. Una patrulla de zetas se había presentado en un chalé de la colonia del Manzanares, tras el aviso de una mujer con acento latino que decía entre jadeos y sollozos que habían matado al niño, que tenía un cuchillo clavado en la tripa, que estaba muerto y congelado de frío. Que por favor fueran cuanto antes. Los municipales tenían ya la zona acordonada.

El oficial Moura vio llegar al comisario un poco antes de su hora. Desde que había problemas en la Brigada de la Policía Judicial, madrugaba más de la cuenta. Manuel Arnedo torció el gesto al recibir el mensaje y lamentó lo inoportuno que era este homicidio. Sobre su mesa se apilaban los datos de las últimas revelaciones de la prensa: varios comisarios estaban acusados de favorecer los negocios de un empresario chino con conexiones mafiosas. Gálvez, el jefe superior de Madrid, le había pedido un informe sobre el tema, que llevaba varios días llenando páginas en los medios.

Además, las redes sociales ardían cada semana con denuncias de excesos policiales contra manifestantes. Había nervios, la conducta de la policía se examinaba con lupa.

En estas circunstancias, la investigación de un homicidio en un barrio acomodado de Madrid llegaba en el peor momento posible. La atención mediática que siempre acompañaba a estos casos multiplicaba el estrés en el trabajo. Los superiores querían resultados cuanto antes, y para eso era necesario doblar turnos y pedir a la gente un esfuerzo adicional.

El comisario Arnedo se quitó las gafas y se frotó los ojos. Un gesto aprendido, más que otra cosa, porque a esas horas, después de una ducha de agua caliente y de dos tazas de café bien cargado, no podía sentir el menor indicio de fatiga. Descolgó el teléfono y pulsó un botón. El timbre no había sonado tres veces cuando la impaciencia le hizo colgar y salir del despacho.

—Moura, ¿ha ido alguien al lugar del crimen?

—Estévez y Lanau.

—¿Carlos Luna no está?

—Entra a las nueve.

—Avísale, que vaya directamente a ver el cadáver. Quiero que se ocupe él de la investigación.

—¿Y Laura Manzanedo?

—También, que vayan los dos.

—Ahora mismo les aviso. Parece usted cansado, comisario.

—Ayer estuve dos horas en la pradera de San Isidro bailando el chotis con mi mujer. ¿Qué te parece?

—Mi madre también estuvo.

—Dos horas bailando a mi edad. Eso sí, tengo unas agujetas tremendas. Avísales, Moura, por favor.

Se metió en su despacho. Era verdad lo del chotis, pero había omitido el incidente con el chulapo, un hombre galante con demasiada querencia por bailar con su mujer. Arnedo consintió en que bailaran una vez, pero cuando vio que se disponían a bailar un segundo chotis intervino para reclamar lo que era suyo. Su mujer le recriminó su conducta de celoso posesivo. Sí, era un celoso posesivo. Un antiguo, como le dijo su mujer más tarde, ya en casa: «No entiendes los nuevos tiempos».

El comisario Arnedo miró en su móvil las fotos de la verbena de San Isidro. En una de ellas salía él con su mujer, los dos vestidos de chulapos. Le pareció que estaba guapo en la foto. Un hombre de los de toda la vida, que disfruta de un chocolate con churros y bailando un chotis con su esposa. ¿Tenía razón ella? ¿Se había quedado anticuado? Podía ser. Con los años, se había convertido en un dinosaurio en el trabajo y también en su matrimonio. Eran tiempos cambiantes, de maridos dóciles y cornudos y policías blandengues que no podían dar ni un porrazo.

II

La policía transexual

La paciente sufre un miedo cerval a comunicar el cambio de sexo a su hijo, lo que puede dificultar el desarrollo de su nueva condición.

(Notas privadas del doctor Coll
sobre Sofía Luna)

3

Se había figurado de otro modo su primer día como mujer. A las nueve menos cuarto estaría en el Registro Civil, esperando a que abrieran las puertas para entrar antes que nadie. Recogería su nuevo documento nacional de identidad, el que consagraba el cambio de nombre y de sexo. Se tomaría un café disfrutando de la felicidad del momento, y después acudiría a su puesto de trabajo para darle la sorpresa a todo el mundo. Había ensayado con el doctor Coll la previsible escena: el estupor inicial, la incomprensión de sus compañeros, el cabreo de su jefe, las mofas de los primeros días.

—Visualiza la peor de las situaciones posibles —le había dicho el doctor Coll—. ¿Qué es lo peor que te puede pasar?

Lo peor... Para ese tipo de ejercicios le habría gustado tumbarse en el diván, pero el doctor Coll no era amigo de esas parafernalias, que consideraba pasadas de moda. Él concebía la terapia como una charla de dos amigos, una charla asimétrica, pues solo uno hablaba de sus problemas mientras el otro escuchaba, asentía y de cuando en cuando aconsejaba. Pero, como decía el doctor, esa asimetría no se alejaba mucho de las amistades más usuales, en las que también hay una jerarquía más o menos sutil y un reparto de roles. Uno tiene los problemas y se queja por ello; el otro aconseja y ayuda en lo que puede. Así son muchas amistades, decía Coll, y así será la nuestra. Le gustaba este doctor por su falta de prejuicios, o por lo bien que los disimulaba, que para el caso es lo mismo. A los dos anteriores psiquiatras los había rechazado porque le daba la sensación de que pretendían curarle de una enfermedad. Y él no tenía ninguna enfermedad. Simplemente, había nacido con el sexo equivocado.

La ley le obligaba a ponerse en manos de un psiquiatra. Le costó un año de terapia conseguir el diagnóstico de disforia de género, requisito imprescindible para poder iniciar el tratamiento hormonal. Ese era el momento de decir adiós al psiquiatra y ponerse en manos de un endocrino. Sin embargo, se le hacía muy cuesta arriba afrontar los dos años de cambios hormonales sin la ayuda de la terapia, así que continuó visitando al doctor Coll, al principio una vez cada quince días, y finalmente una vez por semana. Eran muchos los temores que la asaltaban según se iban haciendo más visibles los cambios hormonales.

—¿Cuál es tu peor pesadilla? —le decía el doctor Coll—. ¿Te da miedo que alguien descubra antes de tiempo que te estás convirtiendo en una mujer?

Le daba miedo, sí, pero nadie lo descubrió. Le parecía increíble: tenía las manos más finas y menos velludas, la piel más tersa, por efecto no solo de las hormonas, sino también de la depilación láser, y las cejas, que antes componían un bosque enmarañado, ahora parecían dos rayitas pintadas. El crecimiento de los senos era más fácil de enmascarar debajo de las camisas holgadas, aunque alguna tarde en el vestuario, cuando se estaba cambiando, alguien podría haber observado el fenómeno. Nadie se fija mucho en nadie. Esa era la única explicación.

«Te noto un poco raro.» Esa frase sí la había oído dos o tres veces. Hasta ahí había llegado la suspicacia en su entorno.

El doctor Coll era partidario de no esconderse, de informar cuanto antes a todo el mundo de lo que estaba pasando. Natalia compartía esa opinión, pero ellos no conocían su entorno de trabajo. Era mejor esperar y dar la noticia como un hecho consumado.

Había tenido que llevar en secreto el sufrimiento por los efectos secundarios del tratamiento hormonal. Un par de noches se quedó dormido en plena vigilancia, algo que no le había sucedido nunca. La somnolencia, con lo embarazosa que podía llegar a ser en su trabajo, no era lo peor. En un interrogatorio a un inmigrante al que habían detenido con droga casi se echó a llorar al escuchar el relato de la vida que tenía ese hombre en su país: hijos abandonados, miseria, pobreza heredada de generación en generación. Muchos detenidos contaban milongas así para intentar ablandar a la policía. Lo normal era contestar con un sarcasmo o bien con la indiferencia más brutal. Por culpa de las pastillas, Luna se tenía que aguantar las ganas de llorar.

Tampoco era cómodo notar el hormigueo de la agresividad, todo el rato a flor de piel. Ya no estaba la vida policial para ir repartiendo mamporros por ahí. Los tiempos han cambiado, antes a un policía se le podía ir la mano con un sospechoso, y en los interrogatorios se arrancaban confesiones a base de palos.

Ahora, una sola hostia y te pueden buscar la ruina. En tres ocasiones tuvo que pedirle a Laura Manzanedo que siguiera ella con el interrogatorio, que él no podía. Se notaba a un segundo de liarse a golpes con el detenido. El endocrino le confirmó que la agresividad era uno de los efectos más usuales de las pastillas. También la hipersensibilidad. También la tendencia a la depresión. Cuántas veces la había llamado Laura por teléfono, de noche, para interesarse por su estado, pues le había notado triste todo el día.

No, no había sido fácil. Se había sentido muy sola en todo el proceso, apenas apoyada por Natalia, que la llamaba con frecuencia para ver qué tal iba todo y darle ánimos.

¿Qué es lo peor que te puede pasar? El doctor Coll le martilleaba con esa pregunta y le ponía a Natalia como ejemplo. Si su ex había aceptado la situación, todo el mundo podía hacerlo. ¿Quién puede reaccionar con más rabia a la noticia del cambio de sexo? Su mujer, la madre de su hijo. Ella sufría las consecuencias más directas: la separación, por descontado, pero también el sentimiento de estafa y el humillante engorro de contar por ahí que su marido era en realidad una mujer. Y, sin embargo, se lo había tomado bien. Daba que pensar: tal vez estaba asfixiada por un matrimonio que no quería; igual le gustó saber que si su vida juntos hacía agua no era por su culpa, por no saber quererle. Había una explicación rotunda que a ella la eximía de toda responsabilidad.

Si Natalia te acepta y te ayuda, decía el doctor Coll, también pueden hacerlo tus compañeros de trabajo. Pero es que Natalia le quería mucho y se gustaba siendo buena persona en las circunstancias más extremas. No, doctor Coll, en el trabajo no va a ser así. En el trabajo le van a dar palos, la van a acosar, se lo van a hacer pasar francamente mal. A la gente le gusta reírse de los que son distintos, la tolerancia no existe salvo como palabra altisonante que todos podemos invocar de vez en cuando. La vida es una mierda, doctor Coll.

No le importaba más de la cuenta. Había reunido el coraje necesario para enfrentar las mofas y las trabas. Estaba dispuesta a defender su felicidad. Con el carné de identidad en la mano, sentía que por primera vez en sus cuarenta años de vida era feliz. Sofía Luna González. Eso decía el carné. Sexo: mujer. Pero se había figurado un sentimiento de euforia más duradero. Un desayuno largo, una llamada telefónica a Natalia para informarle de que ya estaba hecho, ya era oficialmente una mujer. Al salir del Registro Civil vio que tenía cinco llamadas de Laura en el móvil. Escuchó el mensaje del buzón de voz: había un chico muerto, un asesinato. Ella se dirigía al lugar del crimen, un barrio de chalecitos muy cerca del río, en la colonia del Manzanares. Le esperaba allí. El mensaje cambiaba por completo el signo del día. Ahora tenía que presentarse no en la Brigada, sino en el lugar de un crimen. ¿Podía ir vestido de mujer y desconcertar a sus compañeros en los primeros pasos esenciales de una investigación? No podía. Tenía que ir a casa y cambiarse de ropa, quitarse la peluca y el maquillaje, vestirse de hombre y alargar un día más su vida masculina. Los ensayos con el doctor Coll no habían servido de nada. No se les ocurrió anticipar este escenario, un crimen inesperado, atroz, y ella apareciendo de mujer en ese ambiente.

El teléfono vibró y Sofía miró la pantalla esperando encontrar el nombre de Laura. Era Natalia. Respondió al instante.

—¿Ya? —sonó una voz alegre al otro lado.

—Sí. Ya tengo el DNI.

—¿Lo has olido?

—No.

—Huélelo. Las cosas bonitas se huelen. ¿No hueles los libros?

—Supongo que huele a plástico. Pero no lo voy a oler.

—¿Me invitas a un café? Me apetece verte. Quiero ver ese DNI.

—No puedo, cariño. Tengo trabajo. Un muerto.

—Vaya, qué mala suerte. Empiezas bien tu nueva vida.

—Eso parece.

—¿Cuándo se lo vas a contar a Dani?

—No lo sé.

—Yo sí lo sé. Se lo vas a contar ya. Esta noche. Como muy tarde mañana.

—Tengo un caso nuevo. No sé si voy a tener tiempo.

—Carlos, déjate de excusas.

—¿Carlos?

—Perdón. Sofía. Todavía no me he acostumbrado.

—Hablaré con Dani cuando pueda. ¿Vale?

—No dejes de hacerlo. Es muy importante para él. Y para ti también.

—Lo sé.

—Y esta noche no hagas planes, que me paso por tu casa. ¿Tienes vino?

—Creo que había una botella.

—¿Crees? Llevaré una por si acaso. No podría soportar que no tuvieras nada.

—¿Tan ansiosa eres con el alcohol?

—No soy ansiosa, idiota. Quiero brindar por tu nuevo sexo. Y se brinda con alcohol.

—Ya sabes que con las pastillas no puedo beber mucho.

—Pues esta noche te vas a tomar una copa conmigo. ¿Estás contenta?

Sofía se quedó pensando la respuesta.

—¿Estás ahí?

—Sí.

—Te he preguntado si estás contenta.

—Creo que sí.

—Bueno. Pues luego te llamo para ver qué tal vas. Un beso muy fuerte y enhorabuena.

Natalia. Increíble lo animosa que era. Lo detallista. Increíble lo mucho que la quería. Pero también era su mosca cojonera. La que le recordaba cada vez que hablaban que tenía pendiente una conversación con su hijo. Nunca se había visto capaz de hablar con él, de sincerarse. Podía haberlo hecho cuando era más pequeño. Pero ahora Dani tenía diecisiete años. Y los diecisiete años de Dani le daban más miedo que adentrarse con el coche policial en el barrio más peligroso de Madrid. Había considerado la posibilidad de no contárselo nunca. Los fines de semana que viniera Dani podía vestirse como un hombre y ser el padre de siempre. Ni que decir tiene que el doctor Coll rechazaba esta manera de proceder.

¿Qué es lo peor que te puede pasar?

A Dani le gustaba llamar a su padre para contarle qué tal le habían salido los exámenes. Cuando intuía que iba a suspender alguna asignatura se lo contaba por adelantado para irle preparando. Estaba claro que quería amortiguar el posible cabreo al encontrarse el suspenso de sopetón.

¿Cuál es tu peor pesadilla?

También le gustaba preguntarle por sus casos policiales, y se ponía morboso con los detalles de los crímenes, sobre todo cuando habían salido en la prensa. Pero de esos no había muchos. A Dani le gustaba que su padre fuera policía.

¿Lo peor? Lo peor no es el acoso que me espera en el trabajo. Lo peor no es un posible despido, ni la fantasía de que nunca más encontraré pareja. Lo peor es perder el afecto de mi hijo, doctor Coll. Esa es mi peor pesadilla. Que mi hijo no me quiera más.

4

Para todos los que estaban recogiendo pruebas en el chalé, Sofía era el inspector Carlos Luna, el mismo de siempre, tal vez con cara de sueño, pues todos pensaban que llegaba tarde porque se había quedado dormido. No era de extrañar, últimamente se quedaba dormido en cualquier sitio. Laura le salió al paso nada más verle.

—¿Te has dormido?

—No, tenía cosas que hacer.

—Te he llamado cinco veces.

—Tenía el móvil en silencio. Lo siento.

—Se llamaba Jon. Es el hijo de Julio Senovilla.

El cadáver estaba tendido en la hierba. Una mancha de sangre en la barbilla, como una mosca, resaltaba en la palidez del rostro, desencajado por el *rigor mortis* y moteado de gotitas de rocío. ¿Cuántos años tenía? ¿Veinte? Sofía hizo esfuerzos por mantener la calma. Ya se estaba emocionando otra vez. Menos mal que Luis Bermúdez, el médico forense, empezó a cubrir la cabeza con una bolsa de papel. Eso le ahorraba a Sofía la visión del gesto final que había visto en otros muertos, ese dulce espanto con el que tanta gente se despide del mundo. Bermúdez preservó también las manos y los pies del muerto, cubriéndolos con bolsas similares. Acto seguido, se dispuso a sacar con suavidad el cuchillo del abdomen. El juez Fraguas siguió con atención la maniobra y se quedó mirando con curiosidad el cuchillo. Tenía la empuñadura blanca, de nácar, y estaba ribeteada con filigranas e incrustaciones de piedras preciosas. El filo era curvo. A Jon le habían matado con un arma medieval. Daban ganas de coger el cuchillo y estudiarlo con detenimiento, pero ya habría tiempo para eso. Maite, de la Brigada de la Policía Científica, lo guardó en una bolsa de plástico que cerró herméticamente y etiquetó acto seguido. A un gesto de Fraguas, dos oficiales empezaron a meter el cuerpo en un sudario.

—¿Me has oído? Es el hijo de Julio Senovilla.

—¿El escritor?

—¿Conoces a otro Julio Senovilla?

Un escritor de novelas históricas, todas bestsellers. Un hombre famoso. Un caso que a buen seguro iba a atraer a la prensa y por tanto pondría al comisario Arnedo más nervioso de la cuenta.

—¿Le habéis avisado?

—No le localizamos.

—¿No vive aquí?

El inspector Estévez salió de la casa y se acercó a ellos. Llevaba en la mano una libreta y un bolígrafo.

—No hay señales de violencia, la asistenta no echa en falta nada. Podemos descartar el robo como móvil del crimen.

Sofía se dio cuenta de que Estévez solo miraba a Laura. Ni siquiera la había saludado. Pero no había que enfadarse por eso. Estaban en medio de una investigación y los saludos no cabían en esos instantes cruciales para reconstruir lo sucedido.

—¿Quién encontró el cuerpo? —preguntó.

Estévez, ahora sí, lo miró.

—La asistenta dominicana. Ha entrado a trabajar a las ocho y media, como todos los jueves, y se ha encontrado al muerto en el columpio.

—¿En el columpio?

—Estaba en el columpio. No lo has visto porque has llegado muy tarde —dijo Estévez.

—Lo hemos bajado porque Fraguas nos lo ha pedido —aclaró Laura.

—Anoche aquí no había nadie —siguió Estévez—. El padre, el escritor, estaba en un congreso de castillos. Documentando su próxima novela, parece ser. Tiene un hijo mayor que es médico, le hemos avisado, pero estaba en quirófano.

—¿No vive nadie más aquí?

—La novia del escritor, pero está hospitalizada. Le han extirpado el útero.

—¿Operan a su novia y él se va a un congreso de castillos? —preguntó Laura.

—El mundo de la pareja ha cambiado mucho —dijo Estévez—. Las mujeres se han vuelto muy independientes.

—A mí me gusta que me acompañen al médico.

—Tú eres una antigua, Laura.

Los camilleros estaban subiendo el cadáver al furgón cuando apareció una joven vestida con un pantalón de chándal y una camiseta vieja, una joven despeinada y a todas luces recién salida de la cama que se abalanzó contra la camilla y trató de descubrir el sudario. Los camilleros perdieron el equilibrio y el cuerpo de Jon se fue al suelo. La joven se puso a gritar el nombre del chico y se aferró al cuerpo con tanta fuerza que Laura tuvo que ayudar a uno de los camilleros y a Estévez a separarla.

—¿Lo conocías? —preguntó Estévez.

Una de esas obviedades que se preguntan para ver por dónde sale el testigo. La joven era incapaz de responder, pero logró asentir varias veces en medio de su dolor.

—¿De qué lo conocías?

—Es mi novio.

Lo dijo en presente, como si no pudiera concebir otro tiempo verbal. Entretanto, los camilleros se habían apañado para subir el cadáver al furgón. A los pocos segundos la joven parecía algo más tranquila, como si se estuviera haciendo a la idea de la desgracia. Pero bastó que cerraran el portón trasero para que se viniera abajo nuevamente. Se puso a gritar el nombre de Jon, pedía por favor que no se lo llevaran y forcejeaba con Estévez y Laura, que trataban de impedir que corriera detrás del vehículo policial.

Los de la Policía Científica ya estaban guardando sus bártulos. Habían recogido un pelo en el cuello del muerto y tenían el cuchillo medieval, que mandarían al laboratorio en busca de huellas y de células epiteliales. Habían inspeccionado la puerta de entrada al chalé, pero no había trazas de que hubiera sido forzada. Tampoco habían encontrado pisadas o restos de barro en el muro que separaba el jardín de una calle lateral.

El inspector Estévez había precintado el iPad de Jon. Revisarían su contenido en la Brigada. Su primera impresión era que el asesino había entrado por la puerta, bien con una llave o bien acompañando al propio Jon. A Sofía no le gustaban las conjeturas tan rápidas, pero se calló al comprobar que al juez Fraguas le parecía una tesis muy sólida. Antes de irse, Fraguas pidió a Sofía que hablaran con la novia del muerto cuando se tranquilizara. La subinspectora Bárbara Lanau se acercó con noticias frescas: acababa de hablar con Pablo Senovilla, el médico, el hermano del muerto. Iba a esperar a su padre, al que había localizado en un castillo cerca de Toledo y estaba volviendo a Madrid. Juntos, se presentarían en el Instituto Anatómico Forense para reconocer el cadáver de Jon.

Sofía pidió a Estévez que se quedara por allí para hablar con la novia y con algún vecino que pudiera haber visto u oído algo. Ella iría con Laura al Anatómico Forense. El doctor Bermúdez les adelantó que la autopsia no podría hacerla esa mañana, pues un terrible accidente de autobús había colapsado el depósito. De todas formas, Sofía quería ir para hablar con el padre del chico.

En el coche notó el perfume de Laura y se sintió atenazada por un sentimiento de culpa. ¿Cuándo le contaría las novedades? Y, sobre todo, ¿cómo se las contaría? El hecho de haber anticipado todas las posibles reacciones con el doctor Coll no le hacía temer menos el momento de la verdad. Intentó apartar esos pensamientos de su cabeza y mantenerse despierta en el coche.

Las hormonas seguían disparadas. Tenía un sueño tremendo. Se había emocionado al ver el cadáver. Había sentido irritación con la actitud de Estévez, aun cuando el rudo inspector no había hecho nada que la pillara de sorpresa. Había estado muy lenta de reflejos con la irrupción de la novia de Jon. Sofía estaba segura de haber sido la primera en ver llegar a la joven, fuera de sí. Pero cuando quiso intervenir notó los músculos entumecidos y, simplemente, Laura y Estévez habían sido más rápidos. Estaba aletargada y con los nervios limándole las entrañas. Pero al menos había algo que las pastillas no habían suprimido: la capacidad de observación. En la escena del crimen habían estado dos inspectores de la Policía Científica y cuatro de la Judicial, más el juez Fraguas, dos oficiales, un secretario y el médico forense. Y nadie, salvo ella, había reparado en un detalle que podía ser importante. Toda la escena del jardín, el levantamiento del cadáver y la recogida de pruebas, la había observado una adolescente oculta tras la ventana del primer piso del chalé de al lado. Sofía la había visto nada más llegar. La adolescente se escondía tras las cortinas cuando le parecía que se estaba exponiendo demasiado a ser descubierta. Pero luego se asomaba otra vez. De ese chalé había salido la novia de Jon, pero Sofía estaba segura de que no había sido la adolescente quien la había avisado de lo que pasaba. No: la adolescente había estado todo el rato en la ventana, apareciendo y desapareciendo, como si estuviera en medio de un juego.

5

Julio Senovilla tenía setenta años y se movía con una especie de elegancia altanera, como si se hubiese convertido en un personaje de alguna de sus novelas medievales. Recorrió el pasillo del Instituto Anatómico Forense acompañado de su hijo Pablo, que se cubría los ojos con unas gafas de sol y parecía el más afectado de los dos por la desgracia. Julio tenía los ojos de un azul muy claro. No rehuía la mirada de nadie. Más bien parecía disfrutar de la fama. Se comportaba en todo momento con la coquetería del que se sabe observado: ni siquiera el luto atenúa ciertas vanidades. Sofía y Laura les indicaron la habitación en la que se encontraba su hijo. Esperaron en el pasillo para dejarles un poco de intimidad. Vieron que el forense descubría la sábana y que Pablo se agarraba al brazo de su padre, como si necesitara un punto de referencia para no perder el equilibrio.

—Es él —dijo Julio al salir de la habitación.

—Lo siento mucho —dijo Sofía.

Laura se sumó al pésame. Añadió una disculpa que le servía para intentar averiguar algo.

—Sentimos haberle avisado tan tarde, pero es que no le localizábamos en el teléfono móvil.

—No es culpa suya. Lo he perdido. Los pierdo todos. Pero mi hijo tenía el número del castillo. Y Suni también.

—¿Suni?

Pablo intervino por primera vez para aclararlo:

—Sunilda. La asistenta.

—Fue ella quien encontró el cuerpo de Jon —dijo Sofía—. Por la noche no dormía nadie en su casa, ¿verdad?

—Solo Jon. Suni trabaja de interna, pero los miércoles libra.

—Señores, seguramente ahora lo que quieren es estar tranquilos; solo me gustaría hacerles una pregunta: ¿tienen idea de quién ha podido hacerle esto a su hijo?

Julio se quedó pensativo, como si un carrusel de sospechosos estuviera pasando por su cabeza.

—No lo sabemos —dijo Pablo.

—¿Tenía enemigos? —preguntó Sofía.

—Jon era maravilloso —contestó Julio—. Un chico sano, honesto hasta la médula, lleno de vida.

La frase era clara, rotunda e improbable. Sofía pensó que no hay nadie honesto hasta la médula, que la vida te pone muchas veces en la obligación de engañar, de fingir, de ocultar... Incluso de traicionar. Julio y Pablo no hacían el menor amago de enfilar la salida, y la inspectora se dijo que podía deslizar otro par de preguntas, poniendo el respeto por delante. Laura se adelantó:

—No les molestamos más, estarán deseando descansar un poco.

Laura era siempre así. Le incomodaba mucho interrogar a los familiares de un muerto con el cuerpo todavía caliente. Sofía entendía a su compañera, pero ese respeto pudoroso casaba muy mal con la urgencia de una investigación criminal. Las primeras preguntas, las dudas más abrasadoras y la comprobación de las coartadas no podían esperar veinticuatro o cuarenta y ocho horas, el tiempo que necesitaran los familiares para enterrar a su ser querido y asimilar mínimamente la tragedia. Era muy difícil, casi un arte en sí, pero valía la pena intentar despejar los primeros interrogantes y a la vez esgrimir el respeto más profundo por los afectados. Sin embargo ya era tarde. Laura había cancelado el interrogatorio de golpe. Y el más decepcionado parecía ser Julio.

—Muchas gracias, inspectora. Muy amable. Me imagino que querrán hablar conmigo un poco más. Si les parece, mañana me paso a verlos a las once o así, sin madrugar mucho. Me temo que tenemos un día largo por delante.

—A las once es perfecto —se apresuró a decir Sofía. Le daba miedo que Laura extendiera su sentido del decoro hasta el sábado.

—Pues allí estaré. Siempre y cuando mi novia se encuentre bien. Hoy le daban el alta y tengo que mimarla un poco, que he estado fuera unos días.

Ahora sí, Pablo dio muestras de impaciencia y tiró del brazo de su padre hacia la salida. Se despidió con un gesto breve y se alejaron los dos. Sofía y Laura entraron a hablar con el forense. Era prioritario tener los resultados de la autopsia. El forense prometió darse prisa.

—He estado a punto de pedirle un autógrafo.

—Si te atreves a pedírselo, te arranco los ojos —dijo Laura.

—He leído sus novelas. Es muy bueno.

—Un poco frío, ¿no? —dijo Sofía.

—Y tanto. ¿Sabéis lo que ha dicho cuando le he enseñado el cadáver de su hijo?

—¿Qué ha dicho?

—«Justicia poética.» Primero ha mirado el cuerpo unos segundos y luego ha dicho eso.

—¿Justicia poética?

—Eso ha dicho.

Laura, muy aplicada, sacó su libreta y anotó la frase: «justicia poética». Luego trazó un círculo, como para evitar que la frase se escapara. Sofía se dio cuenta otra vez de que estaba perdiendo reflejos. Ella también debería haber reaccionado así, con esa diligencia profesional. Pero le pareció tarde para sacar su libreta y hacer la misma anotación. No quería ir a rebufo de Laura.

—¿Qué te han parecido los Senovilla? —preguntó Sofía.

Estaban en el coche volviendo a la Brigada. Conducía Laura.

—No sé. Él estaba muy entero. Como si no hubiera aterrizado todavía.

—A lo mejor estaba actuando.

—¿Actuando?

—No digo que esté ocultando algo. Digo que estaba actuando para la galería. Es un personaje público. La gente famosa hace eso.

—Y el hermano estaba en *shock*. Es muy difícil sacar conclusiones.

—Si me hubieras dejado preguntarles más cosas, a lo mejor tendríamos una impresión más clara.

—Estás muy raro.

—¿Yo?

—Sí, Carlos. No me coges el teléfono, llegas tarde, te emocionas al ver el cadáver, y ahora quieres que interroguemos a los familiares delante del cuerpo de su hijo. No te entiendo.

Sofía reaccionó con incomodidad al oír que la llamaban Carlos. Ese había sido su nombre hasta hace unas pocas horas, pero le parecía el recuerdo de un pasado muy remoto.

—Y llevas meses rehuyéndome. ¿Qué te he hecho?

Comprendió que era el momento de confesárselo. La miró unos segundos, tomó aire, le sonrió.

—Tengo que contarte algo muy importante. Te vas a quedar alucinada. Y creo que te vas a enfadar conmigo.

Laura lo miró con prevención.

—¿Te has liado con otra? ¿Con Bárbara?

—No, no me he liado con otra. No me gusta Bárbara.

—¿Vas a volver con tu mujer?

El coche se detuvo en un semáforo y Sofía aprovechó para sacar su carné de identidad. Se lo tendió a Laura. Ella no entendía nada.

—¿De quién es?

—¿Cómo que de quién es? Mira la foto. Mira el nombre.

—Sofía Luna González —se quedó examinando la foto, con asombro creciente. Miró a Sofía—. ¿Eres tú?

Ella ni siquiera se molestó en asentir. Permaneció mirando a Laura con una media sonrisa. Pero su compañera seguía sin entender.

—Todos estos cambios que has notado..., la somnolencia, las lloreras, los bajones de tristeza..., son por un tratamiento hormonal que sigo desde hace dos años.

—¿Te has cambiado de sexo?

—Sí. ¿Te acuerdas de que un día te conté los problemas que tenía en mi adolescencia?

—Me contaste que te sentías mujer, no que estuvieras pensando en cambiarte de sexo.

—Te conté que no estaba cómodo con mi sexo.

—En la adolescencia. Yo a los quince años me lie con una amiga. Por experimentar. Todo el mundo hace esas cosas en la adolescencia.

—Lo mío era más serio.

—Me contaste que eso te pasaba cuando eras un mico, no que te siguiera pasando a los cuarenta.

—No sabía cómo contártelo.

—Joder... Llevas casi un año evitándome. ¿Es por esto?

—Desde luego, no es por falta de ganas.

—Vete a la mierda.

Laura metió primera y reanudó la marcha con brusquedad.

—Laura, para mí es muy importante que me apoyes.

—¿Me estás diciendo que eres transexual?

Sofía asintió.

—¿Y qué haces vestido así? ¿Por qué no vistes como una tía?

—Mañana voy a venir vestida de mujer.

—Pero ¿tú estás loco?

—Loca.

—No, loco. Tú eres Carlos. Para mí eres Carlos, no eres Sofía.

—Me llamo Sofía. Soy mujer. Me han dado el cambio de sexo. Por fin, Laura. Llevo años esperando este momento.

—¿Se lo has dicho a Arnedo?

—Se lo voy a decir esta tarde.

—Te va a dar una patada en los huevos. Porque huevos tienes todavía, ¿no? ¿O te has operado?

—Tengo huevos. Estoy esperando a que me den fecha para la reasignación quirúrgica.

—¿Nadie lo sabe?

—Nadie. Solo Natalia y ahora tú.

—Eres un hijo de puta. Llevas dos años tratándote y no me has dicho nada. Se supone que soy tu mejor amiga.

—No sabía cómo decírtelo.

Laura asintió mecánicamente. Ya no dijeron nada más hasta llegar al parking de la Brigada de la Policía Judicial.

—Yo no quiero formar pareja con un policía transexual —dijo Laura al bajar del coche—. Así que búscate otro compañero.

Se dirigió al edificio caminando a buen paso. Sofía se quedó apoyada en el coche. Pensó en llamar al doctor Coll para contarle que estaba en uno de los escenarios previstos en los ensayos: el del rechazo más brutal. Bueno, podía vivir con eso, aunque la espantada de Laura le había dejado sin fuerzas. Consideró por unos segundos la posibilidad de no vestirse de mujer hasta que el caso estuviera resuelto. Pero vino en su ayuda un acceso de soberbia y decidió que no iba a cambiar de planes: al día siguiente acudiría al trabajo vestida como la mujer que era. Eso sí, tendría la deferencia de avisar a sus superiores y compañeros de lo que se proponía hacer, para evitarles la sorpresa. Le gustó su resolución, y se le pasó un poco el disgusto. Entonces decidió aprovechar esa corriente de energía para llamar a su hijo.

—Dani, esta noche voy a buscarte al entrenamiento.

—No hace falta, papá —dijo Dani al otro lado—. He quedado con Lorena.

—Vaya, tenía pensado invitarte a una pizza.

—Otro día me invitas.

—Es que quiero contarte una cosa. Una cosa importante.

—No jodas, papá. ¿Te casas?

—No, hijo, no me caso. ¿Con quién me iba a casar?

—¿Voy a tener un hermano?

—¡No! No hay hermanos. No. Es otra cosa.

—¿No puede esperar? Lorena quiere que la ayude en matemáticas. Iba a pasar por su casa.

—Pues ve, te da tiempo. Quedamos a las diez, si quieres. En el italiano de siempre.

—Bueno, vale. Adelántame algo, que me has asustado.

—Te lo cuento a las diez. Con una pizza delante.

—¿Te han amenazado de muerte? ¿Ha salido de la cárcel un chungo al que tú pillaste?

—Nos vemos a las diez.

Oyó las carcajadas de Dani al otro lado del teléfono.

—Adiós, papá.

Colgó. Le puso un wasap a Natalia para contarle que por fin había dado el paso de hablar con Dani. Si quería tomarse un vino con él, tendría que ser otro día. Después se encaminó al edificio notando un extraño optimismo. Le había sentado bien oír la voz de su hijo.

6

—Jon Senovilla. Veintitrés años. Hijo del escritor Julio Senovilla y de Arancha Murúa, separados desde hace dieciocho años. La madre es abogada laboralista y trabaja en un prestigioso bufete de Londres. Ya ha sido avisada de la desgracia. Jon estaba haciendo el doctorado en Historia Medieval.

—Siguiendo los pasos del padre —señaló Sofía.

—Eso no lo sé.

—Su padre escribe bestsellers. Novela histórica ambientada casi siempre en la Edad Media.

—Ya, pero no sé si Jon estudiaba Historia Medieval por imitar a su padre o porque le gustaba el tema de verdad.

El oficial Moura aplicaba siempre una sana y a veces molesta distancia en sus deducciones. No se saltaba jamás un solo paso en la cadena lógica.

—Tienes razón, Moura —le concedió Sofía—. Continúa.

—Ayer mismo Jon tenía tutoría con el profesor que le estaba llevando la tesis. Quedaron a las siete y media de la tarde. Es probable que su profesor sea una de las últimas personas que le vieron con vida.

—Es más que probable.

—Jon tenía una relación sentimental con su vecina, Alejandra Bálmez, que según su propio testimonio estuvo anoche con sus amigas en La Riviera, en un concierto de Dover.

—¿Hay alguna razón para dudar de su testimonio? —preguntó Sofía.

—Yo no he encontrado ninguna —respondió Moura.

—¿Por qué no fue Jon con su novia al concierto de Dover?

—No lo sé.

—¿No se lo habéis preguntado a ella? Estévez...

—Ella dice que había quedado con sus amigas.

—¿Y deja fuera del plan a su novio?

—Se ve que sí.

Sofía quiso recabar la opinión del oficial.

—¿Moura?

—Puede que a Jon no le gustara Dover. Puede que le cayeran mal las amigas de su novia. O puede que tuviera otros planes.

—El caso es que no estaba previsto que fuera al concierto —resumió Sofía.

—Por lo menos no tenía entrada.

—Continúa.

—No hay mucho más.

—Pues a mí me hace falta mucho más —dijo Sofía—. Por ejemplo, Moura, acabas de decir que a lo mejor Jon tenía otros planes. ¿Qué planes? Quiero saberlo.

—Eso no lo podemos saber, pero tenemos una pista sobre la que lanzar conjeturas.

—¿Qué pista?

Moura miró a Bárbara Lanau, que puso sobre la mesa las fotos que habían tomado por la mañana en el lugar del crimen. Las primeras eran del cadáver de Jon, luego había una serie larga de fotos de la puerta de entrada, de los setos, de las pisadas en la arena. En las siguientes fotos se veía una mesa al fondo del jardín, bajo un emparrado. La mesa estaba puesta para dos personas. Un mantel, dos platos, dos vasos, cubiertos y servilletas.

—Fijaos en esta fotografía —dijo Bárbara—. La mesa del jardín estaba preparada para una cena en compañía, pero según nos han contado, esa noche solo dormía Jon en la casa. Su padre estaba en un castillo cerca de Toledo, y la novia de su padre se encontraba hospitalizada. Y la asistenta libra los miércoles.

—¿Quién la dejó preparada? —preguntó Sofía—. ¿Habéis hablado con la asistenta?

—Yo he hablado con ella, pero no le he preguntado por eso —intervino Laura. Había estado callada hasta ese instante, muy seria, haciendo ostentación de su enfado. Ahora se veía obligada a salir de su mutismo.

—¿Por qué no?

—¿Sinceramente? Porque no me he fijado en la mesa del jardín.

—¿No te has fijado?

—Me he fijado, pero no le he dado importancia. Me parecía más urgente que me contara cómo había encontrado el cadáver, la verdad.

—Nadie te está reprochando nada, Laura —dijo Sofía.

—Te cuento lo que sé de la asistenta. Ayer trabajó hasta las dos y se fue a su casa. Los miércoles tiene la tarde y la noche libres. Se reincorpora el jueves a las ocho y media. Dice que la puerta estaba entornada. La ha empujado y se ha encontrado el cadáver. La pobre mujer estaba en *shock*, era muy difícil sacarle una frase coherente.

—¿Es posible que la asistenta dejara la mesa preparada antes de irse a su casa, a las dos de la tarde? —preguntó Sofía.

—Es posible —contestó Moura—. Pero la pregunta es para quién.

—Para el escritor y su novia. Hoy le daban el alta, a lo mejor pretendía recibirlos con algo de comida.

—En ese caso, podría haber esperado a esta mañana para hacerlo.

—Entonces, ¿crees que fue Jon el que puso la mesa?

—No lo sé.

—Quiero tu opinión, Moura.

—¿Por qué no se lo preguntamos a la asistenta?

—Se lo vamos a preguntar, pero quiero saber por qué crees tú que la mesa del jardín estaba puesta para dos personas, cuando esa noche solo dormía Jon en la casa.

—Da la impresión de que Jon iba a cenar con alguien esa noche.

Moura se había visto obligado a pronunciarse, y no le gustaba nada dar saltos sin red. Bárbara advirtió que una gota de sudor resbalaba desde su frente. Decidió echarle un cable.

—Sería más fácil conocer los planes de Jon si encontráramos su teléfono móvil, pero ha desaparecido.

—¿No tenía móvil?

—Tenía, pero no está —dijo Bárbara—. No aparece. Tengo su número, el operador me va a pasar un listado de toda su actividad. Llamadas y mensajes.

—Debe de ser cosa de familia. El padre también ha perdido el móvil —dijo Laura.

—Para empezar, ya tenemos dos misterios que resolver —resumió Sofía—: Qué ha pasado con los móviles del padre y del hijo, y con quién pretendía cenar Jon anoche.

—Con tu permiso, Luna —en la Brigada se llamaban casi siempre por el apellido—, estoy empezando a revisar todo el correo electrónico de Jon. Nos puede dar mucha información.

Era Caridad quien hablaba. Una oficial veterana, casi en la cincuentena y siempre, o por lo menos desde que Luna la conocía, al borde del sobrepeso.

—Perfecto, Caridad. Trabaja en eso. ¿Estévez?

—He hablado con la novia. Llegó a casa a las cinco de la mañana. Le he pedido los teléfonos de sus amigas, para hablar con ellas y ver si verifican su coartada. Por la mañana la ha despertado su madre al ver revuelo en el chalé de los vecinos. Se ha puesto lo primero que ha pillado, ha salido y se ha encontrado el pastel.

—¿Te pareció que estaba resacosa?

—¿La madre o la hija?

—La hija.

—Es que a lo mejor es más interesante la madre, Adela. He hablado con ella. Me ha recibido en su casa con unas gafas de sol. No se las ha quitado en ningún momento.

—¿Por qué?

—Saca tus propias conclusiones, Luna. Creo que eres lo bastante listo.

—¿Has hablado con más vecinos?

—Con todos. Nadie vio nada. Nadie oyó nada. Ese barrio es un asco. A las nueve y media cenan. A las diez y media ven la tele. Nadie saca a pasear al perro porque puede cagar en el jardín del chalé.

—¿Qué pasa con el cuchillo?

—Lo tienen los de Huellas, por si acaso hay algo —contestó Bárbara.

—¿De dónde ha salido?

—No lo sé.

—¿Cómo que no lo sabes? Era un cuchillo muy peculiar.

—Sí, parecía de otra época.

—Era un cuchillo medieval, Bárbara. ¿Cómo se consigue un arma como esa? ¿En qué tiendas lo venden? ¿Ha salido de internet, de una tienda de antigüedades, de una armería del siglo XV?

—No lo sé.

—Mañana quiero un listado de todas las tiendas de armas que vendan cuchillos como ese. En este asesinato no tenemos un móvil aparente, pero tenemos un arma rara. Eso es un cabo del que tirar, ya deberíamos disponer de información.

—Esa es la actitud, Luna.

La frase la pronunció el comisario Arnedo, que llevaba un rato presenciando la reunión con el hombro derecho apoyado en el quicio de la puerta.

—Estos casos se resuelven en la primera semana o se quedan sin resolver. Y este, encima, es de los mediáticos, o sea que vamos a tener a la prensa tocándonos los cojones un día sí y otro también. Y que la prensa toque los cojones significa que a mí me los tocan de arriba. Así que todo dios a currar veinticuatro horas. ¿Lo has entendido, Luna?

—Has sido muy claro.

—¿Qué tenemos hasta ahora?

—Un arma rara, dos móviles desaparecidos y un pelo. Y una mesa para dos. Y un padre famoso de ojos azules. Poco más.

—Es muy poco —protestó Arnedo.

—Mañana tendremos más. Caridad va a revisar el correo electrónico del muerto. Moura va a rastrear la actividad de su teléfono. Bárbara me va a encontrar todas las tiendas que venden cuchillos medievales. Laura va a averiguar por qué había una mesa para dos en ese jardín. Y Estévez me va a traer testigos de verdad: vecinos, el profesor de Jon, las amigas de la novia...

Arnedo asintió complacido.

—Sabía que podía poner el caso en tus manos, Luna.

—Gracias —dijo Sofía—. Si tienes un minuto, me gustaría hablar contigo.

—¿De qué se trata?

—En privado.

Arnedo lo condujo a su despacho.

—¿Hace falta que cerremos la puerta? Tengo un poco de calor, y este puto despacho es un horno.

—Cierra, por favor —rogó Sofía.

Arnedo lo miró sorprendido, pero no se negó a cerrar la puerta. Se sentó en su sillón y se aflojó la corbata, como si intuyera que le iba a caer encima un bombazo.

—¿De qué se trata, Luna? No tengo toda la tarde.

—Me cuesta empezar, ahora verás por qué.

—He estado hablando con Dirección. Hay voluntad de sentarse a negociar las horas extras. Os pido paciencia con ese tema.

—No es eso.

—No sabes cuánto me alegro. No nos podemos permitir una huelga en estos momentos. Hazme caso, Luna.

No podemos. Más vale que hables con los demás, a ti te escuchan.

—No sé si me van a seguir escuchando.

—Claro que sí. A ti te respetan. ¿Por qué crees que te he encargado a ti lo del hijo del escritor? Eres mi hombre de confianza. Sé que tú tiras del carro. Si les pides que hagan una noche, la van a hacer. Si te ven doblar turnos, ellos te van a seguir.

—No soy un hombre.

Arnedo aplastó un pequeño conato de desconcierto.

—Eres un líder, Luna. Y para eso hay que valer. Llevo muchos años aquí, he visto policías buenos, malos y regulares. Y muy pocos líderes. Es un talento raro, y tú lo tienes.

—No me estás entendiendo.

—¿Sabes lo que decía mi madre, que en paz descanse? Que lo más triste de la vida es ver el talento desperdiciado. Tú tienes capacidad para liderar grupos, no puedes dar la espalda a ese talento.

—Arnedo, soy una mujer.

Esta vez no pudo esquivar la sorpresa. Se quedó mirando a Luna unos segundos. Le empezaron a brillar en el bigote unas gotitas plateadas de sudor.

—Llevo dos años sometiéndome a un tratamiento hormonal. Tengo un diagnóstico médico. Y hoy me han dado mi nuevo documento de identidad. ¿Quieres verlo?

—¿Qué cojones me estás contando? ¿Qué es esto, Luna? ¿Estás de cachondeo conmigo? Es muy tarde, tengo mil cosas que hacer antes de irme a mi casa.

—Mañana voy a venir vestida de mujer.

El teléfono del despacho empezó a sonar. Arnedo mantenía la mirada fija en Luna, sin pestañear. Estaba serio, esperando la risita de Luna que alumbrara la broma. El timbre del teléfono terminó por desquiciarlo: lo descolgó con un gesto brusco y contestó con enfado.

—¿Quién es?

—El jefe Gálvez, para recordarle la cena de esta noche.

—No me puedo poner.

Colgó con furia. Sofía seguía mirándole muy seria, sin descomponerse. Asombrada de poder soportar tanta tensión.

—Quiero ver ese DNI —dijo Arnedo.

Sofía hurgó en su bolsillo en busca de la cartera. Se le atrancó en un dobladillo y tardó un poco en sacarla. Ese pequeño gesto de torpeza la convenció de que estaba muy nerviosa. Le tendió el documento a Arnedo, que se tomó unos segundos para estudiarlo. Por fin levantó la mirada.

—¿Dónde está el informe médico?

—No lo tengo aquí.

—Quiero verlo.

—Mañana lo traigo. Está en casa. Es el diagnóstico de disforia de género.

—¿Eso qué es? ¿Una enfermedad que te lleva a disfrazarte de mujer?

—No es un disfraz. Es la ropa que voy a vestir. Soy una mujer.

—No vas a venir vestido de mujer.

—Si no lo he hecho hoy, es porque había un muerto y tenía que ir directamente al lugar del crimen. Pero a partir de mañana voy a venir vestida de mujer.

—Por encima de mi cadáver. ¿Me oyes?

—Arnedo, no puedes impedírmelo. Es un derecho que por fin me han reconocido. El de cambiar de sexo y vivir como una mujer.

Arnedo descargó un puñetazo en la mesa. El auricular del teléfono fijo se descolocó. Sofía dio un respingo.

—Cuando haya un desfile de travestis, el día del Orgullo Gay y todo eso, te subes a una carroza y te diviertes, por mí perfecto. Pero esto es una brigada provincial. Esto es una cosa seria. Aquí se viene a trabajar. Y se viene vestido de hombre.

—Laura no viene de hombre.

—Porque es una mujer.

—Yo también.

—¡Tú no eres una mujer! Tú eres Carlos Luna. Y tienes un caso muy importante que resolver. ¿Qué quieres: distraer a todo el equipo? ¿Tú sabes la de habladurías que puede haber aquí si te vistes de mujer? Pero ¿es que te has vuelto loco?

—Consulta con Gálvez. ¿No habéis quedado para cenar? Pues consulta el caso con él. Es más sensato que tú.

—Si mañana vienes de mujer, estás fuera del caso. ¿Te queda claro?

Sofía dejó escapar una sonrisa nerviosa.

—Sabía que ibas a reaccionar mal, pero no tanto.

—No me conoces lo suficiente. Y ahora vete. Tengo muchas cosas que hacer y tú tienes mucho en que pensar.

—De momento estoy pensando en la frase que decía tu madre. Lo del talento desperdiciado. Antes has dicho que yo tenía talento para dirigir el equipo.

Arnedo ya estaba actuando como si Sofía se hubiera ido. Tenía la cabeza metida en la pantalla del ordenador, abría cajones en busca de algún papel, descolgaba el auricular para hacer una llamada y acto seguido se arrepentía y colgaba. Pero no fue capaz de dejar la alusión sin respuesta.

—Mi madre chocheaba cuando dijo esa frase.

7

La pizzería Bambino estaba llena de jóvenes que comían pizza entre bromas y risotadas. Sofía había llegado demasiado pronto y su mesa, junto a una ventana, la flanqueaban dos pandillas muy ruidosas. Lamentó la elección del lugar. En principio le había parecido importante que su hijo se sintiera bien, en un ambiente conocido, para ayudarle a digerir la noticia tan impactante que iba a escuchar. Pero ahora comprendía que quien debía sentirse bien era ella, sobre todo después de un día de tantas emociones. Ni siquiera se veía capaz de llamar al doctor Coll en medio de ese bullicio. Él le había dicho que le llamara al móvil a cualquier hora tan pronto como hubiera hablado con su jefe. Quería saber si la reacción del comisario encajaba en alguna de las posibilidades ensayadas en la consulta. Sí encajaba, sí. Pero Sofía no podía llamarle ahora. Le daba miedo que algunos de los chavales de las mesas vecinas fueran amigos de Dani. Decidió que le llamaría al día siguiente para ponerle al tanto de las novedades. Y si podía hacerle un hueco en la consulta el lunes por la tarde, sacaría tiempo como fuera para poner en orden algunas cosas.

La reacción del comisario Arnedo encajaba en lo previsto. La de Laura había sido más extrema de lo que Sofía había anticipado. La rabia y la incomprensión eran normales, pero al negarse a trabajar con ella de pareja Laura había dado un paso más allá. Ese paso no figuraba en ninguno de los ensayos con el doctor Coll. Los otros compañeros habían acusado la noticia con el estupor previsible. A Sofía le había parecido oír una risita sofocada de Estévez. Moura se había limitado a preguntar si la intendencia del equipo de investigación se mantenía pese al cambio de sexo. Una pregunta muy certera, a tenor de la tensa conversación de Sofía en el despacho de Arnedo. Pero era tarde, estaban todos cansados y el anuncio de Sofía, pronunciado sin la menor emoción y sin ningún énfasis, cayó sobre la sala de reuniones con menos estrépito de lo esperado. Tampoco ella dio lugar a mucho debate. Salió escarmentada del despacho de Arnedo y se dirigió directamente a donde estaban los otros, para zanjar de una vez por todas la cuestión que la consumía por dentro. Apenas tardó un minuto en dar las explicaciones mínimas para que nadie se sorprendiera al verla vestida de mujer al día siguiente. Cuando estaba a punto de abandonar el edificio, volvió sobre sus pasos al advertir que no había hablado con Caridad, la oficial que se encargaba, junto con Moura, del trabajo más tedioso de las investigaciones: el buceo en expedientes, la transcripción de grabaciones y la revisión de correos, las llamadas rutinarias... Con ella estuvo algo más de tiempo. Caridad reaccionó con gran alegría, como si le estuvieran comunicando un embarazo o una boda, noticias habitualmente recibidas como una buena nueva. Decían las malas lenguas que le faltaba alguna que otra neurona. A Sofía nunca se lo había parecido, pero al ver que se ponía tan contenta porque el inspector Carlos Luna pasaba a ser una mujer se preguntó si no tendrían razón los que la consideraban un poco corta de luces. Ni que decir tiene que esta reacción tan efusiva tampoco había sido ensayada en la consulta del doctor Coll.

Dani llegó puntual y sonrió al ver a su padre.

—¿Llevas mucho?

—Acabo de llegar —mintió Sofía.

—Me moría por una pizza Diavola —dijo Dani mientras tomaba asiento.

Saludó con un gesto a un chico que estaba dos mesas más allá.

—¿Lo conoces?

—Es de primero. El año pasado estuvo liado con Lorena.

—Entonces seguro que te odia.

—Qué va, es muy majo. Me llevo bien con él. Me habla en Twitter.

—No hace falta que nos vayamos a otro sitio, ¿no?

—Sabe que eres policía, no me va a meter una paliza delante de ti.

Sofía admiró el buen humor de su hijo. No le daba vergüenza estar un jueves por la noche con su padre. Un chaval seguro de sí mismo, sin prejuicios. Pidieron sendas pizzas y algo de beber. Ella optó por una cerveza. No le sentaba bien el alcohol con las pastillas, pero necesitaba coger fuerzas. El endocrino le explicó un día que el alcohol no tiene propiedades mágicas, no tranquiliza ni da más gallardía. Pero a ella le parecía que sí.

—¿Qué tal todo?

—Mal. Nos han vuelto a cambiar de profesor de Lengua. Es increíble. Primero se fue Eva porque se quedó embarazada. Llamaron a otro que duró quince días. Y ahora ha dimitido el nuevo.

—¿Qué hacéis con los profesores? ¿Os los coméis vivos?

—Nada, se van.

—¿Les metéis arañas en la cartera?

—Tú te ríes, papá, pero a mí no me hace gracia. Nos jugamos la selectividad.

—Lo decía en broma.

—Los padres están muy enfadados. Han escrito una carta al director del colegio.

—¿Tu madre firma también esa carta?

—No. Es que vosotros pasáis de todo. Nunca os interesáis por las cosas del colegio.

—Yo nunca me entero.

—Porque no entras en la web. Allí cuelgan todas las incidencias.

—No tengo tiempo de mirarla. Yo me entero de lo que me cuentas tú.

—Pues esta noche entras. Verás que tengo varios retrasos y dos faltas de asistencia. Pero no son pellas, fueron días que tenía fiebre.

—Ya lo sé. Tu madre me informa.

—¿Qué me querías contar? —preguntó Dani de pronto.

A Sofía le pareció muy abrupta la pregunta. Los asuntos escolares todavía podían dar mucho de sí. Se sentía cómoda con los reproches de su hijo por su falta de interés hacia los problemas del colegio. Le gustaba ser así, un poco despegada. Y le consolaba pensar que esa indiferencia revelaba en el fondo que confiaba plenamente en su hijo.

—¿Ya quieres saberlo? Espera a que traigan las pizzas.

—Tengo curiosidad.

Unas carcajadas de la mesa vecina llenaron el ambiente. Parecían risas enlatadas ante los apuros de Sofía.

—Ya me has dicho que no voy a tener un hermanito.

—No, por lo menos por mi parte. Tu madre no sé.

—Venga, papá. Dispara.

—Vale.

Sofía tomó aire. Dio un buen trago de cerveza.

—Hoy ha aparecido un chico muerto. Muy joven, un chaval de veintitrés años.

—¿Asesinado?

—Sí. Me han asignado el caso. Y es de los gordos. Es el hijo de un escritor famoso: Julio Senovilla.

—¿El de las novelas históricas?

—Sí.

—A Lorena le encantan. Se ha leído varias.

—¿A ti no te gustan?

—Yo no leo mucho, papá, ya lo sabes. Pero Lorena es una friki. A veces prefiere quedarse en casa leyendo a salir con nosotros. ¿Te lo puedes creer?

—Me cuesta.

—¿Eso es lo que me querías contar? ¿Que tienes un caso nuevo?

—Sí. Es un caso importante, me va a quitar mucho tiempo. Vamos, que te voy a ver menos. No quiero que pienses que paso de ti.

—Nada que no haya sucedido otras veces.

—Sí, eso es verdad. Pero ahora estás en un momento especial, te examinas de selectividad este verano, puede que necesites apoyo, y lo mismo no puedo estar ahí para dártelo.

—Estoy cagado con la selectividad, pero no sé si tanto como para llamarte pidiendo ayuda.

—No te aclaras, hijo. Me regañas porque no entro en la web del colegio a ver si te has retrasado un día, y ahora que me preocupo por ti me llamas exagerado.

—No, no, si me encanta. Pero me extraña, tú nunca has sido así. Y pensaba que me ibas a contar otra cosa.

—¿El qué?

—No sé. Otra cosa diferente. Sonabas muy misterioso por teléfono.

—Pues ya ves que no.

Llegaron las pizzas y se las comieron con apetito. La sobremesa no se alargó mucho, porque Dani tenía ganas de hablar con Lorena y contarle lo de Senovilla. Sofía se marchó con sensación de fracaso. Pero cuando llamó a Natalia, trató de convencerse de que había hecho lo correcto.

—¿No has sido capaz? —le espetó su ex.

—No era el momento, de verdad.

—¿Cuándo es el momento para ti? ¿Vas a esperar a que te vea con falda y peluca? Va a ser un *shock* para él.

—Me ha dicho que está preocupado por la selectividad. Le han vuelto a cambiar el profesor de Lengua.

—En ese colegio son muy pesados.

—Dani está nervioso, Natalia. Contarle que su padre es una mujer no creo que sea la mejor manera de darle estabilidad.

—Tendrá que entenderlo. Tiene diecisiete años, no es un niño.

—Sí que es un niño.

—No es un niño. El único que se comporta como un niño eres tú.

—Espera a que pase la selectividad, Nata. Solo te pido eso.

Natalia se tomó unos segundos para contestar. Sofía pensó que se había cortado la llamada, pero no era así.

—Mañana quedamos los tres y se lo cuentas. Yo te ayudo. Y no se hable más del asunto.

Antes de que Sofía pudiera protestar, Natalia había colgado.

Esa noche le costó mucho conciliar el sueño. Demasiadas emociones. A las cuatro de la madrugada, harta de dar vueltas en la cama, se preparó un café y se sentó un rato delante del ordenador. Tenía la sensación de que se le estaba olvidando un detalle importante de la investigación, algo que había visto en la escena del crimen y que su memoria no había fijado. Esas cosas no le pasarían, concluyó, si adoptara la costumbre de anotar todo en una libreta, como hacía Laura.

Tecleó el nombre de Julio Senovilla y entró en la página de Wikipedia. Senovilla tenía setenta años y era un autor de bestsellers traducidos a quince idiomas. Su primera novela describía el mundo académico de la Universidad Complutense. Era la única que se podía considerar autobiográfica, pues él dio clases de Historia Medieval durante muchos años. Esa novela no tuvo mucho éxito. Con la segunda, *Las alas del águila*, inició su carrera como escritor de novela histórica. Vendió quinientos mil ejemplares y se rodó una película americana basada en el libro, que inventaba una conspiración entre Roma y la España visigoda del siglo V para acabar con la vida de Atila en Orleans. A partir de ahí, Senovilla no paró. Con cada una de sus siguientes seis novelas rebasó la cifra de trescientos mil libros vendidos. Un auténtico fenómeno editorial.

Sofía rastreó también las entrevistas que le habían hecho a lo largo de su carrera. A Senovilla le gustaba aparecer como un hombre lúcido y provocador. Su vida sentimental daba mucho juego. Se había casado tres veces. Con su primera esposa no tuvo hijos; tuvo dos con la segunda, uno de ellos fallecido en un accidente de tráfico; con la tercera tuvo a Jon. Después de varias parejas más se enamoró de su novia actual, Rosa. Un auténtico vividor, pensó Sofía. Un tipo inteligente y peculiar. Trató de hallar algún escándalo en el pasado, o algún enemigo con el que hubiera mantenido una polémica, pero no encontró nada.

Se desperezó. Consideró la posibilidad de tumbarse un par de horas en el sofá, para ver si un cambio de escenario convocaba el sueño, aunque antes tenía algo que hacer. Entró en la web del colegio de Dani. Allí estaban reflejadas las incidencias de la clase: algunos retrasos, algunas faltas, un par de circulares del centro hablando del profesor de Lengua y de los problemas del invierno con la calefacción. También estaba colgada la carta en la que los padres protestaban por la situación de la asignatura de Lengua. La firmaban todos los padres menos los de Dani. Ellos eran los únicos que parecían vivir ajenos al problema. Sofía se descargó la carta, añadió su firma y la subió nuevamente a la web. Sonrió con un poso de melancolía. Estaba segura de que esa era la última vez que firmaba con el nombre de Carlos Luna.

8

El informe de la autopsia situaba la hora de la muerte entre las diez y las once de la noche. Una sola puñalada había interesado la aorta abdominal y Jon se había desangrado en pocos minutos. Los resultados del análisis de tóxicos no estaban todavía. Sofía recibió esta información por teléfono, cuando iba por su tercer cambio de vestuario. Laura, que fue quien llamó para adelantarle las novedades, no podía ni imaginar el lío de ropa que había en la cama en esos momentos. Naturalmente, la decisión de qué ponerse en su primer día como mujer llevaba tomada mucho tiempo. Un traje sencillo de pantalón y chaqueta, con una camiseta blanca por debajo, zapatos negros y planos y unos pendientes dorados, con forma de media luna, que le había regalado Natalia. Pero cuando llegó la hora de la verdad, Sofía entró en un mar de dudas. Al verse así vestida le pareció que la elegancia discreta del atuendo era lo que peor le venía a su situación. Más valía aparecer con un aire campechano, como si llevara toda la vida vistiendo ropa de mujer y este fuera un día de tantos. Pensó en Laura. Ella vestía vaqueros, calzaba botas, usaba camisetas con estampados juveniles. ¿Por qué no imitar ese estilo? Se probó unos tejanos negros y los combinó con una camisa verde botella. Le pareció bien, pero al ponerse la peluca rubia torció el gesto: los brillos dorados resaltaban demasiado en un conjunto tan oscuro. Era esencial vestir algo blanco para compensar el efecto cromático de la peluca. Se probó unos pantalones blancos, volvió a los tejanos, consideró la posibilidad de ponerse la peluca marrón, que también se había comprado para postergar hasta el último instante la decisión de ser rubia o morena. Al final, se puso el traje de chaqueta y la camiseta blanca, y entonces declaró la guerra a los pendientes. ¿No era demasiado pronto para lucir atributos tan femeninos? ¿No era mejor establecer una transición suave desde su primer vestuario, ligeramente asexuado, hasta la conversión triunfal en mujer? Se quitó los pendientes, se peinó la peluca con cuidado y se aplicó una base muy tenue de maquillaje.

Según su estrategia, el pintalabios entraría más adelante en su vida. Miró el reloj, llegaba tarde. No estaba segura de acertar con la elección final, pero no tenía tiempo de iniciar una nueva ronda de probaturas. Asumió con resignación que la duda iba a formar parte de su día a día durante mucho tiempo. Se miró en el espejo y sonrió. Estaba guapa. Le daba pena no ponerse los pendientes de Natalia, pero ya habría otras oportunidades. Pensó en el informe preliminar de la autopsia. Por supuesto, Laura se había cuidado mucho de lanzar conjeturas precipitadas. Se había limitado a transmitir lo que decía el informe, con un tono de voz francamente frío. Aun así Sofía valoró el hecho de que hubiera llamado. Es verdad que solía hacerlo, pero estaba tan enfadada que muy bien podría haberse saltado ese paso e informarle de la autopsia cara a cara.

Tomó aire, se armó de valor y salió de casa. Al poco, volvió a entrar y se puso los pendientes.

—Así que iba en serio.

Estévez fue el primer compañero con el que se encontró al llegar a la Brigada. La miró con una mueca de sorna.

—Tenía la esperanza de que fuera una de tus bromas —siguió—, pero veo que no.

—¿Ha llegado Arnedo?

—Te está esperando. Que Dios te coja confesado.

Sofía se encaminó al despacho de Arnedo. Aunque se había prometido hacer oídos sordos si pescaba alguna burla, oyó una risita de mofa al cruzar la sala principal y se giró en redondo. Siete policías trabajaban en sus mesas, unos hablando por teléfono, otros enfrascados en el ordenador o en los papeles de algún informe. El oficial Moura levantó la cabeza de los papeles y la miró. ¿Había sido él el de la risa? No era su estilo, pero quién sabe. Moura enarcó las cejas al ver a Sofía vestida de mujer. El gesto servía para marcar sorpresa y también como saludo. Ella siguió andando hasta el despacho de Arnedo. El comisario apuró una taza de café y asintió en silencio antes de hablar.

—¿Ese es tu disfraz? ¿Es así como vas a venir a trabajar?

—¿Te gusta?

Arnedo la miró con más pena que enfado.

—Estás apartado del caso. Ahora lo lleva Estévez.

—¿Por qué motivo?

—He perdido la confianza en ti. Y ahora, si no te

importa, tengo mucho trabajo —descolgó el auricular para ilustrar con una acción sus palabras—. Lucía, ponme con Gálvez, por favor. Es urgente.

La actitud de Arnedo excluía por completo a Sofía, pero ella seguía allí, mirándole, como si bastara con el silencio obstinado para que el otro cambiara de parecer.

—Luna, vete a trabajar. Seguro que tienes muchos informes que poner al día.

—No se puede discriminar a un trabajador por razones de edad, raza, religión, ideología o sexo.

—No es el caso. Ya te he dicho que he perdido la confianza en ti.

—Ayer mismo me diste tu confianza delante de todo el equipo. Hay muchos testigos.

Sonó el teléfono de Arnedo. Lo cogió y se echó hacia atrás en la silla.

—¡Gálvez! Me habían dicho que estabas reunido. Oye, ¿qué tal te has levantado? ¿Bien? A mí la cena me ha sentado regular. ¿A ti no? Perfecto, solo quería saber si nos habían envenenado... No, hombre, ya sé que allí dan bien de cenar. Pero nunca se sabe. No, no, estoy trabajando. Tampoco estoy tan mal. Tengo mucho que hacer, me ha surgido un problemilla bastante... peculiar. Venga, un abrazo.

Colgó. Sofía seguía mirándolo muy seria, los labios fruncidos en un gesto de orgullo. Lamentó no habérselos pintado de un rojo muy vivo para enfrentarse al comisario con toda la munición.

—¿Hablaste ayer con Gálvez de lo mío?

—No lo consideré necesario. Teníamos temas más importantes que tratar.

—Si me apartas de la investigación hablaré con la prensa.

—No digas gilipolleces.

—Considero que esto es discriminación por razones de sexo, y no me voy a quedar de brazos cruzados. Te lo prometo, Arnedo.

—Es un ejemplo de indisciplina. Yo te dije que no vinieras disfrazado. Has desobedecido la orden de un superior.

—Al contrario, la he obedecido. Me dijiste que no viniera disfrazada y es lo que he hecho. En mi caso, venir vestida de hombre sería venir disfrazada.

Sofía sacó de su cartera un expediente y lo puso en la mesa.

—¿Qué es eso?

—Me lo pediste ayer. Es mi informe médico. El diagnóstico de disforia de género firmado por el doctor Coll. El tratamiento hormonal conducido por la doctora Marín. La asignación de mi nuevo sexo firmada por la autoridad competente.

Arnedo entrelazó las manos con fuerza y apoyó la barbilla en ellas. Se quedó mirando a Sofía unos segundos.

—¿No lo vas a mirar?

—No.

—Yo espero.

—Vete, déjame solo.

—Hasta que no lo mires no me voy.

—¡Lo voy a mirar más tarde! Vete a trabajar. Hablamos al final del día.

—¿Sigo con el caso?

Arnedo se puso a resoplar, como un bisonte segundos antes de iniciar una arrancada.

—Solo hasta el final del día. ¿Me oyes? Y quiero resultados inmediatos. Si no los hay, te voy a echar del caso y no será por discriminación, será por tu incapacidad de resolver un homicidio. ¿Está claro?

—Sí. Gracias por tu comprensión, comisario. Sé que aceptar esta situación te supone un esfuerzo enorme.

—¡Fuera de mi despacho!

Sofía se marchó. Sintió la imperiosa necesidad de mirarse en el espejo y adecentar su aspecto, como si el enfrentamiento con Arnedo le pudiera haber descolocado la peluca o las pestañas. Pero no, todo estaba en su sitio. Al salir del cuarto de baño, se cruzó con Lanau.

—¿Qué haces en el baño de chicas?

—Soy una chica, Bárbara.

—Ya —dijo Bárbara, quedamente.

—¿Tienes algún problema con eso?

—No me siento cómoda, la verdad. Si un día me estoy cambiando, no me apetece que me veas. Lo entiendes, ¿verdad?

—Lo entiendo. Pero tendrás que acostumbrarte, ¿no?

—¿Y si no me apetece acostumbrarme?

—Vete a la mierda.

Sofía subió las escaleras hacia su despacho lamentando el exabrupto. Le había prometido al doctor Coll que no iba a entrar al trapo de las provocaciones (la reacción tantas veces ensayada incluía, como mucho, una mirada de indulgencia), y ahora se había salido del guion sin venir a cuento, pues el desencuentro con Bárbara era el caso más típico que había representado en las sesiones de terapia. No podía pillarla por sorpresa. Se dijo que la entrevista con el comisario Arnedo la había dejado agotada, y que era imprescindible hacer acopio de reservas para lo mucho que quedaba por afrontar.

En su despacho aguardaba Laura, con el gesto serio y el informe de la autopsia en la mano.

—Ya era hora. Llevo más de veinte minutos esperándote.

—Lo siento, Laura. Estaba con Arnedo. Es un día difícil para todos.

—Ya veo —dijo Laura, admirando la transformación de su compañero de tantos años.

—Si te vas a meter conmigo, hazlo ahora, voy empalmando una detrás de otra.

—Te ha cambiado la voz —dijo Laura.

—Sí. Voy al foniatra.

—Me suena rara.

—¿Rara?

—Como si la estuvieras forzando.

—Voy a cambiar de foniatra —se desesperó Sofía—. No estoy contenta con él.

—A lo mejor es cuestión de acostumbrarse.

—Es lo más difícil, ¿sabes?

—¿Acostumbrarse?

—La voz. La voz es lo más difícil de cambiar. Las hormonas ayudan muy poco. Me puedo operar, y quitarme un trocito de una cuerda vocal. Pero no siempre da resultado.

—Bueno, poco a poco.

Sofía asintió. De pronto comprendió que Laura estaba siendo de lo más tolerante y la miró con gratitud. Laura, avergonzada, bajó la vista.

—¿Me vas a dejar? —preguntó Sofía—. ¿Vas a pedir que te pongan con otro inspector?

—No lo sé. De momento me quedo contigo.

—¿De momento?

—Tengo que ver si me siento cómoda o no.

—Somos un buen equipo. Siempre lo hemos sido.

—No te emociones. Me quedo contigo porque ahora mismo no conviene cambiar. Hay un asesino suelto.

Caridad entró en el despacho.

—Está abajo. El escritor, Julio Senovilla. ¿Le habéis dicho que venga?

—Se ofreció él a venir —explicó Laura.

—Pues está en la calle. —Caridad se acercó a la ventana de dos zancadas y miró hacia abajo—. Yo lo veo un poco despistado.

Sofía y Laura se asomaron también. Julio Senovilla estaba en la acera, quieto como un espantapájaros y con la mirada perdida en ninguna parte. De pronto caminó a pasos cortos hacia el parking, pero no tardó en volver a la posición que ocupaba. En efecto, parecía un poco desorientado.

—Caridad, sal a por él, anda —dijo Sofía—. Y le acompañas.

—Me encanta ese hombre —respondió la oficial corriendo hacia la escalera—. Me he leído todas sus novelas. Es un genio.

Sofía la detuvo.

—¡Caridad! —y cuando ella se giró—: ¿No me dices nada?

—Es que todavía no me he formado una opinión, si te soy sincera.

—Vale, pues cuando te la formes...

—Te la digo a ti la primera. Ya sabes que yo siempre digo lo que pienso. Si es que sí, sí. Y si es que no, pues también. ¿Que te hace gorda la ropa? Pues yo te lo digo. ¿Que la peluca te pone años? Te lo digo. ¿Que no estás acertando con el esmalte de uñas...?

—Caridad —intervino Laura—. Sube a Senovilla, por favor.

—Voy.

Caridad se fue.

—¿Dice algo más la autopsia? —preguntó Sofía.

—No hay señales de defensa, no hubo pelea, no se resistió. O le cogieron por sorpresa o estaba dormido —dijo alargándole el informe.

Sofía lo cogió.

—¿Dormido en el columpio?

—Puede ser. La lividez apunta a que el cadáver no ha sido desplazado.

—¿Qué te parece? —preguntó mientras lo hojeaba.

—Muerto de una sola puñalada. Raro, ¿no? En homicidios con arma blanca suele haber más.

—Sí. Parece que el asesino sabe de armas. Y de arterias. ¿Un médico, tal vez?

—No lo sé. Para mí hay algo más concluyente en el dato de la puñalada única.

—¿El qué?

—Lo conocía. No se quiso ensañar porque lo conocía. De alguna forma le daba pena matarlo.

—Eso encaja con la ausencia de trazas de violencia en la puerta.

—Y con que supiera que Jon esa noche estaba solo.

—En teoría había quedado a cenar con alguien.

—En teoría.

—A lo mejor estaba drogado y por eso se quedó dormido en el columpio —dijo Sofía tras un silencio.

—Cuando llegue el informe de tóxicos lo sabremos.

—Mañana mismo traigo todas mis novelas y me las dedica. —Caridad entró en ese momento con el escritor.

—Eso está hecho. Me parece que voy a tener que venir aquí más de una vez.

La oficial le dedicó una amplia sonrisa antes de marcharse. Julio Senovilla traía el pelo despeinado y un evidente buen humor. Resultaba extraño verle así cuando su hijo había sido asesinado el día anterior. Saludó a Laura y se quedó perplejo al ver a Sofía. Sus ojos azules escudriñaban el rostro en busca de la explicación al misterio.

—Usted es...

—La misma persona que habló ayer con usted —aclaró Sofía—. Solo que ayer era el inspector Luna y hoy soy inspectora.

—¿Por alguna clase de chiste privado?

—He cambiado de sexo.

—¿De verdad? ¡Pero eso es magnífico! Todos deberíamos hacerlo alguna vez. Probar la vida desde el otro lado. Seguro que sería una experiencia refrescante. Y muy aleccionadora.

—Cuando lleve más tiempo se lo digo. Pero en mi caso no hay ninguna intención lúdica. Es un intento de corregir lo que la naturaleza había hecho mal.

—Estupendo. Cuenta usted con toda mi simpatía.

Laura carraspeó, impaciente.

—Señor Senovilla, siéntese, por favor.

—Llámeme Julio, que ya estoy muy mayor para estos tratos de cortesía.

—Julio, siéntese —insistió Laura—. ¿Qué tal ha pasado la noche?

—He dormido a pierna suelta. Y me siento un poco culpable, ¿sabe? Habría sido más decoroso sufrir la visita del insomnio. Pero nada, no tengo remedio. Siempre he dormido como un leño. El día que murió mi padre también. Todo el mundo llorando y yo durmiendo como un bendito.

—¿Dónde durmió la noche del miércoles? —preguntó Sofía.

—La noche de autos —dijo Senovilla, y se quedó pensativo—. Curiosa expresión, ¿verdad? La noche de autos. Supongo que es mejor decir eso que la noche que mataron a mi hijo. Los eufemismos están para algo.

Sofía y Laura asintieron sin saber qué decir.

—La noche de autos dormí en un castillo. Sé que esto suena muy medieval, pero es la pura verdad.

—¿En qué castillo? —preguntó Laura.

—En el castillo de Benagües. Está cerca de Olías del Rey, no sé si lo conocen.

Hizo una breve pausa para comprobar que no lo conocían.

—Es de unos amigos. Mediano, muy bien cuidado. Con todo el sabor de lo antiguo en sus paredes de piedra. En ese castillo se celebraba un congreso de heráldica, y fueron tan amables de pedirme que presentara yo las jornadas. No es que yo entienda mucho de ese tema, pero he sacado castillos en tres de mis novelas, y en este tipo de congresos que, entre nosotros, son muy aburridos, todos agradecen las ocurrencias de un viejo escritor.

Sofía se adelantó a Laura, que se movía inquieta en su silla, deseosa de hacer una pregunta.

—Así que usted presentó el congreso, y esa noche se quedó a dormir.

—Exacto. Quería hablar con Raimundo, el dueño del castillo, y necesitaba emplear la mañana del día siguiente. Me está ayudando con la documentación de mi novela.

—¿También ambientada en un castillo? —preguntó Laura.

—En concreto en ese de Benagües. Y con esa familia, los Crory. Quiero empaparme de la pasión que sienten por la genealogía y por la heráldica. Hay algo maravilloso en esa fascinación por el pasado. El pasado para ellos es la tradición, la memoria, la sangre. Son conceptos en desuso, pero ellos los encierran en urnas de cristal, los protegen del deterioro, del huracán de la modernidad. Les aconsejo que visiten el castillo, no les va a defraudar.

Sofía trató de encauzar la conversación.

—O sea que usted acudió el miércoles a Benagües para inaugurar un congreso de heráldica. Y se quedó a dormir porque al día siguiente iba a trabajar en la documentación de su nueva novela con el dueño del castillo. ¿Cómo ha dicho que se llama?

—Raimundo Crory.

Laura anotó el nombre en su libreta. Garabateó alguna cosa más. Senovilla miraba de reojo a la policía, como si quisiera espiar sus anotaciones.

—¿Quién le avisa de la tragedia, Julio?

—Mi hijo Pablo. Él sabía dónde estaba y tenía el teléfono del castillo. Me llamó a las diez de la mañana. Naturalmente, cancelé mi sesión de trabajo con Crory y volví a Madrid de inmediato.

—¿En su coche? —preguntó Laura.

—Sí. Me reuní con mi hijo Pablo en la puerta de la clínica y fuimos juntos al Anatómico Forense.

—Nos dijo usted ayer que ha perdido su teléfono móvil —observó Sofía.

—Sí. Soy un desastre, los pierdo todos. Rosa se queja mucho de eso, dice que lo hago aposta, para que no pueda localizarme.

—¿Cuándo lo perdió? —intervino Laura.

—El día del congreso. No sé si antes o durante. Pero el miércoles por la mañana concreté con Raimundo mi hora de llegada, y eso fue con el móvil. Debió de ser por la tarde, o a la hora de comer. No lo sé, sinceramente. De todas formas, aparecerá. Me llamarán del Alameda para decirme que está allí, o Crory para decirme que está en el castillo. No sé dónde tengo la cabeza.

—¿Qué es el Alameda? —preguntó Sofía.

—Un bar que hay al lado del hospital. Comía allí cuando iba a ver a mi novia. Pero ya está en casa, afortunadamente.

—¿Se encuentra bien? —preguntó Laura.

—Sí, muy bien. Bueno, está cansada. Le han extirpado el útero, eso no es poco. Tiene que permanecer en reposo unos días, vida tranquila.

—Julio... —dijo Sofía, tratando de ser delicada—, me va a perdonar que plantee esta cuestión, pero es que me tiene muy intrigada. ¿Operan a su novia de una cosa seria, con anestesia general, y usted se va a dar una charla a un castillo?

—Sí, así sucedió. ¿Es un comportamiento muy monstruoso?

—Es raro —se apresuró a decir Laura.

—Para mí no lo es. No me entiendan mal, sé en qué mundo vivo y sé que este tipo de conductas se consideran anatema. Pero miren, mi novia no estaba desangrándose en una chabola o pariendo en un chiscón. Estaba en un hospital que cuenta con todos los avances en medicina, tiene un personal médico bien preparado, tiene mantas, antibióticos, anestesias, enfermeras muy solícitas y cirujanos abstemios. ¿Qué pinto yo ahí?

—¿Apoyo moral? —se atrevió a decir Laura.

—Rosa es mayorcita, por el amor de Dios. Y me conoce bien. Sabe que odio perder el tiempo. Y odio los convencionalismos. Mi compañía no le mitiga los dolores ni le quita un ápice del miedo a la anestesia. Desgraciadamente no tengo ese poder. Y yo creo que además a ella no le importa estar sola. No es agradable que tu novio te vea en una versión tan desmejorada. ¿No creen?

—Es una forma de verlo —zanjó Sofía.

—Es mi forma de verlo. Por supuesto acepto que otras personas sean diferentes. Yo prefiero hacer mi vida, visitarla, llamar al hospital para ver si todo va bien...

—¿Llamó el miércoles al hospital para ver qué tal iba todo?

—Me temo que con el lío del congreso me olvidé de llamar.

—Además, no tenía su móvil —puntualizó Sofía.

—Muy bien apuntado —sonrió Senovilla—. Pero podría haber llamado desde un fijo, o con el móvil de alguno de los que estaban allí. Les gusta la heráldica, pero les aseguro que usan teléfonos móviles. No, lo cierto es que me olvidé de llamar. No tengo excusas. ¿Por qué anota usted tantas cosas? —preguntó girándose hacia Laura.

Ella dejó de escribir.

—Son ideas que se me ocurren, no se preocupe.

Laura se ruborizó. A Sofía le gustaba mucho lo concienzuda que era su compañera con las notas. La imaginaba desgranando la última parrafada de Senovilla, escribiendo frases como «no llamó el miércoles al hospital», «preguntar a Rosa si le molesta esta desatención», «verificar con el hospital con qué frecuencia llamaba»... Sofía evitaba tomar notas en las declaraciones de testigos, le gustaba más construir una conversación fluida y dejaba de lado cualquier acto que pudiera estropear el ritmo natural de la charla. Fiaba a su memoria la transcripción posterior de los detalles interesantes. Pero con Laura no hacía falta: ella anotaba furiosamente cada pormenor que salía a la luz.

—Julio, le vamos a enseñar el cuchillo con el que mataron a su hijo. ¿De acuerdo?

Senovilla asintió. Sofía descolgó el auricular y pidió que le subieran la prueba. Mientras esperaban, le preguntó por su hijo Jon. ¿Cómo era? ¿Tenía enemigos? ¿Algún incidente que le hubiera llamado la atención?

—El único incidente reseñable lo tuvo conmigo —confesó el escritor—. Fue hace unos meses, cuando me dijo que quería hacer el doctorado en Historia Medieval. Me pareció un error, se lo dije y discutimos.

—¿Por qué le parecía un error? —quiso saber Laura.

—Yo no soy de esos padres castradores que les marcan el camino a sus hijos. Al contrario, les doy toda la libertad, siempre lo he hecho. Pero en este caso, no sé... Soy un escritor muy famoso. Escribo novela histórica, la mayoría de mis libros están ambientados en la Edad Media y me parecía que mi hijo debía buscar otro camino. Si se quedaba en ese, le iban a comparar conmigo toda la vida, y eso no es bueno.

—¿Cómo fue la discusión? ¿Fue muy áspera?

—No lo recuerdo, pero supongo que sí. En una discusión se dicen tonterías, se traspasan ciertos límites... Creo recordar que le acusé de querer aprovecharse de mi fama. Algo así. Él se ofendió, me dijo que mis libros le parecían una mierda y se fue dando un portazo. Así que le acepto el calificativo: fue muy áspera.

—Y después de aquello, ¿llegaron a hacer las paces? —preguntó Sofía.

—Sí, pero de esa manera imprecisa en que hacen las paces un padre y un hijo. Sin hablar del tema, simplemente respirando el mismo aire, rozándonos un poco cada día, dejando que las heridas se restañen solas. ¿Ustedes tienen hijos?

Laura meneó la cabeza. Sofía se sintió apelada y no tuvo más remedio que asentir. Notó un hormigueo de intranquilidad al ver el brillo curioso en la mirada del escritor.

—Entonces sabrá de lo que le hablo. ¿Cuántos años tiene su hijo?

—Diecisiete.

—¿Cómo se ha tomado el cambio de sexo de su padre? —preguntó—. ¿Lo acepta? Que tu padre cambie de sexo debe de ser un terremoto.

—Si no le importa, preferiría que centráramos el tema en su hijo.

—Sentía curiosidad de escritor. Lo siento.

Sofía descolgó el auricular en un gesto nervioso y reclamó la prueba que había pedido, disimulando su mal humor. Laura retomó la conversación.

—Julio, ¿cómo describiría a su hijo Jon?

—Difícil contestar a eso... Me hace usted una pregunta muy difícil.

—No le pido una descripción profunda. Digo en general. ¿Era sociable?, ¿era reservado? ¿Salía mucho? ¿Era más bien hogareño?

—Mire, yo he creado más de cien personajes en mis novelas. Y los describo. Ya no está de moda describir en detalle a los personajes, pero yo lo sigo haciendo. Me gusta. En muchos de esos personajes he puesto cosas de mi hijo. Eso lo hago bien, descomponer su personalidad en trocitos que voy pegando aquí y allá. Un poco de su sensibilidad, un poco de su valentía, un poco de su complejo de inferioridad. Una anécdota de su infancia se la pongo a un personaje, y a otro le pongo un tic nervioso de mi hijo. Pero no sé describirle entero y de un plumazo, como usted me pide. Y tampoco quiero hacer el panegírico habitual de los padres. Era un chico maravilloso, una gran persona, bla, bla, bla. Odio esos lugares comunes. Mi hijo era complejo. Generoso y egoísta, humilde y orgulloso, alegre y profundamente depresivo. Un ser humano.

Había algo raro en la respuesta del escritor, que sí había elogiado sin reservas a su hijo en el Anatómico Forense. Pero a Sofía no le dio tiempo a señalarle la contradicción, porque un funcionario llamó a la puerta y entró con unas fotografías del arma del crimen.

—Lo siento, teníamos un pequeño lío.

—Gracias, Jesús —dijo Sofía.

Sofía le enseñó las fotos a Senovilla. Se veían muy bien la empuñadura de nácar, las incrustaciones y el filo curvo, de cuchillo árabe de la Edad Media.

—Julio, a su hijo lo mataron con esto. ¿Lo había visto alguna vez?

El escritor estudió las fotografías con interés y con algo parecido al asombro.

—Podría haber salido de una de mis novelas —musitó.

—¿Le resulta familiar?

—He visto cuchillos de este tipo. En ilustraciones, en libros, en museos... He podido tenerlo en mis manos, no este en concreto, pero sí alguno muy similar.

—Pero este en concreto...

Senovilla le devolvió las fotos a Sofía. De pronto tenía los ojos húmedos y el pulso tembloroso. No quedaba nada de la arrogancia de antes; ahora parecía un anciano desvalido.

—¿Qué está pasando aquí? —preguntó—. ¿Por qué le han clavado a mi hijo un cuchillo medieval?

—No lo sabemos, Julio —contestó Sofía, intentando poner calidez en su tono de voz, y advirtió que el falsete ensayado con el foniatra para que la voz resultara más femenina no admitía bien los registros compasivos.

—¿Es un crimen ritual? —preguntó Senovilla—. ¿O alguna clase de venganza contra mí?

—¿Se le ocurre alguien de su entorno que pudiera querer vengarse de usted por algo en concreto? —preguntó Laura.

—No. Yo no tengo enemigos. Más allá de los que te trae la envidia.

—O vengarse de Jon... —insistió Laura.

Senovilla meneó la cabeza. Laura y Sofía cambiaron una mirada rápida. Fue Sofía la que recogió el guante.

—En la sala de autopsias, cuando le enseñaron el cadáver de su hijo, usted dijo algo que el médico forense escuchó. Dijo «justicia poética».

La expresión de horror que había ido adquiriendo el rostro de Senovilla al ver el cuchillo se vio matizada ahora por una sombra de confusión.

—¿Por qué dijo usted eso?

—¿Por qué dije el qué?

—Justicia poética.

—Justicia poética —repitió Senovilla.

—Es como si pensara que la muerte de Jon restablecía la justicia de alguna manera —dijo Sofía.

—¿A usted le parece que una muerte así puede ser justa? —preguntó Senovilla, las pupilas de pronto dilatadas.

—Solo intento comprender por qué pudo decir algo semejante...

—La muerte es la mayor de las injusticias en este mundo —proclamó el escritor—. Todo lo que hacemos, cada uno de los errores que cometemos, se deriva de la rabia que sentimos por esa injusticia. La impotencia de saber que nos vamos a morir.

La mirada de Senovilla no se detenía en Laura ni en Sofía. Vagaba por la habitación como un espíritu libre.

—¿Dijo usted «justicia poética»?

—Pablo, vámonos. Estoy cansado.

—¿Qué Pablo? —preguntó Laura—. ¿Se refiere usted a su hijo?

—Que me lleve a casa. Estoy cansado, dígaselo.

—Su hijo Pablo no está aquí.

Senovilla miró a su alrededor. Se frotó los ojos con una mano y se despeinó, como si así pudiera salir de su repentino embotamiento.

—Ya lo sé —dijo, de pronto más sereno—. He venido paseando. Mi hijo está en la clínica, trabaja hasta muy tarde.

—¿Quiere que le llevemos a casa? —propuso Sofía.

—Sí, por favor. Seguimos otro día.

9

El mundo es de las mujeres, pero a Rosa le parecía que desde ahora, el punto más favorable de su currículum sería la histerectomía que le acababan de practicar. «A todos los empleadores machistas del mundo: no tengo útero.» Lo pensaba con sarcasmo, recordando inevitablemente la entrevista de trabajo de hace tantos años ya, cuando buscaba su primer empleo. Entonces quería ser profesora de Lengua y Literatura, y el director de un colegio privado, tras repasar su currículum con aire distraído, empezó a lanzarle preguntas personales: ¿tienes hijos?, ¿piensas tenerlos?, ¿tienes pareja estable? Ante el estupor de Rosa, el hombre se sintió obligado a explicar el porqué de su curiosidad: para los alumnos es muy traumático cambiar de profesor a mitad de curso, tardan mucho en pillarle el truco a uno, así que hay que garantizar de antemano la normalidad en el desarrollo del año académico. Rosa se excusó dos veces, trató de razonar sus reservas, esos temas eran privados y no debían salir en una entrevista de trabajo. Pero el director del colegio no dio su brazo a torcer: era imprescindible conocer esos detalles. Ella tomó aire y dijo: «No tengo pareja estable, pero este año quiero tener trillizos. Así que estoy en plan promiscua buscando un padre; si sabe de alguien, me lo dice». Cuando el hombre acertó a iniciar un gesto para echarla del despacho, Rosa ya se había ido. Esa entrevista marcó su futuro, pues quedó tan escarmentada que ya no intentó buscar más colegios y nunca llegó a dar clases. A cambio se convirtió en lectora externa de editoriales y consiguió colaboraciones en revistas literarias, trabajos mal pagados que apenas le permitían llegar a fin de mes, pero que le gustaban mucho.

¿Dónde había quedado su rebeldía juvenil? Acababan de extirparle el útero, y en lugar de tomarse unos días de descanso estaba leyendo un manuscrito que le había mandado la editorial. El informe no debía demorarse mucho si no quería indisponerse con su jefa. También tenía que sacar tiempo para su reportaje sobre Virginia Woolf. Se acercaba el centenario de la fundación de la editorial Hogarth Press, y ella quería escribir una pieza para recordar ese momento. Virginia Woolf sí que era una mujer decidida en un entorno de hombres. Ella y su marido crearon esa editorial, con la que publicó sus mejores novelas. Un par de revistas literarias se habían interesado por el reportaje y, aunque no tenía un plazo de entrega comprometido, le aterraba, como a todo *free lance*, que alguien le pisara la idea.

Julio entró en el dormitorio.

—¿Qué tal estás? —preguntó.

—Ya me ves. Trabajando.

Rosa estaba sentada en una butaca, y tenía las piernas apoyadas en la cama. Dejó caer el manuscrito sobre su regazo y alargó una mano para recibir mejor el beso de Julio.

—¿Qué tal tú?

—He estado en la Brigada. Me acaban de traer a casa. Ahora quieren hablar contigo.

—¿Están aquí?

—Sí. Pero les he dicho que estabas descansando.

—No, puedo bajar. —Rosa se puso en pie—. Cuanto antes hablen conmigo mejor.

El manuscrito fue a parar al suelo. Julio lo recogió. No pudo evitar fijarse en el título.

—*El marqués que ofrecía zumo de espinacas a sus visitas* —leyó con asombro—. ¿Qué está pasando en este país?

—No es solo en este país. Es una tendencia planetaria.

—¿Ya no podemos titular una novela *Desarraigo*?

—Tú puedes titular como quieras, que te lo has ganado. Pero los demás tienen que llamar la atención, entiéndelo.

—Me da miedo que la frivolidad nos aplaste a todos.

—Pues el título es lo más serio de todo el manuscrito —dijo Rosa—. Hojéalo y verás. ¿Dónde has dejado a los policías?

—En el salón. Te acompaño.

Al bajar, encontraron a Sofía y Laura quietas en medio de la nada, muy modosas. Seguramente habían detenido la inspección del lugar al oír los pasos en la escalera. Rosa se acercó, renqueante.

—Creo que quieren hablar conmigo.

—Solo si se encuentra en condiciones. No teníamos la intención de hacerla bajar las escaleras.

Laura, siempre tan atenta, se había adelantado a

Sofía a la hora de formular las frases educadas. Es verdad que Rosa tenía el aspecto de quien acaba de salir de un quirófano. Se movía arrastrando los pies, y se echaba la mano a un costado a cada tanto, como si sufriera latigazos regulares de dolor. La palidez asomaba bajo el maquillaje, que no lograba disimular del todo las ojeras producidas por la fatiga o por la falta de sueño. Aun así los ojos eran vivaces y comunicaban inteligencia y sentido del humor. En circunstancias más favorables, Rosa debía de ser una mujer muy atractiva.

—El médico me ha dicho que me viene bien pasear un poco. No quiero estar todo el día tumbada. ¿Nos sentamos?

Con un gesto las invitó a sentarse. Julio también lo hizo.

—¿Le importaría que habláramos con ella a solas? —dijo Sofía.

—Claro, no hay problema —Julio se levantó—. Me voy a preparar algo de comer. Estoy hambriento. ¿Quieren tomar algo?

—No, gracias —dijo Laura. Su respuesta incluía a Sofía, que una vez más lamentó su lentitud. Ella sí habría agradecido un café con galletas. Ahora que ya había confesado toda la verdad, le tendría que explicar a Laura que el tratamiento hormonal daba mucha hambre.

Cuando Julio se marchó, Sofía se preocupó por darle un cariz oficial a la conversación. Dijo sus nombres y explicó que estaban investigando la muerte de Jon. Era muy importante saber si el chico tenía algún enemigo.

—Es difícil saber esas cosas —contestó Rosa—. A mí no me contaba sus problemas, teníamos una relación cordial, incluso cariñosa, pero sin la menor intimidad.

—¿Se llevaba bien con él? —preguntó Laura.

—Tráteme de tú, por favor, que tengo treinta y seis años. Todavía me siento joven.

—Perdona. ¿Qué tal te llevabas con Jon?

—Bien, sobre todo teniendo en cuenta que yo era algo así como su madrastra. Qué mal suena esa palabra, ¿verdad?

—Suena mejor «la novia de su padre» —dijo Sofía.

—Sí, supongo que suena mejor. Aunque no sé si a Julio le gustará lo de novia. ¿Tú qué dices, cariño? —gritó hacia la cocina—. ¿Somos novios?

No hubo respuesta.

—No me oye. Bueno, de momento somos novios. Por poco tiempo, me parece, pero de momento lo somos.

—¿Por qué dices eso? —quiso saber Sofía.

—Porque las novias le duran tres años. Luego se cansa. Y llevamos dos años y medio juntos, así que no me queda mucho.

—¿Me has llamado? —dijo Julio asomando de pronto. Tenía en la mano un canapé de salchichón.

—Les contaba que las novias te duran tres años, que luego te cansas. ¿Cuánto calculas que me queda contigo?

—Yo creo que hasta el verano llegas —dijo Julio.

—Gracias, cariño. Eso pensaba yo.

—Si quieres algo más, estoy en la cocina.

Sofía admiró la complicidad que rezumaba esa pareja. ¿Hablarían siempre así, manejando ironías y despachando los temores a base de bromas y burlas? Jon llevaba muerto un día y ellos actuaban como si tal cosa.

—¿Cómo os conocisteis? —preguntó Laura, que parecía muy interesada por la historia personal de la pareja.

—En un taller literario. Yo iba de oyente y Julio lo impartía. Al acabar lo abordé, en plan *groupie*, y terminamos tomando un café. Y concederme un café a mí es caer rendido a mis pies. Mi encanto se abre paso, no hay quien lo pare.

Sofía y Laura tardaron unos segundos en formular la siguiente pregunta. Se quedaron embobadas, tratando de adivinar en qué momento de la conversación Rosa se había convertido en un personaje irreal.

—Antes nos estabas hablando de Jon —acertó a decir Sofía.

—Sí, a ver, nos llevábamos bien, teniendo en cuenta lo difícil que son estas relaciones con los hijos de tu pareja. Te pueden ver como una amenaza. Tengo amigas que cuentan historias terribles. Pero conmigo siempre se portó muy bien. Incluso me hizo un informe para una editorial, en plan negro. A mí no me daba tiempo, se lo pedí como favor y me lo hizo.

—¿Un informe?

Rosa explicó en qué consistía su trabajo para las editoriales. La lectura de manuscritos, la redacción de un informe aconsejando o no la publicación del libro.

—Miren, antes me preguntaban si Jon podía tener enemigos. Yo pongo la mano en el fuego: no los tenía. Es verdad que la gente guarda secretos, y que no lo podemos saber todo, pero hablo desde la intuición, por la imagen que transmitía. Era un chico maravilloso, sano, se hacía querer. Le gustaba estudiar, salir con su novia, estar en casa a su aire... Alguien así no tiene enemigos.

—¿Fue a verte al hospital algún día? —preguntó Laura.

A Sofía le pareció una buena pregunta. A su manera

sutil, Rosa se estaba presentando como una madrastra ejemplar, pero ahora tocaba demostrar con hechos que su relación con Jon era de verdad cariñosa. Como prueba de que la pregunta era buena, Sofía creyó notar una crispación repentina en el gesto de la mujer. Los ojos vivaces se desorientaron un par de segundos, hubo un abismo fugaz en su mirada que dejó paso a una sonrisa de suficiencia; ya había encontrado una ironía a la que agarrarse.

—No, qué va a ir. Si no fue su padre, que es mi novio, ¿cómo iba a ir el hijo?

—¿Cuánto tiempo has estado ingresada? —siguió Laura.

—Cuatro días.

—¿Te parece normal que no fuesen a verte?

—Miren, a Julio ni siquiera le dejé que me acompañara al hospital el día que me ingresaban. Le conozco, sé que esas cosas le ponen malo. Las obligaciones, los asuntos de salud... Por ahí naufraga. Y ayer, cuando me dieron el alta, Julio estaba allí. Tampoco es un descastado sin remedio.

—¿Sabías dónde estaba Julio la noche del miércoles? —preguntó Sofía.

—Sí, hija, sí —contestó Rosa sin disimular su contrariedad—. Se fue a inaugurar un congreso de castillos. Una de esas tonterías a las que le invitan.

—Veo que no te gustaba nada el plan —dijo Sofía.

—Me parece que tiene que aprender a decir no. Le invitan a actos de todo tipo, cada semana llegan dos o tres invitaciones, y él dice que sí a todo. De verdad, a qué límites puede llegar la vanidad de este hombre. Cómo le gusta el aplauso, y dejarse ver, y que le rían las gracias. Con tanto acto no para en casa. Hay semanas que no le veo el pelo, porque por supuesto a esas cosas prefiere ir solo. Y no me gusta que coja el coche —se inclinó hacia ellas para hablar en voz más baja—. Ahora que no me oye, cada día está más despistado. Pero cualquiera le dice nada. Se pone como loco. Dice que le quito libertad. Los hombres son muy pesados con esto de la libertad, ¿no les parece?

Laura se encogió de hombros y Sofía sonrió. Ninguna de las dos dijo nada.

—Pero yo me cuido mucho de molestarle. Si no quiere ir al hospital, que no vaya. Y puede que gracias a eso me haya ganado una prórroga de seis meses. A lo mejor soy su novia hasta finales de año.

—A lo mejor toda la vida —dijo Laura.

—Eso no lo creo —contestó a la vez que soltaba una risotada. Pero al reírse así le entró un acceso de dolor y se puso una mano en la tripa.

—Perdonen, cuando me río me tiran los puntos.

—No te vamos a molestar más, Rosa —dijo Sofía—. Antes le hemos preguntado a Julio si podíamos entrar en el cuarto de Jon.

—¿Y qué ha dicho él?

—Que no había problema.

—Ahora llamo a Suni para que las acompañe. Y si quieren algo más, ya saben dónde estoy.

Se levantó con una mueca de dolor y se alejó por un pasillo llamando a Suni. Enseguida apareció la asistenta dominicana y las acompañó al cuarto de Jon, que estaba también en el piso de arriba. En la habitación imperaba el orden. Motitas de polvo flotaban en el aire, como sostenidas por los débiles rayos de sol que filtraba el estor. Llamaba la atención la cama de uno cincuenta, cubierta con un edredón nórdico verde. De una de las patas del cabecero de madera colgaba un sapito de peluche. En el escritorio se apilaban los folios con los apuntes de Jon: notas para la tesis doctoral. Alineados en un estante había varios libros de temática medieval. Que ese tema le gustaba a Jon quedaba muy claro viendo el mapa que tenía colgado en la pared: uno de las Cruzadas, con flechas que marcaban los avances hacia un lado y otro, y regiones sombreadas para señalar las zonas de influencia. A Sofía le impresionaba mucho habitar el cuarto de un muerto. Las señales de la vida interrumpida iban calando en su ánimo poco a poco. Un pósit pegado a la mesa decía: «Comprar cargador móvil». Otro pósit incluía un número de teléfono, sin indicaciones de a qué o quién correspondía. Laura tomó nota del número en su libreta. Al pie de la mesa, junto a una papelera, había una bolsa de papel con unos calzoncillos a los que no había tenido tiempo de quitarles la etiqueta. Una de las últimas actividades de Jon había sido comprar ropa interior, pensó Sofía con tristeza.

Abrió el armario y comprobó que a Jon le gustaban más las camisetas que las camisas, y que coleccionaba uniformes de equipos famosos de fútbol.

—No toquen nada, por favor —sonó de pronto la plañidera voz de Suni—. Me da tanta pena que hurguen aquí.

—Lo sentimos mucho, pero es nuestro trabajo —dijo Laura.

La asistenta se había quedado en el umbral, como si fuera la supervisora de la inspección. Ahora, con esa frase, se había incluido en la escena.

—¿Lo quería usted mucho? —preguntó Laura.

Suni asintió.

—La mesa del jardín estaba puesta para dos personas. ¿La dejó usted preparada?

Suni negó con la cabeza.

—¿Quién iba a cenar allí la noche del miércoles?

—Yo no lo sé. Ni el señor ni la señora, eso seguro. Y el chico me extraña...

—Entonces, ¿quién?

—No lo sé.

—¿Usted dónde estuvo la noche del miércoles?

—En casa de mi amiga Roberta. Es mi día libre. Aquí vivo interna. Solo necesito la noche de los miércoles, y una amiga de Santo Domingo me deja una cama.

—¿Dónde vive su amiga?

—En Alcorcón. Un poco lejos, ya.

—¿Estuvo con esa amiga el miércoles?

—Toda la tarde, sí, señora. Jugamos a las cartas, vimos la tele, comimos un pollo criollo y nos acostamos prontito.

Las preguntas las formulaba Laura, porque Sofía estaba afanada en la inspección del armario.

—¿Me puede dejar el teléfono de su amiga? Es para hacer una simple comprobación.

—Sí, señora, yo se lo dejo ahorita.

—¿Tomaba Jon alguna medicación? —preguntó Sofía.

—No, señora. No, que yo sepa.

—Lo digo por esto.

Sofía mostró lo que había encontrado en el armario, sepultado bajo un montón de medias de fútbol: un talonario de recetas. Recetas del doctor Pablo Senovilla.

10

La consulta del doctor Senovilla estaba en el barrio de Chamberí, no muy lejos de la sede de la Asociación Española de personas Transexuales. Sofía había visitado la asociación al principio de su ya largo recorrido. La habían asesorado, le habían prestado libros sobre el tema, libros de lectura desalentadora que desgranaban los inconvenientes a los que iba a tener que enfrentarse. Les había prometido una visita cuando consiguiera el cambio de sexo, pero ahora no se veía con ganas de cumplir su palabra. A la asociación le interesaba dar publicidad al caso. Un policía que cambia de sexo era de lo más insólito. Hacía unos años se había publicado en prensa el caso de un transexual en la Guardia Civil, y hubo otro en el Ejército, pero no les constaba ninguno en el seno de la Policía Nacional. Sofía comprendía el impacto favorable que tendría su caso para los intereses del colectivo. Si daba un paso al frente y se ponía bajo el foco mediático, mucha gente empezaría a mirar a los transexuales con algo más de normalidad. La batalla, como decían en la asociación, era larga pero necesaria, y cada pequeña contribución personal podía ayudar a construir el camino. Sin embargo, ella solo quería llevar una vida normal. Le había costado un mundo conseguir el sexo que le correspondía, y su sueño era iniciar una etapa nueva sin llamar la atención. Suspiraba por que los cambios hormonales fueran invisibles para la gente, que la tomaran por una mujer sin enarcar una ceja de sorpresa ni disimular risitas de estupor. A lo mejor era una postura egoísta, pero estaba dispuesta a reivindicar un poco de egoísmo ahora que empezaba a vislumbrar, por primera vez en su vida, la posibilidad de ser moderadamente feliz.

De momento se conformaba con acostumbrar a la gente de su entorno más directo a la nueva situación, y ni siquiera eso le estaba resultando fácil. Laura no dijo palabra en el trayecto hasta la consulta del doctor Senovilla, y ese silencio era muy poco natural en ella. En realidad, había mucho que comentar. Rosa, la novia del escritor, era todo un personaje. Había puesto más interés en mostrarse inteligente que conturbada por la tragedia. En esa casa, la persona más afectada por la muerte de Jon parecía ser Sunilda, la asistenta. No se había resuelto el misterio de la mesa para dos en el jardín. Y la inspección del cuarto de Jon había arrojado un resultado interesante: el hallazgo del talonario con una receta arrancada.

En circunstancias normales, Laura habría pasado el viaje entero comentando estos pormenores. Pero en esta ocasión se distrajo todo el rato mirando por la ventana, con aire sombrío, y Sofía se convenció de que esa misma noche, si cogía aún a Arnedo en la oficina, o si no el lunes, pediría el cambio de pareja.

El centro médico estaba muy animado. En los bancos más próximos a la recepción había varios niños, la mayor parte de ellos acompañados por sus madres. En un televisor ponían dibujos animados de Dora la Exploradora, pero los niños no le hacían mucho caso. La consulta de Traumatología estaba al final del pasillo, según explicó una enfermera joven, muy inquieta, que andaba de aquí para allá acompañando a pacientes a un box en el que estaban sacando muestras de sangre.

Varios pacientes abarrotaban la sala de espera. Personas mayores de mirada aburrida, un mundo de tobillos torcidos, caderas rotas y rodillas carcomidas por el tiempo. Algunos saludaron a Sofía y a Laura, que no tenían dónde sentarse ni sabían cómo proceder para abordar al médico. La enfermera que les había indicado dónde estaba la consulta se acercó a ellas.

—Perdonen, esta mañana está completa, y además vamos con mucho retraso. ¿Tenían hora con el doctor Senovilla?

Fue Laura la que respondió a la pregunta.

—Somos de la Policía Judicial. Solo queríamos preguntarle una cosa. ¿Podríamos pasar entre paciente y paciente? Va a ser un minuto.

—No lo sé. Déjenme que lo consulte.

Sofía sonrió para sí. Todavía no se sentía segura con su voz femenina, y en esas situaciones en las que había que pedir un favor y ser persuasivo prefería dejar que hablara su compañera. Ella parecía haberlo entendido sin necesidad de explicaciones. Le gustaba mucho trabajar con Laura, pensó con un poso de tristeza.

Antes de que la enfermera llegara a entrar en la consulta, se abrió la puerta y salió el doctor Senovilla, acompañando a un joven que llevaba una pierna cubierta por una férula y caminaba con muletas.

—Si me haces caso, en cinco meses estás jugando al fútbol.

La enfermera aprovechó para susurrarle algo al oído al doctor. Pablo miró a Sofía y a Laura y torció el gesto.

—Encarna —dijo dirigiéndose a una señora mayor—, estoy con usted en un minuto.

Con una seña, indicó a las policías que pasaran a su despacho.

—Tengo la consulta llena, no sé si voy a poder atenderlas mucho tiempo.

—Es solo una pregunta rápida —dijo Laura.

Sofía advirtió que Pablo la miraba con extrañeza. También él había reconocido la transformación.

—Soy la inspectora Luna —se adelantó Sofía—. Ayer era el inspector Luna, es una historia muy larga y tenemos poco tiempo.

Pablo la miró unos segundos. Su gesto era cansado y sombrío.

—¿Qué pasa con el cuerpo? —preguntó.

—¿Cómo dice? —Sofía pensó por un momento que se estaba refiriendo a su cambio de sexo.

—El cuerpo de mi hermano. ¿Cuándo vamos a poder enterrarlo?

—Están ultimando la autopsia —contestó Laura—. Esta tarde se lo entregarán.

—Hasta que no le demos sepultura no podemos empezar el duelo. Ustedes comprenden eso, ¿verdad?

—Por supuesto —dijo Laura.

Sofía sacó el recetario y se lo enseñó a Pablo.

—Su hermano tenía esto en su cuarto. Escondido. Son sus recetas.

Pablo miró el recetario un segundo y lo dejó en la mesa, como si fuera un trozo de metal al rojo vivo.

—¿Estaba tomando Jon alguna medicación? —continuó Sofía.

—No, que yo sepa.

—¿Y para qué quería esto?

—Estuvo tomando ansiolíticos hace dos o tres años. Pero ahora estaba bien.

—¿Usted le daba recetarios para su uso personal?

—Por supuesto que no. No se regalan así como así.

—Entonces, ¿cómo llegó a su poder?

—Déjeme ver la numeración —cogió el recetario para comprobarlo. Abrió el cajón de su mesa y sacó otro—. Es de la última tanda que me ha llegado. No entiendo.

—¿Venía Jon a su consulta?

—Hacía mucho tiempo que no. Esperen... —descolgó el teléfono y pulsó un botón—. Berta, ¿puedes venir un momento? —Colgó y se frotó los ojos en un gesto de cansancio—. Berta es enfermera, me ayuda en la consulta cuando tiene un rato.

La joven que las había recibido entró en el despacho.

—Berta, este es el último lote de recetarios que hemos recibido, ¿no?

—Sí, porque no tenías más. Llegaron el lunes.

—El lunes... —dijo el doctor—. ¿Cuántos vienen? ¿Diez?

—Creo que sí.

Pablo abrió el cajón, sacó un paquete de recetarios y los contó.

—Hay ocho. El que estoy usando ahora, nueve. Falta uno.

—Es este. ¿Quién lo ha podido coger?

—No lo sé. La consulta se queda cerrada cuando me voy. Aquí no entra nadie, ¿verdad, Berta?

—Solo entro yo, pero cuando está usted. Y yo no cojo nada.

—¿Podía tener Jon una copia de la llave de la consulta? —preguntó Laura.

—No. Bueno, a ver, a menos que me la robase. Pero me extraña, me habría dado cuenta.

—¿Quién más tiene llaves de aquí?

Pablo miró a Berta para que le ayudara a responder.

—En recepción hay una copia de cada despacho —dijo ella—. Pero no tienen que entrar aquí para nada.

—Así que cualquiera que trabaje aquí ha podido hacer una copia de la llave —dijo Sofía.

Berta se encogió de hombros.

—No tengo ni idea de lo que ha pasado con el recetario, pero si no les importa, tengo la consulta llena y se está haciendo tarde —zanjó Pablo.

—No le molestamos más, ha sido muy amable —dijo Sofía, y acto seguido miró a la enfermera—. ¿Está segura de que el lote nuevo de recetarios llegó el lunes?

—Sí, firmé yo misma el albarán.

—Luego lo han robado el lunes, el martes o el miércoles.

—El miércoles fue San Isidro, la consulta estaba cerrada —informó Berta.

El doctor Senovilla se levantó.

—Miren...

—Muchas gracias por todo —dijo Laura.

Se despidieron de los dos y salieron. Aunque Laura últimamente estaba esquiva, no pudo reprimir la tentación de comentar lo sucedido.

—¿Crees que ha sido él?

—¿El doctor? —preguntó Sofía.

—No parecía muy sorprendido de haber perdido un recetario. A lo mejor se lo dio a su hermano.

—No sé, ten en cuenta que los médicos deben justificar cada receta.

—Me ha parecido que se comportaba de forma extraña.

—Estaba confuso, un poco ido, pero supongo que es normal —dijo Sofía—. De hecho, es el primer miembro de la familia que actúa como si su hermano hubiera muerto.

—Puede que tengas razón, pero por si acaso voy a comprobar su coartada.

—Me parece bien. Habla con su mujer. Yo voy a comer en Olías. Hay un asador estupendo. ¿Te apetece un cochinillo?

—¿Estás loco? Perdón, ¿estás loca?

—El tratamiento hormonal da mucha hambre, ¿sabes?

—No me hables de tu tratamiento hormonal. No estoy preparada para esta conversación.

—Pues es una pena, porque es la única conversación que me apetece tener contigo.

—Dame tiempo. ¿Tenemos reunión esta tarde?

—A las siete.

—Pues me voy a la Brigada. Tengo mucho trabajo.

Laura levantó la mano para parar un taxi. Sofía se preparó para sofocar otro acceso de tristeza. Las pastillas la estaban matando, le provocaban reacciones emocionales muy exageradas. La frustración de no poder compartir una buena comida con Laura debería poder sobrellevarla sin esfuerzo. Pero le parecía que en ese taxi que ya se perdía calle abajo se alejaba un trocito de su vida.

11

Vir traditio est. La frase latina estaba escrita en un azulejo, bajo el dibujo de una cruz formada por dos bastones. El timbre se encontraba justo al lado del azulejo, para que el lema de la casa no le pasara desapercibido a ningún visitante. «El hombre es tradición.» Sofía sonrió al paso de un recuerdo de su adolescencia, cuando tuvo que traducir en clase de Latín la frase *Vir femina est.* Al leerla se emocionó hasta las lágrimas. El profesor aprovechó para explicar la figura retórica de la paradoja: el hombre es una mujer. Pero a Sofía, que entonces era un dudoso Carlos Luna, le entraron ganas de levantar la mano y decir que de paradoja nada, que la frase era una verdad como un templo. Si todavía fuera aquel adolescente, tacharía con un rotulador la palabra *traditio* y escribiría en su lugar *femina.* Y esa simple travesura la ayudaría a recorrer el camino de grava hasta la casa sin pensar que estaba ingresando en un mundo anclado en la Edad Media, donde seguramente serían mejor recibidos un dragón o un perro bicéfalo que una policía transexual.

Tocó el timbre, y a los pocos segundos se empezó a abrir la verja de hierro con un chirrido que parecía el lamento agónico de un animal de otros tiempos. El cigarral de los Crory era una casa de piedra de aspecto anciano, aunque varios detalles del acabado insinuaban que la construcción era reciente. Un jardín extenso, lleno de árboles frutales, rodeaba la propiedad. Según recorría el camino hacia el edificio, la mirada de Sofía pasó por unos viñedos, una huerta y un chamizo que bien podría contener las habitaciones del servicio. Una doncella perfectamente uniformada la recibió en la puerta.

—Los señores están descansando, puede esperar dentro. Sofía había llamado por teléfono para anunciar su visita, aunque no por ello los Crory habían perdonado la siesta. *Vir traditio est.* La doncella la acompañó hasta el inmenso salón, y allí se sentó a esperar. Un árbol genealógico adornaba la pared principal de la estancia. Resultaba difícil seguir las ramificaciones de la familia, pero quedaba claro que el origen del apellido se situaba en Francia en el siglo XV, y que a España había llegado a finales del XIX. La copa del árbol, laberíntica, frondosa, se iba estrechando hasta el pingajo final, como una liana que colgara del árbol y dejara ver su extremo. A esa liana parecía agarrarse Raimundo Crory como el último representante tenaz de un linaje que se extinguía. Según constaba en el cuadro, había contraído matrimonio con Elvira Garcés cuarenta y nueve años atrás. Estaban a punto de celebrar las bodas de oro, pensó Sofía. El matrimonio había tenido tres hijos, Gerardo, Antonio y Patricia, pero una cruz al lado de los nombres de los varones dejaba a Patricia como la única descendiente viva de la pareja. Gerardo se había casado con una tal Ana Cisneros, y habían tenido una hija llamada Soraya. Antonio murió soltero. Tampoco parecía que Patricia, la más joven de los tres, se hubiera casado. El mural que contenía el árbol era imponente, muy bonito. El nombre de la familia Crory estaba escrito con letras medievales y rodeado por dos escudos iguales, con barras de oro y una pequeña pala en una esquina. El frontal de la chimenea, con algún rescoldo humeante, tenía labrado el mismo escudo. Todo en la habitación, hasta el más mínimo detalle, transmitía orden y tranquilidad. Un ventanal muy amplio ofrecía una panorámica magnífica de Toledo. Sofía se acercó a contemplar las vistas, hasta que oyó una voz a su espalda.

—A estas horas el sol da justo en la muralla del Alcázar. Es bonito.

Sofía se giró. A pesar de la siesta, Raimundo Crory tenía la fatiga marcada en el rostro. Lo surcaban pequeñas arrugas y lo iluminaban dos ojillos que estudiaban a Sofía con curiosidad. Aliviada, comprendió que ese hombre jamás podría adivinar que había cambiado de sexo, pues esos fenómenos no tenían cabida en su universo de costumbres. Raimundo se movía con una dignidad algo cansada, como si cada pequeño gesto obedeciera a un mecanismo que llevaba siglos funcionando de la misma manera. Vestía una chaqueta verde sobre un jersey marrón de cuello vuelto. Unos pantalones de pana y unas botas más que apropiadas para caminar por terrenos fangosos. Daba la impresión de que le gustaba llevar los pies bien guarnecidos, pues los caminos no estaban encharcados y el tiempo era tirando a primaveral. Su mujer, Elvira, entró poco después y Sofía repitió la presentación que acababa de hacer.

—Soy la inspectora Luna, de la Brigada de la Policía Judicial. Estamos investigando la muerte de Jon Senovilla.

—Pobre criatura —suspiró Elvira—. Cada vez que lo pienso.

—¿Le conocían?

—A Jon no —contestó Raimundo—. Solo de oídas, su padre hablaba mucho de él.

—¿Quiere tomar un café? —preguntó Elvira.

Sofía negó con un gesto.

—Yo sí que voy a tomar uno. Le voy a decir a Dorita que prepare una cafetera. ¿Tú quieres, Raimundo?

—Una taza sí me tomo. Si prefiere una copa de coñac o algún licor, no tiene más que decirlo —le dijo a la inspectora al tiempo que se acercaba a la mesa de las botellas.

Sofía rehusó la invitación.

El señor Crory reparó en las brasas humeantes. Cogió una pala para removerlas y después intentó espabilarlas con un fuelle.

—Esta casa es fría —explicó—. Todavía hay que tirar unas semanas de la chimenea.

Sofía advirtió que la pala con la que removía las brasas era muy parecida a la del escudo familiar.

—En efecto —dijo Raimundo, complacido por la observación de Sofía—. Es una badilla. Nuestra familia tiene una relación muy estrecha con el fuego. Los Crory de la Edad Media no eran nobles de cuna. Hasta que Pascal Crory, mi ilustre antepasado, formó parte de las Compañías de Ordenanza de Carlos VII el Victorioso. ¿Sabe lo que son las Compañías de Ordenanza?

—No, no lo sé —dijo Sofía, resignándose a escuchar la batalla entera.

—Son el primer ejército permanente desde la Antigüedad. Lo formó Carlos VII, empujado por la guerra de los Cien Años, que Francia sostenía contra Inglaterra. Pues bien, Pascal Crory ayudó, con tres oficiales, a sofocar un incendio en la torre del castillo en la que descansaba el rey. La leyenda dice que un soldado traidor fabricó una corona de zarzas, le prendió fuego y la lanzó por la ventana de la alcoba de la reina, que se hallaba ausente y cuya habitación era vecina de la del rey. El caso es que Pascal descubrió el fuego y lo sofocó con su propia capa, arriesgando su vida. El rey, en señal de gratitud, lo convirtió en miembro de la nobleza, y desde ese instante, 1452, los Crory tienen escudo de nobleza. Y la badilla, que es esta pala para remover el fuego, es el símbolo de la familia.

Elvira regresó al salón ciñéndose la chaqueta de punto, como si hubiera pasado frío por los pasillos de la casa.

—¿Ya estás contando batallitas? —dijo—. Como le dé carrete se le hace de noche.

—Me estaba contando lo del escudo —dijo Sofía—. Es interesante.

—El fuego es el elemento de la familia Crory —proclamó Raimundo, y en verdad parecía que sus pupilas flameaban de orgullo al decirlo.

—Eso del fuego es una tontería —rezongó Elvira—. Con la excusa del fuego estamos todo el santo día con la chimenea encendida. Incluso en verano.

—Es una casa fresca, como puede ver —repitió Raimundo.

—Nos achicharramos, querido.

Raimundo miró a su mujer con severidad.

—Elvira, ¿te importaría dejarnos hablar tranquilamente?

—¿Me estás echando?

—Te estoy animando a guardar silencio, para que podamos hablar la inspectora y yo.

Elvira cogió una revista de decoración de la mesa y se aisló de la conversación. Sofía notó que la frase de Raimundo le había dolido.

—Dígame en qué puedo ayudarle.

—Tengo entendido que el miércoles se inauguró un congreso de castillos.

—Castillos y heráldica, sí. En el de Benagües, que es propiedad de la familia.

—Y creo que lo presentó Julio Senovilla.

—Así es. Hizo una presentación muy entretenida.

—¿Se alojó esa noche en el castillo?

—Sí. Quería que le ayudara con una novela que está escribiendo, y habíamos quedado en charlar a la mañana siguiente. Pero no pudo ser. Se tuvo que ir a toda prisa a Madrid.

—¿Quién le avisó esa mañana?

—Creo que fue su hijo Pablo. Llamó al teléfono fijo, mi hija le pasó la llamada.

—¿Su hija Patricia?

—Sí. Es la encargada de los eventos que se celebran en el castillo.

—Así que Julio Senovilla estuvo toda la tarde y la noche del miércoles con usted —resumió Sofía.

—Yo no he dicho eso —respondió Raimundo—. Yo he dicho que se alojó en Benagües y que presentó el congreso.

Sofía lo miró sin entender. Raimundo Crory aguantó la mirada unos segundos, pero al notar un leve temblor en la mandíbula optó por levantarse.

—Creo que ahora sí que me voy a servir un coñac.

Se acercó a la mesa de las bebidas y se sirvió un trago. El pulso le temblaba un poco, pero se concentró tan ceñudamente en el acto de verter el líquido que no derramó ni una gota. Cerró el tapón de la botella y habló mirando el color del coñac al trasluz.

—¿Tiene más preguntas?

—¿En qué momento de la tarde noche del miércoles Julio dejó de estar con usted?

—En varios. Como se puede imaginar, no estuvimos juntos todo el rato. Había mucha gente en el congreso y yo era el anfitrión, hágase cargo.

—Antes me dio la sensación de que me estaba intentando decir algo. ¿Qué es?

—Inspectora, usted pregunte lo que considere oportuno, y yo le contestaré la verdad, si es que está al alcance de mi mano.

Sofía miró a Elvira un segundo para ver si la mujer reaccionaba a este ejemplo de minuciosidad de su marido. Había que hacer la pregunta exacta para obtener la respuesta exacta. Perfecto, esas normas resultaban fáciles de entender. Era como buscar en un manojo ajeno la llave que abre una cerradura. Pero no era normal toparse con personas así, tan literales.

—¿Se ausentó Julio del castillo en algún momento de la tarde o de la noche? —probó a preguntar Sofía.

—Sí —contestó Crory con una media sonrisa. Le gustaba comprobar que la inspectora había aceptado sus normas.

—¿Cuánto tiempo pasó fuera del castillo?

—No se lo puedo decir con exactitud, pero yo diría que poco más de dos horas.

Sofía asintió, incrédula. Según el forense, a Jon lo habían matado entre las diez y las once de la noche, así que la siguiente pregunta era clave, y solo de pensarlo notó un principio de sudor frío. En lugar de volver al sofá, Raimundo se había quedado junto a la chimenea, con un codo apoyado en la repisa. Dejaba que las brasas todavía encendidas le calentaran las piernas, y paladeaba su copa de coñac a sorbos.

—¿A qué hora se ausentó Julio del castillo?

—A las nueve y media. Justo cuando Patricia estaba montando un bufé frío para cenar.

—¿A qué hora volvió?

—Ya le digo que no lo sé con exactitud, pero seguro que antes de las doce. Hay un reloj muy ruidoso en el castillo, y cuando dio las doce Julio se sobresaltó.

—¿Le dijo adónde había ido?

—Me dijo que al hospital para ver a su novia.

—Señor Crory, Julio ha declarado que el miércoles por la tarde ni siquiera llamó al hospital para interesarse por su novia.

—Si ha declarado eso, ha mentido.

—¿Por qué lo sabe?

—Porque me pidió prestado el móvil para buscar el teléfono del hospital. En el castillo hay poca cobertura, así que tuvimos que subir a lo alto de la torre. Y allí, lo crea o no, en una piedra muy concreta se obtiene una rayita de cobertura.

—Y desde allí llamó al hospital.

—Primero consiguió el número del hospital. Y luego llamó.

—¿Por qué decidió volver a Madrid? ¿Le dijeron que su novia estaba peor?

—Al contrario. Le dijeron que al día siguiente le iban a dar el alta.

—¿Por eso volvió a Madrid? ¿Para estar presente?

—Eso es exactamente lo que me dijo, que quería estar presente. Él pensaba que el alta se la iban a dar el viernes. Pero se adelantó.

—Entonces, ¿canceló la charla que tenía prevista con usted a la mañana siguiente?

—Así es. Quería dormir en su casa.

—Pero dos horas después volvió.

—No sé si fueron dos horas exactas...

—¡Da igual eso! —exclamó Sofía, impaciente. Raimundo la amonestó con la mirada—. La pregunta es por qué volvió.

—No lo sé.

—¿No se lo contó?

—No.

—¿Usted no se lo preguntó?

—Sí, pero no me dijo nada. Estaba muy agitado, muy nervioso. Así que le serví un whisky y le dejé descansar.

—¿Y se fue a dormir enseguida?

—Se tomó el whisky y se acostó.

—¿De qué hablaron mientras se tomaba el whisky?

—Me pidió que le contara la historia de mi familia. —Se acercó al mural del árbol genealógico y señaló la cúspide—. Desde aquí.

—¿Le pidió la historia entera, desde el siglo XV?

—Eso hizo.

—Esa historia dura más de un whisky.

—Solo me dio tiempo a contarle tres generaciones. Llegado un momento se levantó y me dijo que se iba a acostar. Y se fue a su cuarto.

—Cuando al día siguiente usted se entera de que el hijo de Senovilla murió asesinado esa noche, ¿sospechó de Julio?

—En absoluto.

—¿Por qué? Se ausentó justo en la hora en que fue cometido el crimen.

—Yo esos detalles no los conocía.

—Y ahora que los conoce, ¿sospecha de Julio?

—En absoluto.

—¿Se puede saber por qué?

Raimundo Crory sonrió como si la respuesta fuera obvia.

—Porque Jon era su hijo. Sangre de su sangre. Nadie puede matar a un hijo, y mucho menos a un varón, que está llamado a prolongar la vida del apellido.

—Ya estamos con la obsesión del apellido —exclamó Elvira apartando la revista.

—Cállate, Elvira.

—Y con la obsesión de la sangre —Elvira se levantó de golpe y se acercó al mural—. En este árbol hay un montón de parricidas, y de muertos a manos de su hermano, o de su tío, o de su madre.

—No digas tonterías.

—No lo quieres ver porque estás cegado por la nobleza y el linaje y no sé cuántas tonterías más.

—¡Señálame un caso! Señálame un solo caso de un Crory asesinado por un familiar. Vamos, ¿no eres tan lista?

Dorita entró con la bandeja de los cafés. Elvira se acercó a ella.

—Yo voy a tomar el café en la sala azul. Y mi marido no creo que se lo tome, ya está con el coñac. Lo siento, Dorita.

Elvira se marchó. La doncella miró a Raimundo, para confirmar que ya no quería el café.

—Lléveselo a la señora, Dorita.

Ella hizo una genuflexión que a Sofía le pareció muy exagerada y salió. Raimundo se quedó mirando el árbol genealógico.

—En 1650 hubo un Crory que murió en circunstancias extrañas. Circuló el rumor de que lo había asesinado su hermano pequeño para heredar unas tierras. En esa época solo heredaba el primogénito y, claro, había muchas rencillas a cuenta del patrimonio familiar. Pero nunca se demostró nada. Nunca.

Parado delante del mural, y señalando nombres, Raimundo parecía un general ante un mapa explicando los movimientos estratégicos de la próxima batalla. Un rayo de sol desdibujaba su rostro, y a Sofía le dio la impresión de que era una figura a medio hacer.

—Y en 1815 dos hermanos Crory se pelearon por una mujer, y el mayor de ellos dio muerte al más pequeño. Pero fue en un duelo. Una cuestión de honor ventilada en una ceremonia de caballeros, con padrinos y con toda la dignidad que en esa época tenían los duelos. Pero eso es inútil explicárselo a mi mujer. No ha habido más. No hay crímenes de sangre en mi familia, inspectora.

—Señor Crory, créame, en muchas familias hay crímenes de sangre.

—No en la mía. Y tampoco en la de Julio Senovilla. Le conozco. Sería incapaz de matar a su hijo.

—¿Usted se da cuenta de que su testimonio le puede incriminar?

—Sí, no soy tonto. Acabo de dejarle sin coartada.

—Entonces, ¿por qué me lo cuenta? ¿No son amigos?

—Somos muy buenos amigos. Casi le diría que es mi mejor amigo.

—¿Por qué me cuenta todo esto entonces?

—Porque es la verdad —abrió las dos manos en un gesto de cansada sencillez, como si le diera pena ser así, tan puro—. *Vir veritas est.* Podría ser el lema de esta casa. Estuve a punto de ponerlo. El hombre es verdad. Pero al final me decidí por la tradición. Mire este árbol genealógico. Esta es mi familia. ¿Usted cree que una familia puede durar seiscientos años sin tener unos valores firmes? Valores de dignidad, de honestidad, de respeto a la tradición. Yo creo que no.

El canto de las cigarras acompañó a Sofía hasta la verja de la entrada. No sabía si admirar la integridad de Raimundo Crory o si encontrarla ridícula. El hombre es verdad. La frase, como sentencia filosófica, podía tener sentido. Pero el hombre miente todo el rato. *Vir traditio est.* Qué fácil era discutir esa máxima. La modernidad, la exhalación de los siglos, el tiempo cambiante que vivimos rompían en mil pedazos el lema de los Crory. Con todo, algo tenía ese hombre de monolítico que impedía el debate con él cuerpo a cuerpo. Cuando formulaba sus opiniones, Sofía se sentía empujada a asentir y a callar las suyas. El hombre es tradición, pero el mundo es de las mujeres, le podría haber dicho. Sofía sonrió al imaginarse en una actitud improbable, clavando sus pullas en esa mole medieval. Los tiempos han cambiado, Raimundo, y al hombre solo le queda ya hacerse a un lado y saludar el paso militar de las mujeres con una reverencia.

12

En el coche, camino de Madrid, Sofía recordó el detalle importante que había captado en la escena del crimen: la adolescente en la ventana. Notó un principio de euforia al rescatar el dato perdido en su memoria, pero acto seguido se preguntó por qué le había parecido tan sospechoso ese espionaje de la niña. Había un muerto en el chalé de los vecinos y un cordón policial. Era comprensible la curiosidad. Aun así, por no desdeñar su propio instinto, aparcó el coche frente al chalé de la niña y llamó a la puerta. Abrió Adela con aire cansado y Sofía recordó enseguida las impresiones de Estévez sobre esa mujer. No tenía moretones en el rostro, pero su mirada decía que llevaba la vida a cuestas.

Sofía se presentó como la inspectora responsable de la investigación del crimen del vecino.

—Ya han estado aquí —dijo Adela sin abrir la puerta de par en par. Era como si quisiese preservar el salón de las miradas indiscretas.

—Me gustaría hablar con su hija, si no es inconveniente.

—Ya han hablado con ella.

—No me refiero a la novia de Jon. Me refiero a su otra hija.

Adela la miró sin entender. Entornó los ojos y Sofía pensó que estaba a punto de quedarse dormida.

—¿Para qué? —preguntó con desgana.

—La noche del crimen su hija estaba en casa. Y su ventana da justo al jardín de los vecinos. Me preguntaba si tal vez vio algo.

—No vio nada.

—¿Cómo lo sabe?

—Porque hemos hablado del tema y me lo ha dicho. No vio nada.

—Solo le robaría dos minutos, señora. Si no es molestia.

—Váyase, por favor. No es buen momento.

Lo dijo al tiempo que cerraba la puerta lentamente. Sofía podría haber tenido tiempo de meter el pie para prolongar un poco la conversación, pero no lo hizo. La tristeza de la mujer, su abatimiento infinito, la disuadió de hacerlo. Además, tenía prisa por hablar con Senovilla de su coartada, que se había desvanecido. Llamó al timbre de su casa. Suni le informó de que Julio y Rosa habían ido al hospital para una revisión, pues a ella se le habían infectado los puntos. Sofía dejó el recado de que necesitaba hablar con el escritor urgentemente. Ya en el coche, cogió el teléfono y llamó a Laura para contarle las novedades. Laura no entendía nada.

—Un poco burdo, ¿no? ¿Se inventa una coartada y su amigo le deja con el culo al aire?

—Supongo que pensaba que Crory le iba a tapar. Pero es que no sabes cómo es el tipo. Un personaje medieval, de los que no conciben la mentira.

—Decir siempre la verdad no es medieval —repuso Laura—. Yo lo hago. Pero claro, eso tú no puedes entenderlo.

—Laura, te llamo para contarte las novedades, no para discutir contigo.

—Yo también te traigo novedades —dijo Laura, enterrando la discusión—. Ya tenemos el rastreo del correo electrónico de Jon de las últimas semanas. Bastante anodino, si te digo la verdad. ¿Sabes quién es la persona con la que más se escribía?

—Sorpréndeme.

—Su madre. Parece ser que le estaba ayudando con su tesis.

—Yo creía que con su madre no tenía relación.

—Pues está claro que seguían en contacto. Por cierto, he hablado con ella. Llega mañana a Madrid. Viene al entierro de Jon.

—¿Te ha dicho algo interesante?

—No, nada. Pero hemos quedado para hablar cuando llegue.

—Buen trabajo, Laura.

—También he averiguado a qué corresponde el número que tenía anotado Jon en un pósit.

—¿De qué es?

—Una librería. He ido a visitarla. Jon había encargado un libro para su tesis.

—No nos sirve de nada, entonces.

—No. Buceando en el correo de este chico te das cuenta de lo absorbente que es hacer el doctorado. Estaba en plena investigación, vivía para su tesis. Casi todos los correos tienen que ver con una duda, una petición de libros, una idea nueva que le manda al director de su tesis... En fin, un coñazo.

—¿Nada de chicas, de drogas, de robos de recetarios?

—En el correo no. A ver en su móvil. Moura está peinando su número, pero todavía no tenemos el listado.

Después de hablar con Laura, Sofía telefoneó a Estévez, que también le dio el parte de novedades.

—Hemos encontrado una armería en Toledo que vende cuchillos exactamente iguales que el arma del crimen. Bárbara ha ido para allá.

—¿A Toledo? Pues me podría haber cruzado con ella.

—He hablado con el forense —siguió Estévez—. Ya tiene las necrorreseñas de Jon y las radiografías. Nada demasiado relevante que añadir a lo que ya sabemos. Me promete que mañana tendremos el informe definitivo.

—¿Y el análisis de tóxicos?

—Todavía no están los resultados. Pero eso es cosa del laboratorio. Él ya ha terminado, así que la familia puede disponer del cuerpo.

—Buena noticia. ¿Algo más?

—Sí. He hablado con la Científica. Han aislado cinco huellas distintas en el mango del cuchillo. Ninguna coincide con nuestro registro.

—O sea, que no buscamos a un delincuente habitual.

—Buscamos a alguien que no está fichado. Ahora estaban cotejando las huellas con las necrorreseñas de Jon. Ah, y están sacando el ADN del pelo que encontramos en el cadáver —apuntó Estévez.

—¿Todavía no lo tienen?

—Todavía no. Pero han descubierto algo que puede ser interesante. ¿Recuerdas el bolsillo del vaquero de

Jon? Tenía el dobladillo por fuera, como si alguien hubiera hurgado en él.

—Podría ser el propio Jon. A mí se me queda el dobladillo fuera muchas veces cuando saco las llaves del coche.

—Sí, pero han encontrado algo dentro del bolsillo. Un trocito de una uña.

—¿En serio?

—Puede que sea de Jon, pero le he preguntado al forense si el cadáver tenía alguna uña partida, y adivina lo que me ha dicho.

—Dispara.

—Jon se mordía las uñas compulsivamente. Casi no tenía, es imposible que esa fuera suya.

—¿Es una uña de hombre o de mujer?

—No lo saben todavía. Es un trozo muy pequeño. Están sacando el ADN.

—Perfecto. ¿Has hablado con el director de la tesis de Jon?

—Llevo todo el día detrás de él, pero todavía no lo he localizado. Me han dicho que está dando un seminario y que sale a las seis.

—Pues habla con él y me cuentas en la reunión. Ese hombre es de los últimos que vieron con vida a Jon.

—De acuerdo. Y tómate un caramelo para la garganta, te sale la voz un poco rara.

—Vete a la mierda, Estévez.

Una risita de mofa fue lo último que escuchó Sofía antes de colgar. Se enfrentaba ahora a la llamada más difícil. Llevaba un día de locos, un día que podría concluir con la detención de Julio Senovilla. Pero antes tenía que hablar con el juez Fraguas de los avances en la investigación. Y también debía consultar con el comisario Arnedo un paso tan decisivo y tan mediático como era la detención de un escritor célebre. No se veía capaz de quedar con Natalia y con Dani. Llamó a Natalia, pero no le cogió el teléfono, así que dejó un mensaje: «Hola, Nata. No puedo quedar esta noche. Lo siento. A ver si podéis mañana». Al cabo de unos segundos, sonó el móvil de Sofía y leyó en la pantalla el nombre de su ex.

—¿Sí? —respondió a la llamada.

—Cobarde —le espetó ella, sin saludos previos.

—No puedo quedar, Nata. De verdad.

—Eres una cobarde. No te atreves a enfrentarte a tu hijo.

—No es eso. Es que hoy se me ha complicado todo muchísimo. Me viene fatal.

—Cuanto más tiempo pase, más difícil te va a resultar. Lo sabes, ¿verdad?

—¿Podéis quedar mañana?

—Yo puedo quedar todos los días. Mi prioridad ahora mismo es esto. Ver cómo recibe Dani la noticia de que su padre tiene tetas y habla con voz de marica.

—Gracias por decirlo de una manera tan suave.

—En serio, cariño. No puedes estar retrasando el momento todo el rato.

—Mañana sin falta. Os invito a comer. Reserva en algún sitio, nos tomamos algo y se lo suelto. ¿Vale?

—Si no vamos a quedar hoy, llama a tu hijo. Pero no te olvides de poner voz de hombre por teléfono. Suenas muy rara.

La segunda referencia a su voz en cinco minutos. Decididamente, tenía que cambiar de foniatra. O a lo mejor no era culpa del foniatra, la voz es lo más difícil, se lo habían advertido en la asociación. Cuando terminara este caso se pasaría varias horas al día practicando distintas voces, las grabaría en el móvil y después se las pondría para elegir una. Pero ahora necesitaba concentrarse en la investigación, que se estaba precipitando hacia su desenlace. Así lo sentía mientras entraba en Madrid y se dirigía al hospital, donde esperaba abordar a Julio Senovilla.

Antes de salir del coche, llamó a su hijo Dani, pero le salió el buzón de voz y prefirió no dejar un mensaje a tener que rescatar su viejo vozarrón masculino.

No le resultó difícil encontrar a la recepcionista que había atendido la llamada de Senovilla el miércoles. Era una chica joven, tímida, que parecía encantada de haber hablado unos segundos con un hombre tan famoso como el escritor. Por eso recordaba muy bien la hora de la llamada, las nueve y cinco de la noche. La transfirió al control de enfermería de planta, donde estaba ingresada la paciente. En ese puesto de control Sofía se topó con dificultades inesperadas. La enfermera jefa, una mujer en la cincuentena con pinta de haber echado raíces en su profesión, no se dejó impresionar por el hecho de que Sofía fuera inspectora de Homicidios y pidió ver la identificación. La estudió durante unos segundos y después se la devolvió.

—Aquí pone Carlos Luna.

Era cierto. Una de las desventajas de haber orquestado el cambio de sexo en secreto era que todavía no le habían actualizado el nombre en la placa.

—Soy yo. Soy la misma persona. Inspectora Luna.

—Esta placa es de un tal Carlos Luna.

Sofía se impacientó.

—¿No ve que soy la misma persona? —sacó el DNI y se lo tendió con un gesto de fastidio.

La enfermera jefa lo miró y se encogió de hombros.

—Aquí pone Sofía Luna. Y aquí Carlos. Lo siento, pero necesito que se identifique bien antes de darle información confidencial.

—No le estoy preguntando por el cuadro médico de la paciente. Solo quiero saber si Julio Senovilla se presentó en el hospital la noche del miércoles para ver a su novia.

La enfermera jefa se quedó pensativa.

—¿Vio a Julio Senovilla esa noche? Dígame sí o no.

—¿Se ha cambiado de sexo?

Sofía cogió el DNI de un zarpazo y lo guardó en su cartera. La irritación, que tantas veces aparecía desde que inició el tratamiento hormonal, estaba empezando a adueñarse de ella. La enfermera jefa debió de advertir el peligro, porque de pronto decidió desbloquear la situación.

—Yo no lo vi —dijo con voz queda—. Pero es verdad que llamó.

—¿Usted le dijo que le iban a dar el alta a su novia?

—¿Quién es su novia?

—Rosa Soriano.

—Sí. Se lo dije. Pero luego no le vi. De todas formas, esa noche tuvimos mucho lío con un par de pacientes que estaban muy agitados. Así que puede que viniese y nadie le viera.

—¿No hay nadie en este puesto permanentemente?

—Pues no. Esto es un hospital, no una cárcel.

Sofía la miró con severidad.

—¿Están ahora con el médico?

—¿Y yo qué sé?

—Venían a una revisión.

—Entonces estarán en consulta. En la menos uno.

—Gracias —bufó Sofía según se marchaba camino de los ascensores.

Dentro del ascensor, se dio cuenta de que no sabía cómo se llamaba el médico de Rosa. Debería habérselo preguntado a la enfermera jefa, pero no se le había ocurrido. Estaba lenta. Embotada por las pastillas. Irascible y somnolienta, sobre todo a esas horas de la tarde. A Laura ese detalle no se le habría pasado. Sintió una pereza invencible de volver a la planta cero para enfrentarse de nuevo con esa mujer. Resolvió intentar averiguar el nombre del médico en recepción hablando con la chica tímida, mucho más colaboradora. Cuando llegó al mostrador, la joven estaba hablando por teléfono. Sofía aguardó su oportunidad. De pronto, vio que Rosa salía del hospital. Iba sola.

—¡Rosa! —gritó acercándose a ella.

Ella se volvió y su expresión se ensombreció al ver a Sofía. Pero venía del médico, quizá había recibido malas noticias y su reacción era normal: un poco de miedo mezclado con un poco de fatiga.

—He venido para hablar con Julio. ¿No estaba contigo?

—Se ha ido. Me ha llamado Suni al móvil, me ha dicho que querían hablar con él. Y se ha ido a verlos.

—¿Cuándo?

—Ahora. ¿Qué ha pasado? ¿Por qué quieren hablar con él otra vez?

Rosa estaba asustada, pero no por su revisión médica. Estaba asustada por la suerte de su novio. Sofía trató de contener la ansiedad por correr hasta la Brigada.

—Rosa, ¿el miércoles vino a verte Julio al hospital?

—¿Otra vez? Ya les he dicho que no, estaba en un castillo.

—El miércoles por la noche se ausentó dos horas.

—¿Qué?

—Para venir a verte. Quería estar contigo cuando te dieran el alta.

—No me lo creo. Él no es así. Y sabe que a mí no me molesta que no venga.

—Llamó al hospital el miércoles. Le dijeron que te ibas a casa al día siguiente y quiso venir para estar contigo. Por lo menos eso le dijo a su amigo el del castillo.

—¿Y si ese amigo se lo inventa todo? Porque aquí no vino.

—¿Por qué se lo iba a inventar? Todo esto es muy raro. Julio se fue del castillo dos horas, justo en ese lapso de tiempo mataron a Jon. Piénsalo bien, porque esto es muy importante. ¿Dónde pudo haber ido en esas dos horas?

Rosa hizo entonces algo un tanto extraño. Rebuscó en su bolso hasta encontrar un paquete de pañuelos y sacó uno. Lo desplegó y se lo quedó en la mano. Cerró el bolso y miró a Sofía con una sonrisa emocionada antes de hablar.

—Tiene alzhéimer.

Sofía la miró en silencio.

—Él no lo reconoce, pero tiene alzhéimer. Así que esas dos horas pudo haber estado en cualquier parte.

—¿Desde cuándo tiene alzhéimer?

—Los primeros despistes empezaron hace más de un año. Perdía sus gafas, perdía las llaves, el móvil, repetía frases que acababa de decir... Pero hace unos meses... —no pudo continuar. Se llevó el pañuelo a uno de los ojos y aplastó una lágrima que ya brillaba—. Hace unos meses todo cambió.

—¿En qué cambió?

—Fue en Navidades. Yo me había quedado en casa montando el árbol, hasta que me llamaron de un centro comercial. Julio estaba comprando regalos y de pronto se le fue la cabeza. No sabía dónde se encontraba. Una dependienta le quiso ayudar, y él dijo mi número de teléfono de memoria, lo repitió varias veces, como un loro. Y me llamaron. Fui a buscarle y estaba fuera de sí. Tuvo un ataque de nervios... No sabía quién era yo. Me decía que adónde le llevaba. Fue horrible. No sabe lo que fue aquello.

De nuevo se pasó el pañuelo por los ojos, aunque esta vez era un gesto mecánico, pues no había más lágrimas asomando.

—Le di un calmante en casa, lo metí en la cama y al día siguiente, milagro: era el hombre de siempre.

—¿Recordaba lo del día anterior?

—Evitaba el tema. Yo creo que sí se acordaba, pero hacía como si no. Estaba como siempre, lúcido, ocurrente, cariñoso, comilón... Casi parecía que todo lo había soñado yo. Y así pasó las siguientes semanas, hasta que llegaron nuevos despistes...

—¿Le ha visto un médico?

—No quiere ni oír hablar de ese asunto. No quiere. Quiere escribir su novela, precisamente habla de la memoria, del pasado... Y ese amigo suyo, el de los castillos, no sé. Está obsesionado con él.

—Esta mañana, cuando vino a la Brigada, me pareció que andaba un poco desorientado. Y al final de la conversación con él creo que tuvo un episodio como el que me acabas de contar.

—¿No sabía dónde estaba?

—Se dirigía a su hijo Pablo, como si lo acompañase en la habitación. Fue muy desconcertante.

—Lo peor es que está en la fase de no aceptar lo que le pasa.

Sonó el móvil de Sofía. Hizo un gesto de disculpa a Rosa, se alejó un poco y contestó.

—¿Ha llegado? Voy para allá —colgó—. Ya está en la Brigada.

Rosa asintió.

—Trátenle con delicadeza, solo le pido eso. Y que me lo dejen en casa sano y salvo.

Sofía se lo concedió con un gesto ambiguo. No estaba en condiciones de prometer nada, porque a lo mejor Julio Senovilla pasaba la noche en el calabozo.

13

Cuando Sofía llegó a la Brigada, Julio estaba escribiendo una dedicatoria en uno de sus libros. Lo había traído Caridad, quien aguardaba a su lado con expresión de arrobo. No le gustó la escena: una firma de libros no era el preludio más adecuado del acto que se iba a celebrar. Cambió una mirada con Laura, que se encogió de hombros, como diciendo que lo de Caridad no era cosa suya. Sofía se disculpó por hacer esperar al escritor y lo condujo a la sala de interrogatorios. Laura los acompañó, pero dejó que la inspectora Luna llevara la voz cantante.

—Supongo que han hablado con Crory y por eso estoy aquí, ¿no es verdad? —dijo Senovilla con aire campechano.

—¿Supone? ¿O le ha llamado Crory para contárselo?

—Muy bien, inspectora, veo que no es fácil dárselas de perspicaz con usted.

Senovilla se rio de su ocurrencia, pero Sofía se mantuvo seria. No quería que la conversación cayera en la categoría de la charla distendida. Esta vez había que hacer preguntas precisas y obtener respuestas claras.

—¿Por qué no me dijo que la noche del miércoles había venido a Madrid?

—Este Raimundo es tremendo. No es capaz de guardar un secreto. Es como los niños, dice siempre la verdad. No importan las consecuencias. Es asombroso que quede gente así.

—Señor Senovilla, ¿podría contestar a la pregunta? —insistió Sofía.

—Está más seria que ayer, inspectora. Y más cortante. Es normal, claro. Me he convertido en el sospechoso número uno. —Cerró los ojos unos segundos, como si quisiera saborear por un instante la condición de sospechoso. Cuando los abrió, Sofía y Laura lo miraban con una gravedad que no excluía un puntito de compasión—. Pero me temo que les voy a decepcionar con mis explicaciones. Porque lo que me pasó esa noche me llena de rabia y de vergüenza. Tanta que pretendo vivir como si aquello no hubiera sucedido.

—¿Qué pasó? Cuéntelo, por favor.

—Que no encontré la habitación de mi novia. Que me desorienté y de pronto no sabía dónde estaba.

—¿Alguien le vio entrar en el hospital?

—No lo sé. Alguien me vería. Me vio un viejo que estaba en una cama, con una de esas bolsas que te ponen para recoger las heces. Me vio una señora que tenía un pañal enorme. Alguien se lo estaba cambiando y se giró hacia mí al verme entrar. Y yo recordaré toda la vida el hueso de la cadera de la señora. Forcejeaba con la chica que le quería cambiar el pañal, y el hueso sobresalía puntiagudo, afilado como un hacha de la prehistoria. Abrí varias puertas pensando que dentro estaba mi novia, y lo único que hacía era sobresaltar a otros pacientes. Así que me fui de allí. Salí a la calle y ya no estaba seguro de nada. De si el hospital era ese, de si Rosa estaba realmente ingresada o yo tenía una laguna de memoria, de si estaba en Madrid o en Toledo... Es difícil describir esa sensación. No sabía ni quién era yo. Pero podía agarrarme a una certeza, a un recuerdo indudable: yo había estado esa tarde en el castillo de Benagües, había dado una charla, había hecho reír a gente muy seria aficionada a la heráldica. Y tenía un amigo allí, Raimundo Crory, que me había invitado a dormir. Eso lo recordaba, era como un faro centellando en la oscuridad del océano. Así que volví al castillo.

—¿No pasó por su casa? Está muy cerca del hospital, ¿cómo es que no pasó por allí?

—No sabía dónde estaba mi casa.

—Dado que estamos hablando de lagunas serias de memoria, ¿podría ser que hubiera pasado por su casa y que lo haya olvidado?

—¿De verdad me está pidiendo que refiera los hechos que he podido haber olvidado?

—En el jardín de su casa había una mesa preparada para dos personas. Me pregunto si la podría haber preparado usted para recibir a su novia al día siguiente, cuando le dieran el alta.

—Habría sido un bonito detalle. Pero, sinceramente, no lo recuerdo.

—Señor Senovilla, usted...

—Llámeme Julio, por favor. Aunque sea el sospechoso número uno, llámeme Julio, me gusta más.

—Como usted prefiera. Julio, ¿desde cuándo tiene problemas de memoria?

Un soplo pareció llevarse la compostura del escritor, la naturalidad que quería enseñarles a las policías. Le resultaba doloroso contestar a esa pregunta. Mientras buscaba una respuesta su boca emitía ruidos extraños, como si la saliva estuviera formando un oleaje que rompía contra un dique de dientes y encías. Sofía decidió echarle una mano formulando la pregunta de otro modo.

—¿Había sufrido alguna vez un episodio como el que nos acaba de contar?

—Miren, yo estoy bien. De verdad. Fue un despiste puntual. Una cosa pasajera. Muy inoportuna, es verdad, porque justo a esas horas mi hijo... Pero no puedo ir por ahí con esos pensamientos. Si yo hubiera vuelto a casa, mi hijo Jon estaría vivo. Seguro. No puedo dirigir mi pensamiento hacia ahí, porque entonces me vuelvo loco de culpa y de rabia. Y tengo que seguir con mi vida, y con mi obra. Cada vez me queda menos tiempo.

Sofía guardó silencio unos segundos. Senovilla estaba emocionado. La reflexión sobre el poco tiempo que le quedaba le había puesto al borde de las lágrimas.

—Julio, en ese estado de confusión que sentía al salir del hospital, ¿cómo se le ocurrió que iba a ser capaz de llegar al castillo?

—Recordaba el camino. Y llegué. Llegué sin el menor problema.

—¿Le extrañó a Raimundo que volviera?

—Sí que le extrañó. Yo le había dicho que iba a dormir en mi casa.

—¿En su casa o en el hospital? ¿Cuál era su intención aquella noche?

—Mi intención era estar en Madrid para cuando le dieran el alta a mi novia. No recuerdo si pretendía quedarme a dormir en el hospital o no. ¿Alguna vez han dormido en un hospital? Es francamente incómodo, me extraña que quisiera dormir allí, ya no tengo los huesos para esas aventuras.

—Pero se dirigió al hospital, y ya era tarde para una visita.

—Tiene razón, a lo mejor pretendía dormir allí.

—Déjeme que me detenga un momento en esa decisión. Es un poco incoherente con lo que dijo usted ayer sobre las convenciones sociales. Usted se presentó como un hombre libre que no cae en las tonterías de los demás.

—No creo que lo dijera de ese modo, yo no me mofo de las costumbres de la gente.

—Tiene razón, perdone. La pregunta es: ¿por qué volvió a Madrid? ¿De verdad quería acompañar a Rosa cuando le dieran el alta?

—Sí —dijo Senovilla tras reflexionar unos segundos—. Creo que eso es exactamente lo que quería.

—Pero incluso su novia dice que prefiere liberarle de esas obligaciones.

—Quería estar con mi novia. Lo reconozco: soy más convencional de lo que a mí me gustaría.

—¿Le contó a Rosa lo que le pasó esa noche?

—No.

—¿Por qué?

—Porque no quiero que sepa que a veces se me va la cabeza.

—Antes ha dicho que no le había pasado hasta entonces.

—Rosa puede ser muy pesada cuando se preocupa por mi salud. Tiene buena intención, lo sé, pero yo prefiero mantenerla al margen de ciertas cosas. Es mejor para ella, y es mucho mejor para mí.

—¿Qué hizo la noche del miércoles cuando regresó al castillo?

—Creo que eso ya se lo ha contado Crory.

—¿Lo podría contar también usted?

—Le pedí un whisky. Necesitaba tomar una copa, estaba muy nervioso. Y luego le pedí que me contara la historia de su familia. Es un hombre muy locuaz cuando le pides que se remonte a la Edad Media, y a mí me gusta escucharle. Poca gente se abandona ya al arte maravilloso de la conversación. Es una gran pérdida, ¿no creen?

Sofía y Laura lo miraron en silencio.

—Me quedan dos o tres amigos con los que conversar tranquilamente. Son pocos, tengo ya esa edad en la que tus amigos se van muriendo.

—Julio, no le voy a engañar, su situación es comprometida. La noche del miércoles mataron a su hijo, justo cuando usted se ausentó del castillo para venir a Madrid. Su coartada es muy confusa, ni siquiera recuerda bien lo que hizo esa noche. Y nos mintió en su primera declaración.

—¿Necesito un abogado?

—Le vendría bien facilitarnos una prueba de ADN.

—¿Qué necesitan? ¿Saliva? ¿Un pelo?

—Si no es molestia, sí. ¿Puedo ver sus manos?

A Senovilla le extrañó la petición, pero extendió las dos sobre la mesa.

—No son manos de pianista, precisamente —dijo.

—¿Se le ha roto una uña hace poco?

—No, ¿por qué?

Sofía estudió las uñas del escritor. Estaban recortadas.

—Me las corté ayer —explicó—. Lo suele hacer mi

novia, pero ayer estaba convaleciente y lo hice yo en persona. Las tenía muy largas.

—Esto es todo, de momento. Mandaremos a alguien de la Policía Científica a su casa para que recoja una muestra de saliva. ¿Le parece bien?

—Sí, no hay problema. Que vengan cuando quieran. Yo estaré en casa escribiendo.

—¿Quiere que le pida un taxi?

—No se preocupe.

—¿Recuerda dónde está su casa?

Senovilla captó el lado malicioso de la pregunta. Se levantó con dignidad y se estiró la chaqueta con un gesto firme.

—Si desean algo más, ya saben dónde encontrarme.

Salió. Laura le acompañó solo un tramo, hasta que Julio la convenció de que podía hallar solo la salida. Volvió a la sala de interrogatorios.

—¿Qué te parece? —preguntó a Sofía.

—¿A ti?

—Es muy inteligente —dijo Laura.

Sofía torció el gesto. No era la respuesta que quería escuchar.

14

Blas Hermida, el catedrático de Historia Medieval, miró a Estévez por encima de sus gafas. Llevaba dos días esquivando sus llamadas, pero ahí estaba, tenaz, el inspector de policía. Se sentó en la silla que siempre ocupaban sus alumnos en las sesiones de tutoría, o cuando querían hacerle alguna consulta. En esas ocasiones, el catedrático imponía su jerarquía con gestos aprendidos a fuerza de repetirlos durante tantos años, gestos que iban de la condescendencia al desdén, pasando muchas veces por la mofa. Llevaba tiempo viendo asomar en congresos de pedagogía un nuevo concepto de relación entre profesor y alumno, algo así como un modelo horizontal en el que las dos partes actúan casi como amigos, pero él rechazaba de plano esas teorías. «El profesor es el general y el alumno es un soldado», le gustaba decir en alguna sobremesa en el comedor de profesores para animar un poco el debate, cada vez más dominado por los revisionistas modernos que habían colonizado la universidad. Estaba convencido de que la insolencia juvenil llevaba al pupilo a cuestionar la autoridad del profesor. Había visto casos de colegas derribados por la rebeldía de los alumnos, por su descaro, por su sed de sangre en las aulas. A él no le podía suceder eso porque la autoridad era su armadura. Y saboreaba a diario la reputación de profesor temible que se había labrado en la Facultad de Historia. Ahora tenía que modular sus gestos ante la presencia del inspector de policía, que se había presentado como Juan Estévez, de Homicidios. Un hombre de pelo entrecano, cortado con maquinilla. Con trazas de estar cansado y cara de haber tragado mucha mierda. El catedrático reconocía esa expresión enseguida. También en el claustro había mucha gente con pinta de comemierda.

—Llevo dos días detrás de usted —le decía ahora.

—Ayer estuve el día entero en Granada, en un simposio sobre arte nazarí. ¿Le gusta el arte?

—No mucho.

—No sabe la suerte que tiene. Si te gusta el arte, te pasas media vida tragándote bodrios infumables. Pero nunca se pierde la esperanza, claro. A veces se encuentra algo que merece la pena.

—Hoy también le he llamado varias veces.

—Estaba muy ocupado. El viernes es un mal día.

—Profesor, estoy investigando la muerte de Jon Senovilla.

—Disculpe, no soy profesor, soy catedrático.

—¿Un catedrático no es un profesor?

—Sí, pero hay muchos grados dentro de la enseñanza. Yo soy doctor. Estoy al frente de la cátedra de Historia Medieval desde hace quince años.

—Cuando la dejó Julio Senovilla, según tengo entendido.

—Exactamente. En esa época empezaba a vender muchos libros, y se conoce que perdió como por ensalmo la vocación de enseñar.

—¿Eran amigos?

—Éramos compañeros, nunca fuimos amigos.

—¿Le ha dado el pésame por la muerte de su hijo?

—Hace más de catorce años que no hablo con Julio Senovilla. Me parece que darle el pésame podría resultar un poco extemporáneo.

—Usted era profesor de Jon, ¿no es así?

—Fui profesor de Jon, mi asignatura es Historia Medieval de España, y es de segundo. Ahora era el director de su tesis.

—¿Estuvo con Jon el miércoles por la tarde?

—Teníamos una sesión de tutoría, en efecto.

—¿El día de San Isidro? En Madrid es festivo.

—A algunos alumnos los cito en domingo. Tengo poco tiempo, lo saco de donde puedo.

—¿Fue una sesión normal?

—¿A qué le llama usted una sesión normal?

—Lo que quiero saber es si pasó algo raro en esa tutoría.

—Le tiré a la basura la mitad de su trabajo. Pero eso no es raro, si le sirve de información. Plantear bien una tesis es complicado, y pocos alumnos aciertan con el enfoque a la primera. Mi labor consiste en guiarlos por el buen camino.

—¿Le molestó a Jon que le tumbara su trabajo?

—Yo diría que sí, pero a mí no me lo dijo.

—¿Tan mala era la tesis?

—Vamos a aclarar una cosa. No hay tesis. La tesis se tarda unos tres años en terminarla. Jon ni siquiera había empezado a investigar. Simplemente estaba diseñando el plan inicial. Y eso es lo que yo le cuestioné.

—¿Estaba Jon raro esa tarde? ¿Lo notaba nervioso, preocupado...?

—Lo notaba atemorizado, como siempre que venía

a verme. Yo infundo temor a mis alumnos, pero me respetan. Y todos quieren que yo les dirija la tesis porque eso les da prestigio.

—Más allá del temor que sentía hacia usted, ¿estaba normal?

—A mí no me llamó la atención nada.

—¿Le trataba usted con más dureza por ser el hijo de Julio Senovilla?

—Yo trato a todos mis alumnos con dureza. ¿Por qué iba a hacer con ese chico una excepción?

—Antes me ha parecido que usted no se lleva bien con el padre de Jon.

—No nos llevábamos. Ni bien ni mal. No nos llevamos.

—Pero él le propuso a usted para sucederle en la cátedra de Historia Medieval.

—Julio Senovilla decidió un buen día que enseñar era de fracasados. Eso no es agradable para los que nos dedicamos a esto.

—Simplemente dejó la enseñanza para dedicarse a la literatura. ¿Eso es pensar que enseñar es de fracasados?

—Me dijo la frase tomando un vino, cuando yo le pregunté si estaba decidido a dejar la universidad. Me parecía temerario, francamente. Aunque luego se vio que hizo bien, por lo menos en el sentido económico.

—Así que no hay ninguna hostilidad entre ustedes...

—Él se inventa la historia medieval en sus novelas y yo corrijo sus excesos.

—¿Cómo es eso?

—Gasto más tiempo del deseable en explicar a mis alumnos que lo que sale en esos libros está mal, es inexacto, es pura ficción.

—¿No es rigurosa la documentación de sus novelas?

—En absoluto.

—Siendo él un historiador, se podría pensar que conoce el tema.

—Mire, ¿sabe cuál es el gran problema aquí? Que la ficción tiene más fuerza que la historia. Tiene más capacidad de penetración. Tome como ejemplo la tesis de Jon. Fíjese que hablamos de una tesis, pocas cosas en la vida exigen más rigor que eso. Pues bien, muchos puntos de la tesis de Jon se apoyan en verdades desgajadas de las novelas de su padre. Yo le pregunto de dónde ha sacado tal o cual argumento, y él me contesta que sale en la segunda novela de Senovilla, la de las alitas esas y el sultán. Entonces me toca explicarle al niño que su padre se lo ha inventado todo. Que no tiene el menor respeto por la historia. Y el niño suspira, tacha, corrige, se enfada. ¿Se da usted cuenta del daño que puede hacer la ficción? ¿Sabe cuántos meses de trabajo le tiré a Jon el otro día? Tres. ¡Tres meses enteros de concentración, de apuntes, de ideas! ¿Culpa de quién? Suya, por ser tan ingenuo. Y de su padre, por ser tan venenoso.

Estévez se quedó mirando unos segundos al catedrático. Se había ido irritando más y más según avanzaba su diatriba, y ahora estaba rojo. Unas gotitas de sudor perlaban su frente, justo en el nacimiento del pelo. La inquina que ese hombre sentía hacia Senovilla era más que evidente. ¿De dónde venía? ¿De la envidia, o había algo más que la motivara? ¿Un asunto personal, tal vez? ¿Una vieja rencilla? Tendría que preguntar aquí y allá para saber cómo era la convivencia en el departamento de Historia Medieval diez años atrás.

No le pudo sacar mucha más información. Blas Hermida no parecía dispuesto a hablar de Jon. Casi todas las preguntas las derivaba hacia su padre, hacia su influencia negativa, o su arrogancia, o su fama inmerecida. A la pregunta de si Jon tenía enemigos, el catedrático comenzó diciendo que no, pero luego rectificó y dijo que sí, que tenía un enemigo insidioso: su padre. Cuando Estévez preguntó por qué, el catedrático explicó que el defecto principal de Jon era el sentimiento de inferioridad. Era un chico que vivía acomplejado por el éxito de su padre, y eso impedía que su talento aflorase. Un talento natural con peligro de atrofia por la vigilancia agobiante del padre célebre. Así lo veía el catedrático, y Estévez se limitaba a anotar la frase en su libreta y dibujar al lado un asterisco y una flecha señalando la izquierda, los signos que más tarde le servirían de recordatorio: investigar el pasado.

Un alumno entró en el despacho para entregar un libro al catedrático. Era un joven delgado, de nuez prominente y maneras untuosas. Se disculpó por la interrupción, pero antes de irse a casa quería dejar resuelto el recado que le había pedido el doctor Hermida. Con algo de azoramiento, le informó de que ya le había mandado por mail los datos que faltaban para su artículo. Del libro sobresalían pósits que señalaban distintas páginas. Lo había hecho así para facilitar la localización de las citas utilizadas en el texto. Estévez imaginó de un plumazo la situación: el alumno le hacía el trabajo al profesor para un artículo de prensa: la documentación, la bibliografía, lo más tedioso. Quién sabe si también la redacción. ¿Qué obtendría el alumno a cambio? ¿Una subida de nota, un trabajito en verano, pequeños privilegios, un trato de favor? No lo sabía, pero Estévez se dijo que valía la pena meter la nariz en ese departamento y desmenuzar el mecanismo que movía la vida universitaria, jornada tras jornada, del doctor Hermida.

15

En la puerta del almacén, junto a los vestuarios de hombres y mujeres, alguien había pegado un letrero que decía: WC TRANSEXUALES. Sofía arrancó la hoja, hizo una bola con ella y la tiró a la basura. Recordó las consignas del doctor Coll: los primeros días cabía esperar alguna que otra manifestación hostil. Podían ser burlas, o miradas de extrañeza, o incluso la oposición frontal de un superior. Con el paso del tiempo se iría normalizando la situación. No valía la pena darle importancia a la broma de mal gusto. Pero cuando entró en la sala de reuniones no pudo evitar fijarse en las caras de sus compañeros, en busca de un indicio revelador. La mueca de sorna de Estévez era habitual en él, matizada a esas horas de la tarde por un principio de hastío. La antipatía de Bárbara tampoco era nueva. A Moura y a Caridad no los veía capaces de perpetrar una ofensa tan burda. Y a Laura la descartaba por completo. Estaba seria, concentrada, ambigua en sus reacciones, deseando abrirle los brazos y a la vez echando de menos a Carlos, al hombre que ya no era. Así la veía Sofía. Como una niña contrariada, a la misma distancia del berrinche que de la aceptación. Había que darle tiempo.

Sobre la mesa brillaba el filo de un cuchillo medieval, idéntico al que habían sacado del cuerpo de Jon.

—Lo he comprado en una armería de Toledo —explicó Bárbara—. El dependiente dice que ha vendido tres o cuatro como este el último mes. Su mercado es el mundo del coleccionista, o el del fanático de la Edad Media. Y de esos dice que hay muchos.

—¿No recuerda a quién le ha vendido esos cuchillos? —preguntó Sofía.

—No llevan un registro. Pero él asegura ser un buen fisonomista. Si le enseñamos fotos, podría identificar al comprador.

—En el caso de que el asesino lo haya comprado recientemente —dijo Estévez.

—Tuvo que hacerlo —afirmó Bárbara—. Este cuchillo lleva tres meses en el mercado. Es nuevo. El dueño de la tienda renueva el catálogo cada temporada.

Moura cogió el cuchillo y pasó un dedo por el filo.

—Es impresionante. ¿Por qué es curvo?

—Es un arma sarracena del siglo XII. —A Bárbara le encantaba mostrar sus conocimientos recién aprendidos—. Lo usaban los musulmanes contra los cruzados.

—En la habitación de Jon había un mapa de las Cruzadas —dijo Laura.

—Pues el arma que usaban los musulmanes era la cimitarra, una espada curva. ¿Por qué curva? Porque estaba pensada para golpear desde el caballo, y al jinete no le interesaba que la espada se clavara. El filo curvo permite que la trayectoria de la espada no se detenga. Eso es lo que me han explicado.

—La espada de Alá —musitó Moura.

—Exacto. La espada curva para ellos es sagrada, y también hacían curvos algunos cuchillos. Así que esta es la versión pequeña de esas espadas que tanto asombraban a los reyes cristianos.

—Veo que te han dado una buena lección de historia —dijo Estévez.

—Hasta me ha enseñado la espada de Saladino —sonrió Bárbara.

—¿Es posible que el cuchillo lo comprara Jon? —preguntó Laura.

—Puede ser. Está claro que el tema de las Cruzadas le interesaba —contestó Sofía.

—Si tanto le gustaba ese tema, ¿por qué no lo escogió para su tesis? —observó Estévez.

—Lo consideró —dijo Caridad—. Aquí tenéis la colección completa de sus correos electrónicos en el último año.

—¿La has hecho tú? —preguntó Sofía.

—¿A ti qué te parece? Mira mis ojeras.

—Buen trabajo —Sofía empezó a hojear el lote de papeles—. ¿Algo interesante?

—Jon quería investigar sobre las Cruzadas —contó Caridad—. Pero su madre le convenció de que ese tema estaba muy visto. Y cambió al de las mujeres en la Edad Media.

Estévez contó entonces su entrevista con el catedrático Blas Hermida. No omitió su sensación de que entre Julio Senovilla y él había una enemistad larvada años atrás.

—¿Te basas en algo para sostener eso? —quiso saber Moura.

—En que está obsesionado con Senovilla. Le odia.

—Eso puede obedecer a la envidia. Es el vicio más español de todos.

—Pero ¿cómo vamos a detener al escritor? —se alarmó Caridad.

—Ya sé que te gustan mucho sus libros, y que le pides autógrafos, pero eso no quiere decir que no pueda ser un asesino —dijo Sofía.

—Huele fatal —resumió Estévez—. Y lo del alzhéimer suena a milonga.

—No creo que sea una milonga. —A Laura no le apetecía discutir nuevamente con Estévez, pero no tenía más remedio—. Luna y yo hemos presenciado uno de sus despistes. Ese hombre no está bien.

—Solo digo que me parece mucha casualidad —siguió Estévez—. Que le viene muy bien estar enfermo, vamos.

—No me parece que ese sea el método que un padre elegiría para matar a su hijo —dijo Bárbara.

—Pues en una de sus novelas un personaje lo hace —intervino Caridad—. En *Las alas del águila*, creo que era. Bueno, ahí es al revés: es el hijo el que mata al padre. Le clava un puñal en el pecho.

—Ya lo tienes, es una venganza —se lanzó Estévez—. Como se le ha ido la cabeza, mezcla ficción y realidad. Él cree que su hijo le mató, y ahora se venga.

Nadie hizo mucho caso a la broma de Estévez. Pero el argumento de la novela interesó a Sofía.

—Caridad, ¿qué más pasa en esa novela?

—No me acuerdo bien, me la leí hace años.

—Reléela. Y me la cuentas. Puede que haya algo interesante.

—Encantada. Ya sabes que a mí este escritor me gusta mucho.

—Yo no pongo la mano en el fuego —dijo Laura, de nuevo muy seria, de nuevo echando de menos a Carlos

Luna—. Pero todo lo de la coartada de Senovilla es de lo más rocambolesco.

—A mí no me lo parece —terció Moura.

—¿Te parece creíble? —le preguntó Laura.

—¿Por qué no? Más increíble me parece que se invente todo eso.

—Es inteligente. Es capaz de inventarse eso y mucho más.

—Pero le hace parecer culpable, y no creo que pretenda conseguir eso.

—Lo cierto es que no tenemos pruebas todavía —dijo Estévez.

—Ninguna —remarcó Moura—. Yo creo que detenerle sería un paso precipitado.

Sofía escuchaba el debate, que ya parecía llegar a su final. El silencio cayó de pronto sobre ella y notó que era su turno de palabra.

—Nadie está hablando de acusar con el dedo al escritor. El problema aquí es que tenemos mucha presión. Arnedo quiere resultados inmediatos, y el juez Fraguas también. Si pasamos otro día sin llevarle nada, nos van a empezar a atosigar. Cuando tengamos resultados de las huellas dactilares del cuchillo, o del ADN del pelo y de la uña, lo veremos más claro. ¿Algo más?

Había mucho más. Una nueva entrevista de Estévez con Alejandra, la novia de Jon, de la que no había salido nada interesante. La conversación de Laura con la esposa de Pablo Senovilla, que cimentaba sólidamente su coartada la noche del miércoles: estuvo cenando en familia y no salió para nada. Los intentos infructuosos de Moura por reconstruir los pasos de Jon en su último día de vida. Según el testimonio de la asistenta, el chico pasó el día en casa encerrado en su cuarto. «Enfrascado en la tesis», aventuró Caridad. «Encerrado en su cuarto», le corrigió Moura. Por la tarde fue a su sesión de tutoría a la Facultad de Historia. Salió a las ocho, y allí se perdían sus pasos hasta la hora de la muerte, que la autopsia situaba entre las diez y las once de la noche. Los fuegos artificiales de San Isidro ya no los pudo ver, pero era probable que el resplandor pirotécnico alumbrara el cadáver en la oscuridad del jardín. ¿Presenció alguien ese espectáculo?

Seguía en pie el misterio de la mesa preparada para dos la noche de autos. El informe de la Policía Científica no se haría esperar mucho; tal vez entonces tendrían pruebas para sustentar una detención. Además, habían llegado las radiografías del cuerpo de Jon: tenía unos clavos en una rodilla, de una operación. Habría que preguntar qué le había pasado.

Al comisario Arnedo también le pareció delicado detener a un hombre tan famoso. Percibía la debilidad de su coartada, pero no veía el móvil por ninguna parte.

—Olvídate de la coartada, Luna —le dijo—. ¿Cuál es el móvil? Porque yo no lo veo. Un crimen familiar es pasional o por dinero. No hay otra. Tú sabes a qué me refiero con pasional, ¿verdad?

—Sí —contestó Sofía, pero Arnedo lo explicó de todos modos.

—Venganza, odio, celos, pasiones intensas que te llevan a matar a un hijo. ¿Las siente Julio Senovilla? Con lo que me cuentas, yo diría que no.

Tenía sentido lo que decía el comisario. Sin embargo, a Sofía se le figuraba que en esa resistencia latía el temor de un patinazo sonado. Era capaz de citar detenciones practicadas con menos indicios todavía, y Arnedo nunca había puesto pegas. Obligar a un detenido a declarar ante el juez provocaba a veces un desmoronamiento y una confesión. Y si no se producía tal cosa, se le dejaba en libertad sin cargos y aquí paz y después gloria. Pero no corrían tranquilas las aguas. Arnedo se estaba cubriendo, y ahora prefería comparecer ante los medios y dar pocos detalles antes que pasar por el papelón de una detención equivocada.

—De todos modos, tú eres el responsable de este caso. He puesto mi confianza en ti, así que tienes que tomar tú las decisiones y asumir las consecuencias.

Sofía no supo qué decir a eso. Arnedo la había emplazado al final del día para hablar de su situación en la Brigada. Esa frase venía a prorrogar su confianza en ella, pero no podía evitar un arranque de susceptibilidad: el comisario le estaba ocultando información. Algo se movía en las altas esferas, una presión bestial para resolver el asesinato. Cundía el nerviosismo. Gálvez, el jefe superior de Madrid, había comparecido ante la prensa y había mostrado su confianza en la eficacia policial. Esa palabra, *eficacia*, era una cimitarra apuntando al cuello de Sofía. Pronto habría indigestiones, ataques de hipo, telefonazos y gritos. Antes de que se le acabara la primera caja de Almax, Arnedo tendría que sacar un escudo para protegerse de los salivazos de Gálvez. Como todos los grandes cargos en apuros, se vería obligado a entrar en la Brigada con la dichosa espada curva. Ya había escogido la cabeza de turco.

16

Desde la ventana de la cocina, mientras terminaba de fregar los platos de la cena, Suni vio a Mara cruzar el jardín y acurrucarse en el columpio.

—¿Quién ha llamado? —preguntó Rosa entrando en la cocina.

—La vecinita —contestó la asistenta, sin dejar de mirar por la ventana—. Se ha tumbado en el columpio.

Rosa apartó la cortina y vio que Mara se incorporaba para quitarse las zapatillas. Después se volvió a tumbar. Buscó una posición fetal y casi sin moverse consiguió que el columpio iniciara un vaivén suave.

—Le he abierto la puerta, espero que no le moleste. Es que me da mucha pena esa niña.

—No pasa nada, Suni.

Rosa salió al jardín y se acercó a la chica. Quiso agacharse para estar a su altura, pero notó que le tiraban los puntos y se levantó con una mueca de dolor. Optó por sentarse en un extremo del columpio, en el huequecito que dejaba Mara. Los pies descalzos de la niña le hacían cosquillas en el muslo.

—¿Estás bien? —preguntó Rosa.

—¿Puedo quedarme un rato?

La voz de Mara llegaba desde el otro lado del columpio, muy queda, como acompasada al balanceo.

—Puedes quedarte el tiempo que quieras.

Suni se secaba las manos con un trapo en la puerta de la casa. La conversación de las dos y la música herrumbrosa que salía del columpio la tenían hipnotizada.

—Lo mataron aquí, ¿verdad? —preguntó Mara.

—Creo que sí.

—Te juro que no estoy loca, pero me ha parecido que me llamaba. Por eso he venido.

Rosa buscó a Suni con la mirada para compartir con ella el estupor. Con esa simple mirada, Suni se sintió autorizada a acercarse al columpio.

—¿Has cenado, mi niña?

—No.

—¿Por qué no pasas y te preparo algo?

—No tengo hambre.

—Ha sobrado un poco de ropa vieja. Eso te encanta. Venga, pasa y cenas conmigo, que yo voy a cenar ahora.

—Suni, ¿a ti te dijo Jon que me quería?

Suni miró a Rosa antes de contestar. La sonrisa cansada de esta le insinuó que podía llevar la conversación por donde quisiera.

—¿Por qué me iba a decir a mí eso?

—Contigo hablaba mucho. ¿No te dijo que me quería a mí más que a mi hermana?

Suni meneó la cabeza en un gesto de compasión.

—Anda, entra conmigo y comes algo. Y ponte las zapatillas, que ha refrescado y te vas a enfermar.

—Contesta, Suni —insistió Mara, y mientras esperaba una respuesta se metió un mechón de pelo en la boca.

—A ti te quería mucho, y tú lo sabes. Pero su novia era tu hermana. Así que sácate de la cabeza las fantasías de niña tonta.

—Te odio —dijo Mara sin énfasis, como si las palabras de Suni le hubieran quitado la energía.

—¡Encima! Te abro la puerta, te doy de cenar una noche sí y otra también y me sales con que me odias. Pero ¿de dónde saca ese genio una niña tan mocosa?

—Todos vamos a echar de menos a Jon —intervino Rosa—. Pero ahora estamos todavía encajando la tragedia.

—Me hacía masajes en los pies —sonrió Mara.

—¿De verdad? —preguntó Rosa.

—Sí. Después de cenar salíamos al jardín, yo me tumbaba aquí, como estoy ahora. Y él se sentaba donde estás tú. Y me hacía masajes en los pies.

—Esta niña tiene más fantasía que un chamán —rezongó la asistenta.

—Suni, vete a cenar, que se te va a enfriar la comida. Ya me quedo yo con ella.

La mujer se metió en la casa y Rosa empezó a masajear uno de los pies de Mara. La niña ronroneó de placer.

—Gracias —se la oyó decir.

17

A las diez de la noche quedaba poca gente en la Brigada de la Policía Judicial. Moura estaba enfrascado en el listado de llamadas de Jon y anotaba las transcripciones con aire maquinal. Dos oficiales comentaban las incidencias de un partido de fútbol adelantado al viernes. En el despacho, Sofía repasaba sus notas en busca de algún cabo suelto. Se daba cuenta de que ese trabajo podía hacerlo en casa, pero había cancelado la cita con Natalia y su hijo y sentía la necesidad de prolongar su jornada para que la cancelación quedara justificada. Desde su mesa, vio a Moura hablando por teléfono y haciéndole gestos de apremio. Sofía salió del despacho y Moura le informó de las novedades. La Policía Científica había cotejado las huellas dactilares del arma del crimen con las de Julio Senovilla, recogidas en el archivo del DNI. El resultado arrojaba una coincidencia del cien por cien.

—Antes sostuve que no había motivos para la detención —dijo Moura—. Supongo que esto cambia las cosas.

—Había más huellas en el cuchillo —repuso Sofía.

—Las de Jon, por ejemplo. El cotejo con su necrorreseña también es positivo. Y hay alguna más, sin identificar.

Sofía volvió a su despacho. Se estrechaba el cerco contra el escritor. Arnedo estaba esperando el menor paso en falso y ella notaba con pesar que la investigación la obligaba a darlo. Si un hombre tan concienzudo como Moura lo veía claro, por su parte tenía muy poca resistencia que oponer. «Tú eres el responsable de este caso, tienes que tomar tú las decisiones.» Las palabras del comisario Arnedo resonaban en su cabeza. Anticipaba los titulares de los periódicos tras la detención. «El escritor Julio Senovilla, detenido por el asesinato de su hijo.» «El escritor Julio Senovilla padece la enfermedad de Alzheimer.» «Nuevas pruebas apuntan a un posible error policial en la detención de Senovilla.» «La responsable de la investigación, destituida.» Sofía cerró la veneciana, como si así, en ese espacio clausurado, pudiera hacerse la luz. Aunque era un poco tarde, resolvió llamar a Pablo Senovilla. Necesitaba consultar su opinión como médico. El teléfono sonó varias veces al otro lado de la línea. La familia debía de estar cenando. Por fin contestó un niño. Sofía preguntó por su padre, y a los pocos segundos se puso Pablo.

—Perdone que le llame a estas horas —se disculpó la inspectora—, pero necesito conocer su opinión sobre un asunto de salud.

—De qué se trata —la sequedad en el tono de voz le hizo ver que la llamada le molestaba.

—Tengo entendido que su padre lleva meses sufriendo despistes y lagunas de memoria.

—Han hablado con Rosa, ¿verdad? —sonó cortante la voz de Pablo.

—Sí, hemos hablado con ella.

—Esa mujer no va a parar hasta convertir a mi padre en un inválido.

—¿Usted no cree que su padre puede tener un principio de alzhéimer?

—Mi padre está perfectamente. Está escribiendo una novela, por Dios, va a congresos, a ferias del libro, no para. Dígame si un enfermo de alzhéimer puede llevar esa vida.

—¿Por qué cree que la novia de su padre está empeñada en...?

—Lo quiere encerrar en casa —atajó Pablo—. Atarlo corto. Mire, mi padre ha sido siempre un poco... Cómo decirlo. Un poco juerguista con las mujeres. Se cansa enseguida, cambia, siempre ha sido así. Y Rosa tiene miedo de perderle, eso es todo. Lo quiere en casita con la excusa de que está enfermo. Pero no lo está. Yo soy médico y sé de lo que hablo.

La vehemencia de Pablo sorprendió mucho a Sofía y la dejó pensativa unos segundos. Había reprimido la tentación de observarle que era médico, sí, pero traumatólogo. Y además era hijo del supuesto enfermo, y muchas veces la familia extiende un velo para cubrir los primeros síntomas de la enfermedad, pues no es fácil aceptar el deterioro de un ser querido. Pero cualquiera se atrevía a lanzar esas reservas, con el humor que se gastaba el doctor. Una vez escupida su opinión, preguntó abruptamente si necesitaba algo más y, al decir Sofía que no, colgó sin despedirse.

¿Tenía razón Pablo? ¿Le interesaba a Rosa exagerar los síntomas de Julio para tenerlo controlado? Podía ser, pero ella había presenciado un despiste muy claro del escritor cuando había visitado el día anterior por primera vez la Brigada. Y de pronto Sofía se preguntó si ese despiste había sido en realidad tan claro. ¿No lo estaría amplificando para verificar que el hombre estaba enfermo y dejar las incómodas hipótesis a un lado? ¿Le traicionaba la prisa por considerar algunos hechos constatados de una vez por todas? No, Laura también lo había visto. En ese mismo despacho se había dirigido a su hijo Pablo, que no estaba presente, y al comprender después su patinazo había esgrimido un orgullo precario de la forma más patética. Ese hombre no estaba bien, su coartada era confusa, había mentido en la primera declaración y sus huellas dactilares estaban en el arma homicida. Ignoraba cuál podía ser el móvil del crimen, pero para eso estaba la comparecencia ante el juez, para desgranar ese punto. Había indicios más que suficientes para practicar la detención.

A las once de la noche llegó a su casa, y nada más empujar la puerta se dio cuenta de que había alguien dentro. Primero vio la luz de la lamparita del salón, y en un segundo de vértigo intentó recordar si se la había dejado encendida. Acto seguido vio una sombra proyectada en la pared, como en una fantasía expresionista, y después oyó unos pasos. No sintió el menor alivio al ver de quién se trataba.

—Joder, Laura... —dijo llevándose una mano al corazón.

—Perdona, ¿te he asustado?

—¿Qué haces aquí?

—Todavía tengo una llave.

—Ya, ya lo sé. Pero no sabía que pretendías usarla hoy.

—Es que necesito hablar contigo. Ya no puedo más.

—¿De trabajo? Porque podemos hablar de trabajo.

—Primero de nosotros. Y luego si quieres de trabajo.

—De nosotros. Eso es un gran tema. ¿Me puedo poner algo de beber?

—No. Siéntate, anda.

Lo hizo. Laura también. El cojín del sofá estaba abollado. A Sofía le gustó imaginar a su compañera tumbada mientras la esperaba, haciendo suyo el espacio como en los buenos tiempos.

—Necesito que hablemos porque yo no puedo seguir así —empezó Laura—. No puedo estar seca contigo, y antipática, como si fuera una rancia que está en contra de los transexuales.

—Sé que tú no eres así.

—Ya. Pero parece que yo soy la que peor lo lleva en la Brigada. Y la gente va a pensar que soy una intolerante de mierda.

—¿Te preocupa lo que piensen de ti?

—Pues claro. Y a ti también. A todo el mundo le preocupa lo que piensen de ellos.

—A mí no mucho. Ya ves, me he cambiado de sexo, a saber lo que están diciendo por ahí.

—Quiero que me lo cuentes todo. ¿Desde cuándo te sientes una mujer? ¿En qué momento decides dar el paso? ¿Por qué te parece que yo no puedo saberlo?

—¿No me dejas que me ponga una copa?

—Joder, nos acostábamos juntos, nos contábamos todo. Éramos amantes, y de pronto levantaste un muro y ya no querías acostarte conmigo.

—Me daba vergüenza que notaras los cambios hormonales. Pensaba que te ibas a sentir estafada.

—¿Y cómo crees que me siento ahora? Tengo la sensación de que Carlos Luna ha muerto. Te lo juro, es como un sentimiento de duelo.

—Es que Carlos Luna ha muerto.

—No, no ha muerto. Está ahí, detrás de esa capa de maquillaje y de esas ropas.

—Para mí ha muerto.

—Si ahora te llevo a la ducha, como he hecho tantas veces, y te lavo bien, tendría de nuevo a Carlos Luna.

—¿Quieres llevarme a la ducha? Por mí encantada.

—¿Lo dices en serio?

—A mí me sigues gustando, Laura. He cambiado de sexo, pero no de gustos.

—¿Te gustaría seguir acostándote conmigo? ¿Después de un año pasando de mí?

—Puede.

—Pues a mí no.

—Lo entiendo perfectamente.

—A mí me gustan los hombres, y tú ya no lo eres.

—Lo suponía. Mi única esperanza era que te gustaran las personas, al margen de su sexo.

—No soy lesbiana, Sofía.

—Yo soy la misma persona. La misma con la que te reías, con la que polemizabas en largas discusiones que nos divertían mucho, la misma a la que pedías consejo y que te consolaba. Tengo la misma piel que acariciabas, los mismos labios que te besaban...

—Para, por favor.

—Soy la misma persona, Laura.

—Cuéntame cómo empezó todo. ¿Cómo lo supiste? ¿Jugabas con muñecas en vez de con camiones?

—Es mucho más que eso. Bueno, lo de las muñecas también, pero eso les pasa a muchos niños. No sé, es difícil de explicar. Es mirarte en el espejo y no reconocer a la persona que ves. No aceptas tu cuerpo y no sabes por qué, pero sí sabes que hay algo mal. De niño no eres consciente de lo que te pasa, pero la sensación ya está ahí. A los ocho o nueve años comienzas a darte cuenta. Lo malo es que también se dan cuenta tus padres de que te pasa algo. Yo llevo yendo al psicólogo desde los diez años.

—¿Para qué? No tenías ninguna enfermedad.

—Me veían raro. Era un niño solitario, me sentía diferente y lo que hacía era evitar el contacto social. Y en la adolescencia todo fue a peor.

—¿Cómo fue tu adolescencia? ¿Ya sabías que en realidad eras una chica?

—Bueno, básicamente lo que quería en mi adolescencia era morirme. Salía de una depresión y me metía en otra. Estaba empastillado el día entero. Un día mi padre me pilló vestido de mujer y me dio una hostia que todavía me duele. Esa noche me tomé una caja de antidepresivos y acabé en el hospital. Estuve muy cerca de palmarla. Me cambiaron de psicólogo, repetí curso, mi padre me pilló otra vez vestido de mujer, me amenazó con echarme de casa... Un horror.

—¿Y tu madre qué decía?

—Nada. En mi casa mandaba mi padre. Era militar, y yo creo que se tomaba la familia como una extensión del cuartel. A mi madre la recuerdo todo el día callada. Creo que le daba miedo mi padre. Ni siquiera se quejó cuando el cáncer la estaba consumiendo. Pobrecita, muerta de dolor y no soltaba ni un gemido. No se atrevía a molestar a mi padre. Pero a mí me gustaba pensar que ella sí me entendía. Yo la veía como mi aliada silenciosa. Era la única persona que no se metía conmigo, que no me reprochaba mi forma de ser. Creo que nunca he sentido tanta soledad como cuando se murió. Quedarme solo con mi padre me aterraba.

—¿Cuántos años tenías?

—Dieciocho. Pero todavía me faltaba un año para hacer la selectividad, porque había perdido dos cursos.

—¿Y lo de ser policía?

—Fue una idea de mi padre, que estaba deseando «hacerme un hombre». Primero lo intentó con el Ejército, yo me negué en redondo y entonces atacó con la policía. Eso me gustó más. La verdad es que lo hice por tener a mi padre tranquilo, pero ahora no me arrepiento. Enseguida conecté con el lado físico de la formación, y también con las prácticas de tiro. Soltaba mucho estrés.

—¿Seguías yendo al psicólogo?

—Sí. Y allí conocí a Natalia, en una terapia de grupo. Fue maravilloso. Yo tenía una bonita empanada sexual, no me definía, me avergonzaba de mi pene, me producía rechazo la idea de la intimidad... Vamos, que a los veintidós años todavía no me había estrenado. Y en aquel grupo vi a Natalia y me quedé hipnotizado. Contó una escapada amorosa con un profesor de música, a los dieciséis años, y la reacción de sus padres, que la castigaron un año sin salir, y su decisión de emanciparse a los dieciocho y huir de la casa familiar para siempre. Lo contó con valentía, sin el menor asomo de pudor, pero con mucha emoción. Y yo me puse a temblar de deseo. Era la primera vez que me pasaba. Quería abrazar a esa mujer, comérmela a besos, cuidarla como no habían querido hacer sus padres... Una mezcla rarísima de compasión, deseo y amor.

—Y te la tiraste. Mira la mosquita muerta, qué bien se lo montaba.

—Bueno, no me la tiré ese día. Nos fuimos conociendo. A ella le gustaba que yo fuera policía. Y al final nos casamos. Y te aseguro que hice feliz a mi padre.

—¿Le contaste a Natalia tus problemas de identidad sexual?

—No.

—O sea, que la engañaste. ¿Te parece bonito?

—Me había resignado a vivir con esa tara. Pensé que iba a ser capaz de mantener dormida mi frustración. Y por unos años todo pareció ir bien. Fui padre, me gustaba el sexo con Nata, aprobé las oposiciones a inspector...

—¿Y qué pasó?

—Que la ley de 2007 sacó a los transexuales de la caverna. Que por fin te podías cambiar de sexo en este país sin convertirte en un lunático. Noté que había llegado el momento, que ya estaba bien de vivir una vida de mentira. Me sinceré por fin ante Nata. Ella se quedó a cuadros, pero se lo tomó bastante bien. Llevábamos mal unos años, así que propuso que nos separásemos y que cada uno siguiera con su vida. Y me ayudó mucho en todo el proceso. También se lo conté a mi padre.

—¿Cómo reaccionó?

—Me dejó de hablar. Hasta hoy. Llevamos años sin hablar.

—Joder.

—Al principio le llamaba, pero no me cogía. O respondía y al ver que era yo colgaba. Ahora ya paso.

—¿Por qué se lo contaste? ¿Para vengarte de las humillaciones que te hizo pasar?

—En realidad, le quería pedir consejo. En el mundo policial puede caer como una bomba un cambio de sexo. Y yo sabía que en el Ejército habían tenido algún caso. Pero no pude ni consultarle mis miedos. Fue comunicarle mi decisión y me dijo de golpe: «Desde este momento, no eres mi hijo». Y hasta hoy.

—Joder, qué bestia.

—Sí, pero me da igual. He decidido vivir mi vida. Sin complejos y sin miedo. En la Brigada conocí a una chica que me despertó el mismo deseo sexual que Natalia en aquella terapia de grupo. Una chica que estaba interrogando a un detenido marroquí, y lo hacía con paciencia y con dureza, hasta conseguir que el detenido se calmara primero y luego confesara el crimen, que me parece que era un robo.

—Era un robo con violencia en una joyería.

—Ese día me enamoré de esa chica.

Laura esbozó una sonrisa traviesa. Estaba cansada, se había recostado en el sofá y abrazaba el cojín contra su cuerpo.

—Yo también me enamoré de ti.

—Siento no haberte hablado de mis planes, pero se los había contado a dos personas y me había quedado sin esposa y sin padre.

—Te perdono. Todo entendido. Te has ganado una copa —se levantó de un impulso.

—Gracias, me muero de ganas. Y tú otra, por escucharme la chapa entera.

Laura preparó dos vasos de whisky con hielo. Se movía por la cocina con desenvoltura, con maneras de anfitriona. Se sentía ligera, con el alivio de conocer la historia de Sofía y de entenderla.

—He estado vigilando la casa del escritor, y ¿sabes qué? Ha entrado la vecina y se ha quedado allí un buen rato —le contó Laura.

—¿La novia de Jon?

—Su hermana pequeña.

—¿Para qué ha entrado?

—No lo sé. Habrá que preguntarlo mañana.

—Bueno, se lo preguntaremos a Julio. Creo que voy a detenerlo mañana a primera hora.

—¿Y eso?

Sofía le contó lo de las huellas en el cuchillo. Repasó el resto de los indicios. Pese a todo, Laura se mostraba remisa.

—Espérate al ADN de la uña —sugirió.

—¿Por qué esperar más? Con las huellas dactilares tenemos bastante.

—Si te sirve de algo mi intuición, yo creo que no ha sido él.

—Ya sabes lo que pasa con la intuición en este trabajo, Laura. Te lleva al error una y otra vez.

—Aun así. Un padre no se carga a su hijo de esa manera.

Laura había tenido una infancia feliz y podía descolgarse con esa clase de afirmaciones. Pero Sofía evocó con tristeza la tarde en que su padre le pilló disfrazado de mujer y le arrancó a tirones el vestido, mientras bramaba entre espumarajos de rabia que en su casa las normas de decoro se respetaban. Recordó también los años duros de la adolescencia, atravesados por las miradas de desprecio; desfilaron por su mente los insultos, las bofetadas, las amenazas y por fin la frase glacial que ponía el broche a su relación: «Desde este momento, no eres mi hijo». Así que un padre podía perfectamente clavarle a su hijo un cuchillo en el abdomen. A Sofía no le costaba mucho imaginárselo.

Se bebieron las copas a sorbos pequeños y repasaron otros detalles del caso por el puro capricho de alargar la conversación. Se hacía tarde y Laura amagó la retirada.

—Te puedes quedar —le dijo Sofía.

—¿A dormir?

—Por favor. Solo abrazadas. Sin más. Creo que lo necesito.

Laura congeló el gesto de colgarse el bolso en el hombro. Llevó los vasos a la cocina y Sofía oyó el chorro de agua saliendo del grifo. Estaba aclarando los vasos. Cesó el chorro, pero todavía se oía el remolino final del agua colándose por el sumidero. Laura apareció en el hueco de la puerta, con el gesto serio.

—Me voy a mi casa. Descansa.

Sofía se esforzó en disimular la decepción.

—Tú también —dijo con una sonrisa.

III

El luto de las mujeres

¿Me quitas el luto a base de polvos?

(Mensaje de Alejandra a León,
no interceptado por la policía)

18

A Arancha Murúa, que se fue a vivir a Londres cuando Jon tenía cinco años, quizá le pese la decisión de haber partido, ahora que a su hijo lo han asesinado. Pensará, tal vez, que de haber estado ella cerca Jon seguiría vivo. La desgracia rotunda aplasta los sentimientos secundarios, los complejos, la desazón por la vida diferente que podría haber llevado si se hubiera quedado en Madrid. Había venido a enterrar a su hijo y era muy difícil ver algo diferente al dolor en ese rostro demacrado, con un rictus tieso y la mirada oculta por unas enormes gafas de sol. A Laura le dio la impresión de que la tragedia estaba encarnada en la madre, que en esa mujer no había ironía, vanidad ni exhibición de inteligencia o frialdad. Solo dolor.

Habían quedado en la cafetería Santander, junto a la plaza de Santa Bárbara. Arancha había preferido sentarse en una mesa de la terraza. El sol a esas horas apenas calentaba, pero ella venía de Londres y quería abrazar el clima español, aunque fuese en una manifestación un poco pálida. Laura se había imaginado a una mujer con más presencia de ánimo, pero enseguida vio que la lejanía no había provocado la menor erosión en su amor por Jon.

—¿Quién ha sido? —empezó diciendo—. ¿Quién ha matado a mi hijo?

Laura esperó unos segundos, para que la rabia que venía con la pregunta se disipara un poco.

—No lo sabemos. Pero igual usted puede ayudarnos a entender lo que ha pasado. ¿Sabe si a Jon le preocupaba algo?

—Le preocupaba su tesis. Dar con un enfoque original. Poco más puedo decirle.

—Usted y Jon se escribían casi a diario.

—Los correos electrónicos sirven para lo que sirven. Para una consulta, un recado, un saludo. Hable con su padre, él es quien de verdad le conocía.

Laura se preguntó si además de amargura la frase contenía una porción de sarcasmo.

—Ya le hemos preguntado y no nos ha ayudado gran cosa. Creo que discutieron por el tema de la tesis, eso sí.

—Claro, él quería alejarle de la historia medieval. Como vende muchos libros, cree que el tema le pertenece. Ahora resulta que nadie se puede arrimar a esa época porque él tiene la patente.

—¿Fue usted quien le sugirió a Jon que centrara la tesis en la mujer en el medievo?

—Le dije que a mí ese tema me parecía muy interesante.

—¿Le molestó a Julio que usted influyera en la tesis de Jon?

—A Julio le molesta todo lo que venga de una mujer. Es un hombre muy machista.

—¿Usted cree?

—No tengo ninguna duda.

—¿Usted diría que es un hombre violento?

—No quiero hablar mal de él, no quiero parecer una mujer despechada o rencorosa. Se tiraba a sus alumnas, era de esos profesores que ponen la seducción por delante. Pero ha pasado mucho tiempo, ya le he perdonado.

—No me ha contestado, Arancha. ¿Cree que Julio sería capaz de hacerle daño a su hijo?

—¿Sospechan de él?

—Tenemos varias líneas de investigación abiertas.

—Yo creo que Julio nunca le haría daño a su hijo. En el fondo, es buena persona. Lo que pasa es que representa al tipo de hombre que yo detesto. Él piensa que la mujer es un objeto sexual. Que todas estamos en el mundo para desafiar su poder de seducción y poner a prueba su virilidad. Ya está. La manera de hacerle feliz es no molestarle demasiado y estar disponible en sus urgencias sexuales. Para mí eso no es una pareja.

Arancha no había reservado ningún hotel para pasar la noche. Un avión la había traído a Madrid y después del entierro otro avión la devolvería a Londres. Tenía mucho trabajo y no quería quedarse más tiempo del necesario. Laura se sintió removida tras la conversación con ella. Admiraba la valentía de esa mujer que había optado por su carrera profesional, derribando los prejuicios sociales sobre la maternidad. Le había salido bien su apuesta, pues se había convertido en una abogada prestigiosa en un despacho laboralista de Londres. Pero ¿qué peaje había tenido que pagar? ¿Había sido feliz alejada de su hijo, al que solo veía en vacaciones y algún que otro fin de semana? Laura ignoraba si el hecho de arrojar dudas sobre la felicidad de Arancha era una maniobra mezquina para aquietar su conciencia. Ella estaba casada y su marido podía encajar en la terrible descripción que había trazado Arancha en su diatriba contra los hombres. ¿Por qué no se atrevía ella a dar un paso al frente y vivir una vida más plena? ¿No estaba desperdiciando sus mejores años con un hombre que no merecía la pena? No había forma de salir del atolladero: en cualquiera de las opciones que visualizaba se abrían abismos horribles. Resignada, llegó a la conclusión de que ella pertenecía al grupo de los cobardes y de que su matrimonio, como tantos otros, lo sostenía el miedo a la soledad.

Sofía llamó para contarle algo importante. Rosa había recordado un detalle que podía constituir una pista: una discusión que tuvo Jon con su novia en el columpio del jardín. Ella estaba leyendo un manuscrito en la mesa del fondo y oyó claramente una frase pronunciada por Alejandra con evidente enfado: «Si lo denuncias, no te vuelvo a hablar en mi vida». Eso oyó. Le habían preguntado si sabía de algún problema que tuviera Jon y ella dijo que no. Pero la noche anterior la vecinita se había colado en su jardín, como hacía tantas veces, y la frase de Alejandra le vino a la memoria como iluminada por un relámpago. «Si lo denuncias, no te vuelvo a hablar en mi vida.»

—¿Cuándo fue esa discusión? —preguntó Laura.

—Hace una semana. Un día antes de que la ingresaran en el hospital.

—¿Crees que dice la verdad?

—No lo sé —contestó Sofía—. Pero habrá que investigarlo.

—Suena a que quiere exculpar a su novio. Desviar las sospechas hacia otro sitio.

El miedo a la soledad, de nuevo, pensó Laura. Una mujer es capaz de cualquier cosa con tal de salvar su pareja. Estos movimientos del ánimo no los pueden entender las mujeres decididas, como Arancha, pero no es fácil enfrentar la vida sin un hombre a tu lado. ¿De verdad es así, Laura? ¿Se ha inventado Rosa esa discusión para ayudar a su novio?

—Tiene motivos para intentar ayudarle —concedió Sofía—. He ido a la casa para hablar con Senovilla. Le he preguntado por las huellas dactilares en el cuchillo, y adivina qué.

—No recuerda nada.

—Exacto. Este hombre niega estar enfermo, pero cuando se ve en apuros se escuda en su principio de alzhéimer y se queda tan ancho.

—¿Cómo explica que sus huellas estén en el cuchillo?

—No se lo explica. Dice que no entiende nada. Pero que igual lo ha olvidado, como olvida tantas cosas. La verdad, Laura, no lo he detenido allí mismo porque se estaban preparando para el entierro de Jon.

—Ahora lo hablamos. ¿Nos vemos en el cementerio?

—Sí, yo salgo para allá —dijo Sofía—. ¿Qué tal con la madre?

Laura le resumió la conversación. Habían acordado esperar a que pasara el entierro para después proceder a la detención de Senovilla. Pero ahora había un cabo del que tirar antes de cometer un error que a buen seguro sería amplificado por la prensa.

Sin llamar la atención, manteniendo una distancia respetuosa, Sofía y Laura presenciaron el entierro. Julio y Rosa estaban en primera fila, junto a Pablo y su mujer. Arancha se hallaba cerca de ellos, pero sola. Alejandra lloraba en el hombro de alguna amiga. A Mara se la veía junto a su madre, que llevaba los ojos protegidos por unas gafas oscuras. Un rostro llamó la atención de Sofía. Mezclada entre varios chicos jóvenes que podrían ser compañeros de Jon de la Facultad de Historia, estaba Berta, la enfermera que las había recibido en la consulta de Pablo. ¿Acudía al entierro como deferencia hacia el doctor Senovilla o conocía a Jon? Habría que averiguarlo.

Cuando se dispersaba la gente hacia la salida, Sofía abordó a Sunilda. Solo quería saber si ella también había oído una discusión entre Alejandra y Jon en el jardín. La mujer estaba un poco mareada. Le había entrado una llorera en el entierro y le costaba concentrarse en la pregunta. Sofía le pidió que hiciera memoria, que podía ser muy importante. La insistencia funcionó, porque Sunilda comenzó a asentir como si alguien hubiera accionado un botón.

—¿Tuvieron una discusión? ¿Lo recuerda?

—Discutieron hace una semana, sí, señora.

—¿Recuerda cómo fue esa discusión?

—Los dos estaban muy nerviosos. Jon quería que ella dijera algo y ella no quería.

—¿Qué quería que dijera?

—No lo sé, señora. Quería que denunciara algo, pero yo no sé el qué podía ser.

—Y Alejandra no quería denunciar.

—No quería de ninguna de las maneras.

—Haga memoria, por favor. ¿Recuerda qué quería Jon que denunciara su novia?

—Ella le amenazó. Si lo denuncias, se acabó la relación entre nosotros. Eso le dijo.

—¿Cómo acabó la discusión?

—Ella se fue a su casa. Le amenazó y se fue.

—¿No le contó Jon qué quería denunciar?

—No, señora. Pero era algo grave. Eso se lo puedo jurar, porque Jon era tranquilo y ese día estaba muy nervioso.

—¿Qué hizo Jon cuando se fue su novia?

—Se encerró en su cuarto. Dijo que no tenía hambre y que no iba a cenar nada. Disculpe, pero están esperando.

Sunilda se dirigió a la salida del cementerio. Sofía quiso comentar con Laura las palabras de la asistenta, que venían a confirmar las que había dicho Rosa. ¿Se habían puesto de acuerdo para proteger al escritor? Si se había producido, una alianza así resultaba curiosa. Pero Laura estaba atenta a la comitiva de los dolientes, que iba ganando la puerta del cementerio. Arancha caminaba sola, como un fantasma al que solo ella podía ver. Nadie la saludaba, nadie se acercaba para darle el pésame o para preguntarle qué tal la vida en Londres, tan lejos y a la vez tan cerca. Nada. Nadie.

19

No es fácil el luto a los veintidós años. La vida debería proteger esa edad y a su manera misteriosa dibujar una estructura razonable del dolor. A los veinte años se puede perder a un abuelo. Una desgracia que se acepta dulcemente, un picotazo que duele y pasa. Un poco antes, quizá en la adolescencia, se puede enterrar a una mascota, una pequeña excursión por las amarguras del mundo. Son ritos preparatorios del gran funeral, el de los padres. Pero perder a un novio a los veintidós años es poner un brillo de anciano en tu mirada.

¿Tenía Alejandra ese brillo? Había llorado mucho en el entierro de Jon, pero ahora en casa se sentía más tranquila. Su padre se había ido a jugar un torneo de golf a Málaga, y ella estaba dispuesta a defender ante cualquiera que esa decisión, que podía ser vista como una demostración atroz de egoísmo, era en realidad un ejemplo de delicadeza. Ella necesitaba tranquilidad. Y la única manera de que la casa estuviera tranquila era sin su padre dentro. Todo sería perfecto si su madre comprendiera que la llave del consuelo no obraba en su poder. Adela se desvivía por ayudarla, lo que para ella significaba perseguirla por la casa pronunciando palabras reconfortantes, invadir su habitación con una tila o con un zumo de naranja recién exprimida o molestarla con la promesa de que ese día le iba a preparar su comida favorita. No es fácil el luto a los veintidós años.

Alejandra se daba cuenta de que esa noche debía quedarse en casa y componer la imagen de la novia golpeada por la tragedia. Pero no soportaba el tono plañidero de su madre, y mucho menos el gesto de perro apaleado de su hermana Mara, empeñada en sufrir más que nadie, como si la muerte de Jon la concerniera solamente a ella. Tenía que escapar de ese ambiente opresivo. Sus amigas estaban organizando un botellón en la plaza del Dos de Mayo, y le apetecía mucho ir. ¿Cómo salir de ahí sin parecer una loca irresponsable? «Necesito airearme un poco», podría decir. «Me voy a dar una vuelta.» Su madre dejaría el libro en la mesita y se levantaría corriendo del sofá: «¿Qué estás diciendo, hija? Quédate en casa. Voy a hacerte unos sanjacobos para cenar. Hoy te acuestas prontito y descansas».

Era probable que su madre olvidara mencionar que estaba de exámenes. Alejandra notaba que la muerte de Jon ponía los estudios en un segundo plano, que todos los proyectos de vida quedaban suspendidos hasta que pasaran los efectos de la onda expansiva. Pero ella se rebelaba contra esas normas del decoro. Necesitaba aprobar todas antes del verano, porque su intención era hacer el doctorado en Estados Unidos y ese viaje no podía esperar. La sola idea de pasar un año más en casa se le aparecía como una pesadilla. Un año más oyendo los gritos de su padre, las lágrimas de su madre, los portazos, los golpes. Otra primavera con el verano adelantado y su madre vistiendo ropas de manga larga y pañuelos en la cabeza como si fuera una mora, vistiéndose no para estar guapa o cómoda, sino para ocultar los hematomas. Otro año viendo a su padre masticar la comida, serio en la mesa, a veces de buen humor, deslizando un par de bromas o incluso agasajando a Adela con un gesto de cariño, las escenas que interpretaba para aparentar humanidad y que a Alejandra le resultaban increíblemente siniestras. ¿Y qué decir de Mara, escondida siempre como un ratoncito, saliendo de detrás de las cortinas o a veces, no es broma, de debajo de la mesa camilla del salón? Mara comportándose como una niña de tres años, consentida hasta límites irracionales, sacándole la lengua a Alejandra cuando se cruzaban en el pasillo, o encerrada una hora en el cuarto de baño para desquiciar sus nervios un viernes que había quedado y necesitaba arreglarse. Podía usar el cuarto de baño de sus padres, pero aventurarse en esa parte de la casa era entrar en un revoltijo de ropas tiradas por el suelo, como si el armario hubiera sido expoliado, y de botes de crema y de sábanas empapadas en lágrimas que cortaban como cristales. El infierno ardía a cinco metros de la habitación de Alejandra.

Había dos problemas que superar para poder hacer ese viaje: uno, aprobar todas las asignaturas de cuarto y sobre todo la de Historia Medieval de España, que arrastraba desde segundo de carrera por culpa de Blas Hermida, el profesor, que por alguna razón insondable había decidido levantar un muro entre Alejandra y sus sueños; dos, que nadie conocía su proyecto de hacer el doctorado en Estados Unidos. Llevaba unos meses acariciando la idea en secreto y todavía no había encontrado el modo de hablar con su padre. Puede que el odio que sentía hacia él le impidiera adoptar el aire servil que un hijo debe mostrar en ocasiones delante de sus padres. O puede que el ambiente cada vez más agresivo que se respiraba en casa aplastara siempre sus intentos. No era fácil molestar al matón con una súplica de dinero. La muerte de Jon podía servirle de ayuda. A nada que alargara unas semanas la compunción, el desánimo o incluso la depresión, sus padres verían con buenos ojos un viaje al extranjero para poner distancia con el dolor y rehacer su vida. ¿Encajaba una salida nocturna en ese cuadro anímico que ella quería dibujar? No del todo. Le podía venir mejor encerrarse en su cuarto y hacer algunas incursiones al baño con los ojos hinchados.

Había decidido quedarse en casa, pero el curso de los acontecimientos le hizo cambiar de opinión. Todo empezó con un wasap de su amiga Carlota. «La policía ha hablado conmigo. Espero no haberla cagado. Les he dicho que te perdimos en el concierto de Dover y te vimos a la salida. Les ha interesado. Glubs.» Alejandra marcó el número de su amiga.

—¿La he cagado?

Ese fue el saludo de Carlota.

—¿Por qué?

—No sé, es que no sabes cómo se han puesto. Me han preguntado a qué hora te perdimos de vista, cuándo apareciste, si estabas tranquila...

—¿Cuándo han hablado contigo?

—Después del entierro.

—¿Y cómo habéis llegado a lo del concierto?

—No sé. A ver, me han preguntado un montón de cosas sobre ti y sobre Jon. Cómo os llevabais, cómo os conocisteis, si habíais discutido hace poco...

—¿Qué les has dicho?

—Yo qué sé, tía. Que os conocisteis en el barrio, que estudiabas lo mismo que él... No le he dicho que te metiste a Historia solo por estar cerca de él. Eso me lo he callado.

—¿Y lo de Dover?

—Querían saber si habíamos estado juntas en todo momento.

—Y tú eres tan bocazas que dices que no.

—Álex, te perdimos de vista en el mogollón. Había empujones, avalanchas y de todo. Yo cuando te busqué no te vi.

—¿Les has dicho que estaba cerca de vosotras? Porque yo sí os veía. Me dio pereza abrirme paso entre la gente, pero os veía. Sabía dónde estabais. ¿Les has contado eso?

—No.

—¿Por qué no? Supongo que para ellos es un dato importante. ¿Por qué no se lo has contado, Carlota?

—Porque yo eso no lo sé.

—Te lo conté a la salida del concierto.

—Ya, pero yo no te vi. Ellos querían saber si yo te había visto. Si podía asegurar que habías estado todo el rato en el concierto.

—Y les has dicho que no. Cojonudo.

—Mira, tía, les he dicho la verdad. Si te rayas, es problema tuyo.

A los pocos minutos de esta llamada, sonó el timbre de la entrada. Adela abrió la puerta y luego subió a avisar a Alejandra de que unos policías querían hablar con ella. Debían de haberla sacado de la siesta del burro, la cabezadita que solía echar poco antes de comer, porque su madre no sufría los temblores habituales y la preocupación que siempre mostraba ante cualquier incidente pequeño de la vida. Estaba adormilada. Alejandra vio la cabecita de Mara asomándose por la puerta de su cuarto.

—Deja de cotillear, estúpida —le dijo.

Mara cerró la puerta y Alejandra bajó las escaleras. El inspector Estévez hizo las presentaciones. A él ya le conocía, pues habían hablado un par de veces, pero a Bárbara Lanau era la primera vez que la veía. Se sentaron en los sofás y le pidieron a Adela que les dejara hablar a solas con su hija. Adela ofreció algo de beber y, aunque los dos policías rehusaron, se fue a la cocina a preparar unas bebidas. Estévez preguntó a Alejandra por la noche del concierto, y ella les contó lo que ya sabían, que justo al empezar la primera canción hubo una especie de avalancha y ella perdió el contacto con sus amigas. Se vio a varios metros de ellas, separada por una muchedumbre apretada que hacía muy difícil llegar hasta donde estaban. Así que optó por ver el concierto a su aire. Se reunió con sus amigas a la salida.

—¿Cuál fue la primera canción que tocaron? —preguntó Bárbara.

Una amiga suya había estado en el concierto, y se había informado de las canciones para preparar la entrevista. Alejandra reaccionó a la pregunta con incomodidad.

—No me acuerdo.

—Fue la canción que provocó la avalancha. Supongo que sería una de las más populares.

—Sí, era una de las famosas. Pero no me acuerdo.

—¿Te acuerdas de cuál fue la última que tocaron?

—Tampoco.

—¿Hubo algún bis? —intervino Estévez.

Alejandra soltó una risa de incredulidad.

—¿De qué va esto? —dijo—. ¿No se creen que estuve en el concierto?

—Solo queremos asegurarnos —la tranquilizó Bárbara.

—Les enseño la entrada, si quieren. La tengo en mi cuarto.

—No hace falta —dijo Estévez—. Pero me parece raro que no recuerdes cuál fue la primera canción, ni la última.

—A ver, que a mí Dover en realidad me la suda.

—¿Y por qué vas a un concierto de un grupo que no te gusta?

—Porque iban todas mis amigas. Porque un concierto mola. Pero no me sé las canciones de Dover. Mira mi iPod si quieres, no tengo bajada ni una.

Se estaba poniendo nerviosa, como revelaba que hubiera pasado al tuteo. Estévez y Bárbara la miraron en silencio unos segundos. Él estaba dispuesto a dar el tema por zanjado. Pero Bárbara no.

—Hay una cosa que no entiendo, Alejandra. Vas a un concierto de un grupo que no te gusta porque quieres estar con tus amigas. ¿Es así?

—Sí.

—Empieza el concierto y las pierdes de vista.

—De vista no. Yo las veía desde donde estaba.

—O sea, que no andaban muy lejos.

—Estaban a la vista.

—Perfecto. ¿Por qué no volviste con ellas? Te abres paso entre la gente y llegas. ¿No?

—A ver, estaba petadísimo. Abrirse paso no es tan fácil. Vale, si me pongo a empujar a la peña llego fijo, pero no me apetecía.

—Pero si lo único que querías era estar con tus amigas —insistió Bárbara.

—Que me da igual que me creas o no. Que me quedé viendo el concierto a mi bola.

—De un grupo que te la suda.

—¡Sí! De un grupo que me la suda. Luego nos fuimos a tomar algo todas y ya está.

Bárbara la miró en silencio. Estévez admiró la tenacidad de su compañera, que seguía buscando el agua como un zahorí sudando bajo el sol.

—¿A qué hora acabó el concierto?

—No lo sé.

—Haz memoria, Alejandra, que esto es importante. ¿A qué hora acabó?

—Serían las doce. Siempre acaban a las doce, más o menos. Pero no lo sé.

—¿Y no recuerdas si hubo algún bis?

—Sí, hubo bises. Siempre hay bises. Creo que tocaron dos temas más, pero no me acuerdo.

—Claro, estabas pendiente de tus amigas y no te acuerdas.

—No me acuerdo. Estaba a mi bola y no me acuerdo.

—Tus amigas dicen que te encontraron a la salida del concierto, en la calle.

—Sí. Las llamé, no me cogían, mandé un wasap y al final nos vimos en la puerta.

—¿Por qué no las alcanzaste antes de llegar a la calle? Si las tenías a la vista, es lo más normal, ¿no?

—No las vi.

—Antes has dicho que sí.

—A ver, cuando acaba el concierto la gente se mueve. No se quedan clavados como estacas. Son personas, ¿sabes? Se mueven. Y en ese momento no las vi.

—¿Las buscaste?

—Pues claro. Pero no las vi. Las vi en la calle.

—¿Por qué te pones a la defensiva, Alejandra? —preguntó Bárbara.

—No estoy a la defensiva.

—Yo creo que sí.

—Pues yo creo que no. ¿Me puedo ir ya?

Bárbara la miró con seriedad. Se retiró un mechón de pelo que le rozaba los labios. Estévez cogió las riendas de la conversación, como si ese gesto fuera un código convenido de antemano.

—¿Por qué no fue Jon al concierto contigo?

Alejandra se encogió de hombros.

—¿Porque no le apetecía?

Pronunció la frase con entonación interrogativa, lo que inyectaba una buena dosis de chulería en la respuesta.

—¿Tenía otros planes?

—No le apetecía el concierto. Ya está.

—Ya, pero era tu novio...

—¿Y qué? ¿Los novios tienen que hacer todo juntos?

—No me has dejado acabar, Alejandra —la amonestó Estévez—. Los novios no hacen todo juntos, pero normalmente saben lo que está haciendo el otro, aunque estén separados. ¿Qué pensaba hacer Jon mientras tú estabas en el concierto?

—No tengo ni idea.

—¿No te lo dijo? ¿O no se lo preguntaste?

—No se lo pregunté.

—¿Pretendía quedarse en casa? ¿Había quedado con un amigo? ¿Quería ir al cine?

—Ni idea.

—Hemos hablado con tus amigas. Nos han dicho que no conocían mucho a Jon. Un poco raro, teniendo en cuenta que llevabais saliendo cuatro años.

—A Jon no le caían muy bien mis amigas.

—Ni él a ellas. Una de tus amigas ha llegado a decir que Jon era un poco gilipollas.

—¿Quién ha dicho eso?

—Da igual quién. Una de ellas.

—Ya sé quién lo ha dicho. María.

—¿Por qué dicen eso de Jon?

—Seguro que ha sido María.

Estévez esperó a que se le pasara el enfado. Se mantuvo en silencio hasta que Alejandra se sintiera obligada a ampliar la información.

—A ver, Jon era especial. No le caía bien casi nadie. Pensaba que mis amigas eran tontas.

—¿Y lo son?

—Son mis amigas, ¿vale? —adoptó un rictus severo. Era como trazar una línea roja en la alfombra, una línea que no se podía rebasar—. ¿Qué más da si son tontas?

—¿Jon tenía amigos?

—Imposible.

—¿Por qué es imposible?

—Porque no le gustaba la gente. Decía que la gente era estúpida. Eso lo decía mucho. Que lo más asombroso del mundo era la estupidez de la gente.

—Pero tú no le parecías estúpida.

—Se ve que no.

Se puso triste al decirlo. Estévez se preguntó qué veía Jon en esa chica. Tenía la clase de rebeldía que solo puede augurar desastres cada semana. Parecía orgullosa y arisca, y sin embargo un misántropo como Jon la distinguía con su afecto y la convertía en la excepción honrosa a la estupidez general que se encuentra en la vida. Ni siquiera era resultona. Los ojos marrones tiraban al verde con la ayuda de algún efecto lumínico, la nariz era chata y los labios tirantes y violáceos. Tenía el mentón afilado y el cuerpo menudo. Tal vez la media melena castaña que rozaba sus hombros enmarcara en alguna ocasión una sonrisa que la hacía parecer guapa. Las atracciones son muy misteriosas. Cuando dieron por terminada la entrevista, Alejandra subió las escaleras y Estévez la contempló de espaldas. La pereza armoniosa con la que se movía encerraba quizá un sortilegio felino. Sí, eso podía ser.

Alejandra cerró el pestillo de su habitación y se tumbó en la cama. Sofocó un acceso de llanto nervioso aplastando la cara contra la almohada. Decidió que esa noche necesitaba salir con sus amigas.

20

La culpa fue de Sofía. Estévez le contó la entrevista con Alejandra, y Sofía se enfadó con él por no haberle preguntado lo más importante, la discusión que según dos testigos había tenido con Jon una semana antes del asesinato.

—¿Tú te crees que soy adivino? —le había dicho Estévez—. Si no me pones al tanto de las novedades, es tu puto problema.

—Un fallo de comunicación que no habríamos tenido si no fueras siempre a tu aire.

—A mí me has encargado que investigue a la novia y a sus amigas. Y es lo que he hecho. Es más, he descubierto que la niñita no tiene coartada la noche del crimen.

—Perfecto, pero ahora tengo que ir otra vez a molestarla el día que han enterrado a su novio.

—Le va la marcha, no te preocupes por eso.

—De aquí en adelante quiero saber lo que estás haciendo en todo momento, para que no vuelva a pasar una cosa como esta.

—Oye, querida. Yo nunca me he hormonado, no sé lo que hace un cóctel de esos en tu cuerpo. Pero hazme un favor: métete las pastillas por el culo a ver si te sientan un poco mejor.

Colgó. Sofía reprimió el impulso de estampar el móvil contra la pared. Estaba furiosa. Pero más con ella misma que con Estévez. Él había hecho bien su trabajo. Y tenía razón: el testimonio de las amigas dejaba a Alejandra sin coartada. Podía haberse escabullido del concierto para hacerle una visita a Jon. Una visita sorpresa. Tal vez vio la mesa puesta para dos y creyó descubrir una infidelidad en marcha. Puede que discutieran. Puede que Jon tuviera en la mano el cuchillo medieval, que había comprado recientemente para inspirarse en su tesis. Y al calor de la discusión, Alejandra se lo clavó. Las horas encajaban, a ella le daba tiempo a regresar a La Riviera y esperar a sus amigas a la salida del concierto. El móvil pasional podía explicar el crimen. Sin embargo, también estaba como posible móvil la discusión de la semana anterior y el terror de ella ante algo que Jon pretendía denunciar. ¿Qué era? Estévez no lo había preguntado porque Sofía no había compartido el hallazgo con sus compañeros. Y sabía muy bien por qué se le había olvidado. Estaba muy nerviosa. Había quedado a comer con su hijo y anticipaba la tormenta. No quería hacer pasar a Dani por el terremoto emocional que sin duda le iba a provocar. Pero a la vez se daba cuenta de que tenía razón Natalia: lo mejor era pasar el trance cuanto antes. Si no, lo tendría en su cabeza todo el rato, como una nube de mosquitos imposible de espantar.

Natalia se presentó en su casa una hora antes de la cita con Dani. Quería verla. A Sofía le sorprendió encontrársela en el umbral, y buscó con la mirada a izquierda y derecha por si también estaba su hijo. Lo hizo con un gesto de vértigo, pues pensaba vestirse de hombre para la comida y aún no se había cambiado. De la manera más incongruente notó, junto con el alivio de ver que Dani no estaba, una punzadita de decepción, pues la sorpresa de la visita habría precipitado los acontecimientos y el embarazo natural de Sofía la habría ayudado a sobrellevar los primeros instantes de la charla. Le dio la sensación de que la posibilidad de haber sido espontánea se esfumaba para siempre.

—A ver qué guapa estás —dijo Natalia desde el umbral—. Date la vuelta.

Sofía se prestó a la inspección con timidez.

—Has echado culo y has ensanchado caderas.

—Las hormonas.

—Estás guapa. Dame un beso.

Se besaron en la boca, como solían hacer incluso en los primeros días tras la separación. Sofía cerró la puerta, no sin antes mirar a ambos lados del descansillo, como si todavía pensara que su hijo estaba allí agazapado, aguardando el momento más inesperado para hacer su aparición. Cuando se giró hacia Natalia se encontró con una mirada apreciativa que tenía, o eso le pareció, algo de burlona. ¿Había un brillo sádico en los ojos de su ex? ¿Disfrutaba anticipando el naufragio que se iba a producir?

—¿Qué haces aquí? Habíamos quedado en el restaurante.

—Quería verte yo primero. Llevas toda la semana esquivándome.

—Tenías miedo de que no fuera, reconócelo.

—Lo reconozco. ¿Me invitas a una cerveza?

Se tomaron una cada una y Sofía intentó satisfacer la curiosidad de Natalia, una tarea que no resultaba nada fácil. La ametrallaba a preguntas. Le gustaba conocer cada detalle, cómo reaccionó cuando le dieron el DNI, cuál fue el primer pensamiento que cruzó por su mente, y muchas veces se detenía en pormenores tan nimios que a Sofía le costaba seguir el hilo. Le preguntó cómo era la funcionaria del Registro Civil que le tendió el carné de identidad, y quiso saber si esa mujer la miró con prevención o con un poso de grima, datos a los que Sofía no podía contestar porque ni siquiera se había fijado. Desmenuzaron las reacciones de la gente de la Brigada y Natalia se rio a carcajadas con la historia del letrero en el supuesto baño de transexuales. No escatimó las pullas habituales cuando salió a relucir el nombre del doctor Coll, al que por alguna razón despreciaba.

—Las cosas son siempre más fáciles de lo que piensan los psicólogos y psiquiatras, créeme —decía.

Natalia, después de varios años de terapia en su juventud, se había hartado de ellos. Ahora le parecían farsantes que se aprovechaban de la apatía de la gente.

—Por cierto, tendrás que darle un toque femenino al apartamento, ¿no? Que ya no eres un policía rudo.

—Las hormonas no mejoran el sentido del gusto —dijo Sofía afectando un aire resignado.

—Ya veo que no. Por Dios, qué estores, ¿no los había más feos?

Natalia contó también cosas de su vida. Últimamente estaba discutiendo con su novio, y para ella ese era el punto de inflexión importante en las relaciones. Cuando llega el fin de la inocencia. Pero no parecía preocupada por su futuro amoroso. Dijo que el trabajo le interesaba cada vez menos, pero trataba de ir a la oficina con alegría y no echar en falta su época de joven ambiciosa. Comunicaba sabiduría en la vida y la felicidad del que ha llegado a un acuerdo importante consigo mismo. Algo frenético en su mirada y en su manera de encadenar temas de conversación sin detenerse en ninguno insinuaba alguna clase de fragilidad en la mole de granito. A Sofía le gustaba mucho estar con ella, pero no dejaba de asombrarla que el sentimiento amoroso, la pasión o el deseo sexual hubieran desaparecido por completo.

—Bueno, me voy a cambiar, que ya es tarde. No queremos hacer esperar a Dani —se levantó Sofía.

—¿Cambiarte? ¿Para qué vas a cambiarte?

—No pienso ir vestida de mujer. Creo que por hoy basta con que se lo cuente. Ya tendrá tiempo de verme.

—De eso nada, querida. Tú vas así.

—Ni de coña, Nata. ¿Quieres que Dani se caiga de espaldas?

—Que se desnuque si hace falta. Tú eres así y te tiene que ver así.

No logró convencerla. Sofía se presentó en el restaurante vestida de Carlos. Dani ya estaba sentado a la mesa. Sonrió al reconocer a su madre y enseguida marcó un gesto de duda al ver a su acompañante. Por un momento Sofía pensó que se había olvidado algún detalle femenino en su atuendo, los pendientes o, todavía peor, la peluca. Pero no era así. A los pocos segundos Dani incluyó a su padre en la sonrisa de reconocimiento. Se levantó muy despacio, enarcando las cejas en un gesto divertido.

—Viva la puntualidad.

—Diez minutos, Dani —dijo Natalia—. No exageres.

Sofía notó que se le cortaban los labios en cuestión de tres segundos. Le sudaban las manos y tenía la boca seca. Había sido un niño tímido en su infancia, pero por mucho que rebuscara en ella no podía recordar un instante de su vida en el que hubiera sido golpeado con tanta fuerza por la timidez.

—Hola, hijo —acertó a decir.

—¿Por qué venís juntos?

—Anda, siéntate, que tu padre te tiene que contar una cosa —dijo Natalia.

Dani congeló el gesto unos segundos. Al ver a su padre tan pálido se convenció de que la noticia no le iba a gustar. Se sentó sin estar seguro de encontrar el asiento en su sitio.

Sofía no sabía por dónde empezar. Por un momento pareció que iba a ponerse a mirar el menú, como si esa comida fuera una comida normal y lo más urgente, elegir bien los entrantes.

—De golpe, cariño —dijo Natalia—. Cuéntaselo de golpe, sin pausas teatrales.

—He cambiado de sexo. No es broma, hijo. Ahora soy una mujer.

Dani buscó a su madre con la mirada. Natalia asintió, entre seria y compasiva.

—No entiendo... —quería decir algo más, pero estaba tan confuso que dejó la frase ahí.

—Hijo, hay muchas personas que tienen la sensación de vivir con el sexo equivocado —explicó Natalia.

—¿Eres travesti? —preguntó Dani.

—Soy transexual. Antes era un hombre y ahora soy una mujer. Tengo un DNI nuevo, me estoy hormonando... ¿No has notado cambios físicos en mí?

—No. ¿Qué cambios?

—Mira mis manos —Sofía las extendió sobre la mesa—. Son más finas. Y mis caderas son más anchas. Y tengo menos vello.

Lo dijo tocándose la cara, pero Dani se quedó mirando las manos de su padre, porque para él todavía era el mismo de siempre.

—Estoy en lista de espera para operarme.

—¿Te van a capar?

—Me van a hacer una operación de reasignación sexual.

—Le van a poner una vagina —resumió Natalia.

Un camarero preguntó si querían beber algo. Todos agradecieron este breve reencuentro con el funcionamiento normal del mundo. Pidieron tres cervezas. A la interrupción le siguió un silencio tenso que rompió Natalia.

—Dani, es importante que aceptes esta situación con normalidad. Tu padre ha dado un paso muy difícil.

—¿Mi padre? Ya no es mi padre, ¿no? Ahora es mi madre. Ahora tengo dos madres.

El estupor inicial estaba dejando paso al enfado.

—Yo siempre seré tu padre —dijo Sofía sintiéndose ridícula—. Lo que pasa es que he cambiado de sexo. Pero siempre estaré ahí para ti.

Dani no la miró. Se quedó mirando su plato, que estaba lleno de miguitas de pan. Se había comido su bollo antes de que ellos llegaran.

—¿Desde cuándo es una mujer? —preguntó Dani mirando a su madre.

—Pregúntaselo a ella —respondió Natalia.

—El nuevo sexo me lo reconocieron el jueves.

Dani siguió mirando a su madre.

—¿Desde cuándo se siente una mujer?

Natalia y Sofía cambiaron una mirada fugaz.

—Dani, pregúntaselo a tu padre, que está delante de ti.

—Desde hace muchos años —contestó Sofía, intentando extirpar la raíz de una discusión que parecía ya imparable—. Casi desde la infancia.

Pero no era fácil seguir hablando cuando su hijo le negaba la mirada. Dani estaba ahora cabizbajo, y solo levantaba la vista para pedirle a su madre una explicación.

—¿Y se casa contigo sintiéndose una mujer? ¿Y tiene un hijo sintiéndose una mujer? No lo entiendo.

—Pregúntale por qué y seguro que te lo explica —dijo Natalia.

—No es fácil asumir que tu problema tiene solución —explicó Sofía a la desesperada. Confiaba en que la agresividad de su hijo fuera más afectada que real—. Durante muchos años das palos de ciego. Estás en la oscuridad.

Dani se levantó, echando la silla hacia atrás con estruendo.

—Voy al baño.

Se quedaron solos y pudieron aliviar la expresión por unos instantes.

—No se lo ha tomado muy bien —dijo Sofía.

—Es normal.

Agradecieron la llegada del camarero con las cervezas. Dieron un buen trago sin disimular la ansiedad. Dani no tardó mucho en volver a la mesa. Se había mojado la cara y parecía más sereno que antes.

—¿Cómo te llamas? —Ahora sí, miraba a su padre.

—Sofía.

—¿Sofía? ¿Por qué?

—Me gusta ese nombre. ¿A ti no?

—La empollona de mi clase se llama Sofía. Todo el mundo la odia.

Sofía tuvo ganas de darle un beso a su hijo por hacer ese comentario. Estaba necesitada de aceptación y saludó los primeros indicios de que su hijo ya estaba incorporando la noticia a su vida.

—A veces pasa eso —cogió el hilo Natalia—. Como tengas un cabrón en tu vida que se llama así, ya no te gusta el nombre.

Entonces contó algún ejemplo de nombres dulces, sonoros y bonitos que ella detestaba. Le venían bien a la reunión estas digresiones veleidosas, pero era traumático el instante en que se terminaban y había que volver penosamente al asunto principal de la comida. Sofía no tenía hambre, pero se obligó a pedir una lubina e incluso propuso un par de entrantes. Quería poner todo de su parte para darle a la situación un aire de normalidad.

—Antes has preguntado por qué quise tener un hijo cuando sabía que estaba viviendo en un cuerpo que no era el mío.

—Déjalo, papá, si lo he dicho por decir.

—Quiero contártelo.

—¿Puedo llamarte papá?

—Claro. Pero déjame que termine. Yo lo he pasado muy mal. No le deseo a nadie que sufra lo que yo he sufrido. Pero dentro de todo ese infierno, lo único bueno que me ha tocado vivir eres tú. Es lo mejor que he hecho.

—Lo único bueno —exclamó Natalia—. Gracias por la parte que me toca.

—Tú eres lo segundo —aclaró Sofía.

Dani se rio con la pequeña trifulca de sus padres.

—Y ya no digo nada más que me pongo a llorar y la liamos. No sabes lo que hacen las hormonas, me ponen la sensibilidad a flor de piel.

—Puedes llorar, querida, estamos en familia. Pero se te va a correr el rímel, te lo advierto.

—No me he puesto rímel.

—Pues deberías.

Estas bromas no le sentaron bien a Dani. Se puso serio, pero intentó disimular su incomodidad. Natalia, atenta a los cambios sutiles en el ánimo de su hijo, se apresuró a cambiar de tema.

—¿Qué ha pasado con el profesor de Lengua? ¿Tenéis uno nuevo?

Dani contó las novedades. Sí, había llegado un profesor nuevo que parecía majo, pero que no seguía el temario. El malestar entre los padres de alumnos no remitía. Hablaron también del cumpleaños de Dani, que ya se avecinaba. Era el miércoles, lo iba a celebrar con Lorena. No quería ningún regalo especial. Los temas de conversación se iban sucediendo y los platos de comida iban llegando. La bomba había caído sin provocar un cataclismo. Dani parecía aceptar la situación. Evitaba mirar a Sofía por no enfrentarse a la imagen deformada de su padre, pero eso había que entenderlo. Para él, pensar en su rostro masculino convertido en uno de mujer debía de ser como ponerle una máscara grotesca. De cuando en cuando Dani la observaba, y se preocupaba de poner afecto y comprensión en su mirada. No quería volcar la conversación hacia su madre porque intuía lo necesitado que estaba su padre de obtener una porción. Se sobreponía a la grima y al rechazo que forzosamente tenía que inspirarle. A Sofía se le hizo muy evidente el enorme esfuerzo de su hijo por no contrariarla y se sintió conmovida por lo buena persona que era. Entonces se activó un mecanismo en su interior, y como si estuviera asistiendo al imperceptible inicio de la floración, su fibra sensible fue detectando en cada gesto de su hijo, en cada pequeña mueca y en cada inflexión de su voz lo profundamente infeliz que le hacía el hecho de tenerla sentada a la mesa. Dani estaba sufriendo. Comía con una indolencia que no era suya, pues siempre tenía un apetito voraz. Repetía muchas veces el gesto de apretarse la sien con los dedos, como si le estuviera mortificando una jaqueca. Y movía la rodilla debajo de la mesa en un baile frenético, como si fuera un tic nervioso, o como tratando de contener el imperioso deseo de desfogarse físicamente. Sí, estaba sufriendo, pero no quería que su padre lo notara.

—Gracias por entrar en la web del colegio.

Sofía tardó en advertir que su hijo se lo estaba diciendo a ella.

—Papá...

A Sofía le vino el llanto sin avisar. Apenas tuvo tiempo de cubrirse la cara con las manos y de ahogar la parte sonora del arreón emocional. Musitó unas disculpas y salió a la calle a respirar. Enseguida salió Natalia.

—¿Qué te pasa?

—No puedo, Nata. Lo siento. No puedo soportarlo más.

—Pero si va todo bien. Mucho mejor de lo que esperaba.

—También es duro para mí.

—Venga, entra, ¿o quieres echar todo por tierra? Hemos conseguido que Dani vea esto con normalidad, ahora va a pensar que no es tan normal.

Sofía encontró un pañuelo y se sonó la nariz.

—No voy a entrar. Comed vosotros.

—Pero ¿cómo que no vas a entrar?

—Dile a Dani que lo siento. Que lo estoy pasando mal y que le quiero mucho. Y que gracias por ser como es.

Al hacer el elogio de su hijo el llanto la invadió de nuevo. Se alejó calle abajo y Natalia se quedó mirándola con estupor. Volvió al restaurante y vio que Dani estaba haciendo esfuerzos por no llorar en público.

—¿Tú también te vas a poner a llorar?

Dani achinó los ojos y sus pómulos se le marcaron como peñascos. Se levantó para ir al baño y Natalia pidió la cuenta.

21

—Ya han hablado con ella.

—Va a ser solo un momento.

Esta vez Adela se hizo a un lado para dejarla pasar. Sofía entró en un amplio salón con esculturas africanas y cuadros orientales. Había un telar con niños y elefantes en un río que parecía ser el Ganges. Un espacio bien decorado, de gente culta, aunque un moretón en la pierna de Adela le restaba al lugar buena parte del encanto étnico.

—¿Cómo se ha hecho eso en la pierna?

—Me di un golpe yo sola.

—¿Está su marido?

—No.

—¿Discute mucho con él?

—¿Quiere hablar con mi hija o conmigo?

—Señora Bálmez, si está sufriendo malos tratos, es muy importante que lo denuncie.

Adela se quedó mirando un buen rato a Sofía, como si estuviera asombrada por su atrevimiento.

—Le voy a dejar mi tarjeta personal. Para que me

pueda llamar en cualquier momento, si se ve en peligro o lo que sea. ¿De acuerdo?

Como Adela no cogía la tarjeta que ella le tendía, la puso en una mesita de la entrada.

—Voy a avisar a mi hija.

Se fue escaleras arriba y Sofía se puso a curiosear por el salón. Una mujer de alabastro con las tetas caídas y barriga de embarazada llamó su atención. En su mente trasladó la escultura al salón de su casa y le encantó cómo quedaba. Seguro que Natalia la felicitaba por ese toque de buen gusto, siempre y cuando se le hubiera pasado el chasco por la comida con Dani. Había recibido un mensaje de ella: «Menudo desastre, los dos llorando. ¿Estás mejor?». Ella le contestó que sí, pero no era verdad. Imaginar las lágrimas de su hijo cayendo en el mantel le rompía el corazón. Ella había optado por refugiarse en la terapia del trabajo. Había ido a casa a cambiarse y se había puesto la peluca entre llantos. Tenía un caso que investigar, y ese caso era el mejor paraguas para el chaparrón que le estaba cayendo encima.

Alejandra bajó las escaleras y se acercó a Sofía sin disimular la cara de fastidio.

—¿Cuántas veces me van a interrogar?

—Es solo una duda que mis compañeros no te han preguntado.

—¿Cuál fue la quinta canción del concierto? —dijo con sarcasmo.

—¿Por qué le dijiste a Jon que si lo denunciaba, se olvidara de ti para siempre?

—¿Si denunciaba el qué?

—Eso es lo que quiero saber. ¿Qué quería denunciar Jon?

—¿Y yo qué sé?

—Os oyeron, Alejandra. Hay testigos de esa discusión, hace una semana. En el jardín de Jon. En el columpio, para ser más exactos.

—Yo en ese columpio no me siento nunca porque me mareo.

—¿Qué es eso que no querías que denunciara?

Alejandra se tensó, y acto seguido se mordió el labio inferior y recuperó su insolencia.

—Yo no recuerdo ninguna discusión.

—¿Te refresco la memoria?

—No hubo ninguna discusión.

—Sí la hubo —decidió lanzarse—: Jon quería denunciar a tu padre por las palizas que recibe tu madre. Y tú no querías.

Alejandra se volvió hacia la escalera temiendo que su madre estuviera allí, sentada en un peldaño, acariciándose el moretón y oyendo la frase de Sofía como el que sale al jardín a oír la lluvia cayendo en los setos. Pero no había nadie. Su madre había subido a avisarla y ahora debía de estar en su cuarto, arreglando algún marco roto o echándose crema hidratante en las piernas, muy castigadas en los últimos tiempos por los golpes. Su padre se estaba volviendo perezoso y ahora pegaba patadas. Ya ni se molestaba en levantar los brazos.

—Lo siento, pero no sé de qué me habla —la voz de Alejandra resbaló frágilmente.

—¿No has visto cómo tiene la pierna?

—¿Qué pasa si se lo ha hecho ella?

—Contéstame, por favor. ¿Jon quería que denunciaras los malos tratos?

—Jon no se metía en los asuntos de los demás. Iba a lo suyo. Y hacía bien, porque tenía bastantes problemas.

—¿Qué problemas tenía Jon?

—No se los pienso contar.

—¿Tengo que llevarte a la Brigada de la Policía Judicial para que me los cuentes?

—Tampoco allí los contaría.

—¿Por qué no quieres ayudarnos?

—¿Nunca ha oído decir que no se debe hablar mal de los muertos?

—Yo tengo entendido que Jon era un chico estupendo.

—No hay nadie estupendo. La frase no es mía. Es de Jon.

—¿Tomaba alguna clase de medicamento?

—No, que yo sepa. Hace unos años sí, cuando el accidente.

—¿Qué accidente?

—Jon tuvo un accidente de tráfico hace tres años. Murieron cuatro personas. Entre ellas, su hermano.

—¿Conducía él?

—Sí. Ya le he dicho que tenía muchos problemas. Estuvo deprimido un montón de tiempo.

—¿Qué medicamentos tomaba?

—Analgésicos muy fuertes. Y ansiolíticos.

—¿Se volvió adicto a los medicamentos?

—Algo peor. Se volvió amargo.

—Pero tú le seguías queriendo. ¿No es así?

Alejandra sonrió con nostalgia, como al paso de un recuerdo. Asintió levemente.

—¿Tenía Jon un cuchillo medieval?

—¿Un cuchillo medieval?

—Sí.

—¿Por qué iba a tener un cuchillo medieval?

—Porque alguien le clavó uno en el abdomen.

—Yo nunca le vi con cuchillos de ningún tipo. Odiaba las armas.

Sofía se quedó mirando a Alejandra. Intuía que esa chica tenía muchas cosas que contar, pero su insolencia natural levantaba un escudo contra las preguntas indiscretas.

—Si me va a entretener más rato, me siento. Estoy agotada.

Se sentó en un puf y se quedó mirando al vacío, tal vez rememorando alguna estampa de Jon. Con ese aire meditabundo componía una extraña figura en la penumbra del salón. Podía pasar por una escultura nepalí.

—Puede que necesitemos hablar contigo alguna vez más —dijo Sofía—. Pero de momento esto es todo.

Se despidió de ella y salió al jardín que separaba la casa de la calle.

—El otro día estabas vestida de hombre.

Sofía se giró hacia la voz que había pronunciado esa frase. Le sorprendió ver a la chiquilla que curioseaba desde la ventana el día que levantaron el cadáver. Los Bálmez tenían una piscina cubierta por una lona azul, y Mara estaba de pie sobre la lona, mojándose los pies en un charquito que las últimas lluvias habían formado en la superficie.

—¿No te da miedo que ceda la lona? —preguntó Sofía—. Te vas a ir al agua.

—Es como una cama elástica —sonrió Mara.

—Anda, sal de ahí.

Mara meneó la cabeza con un gesto travieso.

—Sí que discutían —dijo.

—¿Quién discutía?

—Mi hermana y Jon. Discutían todo el tiempo.

Sofía reparó en que la ventana del salón daba a la piscina y estaba entornada. Mara había escuchado todo.

—¿Has estado espiando?

—Mi hermana es una mentirosa.

—¿De qué discutían?

—Discutían por todo. Se llevaban fatal.

Mara chapoteaba en el charquito, levantando un pie y luego el otro. Parecía el baile de una tribu que invoca la llegada de la lluvia.

—¿Recuerdas si tu hermana se enfadó con Jon porque él quería denunciar algo?

—¿Denunciar a mi padre?

—No lo sé.

—Yo tampoco.

—¿Por qué iba a querer denunciar a tu padre?

—No te hagas la tonta, que ya lo sabes.

—¿Discuten mucho tus padres?

Mara asintió.

—Yo cuando empiezan me voy a casa de Jon. Así no los oigo. Bueno, se oye un poco también desde ahí, pero menos. Suni me guarda siempre algo de cena, ya está acostumbrada.

Mara empezó a botar sobre la lona. Emitía grititos de euforia, como si estuviera en el Parque de Atracciones.

—No se hunde. ¿Lo ves? ¡Yuuuuuu!

Parecía divertirse con la cara de estupor de Sofía. Cuando dejó de botar sacó la lengua en un gesto de cansancio.

—La noche del miércoles, la de San Isidro, mis padres tuvieron una gorda.

—Esa fue la noche del crimen. ¿Te refugiaste en casa de Jon?

—Es que los miércoles Suni no está. Es la que siempre me abre.

—¿Y qué hiciste entonces?

—Nada. Mi madre se encerró en su cuarto, mi padre se fue a dar un paseo y yo me quedé en casa.

—¿Tu padre se fue a dar un paseo?

—Sí, siempre lo hace. Sale a dar un paseo para calmarse.

—¿A qué hora fue eso?

—A las diez y media o así.

—¿Cuándo volvió?

—No sé. Suele volver a la media hora. Y funciona, porque vuelve más tranquilo.

La ventana del salón se abrió por completo y Alejandra se asomó, furiosa.

—Mara, ¿eres tonta? ¡Sal de ahí ahora mismo!

—No me da la gana.

—¡Bueno, pues ojalá te ahogues!

Cerró la ventana de un empujón. Mara sonrió, encantada de haber desquiciado a su hermana. Acto seguido extendió la mano hacia Sofía.

—¿Me ayudas?

Eso hizo. Mara se metió en la casa. Llegó al jardín el principio de la discusión de las dos hermanas, que intercambiaron una serie de insultos. Sofía se fue saboreando las dos conversaciones que había mantenido. Habían sido tres, pero la primera, con Adela, era triste y sombría. Aun así, no estaba dispuesta a desatenderla. Era difícil obligar a una mujer a denunciar a su marido, pero no pasaba nada por intentarlo. Mandaría una patrulla para que hablaran con ella.

Le ardía la cabeza y decidió tumbarse un rato con los pies en alto. Desde el sofá de su casa, en esa postura relajante, hizo las llamadas que tenía que hacer. Le pidió a Moura que investigara el accidente que Jon había sufrido hacía tres años. Habló con Estévez para ponerle al tanto de las novedades, lo que valía por una disculpa velada por la discusión de antes. Y llamó a Laura para contarle lo que había descubierto. La irrupción de Alejandra como sospechosa enredaba el caso, pero a la vez le procuraba el alivio de posponer la detención de Senovilla. Ahora se hacía necesario investigar en direcciones más variadas. Aprovechó la llamada para proponerle a Laura una copa nocturna, pero Laura había quedado a cenar con su marido.

22

Como todos los sábados, la plaza del Dos de Mayo estaba atestada de jóvenes haciendo botellón. Como todos los sábados, la policía llegaría tarde o temprano a disolver la fiesta. Alejandra se dio cuenta de que a sus amigas no les hacía gracia que hubiera decidido salir. La habían intentado convencer, pero su presencia obligaba a moderar el entusiasmo y las ganas de juerga. Ahora tenían que absorber parte del duelo y comportarse con mesura. Era ella la que marcaba el tono de la fiesta: si se mostraba triste, sus amigas serían un vistoso coro de dolientes; pero si se animaba, se reía y bebía con desenfreno, todas la secundarían y olvidarían por unas horas que esa misma mañana habían enterrado a su novio. Así que cogió la botella de vodka y dio un buen trago que le quemó el esófago. Era una botella de Russian Standard, un buen vodka que a María le habían traído sus padres de un viaje a Moscú y San Petersburgo. Los padres de María eran tan progres que le traían alcohol de sus viajes. «Si vas a beber, por lo menos bebe alcohol de calidad», le decían. Y ella había querido compartir el regalo con sus amigas. Todas se rieron mucho de los apuros de Alejandra tras dar un largo trago al vodka.

—Los rusos se lo beben de un trago, que no se diga —la animó María.

—Yo no soy rusa —se excusó Alejandra.

—Otro trago y te pones a bailar como una cosaca —se rio la otra.

Luego imitó unos pasos de un baile de cosacos, lo que hizo reír a sus amigas y llamó la atención de un grupo de chavales que bebían unas litronas de cerveza poco más allá. Uno de ellos intentó hacerse el gracioso bailando también, y más tarde inició un acercamiento. Solo obtuvo mofas de María y Carlota, pero no dejó de lanzar miradas al grupo de las chicas. Sonia, la más tímida de todas, esquivaba las miradas y jugaba con el móvil. Carlota, la más lanzada, se encaraba con los chicos y les decía alguna bravuconada. Aceptó un trago de cerveza de ellos y les ofreció un poco del orujo de hierbas que había llevado. Los chicos propusieron tomar algo juntos en un garito, pero Carlota dijo que no. Su novio, León, iba a venir con unos amigos de Biología, y tenían pensado subir a una azotea a colocarse.

Alejandra y Carlota habían hablado de los interrogatorios policiales.

—No te enfades conmigo, ¿vale? Estuvieron media hora haciéndome preguntas, al final no sabía ni lo que decía.

—No pasa nada. A mí también me han tenido un buen rato. Son muy pesados.

—¿No te pone el policía?

—La verdad es que no me he fijado.

—Yo me lo tiraba —dijo dándole un codazo.

Dio un trago de orujo y se rio de su propia ocurrencia. Se la veía feliz de que Alejandra no estuviera enfadada.

Y no lo estaba. Llevaba varios días habitando una dimensión desconocida, como si no tocara el suelo con los pies. Las emociones se enredaban en su cerebro en una maraña impenetrable. Sentía rabia, miedo, dolor, pero también la caricia de haber sido señalada por la tragedia. Las visitas de la policía despertaban en ella una complacencia inconfesable. Y no era capaz de aislar el enfado legítimo hacia Carlota por lo que percibía como una conducta desleal. Pero era siempre así. Ella también había sido desleal con Carlota. León, su novio, la había intentado seducir semanas atrás, y Alejandra no se lo había querido contar a su amiga. La confianza entre ellas brillaba pálidamente, entre pequeñas traiciones y silencios ominosos. Aun así no les importaba. Su relación, como pasa tantas veces, se expresaba mejor en los momentos de alegría que en las confidencias obligadas por tal o cual circunstancia. ¿Debía advertir a Carlota de que su novio no le era fiel, o al menos de que había intentado besarla una noche cuando Carlota ya se había ido a casa? Esa información podía ser importante, pero ella había preferido callársela. Tampoco sentía que tuviera mucho que reprocharse. Alguna de sus amigas se había despachado a gusto con la policía describiendo a Jon como un gilipollas. ¿Quién había sido? ¿Sonia? ¿María? Seguramente María, la misma que ahora le ofrecía otro trago de Russian Standard y le decía que nada mejor que un buen pedo para olvidar las penas. Hace falta una piel muy gruesa para soportar todas las inclemencias de la amistad.

Carlota contó un cotilleo de unas amigas de la facultad, María la interrumpió para decir que su ex le hablaba en Twitter, Sonia no aportó nada a la conversación y Alejandra pensó entre trago y trago que cada vez le aburrían más estos planes de sábado. No era una sensación nueva: llevaba meses mirando con desagrado la frivolidad de los comentarios y las opiniones de sus amigas, pero lo que antes era una sensación más o menos vaga ahora cristalizó con la violencia de una arcada. María había sacado su móvil y estaba leyendo los tuits de su ex entre exclamaciones de asombro. Se metía con él y al mismo tiempo, como bien notaba Alejandra, se inflaba como un pavo. Que un exnovio mantenga vivo el contacto puede ser un fastidio, pero para los egos inseguros, por más que se quejen, es una auténtica bendición.

Con un buen trago de Russian Standard Alejandra consagró la revelación que acababa de tener: sus amigas eran estúpidas. El viaje a Estados Unidos se hacía aún más necesario, no solo por dejar atrás el ambiente familiar que había creado su padre, sino también por escapar de su círculo social. Con los efluvios del vodka, un poco más tarde, cayó en la cuenta de que era el espíritu de Jon el que le estaba susurrando esta verdad de la vida. Ahora que había muerto, ella tenía que recoger el testigo y empezar a mirar el mundo con sus ojos, una forma precaria, pero bonita, de mantenerlo vivo. En una reunión como esa, a tenor del cariz que estaba adoptando la conversación de María y Carlota, Jon se marcharía sin despedirse, como había hecho tantas veces. Eso debería hacer Alejandra para que la noche del sábado contuviera un pequeño homenaje al muerto en medio de tanta tontería.

León llegó con dos amigos a insuflarle un aire nuevo al grupo. Venían de un espectáculo de magia, con el buen humor del que tiene algo que contar. Los amigos eran divertidos y habladores, no como León, que casi siempre estaba callado. Pero sabía revestir su timidez de una pátina misteriosa. Al saludar a Alejandra consiguió separar tres segundos de tiempo en los que deslizó el pésame sin énfasis, pero con calidez. Acto seguido, se sumó a los relatos que ya desgranaban sus amigos sobre las mañas del mago, que había hipnotizado a uno de ellos. La voz que la empujaba a irse a casa se fue acallando, y entonces no le importó sumergirse en la banalidad del grupo, con la maravillosa certidumbre de que no pasaba nada por ser trivial. Ya tendría tiempo de empezar a ser crítica y selectiva. Pero no podía evitar mirar las cosas utilizando el filtro de Jon. Uno de los recién llegados no dejaba de contar chistes y acaparaba el protagonismo de todas las conversaciones. El tipo de hombre que a Jon le habría resultado insoportable; el otro se había interesado por el vodka, y María y él se habían enfrascado en una competición para ver quién de los dos había estado en más países; León había detectado la timidez de Sonia y hacía por animarla. ¿Cómo habría mirado Jon esta escena? Sin duda, le habría parecido un ejemplo patético del hombre que se erige en el salvador de una pobre chica desvalida. A Alejandra, en cambio, le parecía un detalle encantador que se ocupara de un trasto como Sonia. Súbitamente, sintió el vértigo de estar emancipándose demasiado pronto de Jon.

Cuando iban por el tercer canuto, tres patrullas de municipales llegaron a la plaza y enseguida se montó un revuelo. Un grupo de chicas se enfrentó a la policía. Los primeros forcejeos provocaron la mediación de otras personas y se oyeron algunos insultos. Los amigos de León resultaron ser alérgicos a la presencia policial. Se disipó el buen humor que traían, barrido por la rabia y la hostilidad. Uno de ellos, el que había estado en tantos países, se puso a proferir insultos. María se sumó a su cruzada. Tuvieron la mala suerte de que una botella de cerveza estalló en pedazos muy cerca de una patrulla. ¿La habían tirado los chicos de antes? Los policías se fijaron en el grupo de Alejandra y se acercaron entre empujones, blandiendo las porras. León intentó explicarles que ellos no habían hecho nada. Sus amigos, menos dialogantes, entraron a cara descubierta a recibir el embate. Se llevaron varios porrazos. Ahora arreciaban los insultos desde cualquier punto de la plaza, y llovían botellas de plástico, vasos y latas de refrescos. Entre el barullo, Alejandra acertó a ver el instante en que a María le ponían las esposas. Uno de los amigos de León estaba siendo apaleado. El otro sangraba por una brecha en la frente. Carlota, muy nerviosa, gritaba a los policías y trataba de impedir que se llevaran a María. Alejandra se alejó de allí, pero esta vez no era el influjo de Jon o el deseo de preservar el luto de un tumulto callejero. Pensaba en la beca para estudiar en Estados Unidos, en lo poco que le convenía pasar una noche en el calabozo y saldar el sábado con una ficha de antecedentes policiales. Lo más probable era que eso le impidiese acceder a una universidad americana. Se alejó de allí pensando confusamente en cómo puede cambiar una persona en cuestión de segundos. Dos chicos simpáticos y divertidos se habían transformado en una pareja de gamberros derrochando adrenalina en una reyerta con la policía. A uno de ellos le había hipnotizado un mago hacía solo dos horas. El mago le había pasado la varita por la cabeza, y ahora se la habían abierto con una porra. A Alejandra le impresionó la imagen y, mareada por el vodka y los canutos, pensó que esta ambivalencia de la vida en su lado lúdico y violento sería del gusto de Jon. Su madre estaba en lo cierto, no era el mejor día para salir. Tenía los nervios de punta y la sensibilidad a flor de piel. Subió por la calle de la Palma y antes de llegar a Tribunal oyó que alguien la llamaba. Era León. Se acercó de una carrerita que hacía tintinear las llaves en sus bolsillos.

—¿Qué tal estás?

Alejandra se encogió de hombros, y esta respuesta convenció a León de que necesitaba un trago. Se metieron en un bar de la Corredera Alta de San Pablo.

—Mis colegas siempre la lían —dijo León—. No es la primera vez que los detienen.

—A María sí que es la primera vez. Nunca la había visto así.

—La culpa es de Jaime. Está loco por ella. Le ha metido el demonio dentro.

—¿Jaime está loco por María?

—¿No te habías dado cuenta?

Alejandra meneó la cabeza.

—¿Tampoco te has dado cuenta de que yo estoy loco por ti?

Alejandra dio un trago a su botellín. Con la mezcla de alcohol estaba haciendo un cóctel tremendo en el estómago, pero no le importaba.

—¿Dónde has dejado a Carlota?

—Con la peña, insultando a la policía.

—¿No te da cosa dejarla así?

—Estamos enfadados.

—¿Y eso?

—Se enfada por todo.

León dio un buen trago a su cerveza y derramó un chorro por su barba de tres días. Se pasó la mano un segundo por el mentón, como si ese gesto breve, de mono espantando una mosca, sirviera para limpiar el estropicio. Alejandra se fijó en el desaliño de León y le dio un poco de asco. Cultivaba la imagen de un hombre mundano, indiferente a la coquetería. Pero a ella le pareció que esa imagen estaba más cerca del abandono que de cualquier otra cosa. No le gustó que hablara de su amiga con tanto desdén, ni que se presentara como la víctima de una chica picajosa que se ofendía por todo.

—¿Has oído lo que te he dicho?

El bar estaba abarrotado y ellos habían encontrado un hueco en un rincón del fondo, cerca de los baños. No era fácil moverse sin molestar a alguien. La música atronadora les obligaba a hablarse muy cerca de la oreja. Alejandra podía sentir el sudor de León y algunas notas acres en su aliento.

—Ya me lo dijiste el otro día.

—Y pasaste de mí.

—Flipé bastante, la verdad. Estás saliendo con mi mejor amiga.

—A mí eso me da igual.

—Ya se nota.

—Cuando te digo que estoy loco por ti lo digo de verdad. Estoy seguro de que eres el amor de mi vida. Eres la mujer con la que quiero estar siempre. Es muy difícil encontrar algo así. Y si lo encuentras, tienes que ir a por ello, pasando por encima de lo que sea.

—Incluso del luto.

A Alejandra le costó imponer una frase como esa por encima de la música. La tuvo que alojar directamente en la oreja de León. Debió de llegar retumbando hasta su cerebro, porque la miró con furia, con los párpados temblando de rabia.

—¿Sabes qué media tuve el año pasado en Biología? Un nueve con nueve. ¿Sabes cuántas visitas tiene mi blog? Más de tres mil al día.

—No sabía que tenías un blog —dijo Alejandra, por cambiarle un poco el ritmo. Le veía muy enfadado y no quería escuchar una enumeración militar de sus logros.

—Tengo un blog de Biología desde hace tres años.

Gusta mucho. Y he publicado artículos en varias revistas.

—Te falta decir que la tienes muy larga.

León puso la mano en la pared, muy cerca de la cara de ella. Con ese gesto le bastaba para tenerla acorralada. Una pandilla de seis o siete amigos le cerraba el paso por el otro lado.

—Lo que quiero decir es que no soy un gilipollas. Me doy cuenta de que hoy es el peor día del mundo para decirte que te quiero. Si lo hago hoy, el día que has enterrado a tu novio, es porque no puedo más. Me importa una mierda lo que piense la gente de mí. Me importa una mierda tu amistad con Carlota. Lo único que me importa eres tú.

Separó su cabeza de la oreja de ella, y ahora fue Alejandra la que tuvo que arrimarse a la suya.

—¿De qué tratan los artículos que te han publicado?

De pronto Alejandra notó la mano de él en su nuca. Ahogó un grito de dolor al sentir que le tiraban del pelo. Fue solo un segundo. Enseguida León ahuecó la mano y con ella hizo un molde para alojar el cráneo de Alejandra. Ella se vio manejada como una marioneta, y le pareció mejor poner pasión en el beso para escenificar un momento largamente deseado y no el capricho de él pisoteando su voluntad. Se encerraron en el retrete de los chicos, y mientras follaban Alejandra se decía que, aunque resultara paradójico, esta traición a su novio sería probablemente bien vista por Jon, muy dado a cuestionar las convenciones sociales, las tonterías del luto, del decoro y no sé cuántas cosas más, pero también le pedía perdón para sus adentros y lamentaba no haber atendido a su santa madre cuando había insistido, pesada como solo ella podía ser, en que esa noche lo mejor era quedarse en casa.

23

Caridad había pasado el sábado leyendo *Las alas del águila.* Como la novela era larga y salían muchos personajes, había tomado notas para poder resumir el argumento.

—¿Sabéis quién es Turismundo? —preguntó.

—Suena a nombre de agencia de viajes —contestó Estévez con desgana.

—¿A ti no te hacían recitar los reyes godos en el colegio?

—Caridad, cariño, ¿cuántos años me echas? —se quejó Estévez.

Caridad le sacó la lengua y consultó sus notas.

—Turismundo fue un rey visigodo. Reinó dos años, del 451 al 453. Se convirtió en rey después de matar a su padre en el campo de batalla.

—¿Lo mató con un cuchillo? —preguntó Sofía.

—Fue muy cruel —contestó Caridad, evitando la respuesta directa—. El padre se lleva al hijo a una batalla contra los alanos. Consiguen ganarla, pero cuando los alanos se han batido en retirada el rey descubre que está malherido. Se baja del caballo, se tumba en la hierba y su hijo lo remata golpeándole con una piedra en la cabeza. Yo creía que era con un cuchillo, pero no: lo mata con una piedra. Allí mismo, con el cuerpo de su padre todavía caliente, lo nombran rey de los visigodos.

—No veo que la novela nos sirva de mucho —resumió Sofía—. No tiene ninguna relación con nuestro caso.

—Esta no. Pero tendría que releerme las otras de Senovilla por si acaso.

—Caridad quiere que su trabajo policial consista en leer libros —dijo Estévez—. Muy profesional. Yo prefiero enfocar la investigación de otra forma.

—¿Se te ocurre algo? —preguntó Sofía.

—Quiero que consigas una orden del juez Fraguas para ponerle una vigilancia a Alejandra.

—Me parece bien, pero pedirá indicios que sustenten la orden.

—No tiene coartada, discutió con su novio una semana antes del crimen y la chica es más rara que un perro verde.

—Estoy de acuerdo contigo, pero a Fraguas no le va a parecer suficiente.

—Puede que esto nos ayude —dijo Bárbara, que acababa de llegar. Traía una carpeta azul de la que sacó un informe—. Vengo de la Brigada de la Policía Científica. Creo que buscamos a una mujer.

—¿Ya tienen resultados? —preguntó Sofía.

—El ADN del pelo y de la uña. Pertenecen a una mujer. A la misma mujer.

—¿Y la sangre de la ropa?

—Toda de Jon. Siguen examinando la ropa en busca de manchas, pelos o lo que sea.

—¿Y el análisis de tóxicos?

Bárbara sacó otra hoja de la carpeta. Se la tendió a Sofía.

—Positivo en opiáceos y barbitúricos —leyó.

—Se fumó unos canutos esa noche. Y se tomó un ansiolítico.

—Más bien dos, a juzgar por los niveles —puntualizó Estévez.

Avisaron a Sofía de que Sunilda estaba en la puerta. Le había pedido que fuera a la Brigada para hacerle un par de preguntas. No quería hacérselas en casa de Senovilla para evitar que se sintiera cohibida. Sofía pidió a sus compañeros que siguieran con la reunión y se fue al encuentro de la dominicana. La invitó a pasar a su despacho y la animó a quitarse la chaqueta. Hacía mucho calor. Pero Sunilda prefirió quedarse como estaba. El ambiente policial la impresionaba mucho, y eso que el domingo había poca gente y la Brigada funcionaba a medio gas.

—Le he dicho al señor que venía a hablar con ustedes. No he querido mentirle —empezó diciendo.

—No se preocupe. Solo serán cinco minutos. Le agradezco que haya venido.

Sofía le pidió que profundizara en la discusión que había presenciado entre Alejandra y Jon. No pudo sacar nada nuevo sobre ese punto. Jon quería que su novia denunciara algo, y ella no quería. Eso era todo. Después le preguntó por la relación que mantenía Jon con su padre, con Rosa y con ella misma. Sunilda pintó relaciones armónicas, teñidas de amor y de dulzura. Fuera verdad o no, iba a ser difícil arrancarle alguna crítica. También le preguntó por la salud del escritor. ¿Había notado algún despiste últimamente?

—No está bien de salud, eso seguro —dijo Sunilda.

—¿Por qué lo dice? ¿Ha presenciado usted algo raro?

—Salió en las cartas.

—¿En las cartas? ¿A qué se refiere?

—Al tarot. El señor me pedía cartas cada cierto tiempo.

—¿Usted le echaba las cartas del tarot?

—A él y a todo el que me lo pide. A mis amigas de Santo Domingo se las echo a veces por teléfono. Bueno, por Skype, que las llamadas salen muy caras.

—¿Y en las cartas salió que estaba enfermo?

—Salieron el Loco, la Luna y el Ermitaño. Imagínese.

—No conozco el tarot. ¿Esas cartas son malas?

—No hay cartas malas. Las cartas solamente enseñan el camino.

—¿El Loco significa lo que parece?

—El Loco no tiene por qué ser malo. Es un cambio. Entras en un mundo nuevo, por ejemplo, un mundo que no conoces. Puede ser un trabajo nuevo, un amor, un país... Cualquier cosa. Pero claro, si te sale al lado la Luna...

—¿Qué le pasa a la Luna?

—La Luna es el sueño, la locura, el amor exagerado. Las cartas del Loco y la Luna juntas significan perder la cabeza por algo.

—Pero no tiene por qué ser un problema de salud.

—Pero es que luego salió el Ermitaño. Esa carta es la vejez. No hay duda: el señor pierde la cabeza por la vejez.

Estupefacta, Sofía se quedó admirando la seguridad de Sunilda.

—Y dígame, aparte de esa tirada de cartas, ¿usted

ha notado algún indicio de que Julio esté perdiendo la cabeza?

—No, pero la está perdiendo. Esas tres cartas juntas no salen casi nunca. Es muy raro.

—Pero usted le ve normal. Habla con usted y lo que dice tiene lógica.

—Tiene lógica, claro que sí. El señor es muy culto.

—Es muy culto, pero le gusta el tarot —observó Sofía.

—Si yo le contara... —la mano de Sunilda que sostenía el bolso se separó del asa para describir un aspaviento—. Todo el mundo quiere cartas. Hasta ministros.

—¿Le comentó usted lo que vio en la tirada?

—Qué remedio me queda. Yo tengo que contar lo que veo.

—¿Le dijo que iba a perder la cabeza?

—Le dije que veía una enfermedad, que podía ser una demencia senil.

—¿Y él cómo se lo tomó?

—Se quedó mirando las cartas un rato largo. Sobre todo la del Ermitaño. Y dijo que no se podía tener todo. Lo demás le había salido muy bien.

—¿Qué era lo demás?

—Dinero y amor.

—¿En la misma tirada salía todo: salud, dinero y amor?

—Claro que sí, porque me pidió una tirada general. Otras veces me pide una tirada específica, para mirar temas concretos.

—No sabía que se podían pedir tiradas específicas.

—Por supuesto que sí. Esas son las que me pide más veces.

—¿Qué le pide en una tirada específica?

—Cualquier cosa que le preocupe. La última fue en abril. Quería saber si iba a firmar más libros que nadie en Sant Jordi.

—¿Le interesaba eso?

—Todos los años me lo pide, antes de Sant Jordi y antes de la Feria del Libro del Retiro.

—¿Recuerda alguna otra tirada específica?

—Sobre la señora. Ahora con lo de la operación me pidió una tirada para ver si todo iba a ir bien. Salió que sí. Yo creo que por eso se fue tranquilo al congreso de castillos.

—¿Qué más le pedía? Haga memoria, Sunilda.

—Si se iban a casar o no. Eso me lo ha preguntado muchas veces.

—¿Por qué se lo pregunta tan a menudo?

—No sé. Siempre sale que no, por mucho que me lo pregunte. Pero cada cierto tiempo insiste.

—¿Él se quiere casar y Rosa no quiere?

—Eso se lo tiene que preguntar a ellos. Yo solo le digo que en las cartas sale que no hay boda.

Durante la conversación con Sunilda, el teléfono móvil de Sofía había vibrado varias veces. Una llamada era de Laura. Tenía fiebre y había pasado la mañana del domingo en la cama. Si hacía falta, iría a la Brigada por la tarde. Sofía le mandó un mensaje diciéndole que no era necesario. «Que te mejores», escribió. Pero lo más preocupante eran las siete llamadas perdidas de Natalia. Sofía la llamó.

—Es Dani —la voz de Natalia sonaba entrecortada—. No ha dormido en casa. No sé dónde está.

Dani era muy responsable. Si iba a llegar más tarde

de lo normal, siempre llamaba para avisar. No bebía mucho. La noticia de que su padre había cambiado de sexo podía haberle trastornado, eso había que entenderlo. Pero ¿hasta el punto de desaparecer la noche entera? Sofía se preparó para un domingo de nervios. No quería ni imaginar que alguien quisiera hacerle daño a su hijo, pero ella estaba al frente de una investigación importante y no sería la primera vez que un inspector recibía amenazas o agresiones de algún tipo. De haber estado Sunilda todavía en su despacho, y la baraja de tarot en su bolso, le habría pedido una tirada específica para averiguar si su hijo estaba a salvo.

24

Bronceado y colérico, Joaquín Bálmez podía resultarle divertido a un espectador que no supiera nada de su historia. Se había presentado en la Brigada Provincial de Homicidios y exigía con aspavientos y gritos hablar con el comisario Arnedo. Vestido con un polo blanco y pantalones azules de tela, repeinado y con las gafas de sol colgadas a la altura del pecho, encuadraba mejor en un club náutico que en el punto de control de la Brigada, donde apenas había sitio para un arco detector de metales y una garita en la que un oficial aguantaba el chaparrón. Como el comisario Arnedo no estaba, pidió hablar con el segundo (lo dijo así).

Cuando informaron a Sofía de la situación, ella ordenó que le acompañaran hasta su despacho. El paseo sosegó al señor Bálmez, pero cuando se enteró de que estaba ante la inspectora responsable del caso de Jon se lo llevaron los demonios.

—¿Usted dirige la investigación? ¿No sabe que no se puede hablar con un menor de edad sin respetar sus derechos?

Sofía le señaló una silla.

—¿Por qué no se sienta, señor Bálmez?

—Han hablado con mi hija Mara. Tiene trece años. Debería haber estado el fiscal de menores delante, y por supuesto sus padres.

—Siéntese, por favor. ¿Quiere tomar un café?

Bálmez se sentó.

—Quiero saber el nombre del policía que ha hablado con mi hija sin las debidas precauciones legales.

—He sido yo.

Los ojos de Bálmez, hundidos en una cara tan morena que parecía la de un mulato, palpitaron de furia.

—¿Cómo se llama usted? —Bálmez había sacado un bolígrafo y una libreta de un bolsillo y se disponía a anotar los datos del infractor.

—Me llamo Sofía Luna. En la reclamación ponga entre paréntesis Carlos Luna, es la mejor forma de que sepan quién soy. Todavía no han cambiado el nombre en el organigrama.

—No le estoy entendiendo.

—Soy transexual. He cambiado de sexo.

El desconcierto de Bálmez amortiguó su ira. Sofía empezó a intuir algunas ventajas de su condición de transexual. Fuera por estupor o por respeto, o por el prurito de no parecer intolerante, el señor Bálmez empezó a tratarla con educación.

—Inspectora Luna, yo soy abogado. Conozco bien el procedimiento legal, y supongo que usted también lo conoce.

—Seguro que no tan bien como usted —bromeó Sofía.

—¿Sabe que no se puede interrogar a un menor sin las debidas precauciones?

—Eso sí que lo sabía. Pero yo no he interrogado a su hija Mara. He interrogado a Alejandra, que sí que es mayor de edad.

—Mara me ha contado que también ha hablado con ella.

—Más bien ha sido ella la que me ha interrogado a mí. Quería saber por qué iba disfrazada de mujer.

—¿No le ha preguntado qué hice la noche del crimen?

—No. Pero Mara me ha dicho que usted salió a dar un paseo y fumar un cigarro a las diez y media de la noche —lo miró fijamente—. Para relajarse un poco.

—Eso es mentira.

—¿Cree que me lo invento?

—Digo que es mentira.

—¿Se lo puede haber inventado su hija Mara?

—Es mentira. Yo no salí. Y usted ha estado haciendo preguntas sobre lo que pasó en mi casa esa noche.

—Le he preguntado a su mujer por los golpes que tiene en el cuerpo.

—¿Por eso ha venido una patrulla?

—Puede. Yo misma he dado el aviso.

—Pues ha conseguido provocarle a mi mujer un ataque de nervios.

—¿No cree que ese ataque de nervios se lo inspira el pánico que siente hacia su reacción?

Bálmez guardó su libreta, como dando por terminada la charla. Se quedó con el bolígrafo en la mano. Le servía para apuntar a Sofía.

—Inspectora, cíñase a su caso. Han matado al hijo de Senovilla. Perfecto, investigue. Pero olvídese de lo demás.

—¿Me está amenazando?

—¿La apunto con un bolígrafo y se siente amenazada? Tiene usted poco aguante.

—Si no me amenaza, es algo peor: me está pidiendo permiso para seguir corriendo a hostias a su mujer. Pues no se lo doy. Es más, yo sí le voy a amenazar. Si le vuelve a poner la mano encima, le juro que le voy a encerrar en mi calabozo veinte días, dieciocho más de lo que permite el procedimiento legal.

Bálmez sonrió ante la exageración de Sofía. Pero a la vez valoró la agresividad con que se estaba dirigiendo a él.

—¿Quiere que le enseñe yo mis heridas? Mire...

Giró la cabeza y se señaló un pequeño corte que tenía cerca de la oreja.

—Me lanzó un abrelatas —explicó—. Me rozó con el filo y me abrió una brecha. Ya está curada. ¿Le enseño los moretones de las patadas que me da? —se levantó una de las perneras del pantalón—. No sé si se ven, últimamente le ha dado por lanzar cosas y generalmente las esquivo. Tengo buenos reflejos. Igual se nota todavía la costra de la cabeza, espere.

Se palpó la nuca, separando pelos de aquí y de allá en busca de la prueba.

—Esta brecha me la hizo con un premio que me dieron al mejor abogado conciliador. Paradójico, ¿verdad?

—Déjelo ya, por favor —se hartó Sofía.

—Las cosas no son tan fáciles como parece a simple vista —resumió Bálmez—. Mire, soy abogado, una denuncia por violencia de género de mi mujer vendría seguida de inmediato de una denuncia mía. ¿Y sabe qué pasa con las denuncias cruzadas? Que estrangulan el caso. Lo vuelven inviable. Así que deje de meter la nariz donde nadie la ha llamado.

—Gracias por la explicación y por enseñarme sus trucos de abogado. Son asquerosos. Pero déjeme que decida yo dónde meto la nariz.

—En mi trabajo yo estoy acostumbrado a negociar.

—Le dieron un premio por ello.

—Exacto. Así que le ofrezco un trato: no más patrullas en mi casa. No más molestias y yo me olvido de la reclamación que he venido a poner. No hace falta que le explique que hablar con un menor sin tutela parental y judicial es una falta grave.

Cuando el señor Bálmez se marchó, Sofía se quedó un rato rumiando su amenaza. No le venía bien que Arnedo tuviera munición contra ella, pero no estaba dispuesta a desviar la mirada de un caso evidente de violencia de género. Lo malo era que Joaquín Bálmez conocía muy bien el terreno que pisaba.

Marcó el teléfono de Natalia. Le extrañó que no contestara. Por cuarta o quinta vez calculó mentalmente el tiempo que debía dejar pasar antes de poner a gente de su equipo a buscar a su hijo. No quería pasarse de obsesiva, pero sabía que los que adoptan esas cautelas terminan cayendo en el defecto contrario, el de la pachorra. Un par de golpes tímidos en su puerta precedieron la entrada de Laura. Tenía la cara pálida y las ojeras muy marcadas.

—¿Qué haces aquí? Te he dicho que te quedaras en casa.

—Me aburría.

Lo dijo en tono de súplica, y puso cara de cachorro que reclama un bocado.

—¿Qué tal estás?

—Mejor. Se me había olvidado lo largos que pueden ser los domingos.

—Eso se llama adicción al trabajo.

—O matrimonio mal avenido. Tiene muchos nombres.

—¿Habéis discutido?

Laura suspiró y se sentó frente a Sofía.

—No, ya ni discutimos. Es increíble, pero echo en falta las discusiones. Por lo menos significaban que había algo que proteger. ¿Qué tal todo por aquí?

Sofía le contó que su hijo había desaparecido. Laura propuso montar un operativo de búsqueda, pero desistió al ver la resistencia de la inspectora. También le contó la visita de Joaquín Bálmez y sus amenazas. Y la curiosa conversación que había tenido con Mara.

—¿Te fías de esa niña? —preguntó Laura.

—No lo sé.

—O sea, que no.

—Creo que es una niña fantasiosa.

—Eso mismo dice Suni, la asistenta de los Senovilla. La niña iba diciendo por ahí que Jon estaba enamorado de ella, pero que tenía que esperar por la diferencia de edad.

—Ella dice que su padre salió de casa la noche del crimen. Pero el padre lo niega.

—Es normal que lo niegue —razonó Laura—. Así protege su coartada.

—Pero se arriesga mucho. Si de verdad salió a dar un paseo, habría testigos. Su hija, su mujer, algún vecino...

—Es abogado. Sabe que la suma de un móvil y la ausencia de coartada te puede meter en un lío.

—¿Tenía un móvil para matar a Jon?

—Claro. Jon quería denunciar los malos tratos.

—Acabo de hablar con él. Tiene una salida prevista por si alguien denuncia.

—Ya, pero seguro que prefiere que no le denuncien.

Sofía admiró la claridad de Laura. Sostenía su tesis con convicción. Ella había comprobado muchas veces que los estados febriles provocan una extraña lucidez mental. ¿Sería el caso de Laura? A lo mejor había que dejar que fuera ella quien trazara la línea que debían seguir. Sofía no tenía la ventaja de la fiebre, y además estaba embotada por los problemas con Dani.

—Me encantaría tenerlo tan claro como tú, Laura —dijo—. Pero no sé, ese tío es muy listo. Yo creo que no salió de casa esa noche.

—¿Y por qué miente su hija?

—Para perjudicar a su padre. Porque le odia.

—O porque es una mentirosa compulsiva —dijo Laura.

Podría ser. Mara tenía un lado excéntrico que había explotado en presencia de Sofía. No era una testigo muy fiable.

Sonó el móvil. Era Natalia. Dani había aparecido a las cuatro y media de la tarde. Avergonzado y resacoso. Tras pasar la noche en casa de su novia, se había ido a dar una vuelta y había comido con un amigo. Se había pasado con las cervezas y ahora estaba durmiendo una siesta. La escapada no le había ayudado a digerir la situación. De hecho, Natalia tenía un mensaje que transmitirle: Dani no quería verla vestida de mujer. No tenía reparos en dormir en su casa los fines de semana que le tocara hacerlo, pero Sofía debía vestirse esos días como si aún fuera Carlos.

—¿Por qué no me lo pide él directamente? —Sofía trataba de sofocar su rabia.

—Dice que por ahora no quiere hablar contigo.

—Cojonudo.

—Entiéndelo, cariño. Es un momento difícil.

—Qué bien ha salido todo, qué buena educación le hemos dado al niño.

—No saques las cosas de quicio. Es normal que le cueste.

—¿En qué momento mi hijo se ha convertido en un nazi sin que yo me diera cuenta?

Colgó. Natalia llamó de nuevo, pero no respondió. Silenció el timbre del teléfono para que no siguiera sonando. Su ex podía ser muy insistente. Laura notó que Sofía evitaba su mirada.

—Por lo menos ha aparecido —se atrevió a decir.

—Déjame sola, anda.

Pero no pudo estar sola mucho tiempo. Arnedo había llegado a la Brigada y quería verla. Cuando subió a su despacho, vio que también había citado a Estévez. Era muy raro ver al comisario un domingo por allí.

—¿Qué ha pasado, Luna? —preguntó a bocajarro.

—No sé a qué te refieres.

—Me han dicho en el puesto de control que ha venido un hombre a presentar una reclamación.

—¿Te refieres al señor Bálmez?

—No te hagas el tonto conmigo. ¿Has interrogado a una menor sin hablar con la Fiscalía?

Sofía miró a Estévez de reojo. Escribía un mensaje en su móvil, indiferente a lo que estaba pasando. ¿Le había delatado él?

—He hablado con Bálmez, ya está resuelto el problema.

—Eso lo dirás tú. Contéstame a la pregunta: ¿has hablado con esa niña sin tener autorización judicial?

—Digamos que he tenido una charla casual con esa niña.

—Eso es todo lo que quería saber. Estás fuera del caso.

Ni siquiera esta frase de Arnedo le insinuó a Estévez que era mejor guardar el móvil y prestar atención a su jefe. Su actitud indolente contribuía a aumentar el enfado del comisario.

—¿Te vas a colgar de esa excusa para apartarme? —preguntó Sofía.

—No es una excusa, es una falta grave. Estévez, desde este momento te encargas tú de la investigación. —Vio que el otro seguía escribiendo mensajes en el móvil—. ¿Me estás oyendo?

Estévez guardó su teléfono y recolocó su postura en la silla para intervenir en la conversación.

—No me parece buena idea.

—¿Cómo? —Arnedo lo miró con incredulidad.

—Ya me has oído.

—¿Vas a cuestionar una orden?

—Yo he estado en casa de los Bálmez hablando con la madre, a la que ese hombre canea, y con la hija mayor. La pequeña andaba por ahí, curioseando. Y no se me ha acercado porque no ha tenido ocasión de hacerlo. Pero si se hubiera acercado, yo también habría hablado con ella.

—Habrías cometido una falta grave —señaló Arnedo.

—Cometo faltas graves a diario. Todos lo hacemos. Investigar no es fácil, y si seguimos la ley a rajatabla, no cogemos a nadie.

—Dime qué faltas has cometido, porque entonces a lo mejor hay que pasarle el caso a Lanau.

—Lanau te dirá lo mismo.

—Que suba, voy a hacer una limpieza en condiciones —exclamó Arnedo.

—¿Por qué no nos tranquilizamos y hablamos despacio de todo esto? —propuso Sofía.

—Porque estás fuera del caso —le espetó el comisario.

—No está fuera del caso —dijo Estévez.

Arnedo dio un golpe en la mesa con la palma de la mano.

—¡Ya está bien! No voy a tolerar tu indisciplina ni un segundo más.

—¿Puedo hablar? —dijo Estévez.

Arnedo se echó hacia atrás en la silla y le concedió la palabra con un gesto de emperador magnánimo.

—Solo quiero evitar que cometas un error. Creo que estás nervioso por lo que ha salido publicado en los periódicos digitales. Lo entiendo, pero no debes pagarlo con tu gente. Nosotros somos tu equipo. Luna está llevando bien la investigación. A mí me irrita tanto como a ti que haya cambiado de sexo, me parece una soplapollez. Pero creo que llevas días esperando a que se le escape un eructo para apartarla.

—Lo de hoy no es un eructo.

—Es menos que un eructo, Arnedo. No es nada. Lo que tendríamos que hacer es encerrar a ese hijo de puta que pega palizas a su mujer, y no permitirle que venga aquí a pedir cabezas porque hemos hablado con su estúpida hija de trece años.

Arnedo permaneció en silencio unos segundos. Su mirada bailaba de un inspector a otro.

—Todo lo que sale en prensa nos hace más débiles —siguió Estévez—. Nosotros tenemos que ayudarnos, no desmembrarnos más todavía. Vamos a hacer piña, joder. ¿Dónde está el corporativismo policial de la época de mi padre?

Sofía no podía aguantar más la curiosidad.

—¿Puedo preguntar qué ha salido en la prensa digital?

Arnedo la miró con furia.

—Dime una cosa, Luna —señaló a Estévez con la cabeza—. ¿Se la chupas?

Fue Estévez quien contestó.

—Todos los días, Arnedo. Y me embiste por detrás que da gloria.

—No, lo digo en serio, Estévez. Te la está chupando, porque si no, no entiendo por qué lo defiendes. Te voy a contratar como abogado, que ahora voy a necesitar uno.

—Contrata a Bálmez —dijo Sofía—. Conoce todos los trucos.

—*Iros* a la mierda los dos. Dejadme solo.

Estévez se levantó antes que Sofía y salió del despacho sin esperarla. No le dio la oportunidad de agradecerle el capote. Ella volvió a su despacho y consultó la prensa digital. El caso de la mafia china salpicaba a la Brigada de la Policía Judicial. El comisario Manuel Arnedo salía en algunas transcripciones telefónicas. Mantenía relación con un empresario chino al que ayudaba en pequeñas gestiones, sobre todo relacionadas con licencias para abrir una tienda o un bar. Obtenía a cambio regalos como cajas de vino y entradas para los toros. Pero también se le vinculaba con un hecho más delicado: se había descubierto hace unos meses que decenas de chinos trabajaban como esclavos en el sótano de una tienda de ropa. La noticia señalaba a Arnedo como el comisario que había intervenido para mejorar la situación procesal del empresario detenido. Había quedado en libertad con cargos, y semanas después faltó a una comparecencia judicial; había huido del país. ¿Le ayudó Arnedo a sortear los controles del aeropuerto? La noticia apuntaba a la implicación de otros comisarios de la Brigada de Extranjería, y la mierda se iba extendiendo por todas las brigadas como una mancha de aceite. Laura se asomó. Tenía mala cara. Sofía atribuyó la palidez a la fiebre, pero no era eso. Había ocurrido algo.

—Tienes que venir —dijo.

—¿Qué ha pasado?

—Vamos —la animó Laura.

La siguió hasta la sala de reuniones. Allí estaba Moura contando las novedades a Bárbara, a Estévez y a Caridad. Al ver entrar a Sofía, empezó de nuevo.

—Me pediste que investigara el accidente de coche de Jon.

—Así es —dijo Sofía conteniendo la impaciencia.

—Fue hace tres años. Conducía Jon el coche de su hermano Pablo, que viajaba en el asiento de atrás. En el asiento del copiloto iba Miguel, el hermano mediano. A la altura del kilómetro 17 de la carretera de los pantanos tuvieron un choque frontal con otro vehículo, con el resultado de cuatro muertos.

—Uno de ellos Miguel, el hermano de Jon —dijo Sofía.

—Exacto. Jon quedó malherido, de ahí los clavos que hemos visto en las radiografías de la autopsia. Su hermano Pablo tuvo más suerte. Rasguños, problemas de cervicales por el impacto, poca cosa.

—Cuéntale quién iba en el otro coche, Moura —le apremió Laura.

—Los tres ocupantes del otro vehículo, un Ford Mondeo plateado, murieron en el acto. Los tres de la misma familia: dos hermanos y la mujer de uno de ellos.

Sofía no entendía por qué Moura le ponía tanta emoción al relato. Pero lo comprendió cuando dijo los nombres.

—Los muertos son Gerardo Crory, Antonio Crory y Ana Cisneros.

—¡Los hijos de Raimundo Crory! —dijo Laura.

Sofía apenas podía reaccionar por la sorpresa. Estaba absorta en las implicaciones que este hallazgo tenía para el caso.

—Perdió a sus hijos la misma noche —dijo Moura.

—A todos no —corrigió Sofía—. A sus hijos varones.

Nadie entendió la importancia de esta precisión. Pero no era de extrañar: ellos no habían estado en el cigarral de Raimundo Crory y por tanto no habían visto el árbol genealógico que adornaba la pared del salón, y tampoco habían hablado con el dueño de la casa.

IV

Vir traditio est

Para un hombre como yo, que siempre ha vivido a salto de mata, ustedes representan el orden, la estabilidad, la calma bruñida de los escudos y el aroma de una pipa delante de la chimenea. Según se acerca mi invierno, descubro que esta forma de vida es la que yo habría preferido de tener otra piel, o a nada que el azar o las circunstancias me hubieran llevado por otro camino.

(Del discurso inaugural de Julio Senovilla en el congreso de heráldica, pronunciado el 15 de mayo de 2016 en el castillo de Benagües)

25

Nubes de tormenta se cernían sobre el cigarral de los Crory. Sofía admiró la transformación de la casa en un día nublado. Sin el efecto de los rayos de sol provocando destellos en las ventanas y en el acabado metálico del tirador de la puerta, y sin el resplandor que despedía la fachada de ladrillo la tarde de su primera visita, eran el tejado a dos aguas y la chimenea humeante los que se imponían a la mirada del recién llegado. Había refrescado un poco, y estaban anunciados chaparrones primaverales a lo largo de la mañana. El señor Crory se había ocupado de encender un buen fuego. Sofía podía imaginarlo con la badilla en la mano, moviendo leños y brasas, componiendo una figura que muy bien podría ser la estampita de la familia. Pero la doncella le dijo que no estaba en casa. Había salido a comprar los periódicos. Y como si la ausencia del señor Crory le vedara la entrada al visitante, Dorita condujo a Sofía por un sendero estrecho que rodeaba la casa hasta llegar al porche trasero. Allí, sentada en una butaca de jardín junto a una mesita de mimbre, estaba Elvira. La primera intención de Sofía era hablar con Raimundo, pero descubrió con agrado que le apetecía más hablar con la señora a solas, sin la vigilancia autoritaria de su marido. Elvira vestía una chaqueta larga de lana, en apariencia muy suave, que le caía casi hasta los pies. Una prenda fina que en días como aquel permitía pasar un rato en la terraza. Sola, tomando un café y hojeando una revista, era la viva imagen de la placidez.

Sofía aceptó una taza. Con mucho gusto habría invertido unos minutos en sostener una charla trivial con Elvira, admirando las vistas de Toledo desde esa especie de atalaya que venía a ser el cigarral. Los nubarrones grises le daban a la ciudad una pátina oscura y parecían encajar mejor con los siglos de historia de su pasado medieval. Pero el señor Crory podía llegar en cualquier momento. Si quería tener unos minutos para hablar a solas con la señora, era imprescindible ir directamente al grano. Daba un poco de pena sacar a Elvira de su calma matinal, pero el trabajo del policía obligaba muchas veces a ese tipo de trastornos.

—Elvira, me he enterado de que sus hijos murieron en un accidente de tráfico —empezó Sofía—. Sufrieron un choque frontal con otro vehículo que conducía Jon, el hijo de Julio Senovilla.

Elvira se envolvió dentro de la chaqueta, como si la mención de la tragedia le hubiera provocado un escalofrío. Permaneció unos segundos contemplando las vistas. Cuántos accesos de melancolía de esa mujer habrían flotado por las almenas del alcázar y la torre de la catedral.

—El 12 de junio se cumplen tres años —dijo Elvira—. Tres años ya sin mis hijos. ¿Sabe lo que hago ese día? Corto unas rosas de ese rosal y las llevo al kilómetro 17 de la carretera de los pantanos. ¿Ha visto esas flores en las cunetas?

Sofía asintió. Claro que las había visto. Las cunetas están llenas de ellas. La carretera se traga a diario vidas humanas, y de postre se come las flores.

—A mí siempre me había parecido una tontería poner flores en un mojón —siguió Elvira—. Todavía en una tumba lo puedo entender, pero en un mojón de piedra en medio de una carretera... Pues yo lo hago cada año. Nos parece absurdo lo que no entendemos porque no lo hemos vivido. Sin embargo, tarde o temprano la vida se ríe de nuestra ignorancia.

—Esos rituales ayudan a llevar el duelo —apuntó Sofía.

—¿Usted sabe lo que es perder a un hijo?

Formuló la pregunta de un modo tan desnudo que Sofía se sintió desarmada. Pensó en Dani. Tristemente se figuró que quizá lo estaba perdiendo. Pero Elvira no habría admitido una respuesta sutil a una pregunta tan directa. Ella había perdido a dos hijos el mismo día, y su mirada valiente y firme insinuaba que no había dolor en el mundo que oponer al suyo.

—Yo sé lo que es perder a una madre —contestó Sofía.

—Perder a una madre es ley de vida. Pero sobrevivir a tus hijos es antinatural. Es una crueldad. Una de esas crueldades que te hacen pensar que Dios no existe.

—Elvira, ¿usted sabía que era Jon el que conducía el otro coche?

—Me terminé enterando, claro. Preferiría no haberlo sabido. Pero el padre de ese chico empezó a visitarnos. Así que imagínese, imposible no enterarse, imposible olvidar, imposible seguir viviendo.

Una ráfaga de aire trajo el anticipo de la lluvia. Elvira se había emocionado y tenía los ojos húmedos. Se notaba que quería añadir algo, pero no se atrevía a hacerlo por el temor de que el llanto partiera la frase en dos.

—Hay una cosa que no entiendo —dijo Sofía—. ¿Cómo se hicieron amigos su marido y Julio Senovilla?

—Mi marido recibió una carta de Julio. Una carta de condolencia y de disculpas. Una carta muy bonita, la verdad. Sentida y sincera. Y mi marido le respondió con otra carta que no me leyó, aunque me puedo imaginar su contenido.

—¿Cuál cree que era?

Elvira hizo un gesto con las manos, dando a entender que la explicación sobraba. Aun así, la dio.

—Dos hombres unidos por la desgracia. El destino creando una especie de sociedad indestructible. Mi marido es un hombre muy medieval, no sé si lo ha notado.

—Así que su amistad empezó a base de cartas.

—De muchas cartas —puntualizó Elvira—. Hasta que un día decidieron verse. El escritor descubrió que teníamos un castillo, eso le interesó, dijo que quería ambientar una novela en nuestro castillo y así hasta hoy. —Vio llegar a Dorita con una bandeja en la que traía una taza de café para Sofía—. Tráigame otra a mí también. Voy a tomar más café.

Lo dijo con un aire resuelto que tenía mucho de rebeldía o de desahogo. La conversación le estaba removiendo muchas amarguras.

—Elvira, veo que a usted no le gusta la amistad de su marido con Senovilla.

—No me gusta, no.

—¿Por qué?

En la mirada de la mujer asomó un destello de furia que secó de pronto sus lágrimas. Reaccionó como si la pregunta le resultara de una insolencia inaceptable.

—¿A usted le parece normal esa amistad? A mí me resulta morbosa.

—Son dos hombres unidos por el dolor —se atrevió a decir Sofía, parafraseando las palabras de la propia Elvira.

—Mire: el hijo de ese hombre ha matado a mis dos hijos. Yo no digo que tengamos que escupirle a la cara, o negarle el saludo. Pero tampoco creo que tenga que bañarse en nuestra piscina y beberse nuestro whisky.

—¿Le ha dicho todo esto a su marido?

—A mi marido no le puedo decir nada. Cree que el único que sufre con esta tragedia es él. Para él, ese accidente de coche provocó la extinción del apellido. Al lado de eso, el dolor de una madre no es nada.

—¿Tan exagerada es su obsesión por el apellido?

—¡Peor! —Una voz intrusa sonó desde la puerta del salón.

Sofía se giró hacia la voz. El porche se comunicaba con el salón por una puerta, y ese hueco lo ocupaba una mujer de aspecto joven que mordía una manzana con aire risueño. Era rubia y vestía una camiseta blanca muy ajustada, pantalones de montar a caballo y botas de cuero hasta las rodillas.

—Patricia, hija, ¿no irás a montar hoy? Va a haber tormenta.

—Me gusta montar bajo la lluvia.

—Te vas a coger una pulmonía.

—Siempre dices eso y nunca me la he cogido.

—Mi hija Patricia. —Por fin Sofía quedaba incluida en la conversación—. La inspectora Luna, de Homicidios. Está investigando el asesinato del hijo del escritor.

—¿Quiere una manzana? —dijo Patricia mientras

le daba la mano. La frase la pronunció con un buen trozo de fruta dentro de la boca. Cada mordisco que daba permitía contemplar la blancura de sus dientes.

—No, gracias, estoy tomando café.

Patricia se sentó en el sofá. Nadie la había invitado a hacerlo, pero ella se comportó con ese capricho de los niños que se suman a una reunión de adultos. Parecía desenvuelta. Seguramente acababa de ducharse, pues olía mucho a jabón. Sofía pensó que era una mujer muy guapa. Había algo de conmovedor en la alegría que irradiaba. Una alegría protegida a ultranza en estos años de duelo, ante la evidencia de que su padre habría preferido tener como hijo superviviente a un varón. ¿Dejó ver Elvira algún signo de fastidio ante la descarada intrusión de su hija? Si fue así, Patricia se mostró indiferente a esas señales, bien porque no las notara o bien porque estaba acostumbrada a vivir por encima de ellas.

—Así que la obsesión de tu padre por el apellido es tremenda —Sofía no quería que se le escapara el hilo.

—Mmm —ganó tiempo Patricia hasta tragar un trozo de manzana—. ¿Le has contado lo de la boda? Cuéntaselo, mamá.

Ahora sí, el fastidio de Elvira se hizo palpable. Torció el gesto y amonestó a su hija con la mirada. Patricia apartó un mechón de pelo de su boca como quien espanta una contrariedad pequeña.

—Bueno, lo cuento yo. ¿Ha visto la ermita que hay en la subida al cigarral? En esa ermita me iba a casar yo con mi novio. Pero no me casé. ¿Por qué? Porque la boda se canceló. ¿Y por qué se canceló? Adivina, adivinanza...

Movió lo poco que le quedaba de la manzana como si en ese corazón mordisqueado de fruta estuviera la respuesta. Estupefacta, Sofía aguardó a que Patricia rematara la adivinanza.

—Porque Nico no quería inscribir a nuestros futuros hijos con los apellidos cambiados.

—Hija, eso es una tontería —protestó Elvira.

—Que te crees tú eso, mamá —se giró hacia Sofía—. Le juro que es verdad. Mi padre habló con mi novio y le puso como condición para la boda que el primer apellido de nuestros hijos fuera Crory.

—Lo dijo en broma. Tu padre tiene esas ocurrencias.

—No son ocurrencias, son obsesiones.

—¿Y cancelasteis la boda por eso? —preguntó Sofía.

Patricia dejó el corazón de la manzana en el platito del café de Sofía. Estaba asintiendo mientras terminaba de masticar, y esa pequeña pausa la aprovechó Elvira para contestar.

—No fue por eso. Hija, di la verdad, por favor te lo pido.

—Mamá, fue por eso. Nico se puso muy burro y dijo que no se casaba con esas condiciones. Que sus hijos tenían que llevar su apellido por delante. Se apellida Pérez, ¿eh? No se vaya usted a creer que tiene un apellido aristocrático.

—Estabais discutiendo todo el día —quiso señalar Elvira.

—No, si a mí no me dio pena. Pero la discusión gorda fue por eso. Total, que adiós boda. Y aquí me tienes, soltera a los veintinueve. Y conociendo a papá, me voy a quedar para vestir santos.

Había empezado a llover. A Sofía le gustaba el olor de la tierra mojada, que ya empezaba a soltar sus efluvios. La doncella trajo una taza de café para Elvira.

—¿Ha recogido los cojines, Dorita?

—Ahora mismo, señora.

Había una mesa en el jardín, cerca de la piscina, a la intemperie, rodeada de sillas de hierro con unos cojines de rayas verdes y blancas. Dorita corrió a recoger los cojines y los puso bajo techo. El sonido de un claxon hizo que Patricia se levantara para mirar hacia la zona de grava junto a la puerta.

—Es papá.

Salió a recibir a su padre, que traía una bolsa con algunas compras y abría un paraguas negro de gran tamaño para resguardarse del aguacero.

—Es igual que su padre —dijo Elvira.

Sofía notó que se sentía obligada a comentar la aparición de Patricia y sus maneras descaradas.

—¿Igual en qué sentido?

—Bueno, sería largo de explicar. Son iguales. Las hijas son del padre y los hijos de la madre. Siempre se ha dicho eso. Y es verdad.

Sofía se quedó mirando a esa mujer, que abrazada a su chaqueta parecía haber perdido todo el esplendor. El regreso de su marido ponía fin a su ratito de paz.

—Por eso me molesta que venga tanto el escritor. Me recuerda la muerte de mis hijos. Aunque mi marido crea que él es el único que sufre, para mí es muy doloroso.

—Me lo puedo imaginar.

—No estoy tan segura de eso. El hijo de ese escritor no solo me quitó a mis niños. Me quitó también la fe. Yo creía en Dios, y después de eso dejé de creer. Y le echo de menos. Echo mucho de menos a Dios. Eso no es fácil de entender para alguien que no cree.

Se oyeron los pasos de Raimundo Crory en la grava y los grititos de Patricia, divertida por el chaparrón que le estaba cayendo encima. Fue ella, que venía sin paraguas, la primera en ganar el porche. Traía la compra que había hecho su padre en Toledo. Un par de barras de pan sobresalían de la bolsa, y los periódicos y algo de fruta y verdura se intuían al trasluz.

—¿Le importaría marcharse?

A Sofía le sorprendió el tono seco, de autoridad implacable de Raimundo. Estaba sacudiendo el agua del paraguas antes de cerrarlo. Sofía nunca había visto un paraguas tan grande. Parecía un enorme murciélago al que le estuvieran probando el mecanismo de las alas.

—Ha venido a hablar del accidente —empezó a decir, pero su marido la paró en seco.

—Cállate, Elvira —dijo sin mirarla.

Sofía se levantó. No entendía la actitud de Raimundo, aunque ya tenía la información que necesitaba.

—Si quiere venir a mi casa, vístase como un hombre. No sé si me explico.

Así que era eso. Se había enterado de algún modo de que Sofía era transexual.

—Se explica usted perfectamente. Gracias por el café, Elvira. Encantada, Patricia.

La mujer, paralizada por la sequedad de su marido, no dijo nada. Pero la hija dejó la bolsa en uno de los asientos, cogió el paraguas y corrió junto a Sofía.

—¿Ha aparcado fuera?

—Sí.

—Se va a empapar. La acompaño a la puerta.

Raimundo no la detuvo. Parecía acostumbrado a la naturalidad con la que su hija se comportaba, incluso en las manifestaciones más excéntricas. Acompañar bajo el diluvio a un policía transexual al que acababan de expulsar de su casa lo era. Patricia abrió el paraguas, que bastaba para acogerlas a las dos.

Cuando doblaron la esquina, y su padre no podía oírla, Patricia se interesó por Sofía.

—¿Es transexual?

—Sí.

—Yo la veía rara, pero no me había dado cuenta.

—Pues lo soy. Y parece que a tu padre no le gusta.

—Si lo piensa bien, es tonto.

—Estoy acostumbrada al rechazo, no te preocupes.

—No me refiero a eso. Es tonto porque esa sería la solución a los problemas del apellido. Si yo me cambio de sexo, se acabó el problema. Ya tiene un hijo varón.

—A tu padre le va a encantar la idea.

—Se lo voy a proponer. No lo digo en broma.

—Tú trabajas en el castillo familiar, ¿no?

—Sí. Organizo eventos. Congresos, bodas, de todo. El otro día hicimos una cata de vinos.

—¿Estuviste en el congreso de heráldica?

—Claro, lo organicé yo.

—¿Estabas en el castillo la noche del quince?

—¿El día del asesinato?

—Exacto.

—Sí que estaba.

—A lo mejor te llamo para hablar un día de estos.

—Cuando usted quiera. Nunca había hablado con un transexual. Es la primera vez en mi vida.

—Te dejaré que me hagas una foto —bromeó Sofía—. ¿Cómo se ha enterado?

—¿Qué?

—Tu padre. ¿Cómo se ha enterado de que soy transexual?

—Ah, lo habrá leído en la prensa. Viene una noticia en el periódico de hoy.

Sofía se detuvo. Caía una cascada por el dosel del paraguas. Patricia notó que la revelación la había disgustado. Se encogió de hombros, como diciendo que ella no tenía la culpa. Siguieron caminando en silencio hasta la verja de hierro. Ella la abrió pulsando un botón que había en un poste. Sofía se despidió. El aroma a jabón mezclado con el olor de la tierra mojada y de las hojas resultaba embriagador.

Antes de volver a Madrid paró en un quiosco y compró el *ABC*. Dentro del coche, buscó la noticia sobre el caso. No tardó en encontrarla: «Un policía transexual investiga el asesinato del hijo de Senovilla». Ese era el titular. La noticia no aclaraba la fuente, pero daba como dato comprobado que el jefe de la investigación era un inspector que acababa de obtener el cambio de sexo. De Carlos a Sofía Luna, precisaba. ¿Quién había filtrado la información? Tenía que ser alguien de la Brigada. Sofía pensó en el cabreo que debía de tener Arnedo. En un acto reflejo consultó su móvil. No había llamadas.

Condujo hasta Madrid bajo la lluvia, disfrutando del momento. Le gustaba conducir en días de tormenta. La cadencia del limpiaparabrisas, el cielo rompiéndose ahí fuera, amenazando sin disimulo las diminutas vidas humanas. La sensación de dominio sobre la máquina en condiciones penosas le hacía sentirse segura.

Aparcó en la Ribera del Manzanares y antes de dirigirse al chalé de Julio Senovilla se quedó un rato admirando la crecida del río. La presa estaba abierta y bajaban como vomitonas torrentes de agua negra. En un río tranquilo y poco caudaloso, resultaba llamativo. La tormenta había pasado y el aire estaba limpio, preñado de gotitas que caían desordenadamente. El columpio de los Senovilla goteaba y el cojín estaba empapado. Suni no había sido tan precavida como Dorita. Sofía quería hablar con Julio del accidente de sus hijos, que había originado su amistad con Crory, pero Rosa le salió al paso y se erigió en centinela del tiempo de trabajo de su novio.

—Julio está escribiendo, y hasta las tres no se le puede molestar bajo ningún concepto. Lo siento.

Sofía se preguntó por qué estaba tan confiada. Apenas dos días atrás se había planteado la detención del escritor, y ella lo sabía. Esperaba que al verla llegar se pusiera un poco nerviosa (a fin de cuentas, podía venir con una orden de detención). ¿A qué obedecía esa seguridad de Rosa de que el peligro había pasado? No le importó demasiado no poder hablar con Julio. Quería cotejar la versión de Elvira sobre el accidente y el nacimiento de la amistad que mantenía con Raimundo. Quería verificar que Patricia Crory había estado en el castillo la noche del crimen. Y, sobre todo, quería saber si las palabras que se le escaparon en presencia del forense, «justicia poética», se referían a que las dos familias habían nivelado años después el número de hijos muertos. Incluso si esa era la explicación, no dejaba de ser una frase un poco rara. A menos que Julio tuviera un sentido de la justicia un tanto peculiar. ¿Hablaría con Raimundo Crory de estas cosas en sus largos paseos por el castillo de Benagües? Esa era la conversación que pretendía mantener con él, y podía esperar. Rosa le preguntó si podía servirle de ayuda en algo, y antes de que Sofía pudiera contestar la animó a cobijarse en el porche, pues la lluvia arreciaba nuevamente.

Corrieron bajo techo, y allí Sofía se sacudió el agua del pelo.

—¿Hay novedades en la investigación? —preguntó Rosa.

—Sí, una novedad interesante. ¿Tú sabías que Jon tuvo un accidente contra el coche de los hijos de Crory?

—Claro que lo sabía. En ese accidente murió Miguel, el hijo mediano de Julio.

—Me imagino que fue un drama.

—Bueno, yo a Julio no le conocía aún. Le conocí unos meses después.

—¿Te pareció que estaba afectado por la tragedia?

—Estaba triste. Lo comentamos varios alumnos. Julio salía bastante en la tele y tenía fama de ser divertido. Y en ese taller se le veía un poco apagado. Más tarde lo entendí, cuando me enteré de que había perdido a un hijo recientemente.

—Si me lo permites, Rosa, no estaba tan apagado. Entró en una relación contigo.

—Si me lo permite usted, eso le ayudó a salir del hoyo.

—No digo que no —concedió Sofía—. ¿Sabías que se carteaba con el padre de los Crory?

—Eso no me lo contó. Lo llevó en secreto. Yo lo supe más de un año después, cuando empezaron a verse.

—¿No te parece un poco rara esa amistad?

—No sé, las amistades son siempre raras.

Sofía no quiso profundizar en esa frase, pero esperó en silencio por si Rosa la explicaba.

—Las personas necesitan tener algo en común para relacionarse, y ellos lo encontraron en el dolor. En la pérdida de los hijos. Eso lo puedo entender. Pero a mí no me gusta que se vean tanto.

—¿Por qué razón?

—Creo que Raimundo Crory está influyendo en la forma de ver la vida de Julio. Y eso me preocupa.

—¿Tú conoces a Raimundo?

—Esa es otra razón para que no me guste. Nunca me lo ha presentado. Es su amigo y lo tiene escondido. Como si fuera un amigo imaginario.

—No lo es, te lo aseguro. Hoy mismo me ha echado de su casa.

—¿Por qué? —sonrió de pronto—. Ah, ya sé, no le gustan los transexuales.

—Eso parece.

Rosa extendió la mano y se puso a tocar el pelo de Sofía, que estaba empapado. Pasó un mechón por la yema de sus dedos, como si quisiera deshacer un nudo o convertir el pelo en polvo. El gesto no le quedó agresivo ni descarado; simplemente, era la reacción natural a un acceso de curiosidad.

—Qué pasada, qué bien hacen las pelucas. Te cae una chupa de agua y se mantiene toda la textura del pelo.

—Rosa...

—Perdone —dijo ella retirando la mano.

—No me ha molestado —dijo Sofía, y era verdad—. Antes has dicho que Crory influye en Julio. Lo que no entiendo es por qué eso te parece malo.

—Julio es vanidoso y narcisista. No se deja influir por nadie. Tiene sus propias opiniones y a mí me gusta así. Por eso todo esto me parece un poco raro.

—Lo siento, pero sigo sin ver por qué es raro.

—Vale. Puede ser que yo esté celosa. Lo admito. Me molesta que mi novio tenga una relación vedada para mí. Y que encima saque cosas estimulantes de esa relación. No soporto que Raimundo Crory tenga el ascendiente sobre Julio que yo no tengo. Ya ve que yo misma me clavo todos los puñales. Pero también puede ser que mi novio se esté haciendo mayor. Que dé signos de demencia. Y por eso se deja convencer de cualquier gilipollez sobre la tradición y el honor y no sé cuántas palabras más que están llenas de polvo.

—Ya veo por dónde vas.

—Y también hay una tercera opción —siguió Rosa, y lo dijo con tal dosis de misterio que logró captar la atención de Sofía.

—¿Y cuál es?

—Que Raimundo Crory sea un hombre peligroso. Una de esas personas tóxicas que hay por el mundo, capaces de llenar de pólvora una cabeza hueca, por supuesto, pero también una cabeza bien amueblada.

—A mí no me ha parecido un hombre tóxico.

—Usted lo conoce y tiene más elementos de juicio. Yo solo puedo hablar de oídas y usar mi imaginación.

Camino del coche, Sofía se preguntó por qué la charla con Rosa la había puesto de tan buen humor. Sus reflexiones sobre la amistad le habían interesado, pero no era eso. También le había gustado que defendiera como una leona su derecho a seducir a un hombre que estaba saliendo del luto. Pero tampoco era eso. Al entrar en el coche se miró en el espejo y pensó que le quedaba bien el pelo mojado. Y entonces lo comprendió: la había puesto de buen humor que Rosa elogiara la calidad de su peluca.

26

El comisario Arnedo citó a todo el equipo a la una de la tarde en la Brigada. Sofía pensó que la iba a relevar del caso por la filtración a la prensa, que a buen seguro había sentado mal al jefe superior de Madrid, pero estaba equivocada. Gálvez tenía preocupaciones más agudas que la revelación pública de que un transexual formaba parte de su plantilla.

Cuando llegó, se hallaban todos en la sala de reuniones repasando aspectos del caso. Todos menos Arnedo, que había llamado desde el coche para anunciar que se retrasaba un poco. Estévez, exultante, tenía una orden del juez Fraguas para montar una vigilancia a Alejandra. No le parecía normal la actitud de la novia de Jon y quería saber un poco más de ella. Sofía compartía esa opinión, pero no dejaba de admirar la autonomía adquirida por Estévez apenas un día después de defenderla en presencia del comisario. Lo normal habría sido consultar ese paso con ella. Aun así no le molestó. Ardía en deseos de contarle a todo el mundo las novedades, su conversación con Elvira y la aparición extraña de Patricia Crory, la única superviviente de la estirpe. Bárbara Lanau había investigado la vida de Raimundo Crory. Administrador de grandes fortunas durante tres décadas, también había ganado dinero organizando monterías en su finca de Extremadura, que había vendido hacía dos años y pico por una millonada. Parece ser que la crisis económica estaba afectando a sus negocios, y prefirió centrarse en el mantenimiento del castillo de Benagües, preciosa posesión familiar, y en el carísimo cigarral de Toledo, su vivienda habitual. Raimundo Crory era economista, y en sus años mozos había estudiado un máster de Banca Internacional en Nueva Inglaterra. No estaba del todo jubilado, porque aún mantenía algunos clientes importantes cuyo dinero colocaba en productos estrella o en carteras de inversión, pero desde hacía tres años había bajado el ritmo de trabajo.

—Tres años —señaló Laura—. Justo cuando perdió a sus hijos.

—Parece ser que le afectó mucho —concedió Lanau—. Lo primero que hizo fue deshacerse de la finca. Y eso que las monterías eran una de sus grandes aficiones.

—Tuvo que sufrir una depresión tremenda —dijo Sofía—. Lo mismo que Jon. Era él quien conducía el coche, y su hermano murió en el accidente.

Laura la miró con el ceño fruncido, como hacía siempre que se quedaba pensativa.

—¿Crees que alguien de esa familia puede haber matado a Jon por venganza?

—Puede ser.

—¿Tres años después? —exclamó Estévez—. ¡Venga ya!

—Ha pasado tiempo, eso es verdad —dijo Sofía—. Pero es mucha casualidad que a Jon lo mataran justo la noche que su padre estaba fuera. Y te recuerdo que estaba fuera porque los Crory le habían invitado a inaugurar un congreso.

Laura seguía con el ceño fruncido, señal de que su cabeza estaba dando vueltas al tema.

—La amistad del escritor con Crory es rara.

—Es morbosa —apostilló Estévez.

—Puede —contestó ella—. Igual Crory la cultivaba para mantener vivo el rencor.

—¿Qué tontería es esa?

Estévez se impacientaba fácilmente cuando un tema de conversación duraba más de lo que él consideraba razonable.

—Intento entender la naturaleza de esa amistad.

—No hay quien la entienda, no te molestes.

—Tú no la entiendes porque tú no tienes amigos.

La frase de Laura provocó un silencio tenso en la sala. Estévez se cogió un dedo y empezó a presionarlo con fuerza. Un tic para contener la agresividad, seguramente, pero a Sofía le pareció que se estaba haciendo daño.

—Te estás pasando de lista, Laurita.

—No me llames Laurita.

—Una venganza no se retrasa tres años. Nadie se hace amigo del tipo que odia solo para darle de comer al rencor. Eso no encaja. Y lo que no encaja lo dejamos fuera de las líneas de investigación. ¿Me explico?

Sofía iba a contestar a la chulería de Estévez, que a veces se cargaba de razón. Pero se adelantó Bárbara Lanau.

—Yo no dejaría fuera esa pista.

Estévez se giró hacia su compañera.

—¿Se puede saber por qué?

—Puede ser un caso de venganza. No me extrañaría.

—¿Después de tres años?

—Sí.

—Y se hacen amigos para odiarse todos los días mientras toman un vinito. Muy creíble, Bárbara. Me dejas de piedra.

—Cuando te acostumbras al rencor, no quieres perderlo. Es muy duro notar que se te pasa la rabia, sobre todo cuando no quieres perdonar.

Pronunció la frase con mucha emoción. Estévez la miró unos segundos. Sofía notó que se había dejado una marca en la yema al clavarse una uña, pero la terapia había funcionado, porque ya estaba más tranquilo.

—De acuerdo, mantenemos viva la línea de los Crory. De todos modos espero que no te importe vigilar conmigo a Alejandra.

—No me importa.

—Gracias, Lanau. Eres un cielo cuando quieres.

Sofía decidió zanjar el debate sobre los Crory.

—Buen trabajo, Bárbara. Está claro que ese accidente de tráfico marcó la vida de dos familias. Ya sabemos que Raimundo sufrió una depresión. Y tenemos indicios de que a Jon le pasó lo mismo. Me gustaría saber qué escribía y de qué hablaba en esos días.

Moura, que era el encargado de peinar las llamadas del móvil de Jon, se dio por aludido.

—¿Quieres que me ponga con las llamadas de hace tres años?

—Sí, por favor. Creo que ahora es más urgente saber cómo se tomó Jon aquella desgracia.

Caridad, que no había dicho nada todavía, levantó el dedo para tomar la palabra.

—Por cierto, ¿habéis leído la prensa?

Estévez fue el primero en contestar.

—Sí, hija, sí. Ya se ha enterado todo el mundo de que tenemos un inspector transexual en la Brigada. Felicidades, Luna, te vas a hacer famosa.

—Alguien lo habrá filtrado, me imagino —dijo Sofía—. Pero ¿sabéis qué? Me da igual quién haya sido.

—No tardará en llamarte algún periodista —señaló Laura.

—No voy a atender a nadie.

Caridad levantó de nuevo el dedo antes de hablar.

—No me refería a esa noticia.

—¿Ah, no?

—Me refería al profesor de Historia Medieval al que estáis investigando.

—Le estoy investigando yo —dijo Estévez—. ¿Sale en la prensa?

—Sí. Hay un sillón vacante en la Real Academia de la Historia. Y está propuesto él para ocuparlo.

—Sus alumnos no le echarían mucho de menos si deja la universidad, eso os lo puedo asegurar.

—No es seguro que gane. También está propuesta una mujer.

—¿Dice algo más el periódico de Blas Hermida?

—No, solo eso.

—Gracias, Caridad —dijo Sofía, y se dispuso a repartir el trabajo, pero justo entonces entró Manuel Arnedo. El comisario traía el rostro desencajado, como si viniera de presenciar una pelea callejera.

—Perdonad el retraso, chicos. Gracias por esperar.

—Estábamos repasando el caso de Jon —dijo Sofía.

Arnedo se sentó en una silla y se puso a hablar sin más.

—Os he citado aquí para daros mi versión de la mierda que ha salido publicada en prensa.

—Si te refieres a lo de Luna, ya lo hemos comentado.

—Lo de Luna me la suda —dijo Arnedo—, aunque debo decir que a Gálvez no le ha hecho ninguna gracia. ¿Alguno de vosotros ha filtrado la noticia? Ya sabéis que pocas cosas me cabrean más que los compadreos con la prensa.

Moura carraspeó antes de hablar.

—Con todos mis respetos, comisario. Si alguno de nosotros hubiera filtrado la noticia, no lo reconocería delante de usted.

—Tienes razón, Moura. Anotad este consejo: el que haya filtrado la noticia, que no lo reconozca jamás.

Dio la sensación por unos segundos de que Caridad iba a tomar nota del consejo en su cuaderno, pero no, solo estaba jugando con el bolígrafo.

—No está el horno para bollos en la Jefatura. —Arnedo se quitó las gafas y se pasó los dedos por los lagrimales.

A Sofía siempre le daba la impresión de que las gafas servían, más que para corregir la miopía de Arnedo, para suavizar su rostro. Sin gafas parecía un hombre tosco y bestial. El comisario se colocó las gafas y resopló. La reunión con Gálvez debía de haber sido tensa.

—Se ha dicho por ahí que yo he ayudado al empresario chino a salir del país. Como si yo fuera tan gilipollas. Y que le he avisado de que lo iban a detener. Solo les falta decir que se la chupaba a dos carrillos.

Una risita nerviosa de Moura se dejó oír en la sala. Nadie más reaccionó a la grosería. Estévez miró con displicencia al oficial, como amonestándolo por escandalizarse con tan poco. Arnedo continuó con su relato.

—Conocía a Gao Ming, eso es verdad. Lo conocí en una cena que dio la embajada, era un empresario importante, traía dinero a esta ciudad, quería invertir. En fin, nada raro en que me lo presentaran. Yo nunca supe que sus negocios eran turbios, ni que tenía a media China esclavizada en un sótano, ni que sobornaba a policías de la Brigada de Extranjería para traer a compatriotas a España sin permisos de trabajo ni de residencia. Todo lo que hice fue conseguirle una licencia para abrir un bar. Eso es todo. Me llamó para pedirme el favor de que le agilizara ese trámite, y yo se lo conseguí. Al día siguiente tenía una caja de vinos en la puerta de mi despacho. Podía haberlos devuelto, de acuerdo con eso. Pero me los quedé. Por favor os lo pido, que nadie diga ahora que cualquiera de vosotros se habría quedado con la caja de vinos. Primero, porque no es verdad. Y segundo, porque odio a los pelotas.

Nadie había hecho el amago de intervenir, pero el comisario quiso aplacar cualquier posible tentación.

—Espero que por lo menos fueran buenos vinos —dijo Estévez.

Arnedo lo miró con seriedad.

—Un juzgado empezó a investigar a este pájaro. Y ahora es cuando me podéis llamar gilipollas, porque yo no me enteré. De vez en cuando me llamaba para charlar por teléfono, y un día me invitó a cenar y me presentó a su esposa, que por cierto es una china espectacular por la que habría abandonado a mi mujer. En esa cena salió mi afición a los toros, y al día siguiente me regaló dos entradas para las Ventas. ¿Me pedía algo a cambio? No, simplemente se quería llevar bien conmigo. Tenerme a favor, vamos. Pero yo todavía no había visto venir sus chanchullos. Me enteré por la prensa. Sobornos, blanqueo de dinero, evasión de capitales, explotación laboral, estafa, etcétera. De la noche a la mañana, Gao Ming era un mafioso. Y estaban grabadas mis conversaciones telefónicas con él. Si las escucháis, os partís el culo, porque no decimos más que gilipolleces. Pero eso la prensa no lo dice. Hablan de los regalos, del vino y de las entradas para los toros. Y de que conocí a su mujer. No hay más. Os juro por Dios que no hay más. La prensa insinúa que yo le avisé de la detención, y que presioné para que le aliviaran los cargos. Y que le ayudé a escapar, que ya es el colmo. Todo eso es mentira.

Guardó silencio. Solo Caridad se atrevió a abrir la boca.

—Y si no es verdad, ¿por qué lo dicen?

—No lo sé, Caridad. Porque está todo podrido. En la Brigada de Extranjería hay compañeros que sí han metido la pata hasta el fondo. Y puede que uno de ellos le haya dejado salir del país. Y en la Brigada de Seguridad Ciudadana hay un lío de tres pares de cojones, porque han hecho la vista gorda en mil asuntos de los chinos. Está de moda salpicar a cuantos más policías mejor, y ahora van a por mí. Les pone cachondos que la Policía Judicial también esté en el ajo. Pero no van a encontrar más que la mierda que os acabo de contar. El vino y las entradas.

—¿Vas a declarar ante el juez? —preguntó Laura.

—Sí. Me han citado para pasado mañana. Por eso quería hablar con vosotros. Vais a leer que el comisario de la Brigada de la Policía Judicial declara ante el juez. La prensa se va a cebar, me van a linchar, me van a llamar chorizo por la calle. Perfecto, que lo hagan. Me lo merezco por gilipollas. Pero quiero que mi equipo sepa la verdad. No tenéis nada de lo que avergonzaros. Vuestro jefe se ha quedado unos regalos, de eso sí os podéis avergonzar. De nada más. ¿Alguna pregunta?

—¿Te tiraste a la china?

Fue Estévez el que lanzó la provocación. Arnedo se levantó de golpe, haciendo mucho ruido con la silla.

—Pues entonces todos a trabajar. Gracias por escucharme.

Se marchó. Sofía lo notó viejo y cansado. Lo estaba pasando mal, eso seguro. Era estresante el trabajo policial. Como había hecho tantas veces, se preguntó qué sería de su vida de haber elegido otra profesión, y no la de policía por el simple hecho de contentar a su padre. Y, como siempre, enseguida se dio cuenta de que a su padre tenía muchas cosas que reprocharle, pero no precisamente esa. El trabajo de policía le gustaba.

27

Durante las vigilancias, Bárbara Lanau tomaba caramelos de menta. Estévez era más de hamburguesas, patatas y toda clase de comida rápida. Los excesos los quemaba por la noche en un gimnasio. Cuando le apetecía un cigarrillo, bajaba la ventanilla y sacaba la mano para no ahumar a su compañera. El humo entraba de todas formas en el coche y Bárbara movía la mano en una serie de aspavientos que servían más para mostrar su molestia que para espantar la humareda. La Facultad de Historia era un complejo de varios edificios, lo que comprometía el éxito del operativo. Alejandra había entrado a las cuatro de la tarde en el edificio principal, pero muy bien podría salir por otra puerta.

Estévez se preguntó cuánto tiempo se podía alargar el silencio. Durante las vigilancias los policías hablaban. Era la mejor manera de soportar el tedio. Pero esa norma no funcionaba con Bárbara. Era la chica más callada que Estévez había conocido nunca. Habían hecho juntos muchas vigilancias y ya no se hacía ilusiones con ella. En una de las primeras le preguntó por qué no hablaba, y ella se encogió de hombros con indolencia y dijo que no tenía nada que decir. Cuando Estévez le observó que se trataba de amenizar la espera, que podía decir cualquier cosa que le pasara por la cabeza, ella contestó que no le gustaba decir tonterías. Ese aire reservado y, sobre todo, ese dominio que parecía tener sobre su propio silencio formaban algo así como un territorio mágico que Estévez no se atrevía a profanar.

Muchas veces se preguntaba por qué no había intentado nunca llevarse a Bárbara a la cama. Era una mujer corpulenta, de mandíbulas anchas que le daban un aspecto un poco caballuno. Tenía el pelo rubio, casi siempre recogido en una coleta, y miraba la vida con unos ojos verdes que su timidez había ido apagando. En realidad, Estévez sí había tratado de llevársela a la cama, pero el intento fue tan patético que ya se había olvidado. Fue en la fiesta de Navidad del primer año de ella en la Brigada. Estévez la vio aparecer con un vestido negro, con tacones y con el pelo suelto, y se preguntó por qué no había adivinado hasta ese instante que su compañera de trabajo era un cañón de mujer. Esa noche estuvo tonteando con ella, la llevó a su casa en coche y cuando paró frente a su portal, antes de que pudiera armar la estrategia ella sonrió y le dijo: ni lo intentes. Eso fue todo. Es lesbiana, pensó Estévez. Y consideró inequívoca su conclusión hasta que una tarde, al acabar la guardia, presenció cómo la recogía un negro de casi dos metros a la salida del trabajo y la saludaba con un morreo espectacular. A ese hombre siguieron otros amantes, y cuando se fueron haciendo amigos Bárbara le reveló que no quería tener pareja; le gustaba más vivir a salto de mata. Estévez se preguntó por qué no podía ser él uno de esos amantes que desfilaban por su alcoba, pero no dijo nada. Temía exponerse a una respuesta franca y brutal. Ahora agradecía que hubiera desaparecido toda intención sexual con ella. Era mucho mejor así. Antes de hablar,

Estévez suspiró con tosquedad de fumador. Estos ruiditos le servían de transición para salir del silencio.

—¿Por qué te has puesto del lado de Laura?

Bárbara le miró con sorpresa, pero solo un segundo. Era muy concienzuda en las vigilancias, y apartar la mirada de la puerta de la facultad un único instante podía dar al traste con todo el esfuerzo. Consideró que la expresión sorprendida bastaba como respuesta, y volvió a centrarse en su trabajo.

—Lo que has dicho del rencor no te lo crees ni tú.

A Estévez le parecía siempre que el silencio de Bárbara tenía algo triste. Se dio cuenta de que no iba a arrancarle una palabra, ni siquiera pinchándola, así que desistió.

—A mí me ha pasado —dijo Bárbara.

Estévez tiró el cigarro por la ventanilla, como si desease concentrarse en la novedad de que su compañera quisiera compartir una vivencia personal con él.

—A lo mejor a alguno de los Crory le ha pasado también.

—¿A ti te ha pasado? —preguntó Estévez—. ¿Qué es lo que te ha pasado?

—Da igual.

Se dio cuenta de que no se lo iba a contar. Había estado a punto de hacerlo, por un momento se había tensado la expresión de Bárbara como si necesitara un desahogo urgente. Pero ya volvía la mole de piedra, la compañera impenetrable que nunca contaba nada de su vida personal. Era raro compartir tantas horas con alguien tan reservado, pero Estévez agradecía que la gente dejara sus problemas en la consigna y se limitara en las conversaciones a los asuntos del trabajo diario.

—No sé lo que te ha pasado, porque tú nunca cuentas nada. Y me parece bien. Pero estás haciendo algo que no debemos hacer. Mezclar nuestra vida personal con los casos.

—Eso es imposible de evitar.

—No mezcles tu vida con tu trabajo.

—Tú también lo haces.

—Yo jamás lo hago.

—Hoy mismo lo has hecho. Los comentarios sexuales sobre la china, las bromitas cuando Arnedo ha contado su versión...

—¿Qué coño tiene que ver eso con mi vida?

—Te incomoda el tema de Arnedo porque te recuerda a tu padre. Por eso sueltas esas bromas.

Estévez se agarró un dedo y empezó a clavarse una uña.

—Todos lo hacemos, aunque tú no te des cuenta —remató Bárbara.

—No me puedo creer que estés diciendo esta gilipollez.

—Tu padre fue imputado en el caso de la mafia policial.

—Salió libre de cargos.

—Pero tú sabes que podría tener algo que ver.

Ese caso de la mafia policial salpicó a varios policías de Madrid en los años ochenta. Connivencia con soplones para desmantelar bandas de atracadores y quedarse con el botín. Asesinatos a sangre fría a chorizos de medio pelo, cuyos cadáveres aparecían en descampados. Un escándalo que llenó páginas de periódicos y que afectó al inspector Estévez.

—Mi padre ha tenido una carrera intachable. Se ha jubilado con una medalla, y no te voy a consentir que sueltes mierda sobre él. ¿Te queda claro?

—Perdona, solo era una opinión.

—Pues estás mejor calladita.

Estévez se encendió otro cigarrillo. No bajó la ventanilla. Bárbara no movió la mano para hacer ostentación de su fastidio. Ya no hablaron más.

El coche es un habitáculo demasiado pequeño para soportar la convivencia de dos personas enfadadas. A Bárbara, más habituada al silencio, se le notaban menos los esfuerzos por dejar la tensión a un lado, pero Estévez no lo conseguía. Salió del coche y se apoyó en un árbol a respirar aire fresco. ¿Era posible que para sus compañeros en la Brigada su padre fuera un hombre con la hoja de servicios manchada? Si Bárbara, que era cauta y respetuosa, lo pensaba, ¿qué no sucedería con los demás? La Brigada podía ser un lugar de trabajo agradable, aunque en ocasiones, cuando venían mal dadas, también era un nido de serpientes.

Una joven parecida a Alejandra salió de la facultad. Estévez se puso en guardia hasta comprender que no era ella. Se acercó al coche y vio que Bárbara seguía atenta a la puerta, imperturbable. No le gustaba nada meterse en cavilaciones sobre su vida, pero a veces no quedaba más remedio. Su padre había sido un hombre violento. Le había tocado ser policía en una década difícil, con los índices de delincuencia en su punto máximo. Había sido bebedor. Pero había hecho todo lo posible por sacar adelante a su familia. Le había pagado los estudios, había querido siempre lo mejor para él, y cuando su madre anunció que se volvía al pueblo porque no podía más se empeñó en quedarse él al cuidado del único hijo del matrimonio. Estévez había cursado la enseñanza secundaria bajo la tutela de su padre. Eso, en la práctica, significaba pasar muchas tardes solo en casa. Los fines de semana le llevaba a ver los caballos de la policía, y a veces le permitía montar en uno. Cuando tenía quince años, le dejó acompañarle durante un turno entero en la Brigada. A las doce de la noche, cuando ya se iban a casa, llegó la noticia de un atraco y su padre tuvo que atender el aviso. Estévez se quedó en la cantina y terminó jugando a los dados con unos policías, y su recuerdo, un poco diluido con los años, le dice que ganó una partida y que su padre más tarde le felicitó por ello. Ahora su padre estaba enfermo, y él no tenía la menor duda de lo que correspondía hacer. Su madre se había ofrecido a llevárselo al pueblo, donde vivía con una tía anciana y su hermana. Entre todas podían hacerse cargo de él. Pero Estévez no quería delegar esa tarea. Había contratado a una cuidadora colombiana muy robusta, capaz de mover a su padre, que era grande. Le daba libres algunos fines de semana y entonces asumía el cuidado del viejo en persona, tal como hacía su padre con él cuando era un adolescente.

Volvió al coche y nada más cerrar la puerta oyó la voz de Bárbara.

—Lo siento.

Esta vez fue él quien guardó silencio.

A las siete y diez, Alejandra salió del edificio principal y un joven fue a su encuentro y la saludó con un beso en los labios. Caminaron abrazados hacia la Facultad de Derecho.

—Mueve el coche, yo los sigo a pie —dijo Estévez.

Bajó y caminó detrás de ellos por la otra acera, con el móvil en la oreja como parte del disfraz de paseante. Alejandra y el chico encontraron un trozo de hierba en el que tumbarse y allí pasaron media hora retozando. Después caminaron juntos hasta la parada de un autobús. Era el que llegaba hasta el barrio de Alejandra, y se subió solo ella. Bárbara estuvo de acuerdo con Estévez en que lo mejor era dar por terminada la vigilancia.

28

Blas Hermida examinó las fotos del cuchillo que le había tendido Sofía.

—Es un arma sarracena, sin ninguna duda, posiblemente del siglo XII. Muy rara, los árabes hacían curvas las espadas, pero no los cuchillos.

—¿Había visto antes este cuchillo?

—Es la primera vez en mi vida que lo veo.

—¿No le preguntó Jon dónde podía conseguir un arma como esta?

—Oiga, esto es una facultad, aquí se imparten nociones de historia. No estamos en un zoco.

Sofía no esperaba nada del hecho de mostrarle las fotos del cuchillo al profesor, pero quería tener una excusa para hablar con él y conocerlo en persona. Enseguida se dio cuenta de que era un hombre peculiar. Había reaccionado con disgusto a la visita policial. Se preocupó de informar a Sofía de lo muy atareado que estaba y le señaló que ya había hablado con sus compañeros y no tenía nada nuevo que decir. Pero al ver las fotos encontró un buen pretexto para mostrar su erudición y, aunque no paraba de rezongar, Sofía notó que la entrevista no le disgustaba del todo. Al menos hasta que salió a relucir el nombre de Julio Senovilla. Ante su sola mención, el catedrático se puso nervioso y desde ese instante se esfumó el ya de por sí escaso ánimo que tenía de colaborar con la investigación. No eran amigos, nunca lo fueron, decía, aunque ciertamente habían sido buenos compañeros antes de que el éxito convirtiera a Senovilla en un pavo real con la cola desplegada el día entero (la figura es del catedrático).

—¿No le molestaba a usted dirigir la tesis de su hijo? —preguntó Sofía.

—¿Por qué me iba a molestar?

—Salta a la vista la animadversión que siente hacia su padre. Y usted tenía la posibilidad de negarse a llevar su tesis, ¿no es así?

—Mire, para cualquiera de los que trabajamos en la universidad es un honor que un alumno nos pida que le ayudemos con la tesis. Se trata de un momento muy delicado que afecta profundamente a la vida futura del alumno, sobre todo en el aspecto profesional, pero me atrevería a decir que también en el personal. No es tan fácil negarse, créame.

—Pensé que iba a refutar que usted le guardara a Senovilla alguna clase de rencor.

—Rencor ninguno. Pero simpatía tampoco. De ahí a albergar deseos de clavarle un cuchillo sarraceno a su hijo hay un abismo.

—Nadie está insinuando que usted lo hizo.

—Inspectora, no soy idiota. Vienen a verme dos veces, me enseñan fotos del arma del crimen, me preguntan si le tengo envidia a Senovilla. Está claro que sospechan de mí.

—No sospechamos de nadie en concreto, por lo menos de momento.

—Y no hay envidia. Cada uno ha llevado su camino. El suyo es rutilante, qué duda cabe, y el mío es más modesto. Pero a mi manera me las apaño.

—Se las apaña bastante bien. Tengo entendido que podrían nombrarle académico.

—Ya veremos, ya veremos —dijo Hermida—. No está fácil.

—¿Tiene un oponente duro?

—Una oponente —matizó, remarcando el sexo de su contrincante.

—¿Que sea una mujer lo hace más difícil?

—Lo que de verdad compromete mi candidatura es que me relacionen con una investigación criminal. Cada vez que me interrumpen para decirme que está aquí la policía siento que estoy perdiendo puntos.

—En ese caso, le conviene colaborar.

—¿Le parece que no estoy colaborando?

—No lo sé. Pero si por un casual hace memoria y recuerda alguna información relevante sobre Jon, no dude en comunicárnosla lo más rápido posible. Creo que será lo mejor para todos.

Hermida asintió. Sofía salió de su despacho compartiendo las sospechas de Estévez: todo el rato había tenido la sensación de que el catedrático ocultaba algo. Al comprobar el teléfono móvil, vio tres llamadas perdidas realizadas desde el mismo número. Llamó. Una voz alegre la saludó al otro lado.

—Inspectora, por fin la encuentro. ¿Sabe quién soy?

—Lo siento, pero no.

—Encima que le dejo el paraguas de mi padre para que no se empape... Soy Patricia Crory.

—Ah, sí, Patricia. ¿Qué me cuentas?

—Quería invitarla mañana a mi castillo. ¿A que nunca le han hecho una invitación así?

—¿Me invitas a tu castillo? ¿Puedo saber para qué?

—Para que lo vea. Si quieren hacer un congreso de policías en un marco incomparable, no tiene más que llamarme. Pero lo primero es que lo conozca. Y así hablamos de todo: del accidente, de una cosa rara que ha pasado...

—¿De qué se trata?

—Se lo cuento mañana. ¿Qué tal a las once? Yo no soy de madrugar mucho, pero si quiere, hago el esfuerzo y quedamos a las diez.

—No, a las once está bien.

—Perfecto, a las once entonces. Ah, un detalle importante: no estará mi padre. No tiene nada que temer. Hasta mañana.

Colgó. ¿Qué habría pasado en el castillo para que Patricia la llamara? No tenía más remedio que contener la curiosidad hasta el día siguiente. Sonrió al pensar en la hija díscola y dormilona del señor Crory, la única superviviente de la estirpe. Vio que tenía un mensaje de Laura: «¿Vas a pasar por la Brigada? Hay novedades». Tenía pensado llamar a Natalia para hablar de Dani, pero corrió a la Brigada para reunirse con Laura. La estaba esperando en su despacho, sentada a su mesa. A Sofía le gustaba mucho que Laura usurpara su lugar.

—¿Qué ha ocurrido? —preguntó según entraba y se sentaba frente a Laura. Le pareció que no amonestarla por haberla sorprendido en su sitio era una muestra de confianza.

—He interrogado a Mara —y antes de que Sofía pudiera articular una protesta, añadió—: Descuida, ha sido en presencia del fiscal de menores, y con su padre esperando en la sala de al lado.

—¿Qué te ha dicho?

—La niña es pura fantasía, se contradice todo el rato. Es difícil sacar algo en claro.

—Hazme un resumen.

—Lo más importante es que su padre no salió a fumar a las diez y media de la noche, como te contó a ti. Dice que solo quería perjudicarle.

—¿Ha explicado por qué?

—Por lo mal que trata a su madre.

—Vaya, así que la niña cambia de versión. ¿Qué pasa si es ahora cuando está mintiendo?

—No sé. El fiscal la ha tranquilizado, porque estaba un poco nerviosa, le ha dicho que era muy importante decir la verdad, que nadie se iba a enterar de lo que nos contara...

—Eso no es del todo cierto.

—Queríamos contrapesar el miedo que parece tener a su padre.

—Así que la niña se desdice.

—Según ella, su padre no salió de casa. Hubo una pelea, la madre se encerró en su dormitorio y el padre se quedó en el salón tomando una copa.

—¿Le has preguntado si oyó llegar a su hermana esa noche?

—Sí. Confirma que Alejandra llegó a las cinco de la mañana, dice que la oyó tropezar en la escalera y que vomitó en el váter al menos tres veces.

—Una buena borrachera.

—Eso parece.

—¿Sabe algo de la famosa discusión entre Alejandra y Jon sobre si denunciar o no los malos tratos?

—De esa discusión en concreto no, pero dice que estaban todo el día discutiendo.

—¿De qué discutían?

—No lo sabe precisar. Aun así ella insiste una y otra vez en que Jon estaba enamorado de ella. Que lo de su hermana era una excusa para poder entrar en su casa y poder verla.

—Está obsesionada con ese chico.

—Cuando habla de él sonríe como una iluminada. Yo creo que está un poco loca.

—¿Te ha contado algo más?

—Se presenta como la confidente de Jon. Dice que él se desahogaba con ella cuando discutían, que le contaba lo histérica que es Alejandra. Ella se sumaba a las críticas y se lo pasaban estupendamente metiéndose con ella.

—¿Algún dato que nos pueda servir de Jon? ¿Su posible adicción a las drogas?

—Según Mara, fumaba un canuto todas las noches antes de acostarse. Eso es todo.

—Tampoco tenía ella por qué saber nada más.

—Eso creo yo. Hemos hablado de la madre, de la tesis de Jon, del cuchillo, etcétera, pero no ha salido nada relevante.

—Buen trabajo, Laura. Yo he estado con Blas Hermida, el profesor de Jon.

—Y de Alejandra, no lo olvides. La pobre arrastra su asignatura desde segundo.

—Tienes razón. Debería haberle preguntado por ella, no he caído.

Sofía le contó la conversación que había mantenido con el catedrático. Estaban cambiando impresiones cuando entró Moura, muy nervioso. El barrido del móvil de Jon en la época del accidente había dado resultado. Un mensaje de texto que había mandado a su hermano Pablo. El mensaje decía: «O me das más recetas o cuento lo que pasó». Sofía y Laura cruzaron una mirada.

—Sigue peinando ese móvil, Moura —pidió Sofía.

—¿Vamos a hablar con Pablo? —dijo Laura.

—Claro. Creo que la familia Senovilla tiene mucho que decir sobre ese accidente de hace tres años.

29

Cuando Laura y Sofía llegaron a la consulta de Pablo Senovilla, el doctor ya se había marchado a su casa. Preguntaron por Berta, la enfermera que le ayudaba, y se encontraron con una respuesta inesperada.

—Ya no trabaja en este centro.

Sofía pensó que debía de haber algún malentendido.

—El viernes estuvimos aquí hablando con ella.

—El viernes puede ser, pero ya no trabaja aquí.

—¿Ha pasado algo grave?

—Esa información no se la puedo dar.

La noticia llenó la conversación de Laura y Sofía en el trayecto hasta la casa de Pablo. ¿Qué podría haber sucedido para que la despidieran de un modo tan abrupto?

—A lo mejor no la han despedido —señaló Laura—. Solo nos ha dicho que ya no trabaja allí.

—Solo puede ser un despido, Laura. Y por algo grave. ¿No has notado la indignación de la enfermera que cuidaba la recepción? Se le hinchaban las venas del cuello.

—Las recepcionistas se indignan por cualquier cosa.

Igual se había quedado sin vasos de plástico y no podía coger agua de la máquina.

—Yo más bien creo que se estaban quedando sin recetarios en el centro médico.

—Me has leído el pensamiento.

—Es que somos un buen equipo. No te olvides de eso.

Laura no dijo nada.

Pablo vivía en Pinar de Chamartín, en una urbanización con pistas de tenis y piscina. Una vida acomodada, de conserjes que daban los buenos días, jardineros aplicados y buenos vecinos. Dos policías iban a irrumpir a la hora de la cena en ese mundo modélico para hacerle unas preguntas a un miembro destacado de la comunidad. A veces daba un poco de vergüenza, pero así era el trabajo policial. Un conserje les indicó el portal y el piso de los Senovilla, y Sofía y Laura recorrieron un camino que serpenteaba entre jardines. La puerta de la casa la abrió una mujer pecosa de pelo muy corto y nariz arrugada. La mujer de Pablo era bonita incluso con el delantal que se había puesto para preparar la cena. Un olor a fritura recibió a las visitantes. Ambas tardaron en notar la presencia de un niño de tres años que se asomaba entre las piernas de su madre. La mujer llamó a su marido de un grito y después de disculparse volvió a la cocina: tenía algo en el fuego. Sofía estaba preparada para vencer la resistencia de Pablo, al que imaginaba contrariado por la visita intempestiva, pero Pablo no esbozó el menor gesto de fastidio al verlas. Reaccionó más bien como si las estuviera esperando. Las condujo al salón, cerró la puerta y las invitó a sentarse. Había algo extraño en la afabilidad que mostraba a esas horas de la noche. Lejos del fragor del trabajo era un hombre relajado y servicial. Un tipo hogareño que encuentra la esencia de la vida en familia, rodeado de su mujer y sus hijos.

—Estamos a punto de cenar —dijo Pablo—. Pero díganme en qué puedo ayudarles.

—Hemos pasado por su consulta, pero ya se había ido —se excusó Sofía.

—Hoy había poco movimiento y me he ido a las ocho. Generalmente me quedo más, pero hoy he conseguido irme a mi hora.

—Hemos preguntado por Berta, su enfermera, pero nos han dicho que ya no trabaja en el centro.

La frase la completó Laura, aunque la iniciaron las dos al unísono. Tenían muchas ganas de esclarecer ese punto.

—Sí, hoy mismo le han dado el preaviso. Todavía le quedan quince días, como está estipulado, pero no sé si irá a trabajar o conmutará lo que le queda por las vacaciones.

—¿Ha pasado algo? —Esta vez fue Sofía la que cogió el mando de la conversación.

—Cuando despiden a alguien, siempre es por algo.

—¿Podría contarnos qué ha sido?

Pablo se recostó en el sofá con un gesto de pereza. Vestía ropa cómoda, se había cambiado al llegar a casa del trabajo. Un hombre que disfruta de su casa, no había ninguna duda.

—Digamos que he perdido la confianza en ella.

Dio una pequeña palmada y esbozó una sonrisa que quería normalizar el despido.

—El viernes parecía ser su persona de confianza —dijo Laura.

—La relación entre médico y enfermera es muy importante. Y muy frágil. Si se rompe el equilibrio, es mejor cambiar. Para un profano no es fácil de entender, pero de verdad que es así.

—O sea, que la ha despedido usted —dijo Sofía.

Pablo asintió levemente.

—¿Es por el asunto de los recetarios? —preguntó Laura.

—¿Cómo?

—¿Cree que ha sido Berta la que ha cogido un recetario del último lote?

Sofía estaba dispuesta a preparar un interrogatorio con más rodeos, pero notó enseguida que la estrategia de Laura, más frontal, podía dar resultado. Pablo se puso tenso y por unos segundos su afabilidad quedó en suspenso.

—Miren, estas cosas son privadas. Yo prefiero no hablar de ellas, y me da la sensación de que no tienen importancia en el caso que están investigando.

—No estoy tan segura de eso —dijo Sofía.

Realizó una pausa un tanto teatral en la que creyó notar un principio de palidez en el rostro del médico. Le hizo un gesto a Laura, que sacó del bolso un papel con las transcripciones del móvil de Jon. Señalada con un rotulador amarillo estaba la frase que había encontrado Moura: «O me das más recetas o cuento lo que pasó». Se la mostró a Pablo. El folio temblaba en su mano. Una niña de cinco años entró en el salón y le dijo a su padre que ya estaba la cena. Pablo se levantó, sacó a su hija del salón y le pidió a su mujer que se ocupara de los niños y que fueran cenando, que él no iba a tardar. Regresó al sofá y se dispuso a aguantar los golpes siguientes.

—Usted le daba recetas a Jon —afirmó Sofía.

—Solo al principio. El accidente le dejó secuelas, tenía dolores y necesitaba analgésicos muy fuertes. Pero no hay nada malo en ello. Yo soy médico y él era un paciente más.

—¿Solo le recetaba analgésicos?

—Al principio sí.

—¿Y luego?

Pablo resopló. Le resultaba difícil revivir aquellos días.

—Jon tuvo una depresión muy fuerte. Estuvo con un psiquiatra, y yo creo que salió bien. Yo no, todos creíamos que había salido. Yo, mi padre, hasta el doctor. Todos menos Jon.

—¿A qué se refiere con eso? —preguntó Laura.

—El psiquiatra le dio el alta. Decía que Jon estaba bien. Pero él quería seguir tratándose.

—¿Por qué?

—Quería estar traumatizado, quería seguir mal, no sé, hay gente que solo se siente viva en las grandes tragedias. La teoría del psiquiatra era que Jon había asimilado muy deprisa todo lo que había pasado, porque era un chico muy inteligente. Pero a la vez se sentía culpable de haber salido tan pronto de toda la mierda.

Sofía se sintió aludida por la reflexión de Pablo, que había desgranado con cierto aire de fatiga. Parecía un hombre muy práctico, incapaz de comprender esos recovecos del alma. Ella también había reclamado más sesiones al doctor Coll. ¿Lo hizo para sentirse en medio del problema? ¿Encontraba alguna clase de placer perverso en el hecho de sentirse rechazada como transexual? Laura, más atenta a las palabras de Pablo, siguió hurgando en el tema.

—¿Jon tomaba antidepresivos?

—Sí, claro que los tomaba. Pero el doctor dejó de prescribírselos porque no los veía necesarios.

—Entonces estamos hablando de una adicción. ¿Se volvió adicto a los antidepresivos?

—El psiquiatra pensaba que no era una adicción. Si quieren, les digo cómo lo llamaba él.

—¿Cómo?

—Él decía que lo de Jon era una preferencia estética.

—¿A qué se refería con eso?

—No sé. Sinceramente no lo sé. Me parecía todo muy raro. Él decía que a Jon le gustaba sentirse atormentado. Pero que en realidad no lo estaba.

—Comprendo —dijo Laura—. El médico le cerró el grifo y Jon acudió a usted para que le hiciera de camello.

—Lo de camello me parece un poco fuerte, la verdad —protestó Pablo.

—¿Le pedía recetas de ansiolíticos?

—Sí, me las pedía. Y yo al principio se las daba. Pero luego dejé de hacerlo.

—Y entonces él le envió este mensaje —Laura señaló la frase en el folio.

Pablo asintió. Hubo un silencio en el que se hizo más presente el olor de la fritura. Sofía retomó el mando de la conversación.

—En este mensaje Jon le amenaza con contar lo que pasó. ¿Qué fue?

—No tiene importancia, háganme caso, no me obliguen a revivir lo que sucedió aquella noche.

—Para nosotros es muy importante reconstruir todos los detalles.

Por un momento pareció que Pablo empezaba a masajearse las piernas. Pero no: se estaba secando el sudor de las manos con el pantalón.

—Prométanme que lo que yo les cuente no va a salir de aquí.

—Se lo prometemos —dijo Sofía.

—No lo sabe nadie. Ni mi mujer, ni mi padre... Nadie.

—¿Qué pasó? —Laura no podía contener la curiosidad.

—Conducía yo —dijo Pablo, y dejó escapar un pitido muy extraño que venía del pecho, como si hubiera abierto una espita para darle salida al alivio de haber estado callado tanto tiempo—. Yo había tomado unas copas y Jon no. Por eso le dije que era mejor para todos que figurase él como conductor.

—Mejor para usted —señaló Sofía.

—Sí, mejor para mí. Yo soy médico, me podían inhabilitar, Jon tenía veinte años, no había bebido nada esa noche, el mal estaba hecho... Miren, no estoy orgulloso de lo que hice. El accidente fue terrible. Yo salí del coche el primero, me di cuenta de que mi hermano Miguel estaba muerto. El otro coche se había caído por un terraplén y era imposible imaginar si había víctimas. Jon salió del coche arrastrando una pierna. La tenía rota. Sangraba mucho. Le dije que se tumbara en el arcén, me quité la corbata y le hice un torniquete en la pierna. Le salvé la vida. Se la salvé yo, porque con esa herida se mueren nueve de cada diez si no se corta la hemorragia de inmediato. Él estaba muy débil, sudaba a mares. Empecé a oír el ruido de las sirenas, y entonces se lo propuse: le pedí que dijera que conducía él. Y él asintió justo antes de desmayarse.

Pablo se había emocionado al relatar lo sucedido aquella noche. Pero había un extremo que Laura no lograba entender.

—Antes nos ha contado que Jon quería vivir dentro de la tragedia, mortificarse por lo sucedido y todo eso. Pero según su relato, Jon no tenía nada que reprocharse. Al contrario, fue muy generoso con usted.

—Antes de subir al coche, le pedí que llevara él el volante. Yo había bebido y él era abstemio. Y se negó.

Dijo que no le apetecía conducir, que el coche era mío... En fin, no quiso. Por eso se culpaba, por no haberme liberado a mí de conducir borracho.

—¿Sabe que un juez podría mandarle a la cárcel por lo que nos acaba de contar? —señaló Laura.

—Pero ustedes me han prometido que no iban a decir nada. Yo solo quiero colaborar en la investigación...

Había algo patético en la súplica. Nadie habló durante unos segundos, el tiempo que necesitaba el pacto de silencio para cristalizar en ese salón. La pregunta que formuló Sofía era como sellar el pacto.

—¿Qué estaban celebrando?

—Un premio literario que le habían dado a mi padre. Él estaba como loco. Vende mucho, pero la crítica nunca le ha hecho demasiado caso. Por eso estaba tan contento con el premio. Nos invitó a pasar un fin de semana entero en una casa rural de Gredos.

—¿Su mujer no fue?

—Mi mujer acababa de parir y se había quedado en casa con los niños. Estuvimos los cuatro hombres. Fue un fin de semana fabuloso, pero con el final que ya conocen.

—¿Por qué no viajaba su padre en el coche?

—Él se iba al día siguiente a un congreso de escritores que había en Segovia. Le venían a buscar de la editorial, así que se quedó en la casa.

Siguió un silencio que rompió Pablo.

—Por favor, no le cuenten a nadie lo que les acabo de confesar. Que se sepa todo esto sería mi ruina.

—¿Le siguió dando recetas a Jon?

—¿Cómo?

—Jon le amenazó con contarlo todo. ¿Le siguió usted dando recetas?

—No. Hablé con él. Le dije cuál era la opinión del psiquiatra. Le dije que tenía que recuperar su vida y dejarse de estupideces. Y creo que me hizo caso.

—¿Está seguro de que le hizo caso? Ya ve que desaparecen recetarios de su consulta.

Pablo se puso tenso.

—Yo estoy seguro de que me hizo caso.

No fue posible sacar nada más de la conversación. Además, las croquetas se estaban enfriando. Laura y Sofía se marcharon. Al comentar los detalles de lo que Pablo les había contado, las dos coincidieron en que había sido sincero. Era tarde. Sofía vio que tenía un mensaje de Natalia en su móvil, y reprimió la tentación de proponerle a Laura una copa. Así se ahorraba una posible negativa. Natalia sí estaba dispuesta a tomar algo con ella.

Quedaron en el Richelieu, un pub que siempre les había gustado, en el paseo de Eduardo Dato. Quitando al típico parroquiano fiel, que estaba acodado en la barra y le daba palique al camarero, eran los únicos clientes. Cuando era más joven, Sofía se negaba a frecuentar bares tan vacíos. Confiaba en la sabiduría popular: si nadie viene, será por algo. Pero ahora agradecía los lugares discretos, porque se sentía observada todo el rato. Natalia llegó un poco más tarde que ella y le dio un beso en los labios.

—¿Qué tal está Dani? —preguntó Sofía.

—Imagínatelo. Feliz, su padre ha salido en el periódico.

—¿Lo ha leído?

—Peor. Ayer pasó la tarde recibiendo mensajitos de sus amigos. Creo que te quiere matar.

—Dile de mi parte que yo no he tenido nada que ver con esa filtración.

—¿Quién lo ha filtrado? ¿Tienes enemigos en la

Brigada? Qué tontería, la pregunta es si tienes algún amigo en la Brigada.

—No sé quién lo ha filtrado, no tengo ni idea. Tampoco sé qué interés puede tener para la prensa, la verdad.

—Hombre, interés tiene. Un policía transexual no se ve todos los días. Y encima es el encargado de investigar el caso más mediático del momento.

—El encargado no, la encargada.

—Perdón, no me acostumbro. Pero tampoco hace falta que me corrijas cada vez. Me recuerdas a los tartamudos, que se enfadan cuando les terminas la frase porque se están atrancando.

—Hacen bien en enfadarse, lo que pasa es que tú no tienes ninguna sensibilidad para estas cosas. Ojalá algún día la vida te ponga en una minoría.

—¿En qué minoría me imaginas?

—¿Qué tal «exparejas de transexuales incapaces de soportar que su hombrecito no se estuviera quieto y se conformara con la felicidad conyugal a su lado»?

—Esa no me cuadra, yo lo soporto muy bien.

—Demasiado bien, me parece. Incluso diría que agradeciste la excusa para deshacerte de mí.

—No hace falta entenderlo todo, cariño. Bastante tenemos con ir tirando. ¿Hablamos de Dani?

—Si no hay más remedio.

—No hay más remedio.

—Supongo que está ilusionado con cenar conmigo el día de su cumpleaños.

—No piensa en otra cosa. Es una ilusión desbordante la que tiene.

—Oye, que lo estoy pasando mal. No te pongas sarcástica.

—Te recuerdo que has empezado tú. Pero ya que

mencionas el cumpleaños, estoy por pedirte que no vengas.

—¿Hablas en serio?

—¿Te parece muy terrible? Hay padres que faltan al cumpleaños de sus hijos, incluso hay padres que se pierden la obrita navideña que sus hijos hacen en el colegio. Creo que no les quitan la patria potestad, el mundo tolera esas traiciones un día sí y otro también.

—Muy mal tienen que estar las cosas para que me propongas que no vaya.

—No te engaño: están muy mal.

—Tú siempre me has animado, Nata. Te pega mucho más aconsejarme que me presente en el cumpleaños vestida de mujer.

—Me temo que ahora mismo esa posibilidad no existe. Vamos, que ni se te ocurra aparecer vestida de mujer.

—Estupendo, pues dile de mi parte que no le voy a amargar el cumpleaños. O sea, que no voy, que cenéis sin mí.

—No te hagas la víctima, cariño.

Sofía dio un trago a su whisky. Después hizo el gesto de retirarse una lágrima de la mejilla, pero no había ninguna. Natalia se quedó en silencio unos segundos.

—¿Tú crees que el camarero intuirá que quiero tomar algo? No sé, he entrado en un bar, me he sentado a una mesa con un cliente que está bebiendo, aquí no hay nadie. ¿Por qué no me atiende?

—¿Qué quieres tomar? —preguntó Sofía.

—Yo creo que no me atiende por pura maldad.

—O porque la conversación de ese borracho es imbatible.

—Tiene pinta —dijo Natalia levantándose.

Pidió un whisky y volvió a la mesa, pero no se sentó. Abrazó a Sofía por detrás y le dio un beso en la mejilla.

—Tenemos un hijo maravilloso. Es lo mejor que hemos hecho.

Sofía asintió.

—Me sabe muy mal pedirte que no vengas a su cumpleaños, pero ahora mismo Dani está mal. No sé cómo se lo tomaría. ¿Lo entiendes?

—Vamos a hablar de otra cosa, ¿quieres?

Natalia se sentó a la mesa.

—¿De qué quieres hablar?

—Se nos va a acercar. Lo sabes, ¿verdad?

—¿Quién se nos va a acercar?

—Ese hombre. Todos los borrachos se acercan a la mesa de los únicos clientes de un bar en un lunes por la noche.

—A lo mejor si nos ve hablando, no se atreve.

—Eso no le va a detener.

—Tienes razón. Se nos va a acercar —agarró la mano de Sofía—. Pero saldremos adelante.

Natalia se levantó a coger su whisky, volvió a la mesa y se preguntó qué podía hacer para subir el ánimo de Sofía. Probó a exagerar alguna anécdota del trabajo y luego se obligó a referir un par de cuitas sentimentales que había tenido últimamente con su novio. Pero a Sofía la había invadido el humor autodestructivo que a ella le resultaba tan familiar, y Natalia lamentó que el borracho no se hubiera acercado todavía para ponerle unas gotas de surrealismo a la situación. Qué mala suerte encontrarse con un borracho tímido y respetuoso, un ejemplar único en la especie de los bebedores solitarios de los lunes por la noche.

30

El castillo de Benagües se veía desde la carretera, en lo alto de un promontorio. Dominaba la vega del Tajo y la comarca de La Sagra, que vista desde arriba parecía un manto de retales verdes, rojizos y marrones. Los campos de cereal salpicados por algún bosque de olivo y por viñedos formaban un paisaje un tanto monótono. Pero la amplitud del horizonte, las tonalidades del cielo y el viento serrano que refrescaba el lugar le daban a la contemplación un toque especial. El castillo había sido construido en piedra a principios del siglo XX, por un capricho del tatarabuelo de Raimundo Crory, alérgico al modernismo y deseoso de proporcionarle al conjunto un aspecto verdaderamente medieval. Las rejas de hierro de la entrada, el arco de medio punto y la bóveda de cañón que había que atravesar para acceder al patio de armas y la muralla almenada que rodeaba el edificio principal hablaban de una planificación nostálgica de otra época. El patio de armas era un cuadrado al aire libre con uno de los lados techado. Vigas de madera sostenían un tejadito de pizarra bajo el cual se exponían armaduras y toda clase de hachones, espadas y cuchillos medievales. Patricia recibió a Sofía en la explanada donde no había más remedio que dejar el coche. Quería enseñarle la reja de hierro forjado y cruzar con ella la primera puerta hasta llegar al patio de armas.

—Aquí es donde hacemos el cóctel de bienvenida en verano —explicó Patricia—. Tanto en bodas como en congresos. Supongo que puedo tutearte.

—Claro —concedió Sofía.

—Mira qué vistas.

La llevó hasta la torre principal. Cuanto más te acercabas, más expuesto quedabas al viento de la sierra, que azotaba con fuerza en ese promontorio.

—Por las tardes amaina el viento y se está muy bien.

—¿Aquí fue el cóctel el día del congreso?

—Esa era la idea, pero no pudo ser. Hacía fresco. Tuvimos que trasladar todo dentro. Ahora te enseño dónde fue.

—Y supongo que me contarás qué es eso tan raro que dices que ha sucedido aquí.

—Sí.

Se acercaron a la galería techada, que albergaba un pequeño museo. Sofía contó cinco armaduras medievales que se sostenían en pie sin anclajes ni soportes. Entre ellas, unas vitrinas encajadas en la piedra mostraban una exposición de armas antiguas. Había hachas visigodas, cuchillos, cimitarras, yelmos, petos y puños.

—Esto es una muestra pequeña, pero muy representativa, de lo que tenemos dentro. ¿Quieres que te lo enseñe?

Sofía dijo que sí. Patricia abrió una puerta que daba a un pasillo angosto y oscuro, pero enseguida desembocaba en un salón amplio que podía ser una sala de homenajes. Era el museo. Ricos tapices adornaban las paredes. Dos armaduras enormes, una al norte y otra al sur, parecían defender la habitación. En las dovelas destacaban cuatro escudos heráldicos con inscripciones. Ropajes medievales guardados en vitrinas, junto con objetos de distintas labores, dejaban un testimonio de las formas de vida en la Edad Media. Sin embargo, Patricia quería enseñarle a Sofía su colección de armas. Las había celtas, romanas, visigodas, cristianas y árabes. Dagas, puñales, cuchillos, espadas, cimitarras y lanzas. Un museo medieval, sin más. Un buen lugar para amantes de la historia, o de las armas raras. Para el resto del mundo, un sitio aburrido sin el menor interés. Aun así Sofía intuía ya que había algo interesante. Una de las vitrinas estaba vacía, y aún más, el cristal que la guardaba estaba roto. El letrero junto a la vitrina describía el objeto que debía contener y que no contenía: CUCHILLO SARRACENO. SIGLO XII.

—¿Sabes que a Jon lo mataron con un cuchillo sarraceno? —preguntó Sofía.

Patricia sacó un paquete del bolso. Era un envoltorio con algo dentro.

—¿Con uno como este?

Desenvolvió el paquete. Dentro de un papel de burbujas había un cuchillo. Patricia lo sacó de su segundo envoltorio y Sofía pudo ver que la joven tenía en sus manos el arma del crimen. Era un cuchillo idéntico. El puño de nácar con incrustaciones, la hoja afilada, la suave curva de la punta...

—¿De dónde lo has sacado?

—Hay una armería en Toledo que me suministra armas medievales. Muchas de las que ves aquí son de esa tienda.

—Creía que eran armas antiguas.

—Algunas sí lo son. Esa lanza, por ejemplo, es del siglo XIV. Y esa daga es de mi familia, ha pasado de generación en generación hasta nosotros. Ese jubón es del XIX, y alguna cosa más. Pero no teníamos suficiente para montar un museo. ¿Conoces la Armería Guzmán, en Toledo? Es una maravilla de tienda.

—Hemos estado allí, pero yo no la conozco.

—Yo les pedí este cuchillo, aunque no lo tenían. Así que lo encargué. Quería regalárselo a Julio por su colaboración en el congreso de castillos.

—¿Por qué precisamente este cuchillo?

—Porque le gustaba mucho. Hace tiempo le enseñé el museo, y le llamaron la atención los cuchillos curvos. Son raros. Ahí hay otro —le enseñó a Sofía un pequeño cuchillo curvo del siglo XIII—. Este también le gustaba. Pero yo le quería regalar el otro, porque era más antiguo.

—¿Y se lo regalaste? No entiendo nada, por lo que parece, alguien ha robado el cuchillo.

—Nadie lo ha robado.

—¿Y por qué está rota la vitrina?

—Eso es lo raro. Yo encargué el cuchillo a la armería, pero no llegaba. Entonces decidí coger el de la exposición y reponerlo luego. Se lo mandé por mensajero.

—¿Cuándo lo mandaste?

—El mismo miércoles por la mañana. Quería que se lo encontrara en casa al volver del congreso.

—¿Julio sabía que le habías mandado el cuchillo?

—Claro que no, era una sorpresa.

—Patricia, ¿te das cuenta de que has mandado por mensajero el arma del crimen?

Ella asintió con gravedad.

—¿Y la vitrina por qué está rota?

—No lo sé. No le encuentro explicación. Yo cogí el cuchillo y cerré la vitrina. Ayer vine al castillo y me encontré con que estaba rota, pero dentro no había nada. ¿Han roto el cristal por gusto, por vandalismo? No lo sé.

—¿Quién puede entrar aquí?

—El servicio, mi familia y nadie más. El museo queda cerrado. Bueno, todo el castillo queda cerrado. Ven conmigo, que te lo voy a enseñar.

Patricia condujo a Sofía por un laberinto de pasillos y salas más o menos solemnes. Le mostró el salón de actos donde Julio Senovilla había hablado con gran éxito. Le enseñó las habitaciones de invitados y la escalera de caracol que subía hasta lo alto de la torre. Allí arriba, en una baldosa muy concreta, se situaba el mejor lugar del castillo para obtener una rayita de cobertura. Subieron. Desde allí había llamado Julio al hospital para preguntar por Rosa. Patricia le condujo también a la habitación en la que su padre y Julio habían charlado al regresar él del hospital. ¿Había presenciado Patricia esa conversación? No, ella debía ocuparse de los participantes en el congreso, que se alojaban en un hotel de Olías. El castillo no estaba habilitado como hospedería, aunque sí que disponía de algunas habitaciones para los invitados de más confianza. A un invitado ilustre como Senovilla lo había tenido que alojar en una alcoba que, aun siendo la más lujosa, quedaba muy alejada de las zonas comunes. Y el castillo era grande. Esa noche, ella tuvo que estar pendiente de llamar taxis para sacar del castillo a los invitados conforme ellos lo iban pidiendo.

Terminaron el paseo en una sala que estaba llena de estandartes. También había un espejo enorme de marco dorado, y una lámpara de araña bajo la que daba un poco de aprensión quedarse. La lámpara iluminaba un enorme mapamundi medieval encajado en la superficie de una mesa baja de roble. En un mueble algo más alto, situado en la pared de un extremo de la habitación, estaba preparado un servicio de té. Sofía aceptó tomar una taza, y también picó de un plato de pastas que Patricia puso sobre la mesa.

—¿A ti te parece normal la amistad de tu padre con el padre de Jon? —preguntó Sofía.

—No. No entiendo qué ve Julio en mi padre.

—¿Y tu padre en Julio? ¿Eso lo entiendes?

—Bueno, Julio Senovilla es muy famoso. Si le preguntas a mi padre, te dirá que no es eso lo que le interesa, que quiere estar con un hombre que ha sufrido la misma desgracia que él, y demás. Pero no cuela: a mi padre le gusta que venga Senovilla porque es una celebridad. A todo el mundo le gusta estar con alguien famoso.

—Pero podría rechazarle por ser el padre del responsable de la muerte de sus hijos.

—Y lo rechazaría si fuera cualquier otro. Estoy completamente segura.

—¿Tú crees que alguien de tu familia querría vengarse de Jon?

—No, no lo creo. No le culpábamos de nada. Él también tuvo lo suyo, lío de médicos, operaciones, psiquiatras, pastillas... Me sé su historia y sé que no lo ha tenido nada fácil. En aquel accidente se murió uno de sus hermanos.

—¿Tú sabías que no era Jon el que conducía aquella noche?

Sofía terminó de masticar una pasta de té y ahora vigilaba la reacción de Patricia. Había querido deslizar esa información para ver si la joven se alteraba. La frase pilló a Patricia con la taza en la mano. Se quedó mirando a Sofía con desconcierto, y un temblor empezó a provocar un oleaje dentro de la taza de té. La dejó en el platito y trató de aparentar serenidad.

—¿Cómo que no era Jon el que conducía?

—No lo era.

—¿Cómo lo sabes?

—Lo sabemos.

—¿Quién conducía?

—¿Te encuentras bien?

—¿Quién conducía: Pablo o Miguel?

—Te noto un poco alterada y no entiendo por qué.

—Llevamos tres años oyendo hablar de Jon. Me sé su vida entera porque su padre no paraba de hablarnos de él. Tres años aprendiendo a perdonarle. Y ahora resulta que él no hizo nada, que era una víctima más. Como lo fueron mis hermanos.

—Las cosas no siempre son lo que parecen.

—Ya —dijo con crispación—. Me está sentando mal el té, ¿te acompaño a la salida?

Sofía creía estar lejos de la salida, pero su orientación era muy mala. Patricia abrió una puerta lateral, cruzó un pasillo y empujó otra puerta que comunicaba el edificio con el patio de armas. Toda la amabilidad de la joven se había extinguido de golpe. Caminaba a paso vivo y firme hacia la explanada en la que había aparcado Sofía. De pronto, un todoterreno coronó la subida al promontorio y derrapó en la explanada. De él se bajó un joven delgado y con el pelo repeinado hacia atrás, adherido al cráneo con varios kilos de gomina.

—¿Qué pasa, que ya ni devuelves las llamadas? —se quejó el hombre.

Patricia farfulló un «lo que me faltaba» o algo similar.

—Lo mínimo es tener un poquito de educación —siguió el de la gomina.

—Nico, ¿te recuerdo lo que hablamos la última vez? Que no quiero verte más.

—¿Esa frase es tuya o de tu padre?

—Vete a la mierda.

Nico la cogió de la muñeca y Patricia se defendió dándole un empujón.

—¡Que no me toques! —dijo ella.

—No me pienso ir hasta que no hablemos tranquilamente.

La volvió a coger de la muñeca y esta vez se llevó un puntapié de Patricia. Calzaba botas de cuero con un remache en la puntera. Esa patada tenía que haberle dolido. El hombre se dispuso a devolver el golpe, y en ese punto intervino Sofía.

—Ni se te ocurra tocarla.

—¿Y esta quién es? —dijo Nico.

—Es policía. Así que ándate con ojo —explicó Patricia.

—¿Y qué hace aquí la policía?

—Está investigando la muerte de Jon, el hijo de los Senovilla.

Nico miró a la inspectora de arriba abajo, sin disimular el aire de desprecio.

—¿Tienes algo que decir sobre eso? —dijo Sofía.

—Evidentemente no.

—Pues entonces fuera.

—¿Cómo?

—¿No me has oído? Que te largues. Ella no quiere hablar contigo y yo tampoco. Aquí no pintas nada.

Nico miró a Patricia con incredulidad. Ella sonrió.

—Ya lo has oído. Fuera.

Nico se acercó al todoterreno. Antes de meterse, miró a Patricia.

—No te vas a librar de mí tan fácilmente.

Cerró de un portazo y se marchó levantando una nube de polvo.

—Gracias por ayudarme.

—De nada. Aunque no sé si necesitabas mi ayuda. Das buenas patadas.

—A Nico le va la marcha.

—¿Este es el novio con el que te ibas a casar?

—Sí. Pero ya le has visto. Es un poco tonto.

—Y aun así, todavía le ves.

—Cuando me apetece.

—Eso está bien.

—Adiós, inspectora. Ya sabes, el próximo congreso de policías lo organizamos aquí.

Sofía sonrió y se marchó levantando también una nube de polvo.

31

Esta vez Rosa no pudo detenerla. Trató de proteger el horario de trabajo del escritor, pero a Sofía le urgía hablar con él y no estaba dispuesta a esperar hasta el descanso del artista. Subió las escaleras de dos en dos, recorrió el pasillo y empujó la puerta del estudio. La pared estaba llena de pósits de distintos colores, con las escenas que componían la trama de la novela. Julio Senovilla, de pie, estudiaba su mapa dramático. Al ver entrar a Sofía le pidió con un gesto que esperara. Había interrumpido un momento de concentración absoluta. Senovilla cambió un pósit de sitio, después arrancó otro, lo arrugó y lo tiró a la papelera. Se inclinó sobre su mesa y anotó estas modificaciones en una hoja de papel que le servía de esquema. Habló mientras escribía.

—Está bien, Rosa. Ya iba a parar.

Sofía se giró hacia la puerta. Ni siquiera había advertido que la joven estaba detrás, aguardando la ocasión de disculparse por no haber cumplido con su trabajo de centinela.

—Ha entrado como un huracán, no sé qué se trae entre manos —dijo.

—No pasa nada —y mirando a Sofía, añadió—: ¿Quiere que bajemos al jardín?

—Por mí hablamos aquí mismo. No va a ser mucho.

Senovilla asintió. Cerró la puerta dejando fuera a Rosa, que frunció el ceño al verse marginada. Después invitó a Sofía a sentarse en un taburete. No había muchas más opciones en el estudio. Él se sentó en una esquina de la mesa.

—¿Qué se le ofrece? —preguntó sin disimular la fatiga.

—Vengo del castillo de Benagües. He estado con Patricia, la hija de Crory.

—Una chica muy agradable.

—Me ha enseñado el cuchillo con el que mataron a Jon.

—¿Ese cuchillo no está en poder de la policía?

—Me ha enseñado uno idéntico. ¿Recibió usted el cuchillo por medio de un mensajero?

—¿Yo? No, ¿por qué?

—Patricia le mandó ese cuchillo como regalo por presentar el congreso de heráldica.

—¿Me está hablando del arma del crimen? ¿Salió de ese castillo?

—En efecto. Julio, cuando le enseñamos las fotos dijo que nunca había visto ese cuchillo. Ahora sabemos que sí lo había visto, en el museo de Benagües. Y le gustó tanto que a Patricia se le ocurrió mandárselo como regalo.

—Yo no les he mentido. Ese museo está lleno de armas. No puedo recordarlas todas.

—Pero usted se refirió a ese cuchillo diciendo que le gustaba mucho porque era curvo.

—Eso lo dijo ella, y yo por cortesía le dije que sí, que era bonito. Igual que le dije que era bonita una lanza, y un estandarte y no sé cuántas cosas más.

—¿Tocó usted el cuchillo?

—No lo sé, es posible. Ella sacó un montón de armas de sus vitrinas para enseñármelas. Mire, ¿quiere que le cuente un secreto? Yo escribo de esto, pero a mí me aburre mucho toda la parafernalia de la Edad Media. Es más, cuando me enseñó las fotos del cuchillo ni siquiera lo relacioné con el museo.

—¿Quién abre la correspondencia que llega a su casa?

—Cada uno abre la suya.

—¿Tiene alguien permiso para abrir sus cartas o sus paquetes?

—Permiso como tal, no. Pero vamos, si a Rosa le ataca la curiosidad puede abrir una carta. No hay problema.

—Pero Rosa estaba en el hospital cuando llegó el paquete. ¿Quién lo recibió?

—Supongo que Suni.

—¿Podría haberlo abierto ella?

—Me extrañaría que tuviera tanta desfachatez, la verdad, aunque le sugiero que se lo pregunte.

—Julio, ¿usted sabía que no era Jon el que conducía la noche del accidente?

—No lo sabía. Pero ahora sí lo sé.

—No parece muy sorprendido.

—Anoche me llamó mi hijo Pablo y se desahogó.

—¿Dijo «justicia poética» al reconocer el cadáver de Jon porque con esa muerte cada una de las familias había perdido a dos hijos?

—No recuerdo haber dicho eso. Lo que sí recuerdo es que ya me lo preguntó usted.

—Hay testigos que le oyeron decirlo.

—Pues esa explicación que usted sugiere podría encajar bastante bien, ¿no le parece?

—¿Sabe que hay mucha gente extrañada de la amistad que mantiene con Raimundo Crory?

—Ha hablado con Rosa, ¿verdad? Se pone muy pesada con este tema. Y Elvira, la mujer de Raimundo, también es muy pesada. Yo creo que son celos, las mujeres son muy celosas. No soportan que seamos felices sin que ellas tomen parte.

—¿Sabe cuál es la crítica que más he oído? Que nunca van a concluir el duelo por la tragedia mientras sigan viéndose.

—Qué estupidez. Yo perdí a un hijo aquella noche, perdí a otro no hace ni una semana... ¿Usted cree que voy a hacer el duelo alguna vez? El duelo es para la pérdida de un padre, o de un hermano, o tal vez de tu pareja. Pero no existe el duelo por un hijo. Es imposible.

—¿Qué es lo que tanto le gusta de Raimundo?

—No veo el interés que eso puede tener en la investigación, inspectora.

—Podría tenerlo, nunca se sabe. No se lo pregunto por morbo, de verdad. Es por intentar entender lo que pasa en esa familia. ¿Qué es lo que tanto le gusta de él?

Julio la miró fijamente, como reprochándole la impertinencia. Pero de pronto esbozó una media sonrisa que tenía un punto de nostalgia.

—Que es diferente de mí. Que ha llevado una vida diametralmente opuesta a la mía. Eso es lo que me atrae. Él desprecia mi inconstancia con las mujeres. Incluso me atrevería a decir que desprecia mi trabajo. Pero cuando está conmigo le pica la curiosidad. Noto que tiene la sensación de que se ha perdido algo emocionante al vivir de un modo tan tradicional. Y a mí me pasa lo mismo. Al estar con él pienso que podría haber sido más feliz con su mentalidad conservadora. Con sus valores casi medievales.

Sonrió al decirlo y Sofía comprendió que le había tomado a Crory mucho cariño.

—Le he ido regalando todos mis libros, y en alguna dedicatoria le he dicho esto mismo que le estoy diciendo a usted.

Sofía le preguntó por las adicciones de Jon, pero no sacó en claro nada nuevo. Julio las conocía y nunca les dio mucha importancia. En su opinión, ni eran agudas ni le impedían al chico disfrutar de la vida y a la vez ir cumpliendo sus objetivos académicos.

Al salir al jardín, vio a Suni poniendo la mesa para la comida. Era un bonito día de mayo. Sofía le preguntó si había venido un mensajero con un paquete el día de San Isidro y ella dijo que sí, recordaba el paquete. Lo dejó en el mueble de la entrada, que era el lugar para la correspondencia.

—Suni, ¿abrió usted el paquete?

—¿Yo? —la sola pregunta la escandalizó—. ¿Cómo iba yo a abrir el paquete, si venía para el señor?

—¿Vio usted a alguien abrir el paquete?

—No, señora. Yo no vi a nadie abrirlo.

—Cuando se fue a casa de su amiga la tarde de San Isidro, ¿recuerda si el paquete seguía en el mueble de la entrada?

—Juraría que sí, pero la verdad es que no me fijé.

—Creo que eso es todo lo que quería saber.

—Si necesita algo más...

Sofía ya se encaminaba a la puerta, pero de pronto se detuvo y miró a Suni con interés.

—¿Me echaría usted las cartas del tarot?

—Cuando usted guste, señora.

—¿Qué tal esta tarde en mi casa?

—A las ocho tendría que ser, que me dan un par de horitas libres.

—Pues entonces a las ocho.

Sofía escribió la dirección de su casa en un papel y se lo tendió a Suni. Ella lo guardó en un bolsillo de su uniforme. Se afanó en meterlo bien adentro, para que no sobresaliera ni una puntita, y siguió poniendo la mesa, como si lo que procediera después de haber quedado en firme fuera el disimulo.

32

El padre de Estévez había hecho algo gracioso. Como le habían extirpado el estómago y en su lugar había una bolsita que apenas podía digerir una aceituna, estaba forzado a comer como un pajarito. Para él, que siempre había sido un comilón, era una tragedia. Estévez le animaba diciéndole que al menos estaba vivo, que le habían encontrado el cáncer a tiempo. A esas frases de ánimo el viejo respondía que si no te podías comer unos huevos fritos con chistorra, más valía estar muerto. Esa noche, cuando Estévez llegó del trabajo, Jeannette, la cuidadora colombiana, le dijo que llevaba toda la tarde escribiendo. Era muy raro porque su padre nunca había escrito nada, más allá de algún que otro atestado policial. Estaba sentado en el sillón orejero de las siestas, junto a la mesa camilla. Apoyaba el cuaderno en el brazo del sillón, tal vez porque la mesa quedaba demasiado alta y él no quería abandonar el asiento al que le tenía tanto apego. Garabateaba frases con furia, como si temiese que se le fuera el hilo o que no le diera tiempo a anotarlo todo. Ni siquiera se giró para acusar la cercanía de Estévez, que había entrado llamándole y preguntando qué estaba haciendo.

—Papá... —insistió.

—Ya acabo, hijo. ¿Qué tal tu día?

—¿Qué escribes? Dice Jeannette que llevas toda la tarde.

—Ahora te lo enseño.

Desde la puerta, Jeannette hizo un gesto de complicidad a Estévez. Ya tenía el bolso en la mano, se iba a su casa.

—Mañana me lo contará —dijo a modo de despedida.

Estévez abrió una lata de cerveza y se sentó en una silla frente a su padre. Los separaba la mesita, pero podían verse las caras. Cuando el hombre dio por terminada la tarea, le tendió a su hijo el cuaderno.

—Repásalo, a ver si se me olvida algo.

Estévez leyó una sucesión de platos que a su padre le gustaba comer: paella, cocido, entrecot, chicharrones, patatas revolconas, codillo, carabineros, tortilla guisada del bar Trujal y un largo etcétera. Eran veinte páginas de comidas.

—Parece la lista de la compra.

—Es la lista de mis comidas favoritas.

—¿Has estado toda la tarde con esto?

—Ya que no puedo comerme nada de eso, por lo menos lo escribo. Así me lo imagino.

Estévez sonrió.

—¿Quieres que te lleve al Trujal a comer la tortilla guisada?

—No me la puedo comer, hijo.

—Un poquito, por lo menos la pruebas.

—Si no me puedo ni mover. Anda, tráeme unas almendritas, que eso sí que puedo. Y un zumo de algo, me parece que queda de uva.

Ese era su padre. Vencido por la enfermedad, pero resignado. Imaginando la vida que ya no podía vivir. A eso había quedado reducido el hombre duro, el policía imputado en un asunto feo de los años ochenta.

Pensó que esa anécdota, dado que habían hablado el día anterior de su padre, podía animar la espera con Lanau. Pero Bárbara, como de costumbre, estaba poco habladora.

—¿No te parece muy tierno? Mi padre escribiendo las comidas que no se puede comer.

—Básicamente me parece que la vida es una mierda —dijo Lanau—. Y lo de tu padre lo demuestra.

Estévez la miró estupefacto y pasó un buen tiempo sin abrir la boca. Habían aparcado cerca del edificio principal de Historia, pero en otro punto de la calle, por no repetir sitio. La vigilancia del día anterior no había dado grandes resultados. Alejandra se comportaba como se suponía que debía hacer: iba a la facultad, no hacía pellas, se despejaba un rato en un prado y se iba a su casa. No habían conseguido identificar al chico que la esperaba a la salida. No les constaba que perteneciera al grupo de los amigos de Alejandra. Llamaba la atención que la joven retozara con otro tan solo unos pocos días después de perder a su novio, pero no había nada delictivo en ello. Además, ¿quién sabe cómo funciona la cabeza de una chica de veintidós años?

—¿Tú qué haces cuando llegas a casa? —preguntó Estévez.

Bárbara hizo un gesto de paciencia, como si la interrupción del silencio fuera un modo sutil de su compañero de ponerla a prueba.

—¿Quedas con alguien? ¿Te metes en Facebook? ¿Te tumbas a leer en el sofá?

—Bajo películas y las veo.

—¿Bajas películas? Eso es delito.

—Denúnciame.

Estévez soltó una risita incómoda.

—Has dicho que te bajas películas, en plural. ¿Cuántas te ves?

—Me quedo dormida con la segunda.

—Vaya juergas te corres.

—Ya te he dicho que la vida es una mierda.

—Alguna vez saldrás con alguien, digo yo.

Bárbara se giró hacia él y esbozó una sonrisa más amplia de lo normal.

—¿Tú qué crees?

El segundo intento de conversación quedó zanjado con esa frase. Se hizo larga la vigilancia, porque Alejandra ese día había decidido quedarse más tiempo de lo normal en la facultad. ¿Estaría estudiando en la biblioteca? O aún peor, ¿habría salido por otra puerta?

A eso de las ocho y media, cuando ya empezaba a anochecer, Alejandra salió a la calle y miró a un lado y a otro como buscando a alguien. En cuatro zancadas ganó un árbol y agarrándose a la corteza se dobló hacia delante. Parecía estar buscando algo ahí abajo, entre las raíces. Pero no: quería vomitar en un lugar más o menos discreto. Después de vomitar se sentó en un banco de piedra y se encendió un cigarrillo. Estuvo fumando con aire triste, como olvidada del mundo. Miró la hora en el teléfono móvil, tiró el cigarrillo y echó a andar hacia el parking de profesores. Una rampa moría en un pequeño cuadrado donde ya solo quedaban dos coches. Bárbara se escoró todo lo que pudo para poder ver lo que sucedía allí abajo, pero el parking quedaba fuera de su campo de visión. Salió del coche. Se asomó a tiempo de ver cómo la joven entraba por la puerta del copiloto de un Volvo. El coche se puso en marcha y salió del parking por el punto más alejado de donde ellos estaban. Hizo una foto con el móvil y la amplió para ver la matrícula. Cuando volvió al coche, vio que Estévez no estaba. Regresó a los pocos minutos con dos bolsas de recogida de pruebas. En una de ellas estaba la colilla que había tirado Alejandra. En la otra, una torunda impregnada de vómito.

—El ADN de Alejandra —dijo Estévez—. Ahora sabremos si el pelo del cadáver de Jon es de ella.

—O la uña del bolsillo.

—Eso, eso.

Bárbara le enseñó la foto que acababa de hacer. Mandaron por radio el dato de la matrícula, y no tardó en llegar la correspondencia de ese número con el propietario del Volvo. Era Blas Hermida, el catedrático de Historia Medieval de España.

33

Dani era el caballo de espadas. Esa era la carta que le había asignado Suni, según su fecha de nacimiento y su edad. Sofía había despejado la mesa del salón. Vestía ropas cómodas y hogareñas (un pantalón de pijama muy holgado, una camiseta larga de color gris) para que la dominicana comprendiera que en esos momentos no estaba con una inspectora de Homicidios, sino con una persona preocupada por la relación con su hijo. Ese era el tema que quería explorar.

En el primer corte salió el caballo de oros.

—Aquí tenemos al hombre joven —dijo Suni.

Empezó a sacar cartas y a disponerlas boca arriba sobre la mesa. Se detenía unos segundos a valorar una combinación de arcanos, pero se guardaba las conclusiones para sí. Al ver las cartas del Emperador y la Muerte en tercer y cuarto lugar, Sofía preguntó si eso era malo. En una traducción de profana, le parecía que su condición de padre (emperador) había muerto tras el cambio de sexo. Pero Suni no quería pronunciarse hasta ver la tirada entera. En novena posición salió el Juicio, y la última carta, la duodécima, era la Suma Sacerdotisa. Para Sofía estaba claro: la autoridad paterna había muerto, y su nueva condición de mujer estaba siendo juzgada, pero la interpretación no era tan sencilla.

Para empezar, el caballo de espadas no había salido. Esa omisión volvía muy aventurado interpretar la tirada con la clave de Dani.

—¿Yo soy el Emperador?

—Puede ser.

—Pues según las cartas me van a matar. La Muerte sale justo después.

—Las cartas no van así. No, señora. El Emperador y la Muerte juntos significan un cambio profundo. En su caso está claro cuál es.

—Mi cambio de sexo.

—Claro que sí. Está en las cartas del final. El Juicio y la Sacerdotisa. Qué tirada más bonita para usted. Fíjese bien: el Emperador es el hombretón. Todo eso muere y todo eso cambia. Entre medias salen espadas y bastos, eso es dolor, mucho dolor y mucho esfuerzo.

—No se hace idea de hasta qué punto ha sido una lucha.

—También sale el ocho de oros, que es el Aprendiz.

—Supongo que tengo que aprender a ser mujer —dijo Sofía con una sonrisa.

—Pero todo termina con la Sacerdotisa, que es la mujer sabia, la mujer religiosa. Y ojo, la mujer estéril.

—Yo soy una mujer estéril.

—Pero la Sacerdotisa también es la mujer oculta.

—Entonces yo he sido una Sacerdotisa toda la vida. Siempre he sentido que era una mujer en un cuerpo de hombre.

Sunilda se quedó con la carta en la mano y torció el gesto.

—Me gustaría más que esta no fuera la última carta.

—¿Por qué?

—La Sacerdotisa es astuta. Engaña. Si fuera la sexta carta, sería perfecto. O la séptima. Estaría contando muy bien su propia historia, cuando usted era una mujer escondida en un cuerpo de hombre. Pero ahora no lo es.

—Bueno, todavía tengo genitales masculinos.

—Pero ya no se esconde. Esta tirada no encaja...

—No lo entiendo, Suni. ¿Qué quiere decir?

—Que a lo mejor la Sacerdotisa no es usted.

Sofía creyó notar que la dominicana estaba nerviosa. Repasaba las doce cartas una y otra vez, como buscando la explicación al misterio.

—Son cartas muy fuertes —dijo para sí—. Esta combinación de arcanos mayores no la había visto nunca.

Sofía quiso volver a la interpretación normal.

—Un cambio de sexo no es algo que pase todos los días. A mí no me parece raro que la tirada sea fuerte. Le aseguro que lo he pasado muy mal. Cuando era más joven llegué a pensar en el suicidio.

Suni, concentrada en la combinación de cartas, no dijo nada. De pronto, cogió las cartas del Emperador y la Muerte.

—Esto es usted. Esto es el final del hombre, no hay duda.

Suni examinaba las cartas con los ojos desorbitados. A Sofía le pareció que estaba casi en trance. Se empezó a agobiar. Aunque nunca se lo había contado a nadie en la Brigada, lo cierto es que era supersticiosa y creía en el esoterismo. Su trabajo de inspectora, en su vertiente más rutinaria y científica, la había acostumbrado a arrinconar estas inclinaciones.

—Pues ya lo tenemos —dijo dando una palmada—. La clave es sociológica: el final del hombre al principio, y la aparición de la mujer para acabar. El mundo está cambiando.

—Ojalá tenga razón —dijo Suni, que ahora sostenía la carta del Juicio.

—Y entre medias, espadas y bastos, por los palos que se han llevado las mujeres a lo largo de los siglos. Y una sola carta de oros, porque nunca han tenido el poder económico. Está clarísimo, Suni. ¿Quiere beber algo? No le he ofrecido ni una triste Coca-Cola.

Suni cogió ahora el ocho de oros.

—¿Se refiere a esta carta? El ocho de oros es el Aprendiz, ya sabe. ¿Está pensando en montar un negocio nuevo?

—No.

—Esta carta también habla de dinero. Algún negocio en marcha. Pero todavía está en pañales.

—Pues no sé qué puede significar.

—Una tirada de tarot siempre tiene más de una lectura. Usted ha dicho que muere el hombre y nace la mujer.

—Es la historia de mi vida —dijo Sofía.

—Su vida también es su trabajo de policía. A lo mejor la tirada tiene que ver con el caso que está investigando.

—¿Por qué piensa eso?

—Por el corte de la baraja —mostró el caballo de oros—. Nos ha salido un hombre joven, pero no es su hijo. Yo creo que es Jon.

—¿Por qué no puede ser mi hijo?

—Su hijo es el caballo de espadas, y no ha salido. Mire la tirada, no hay caballeros. Estas cartas le están avisando de algo. De algo importante que va a suceder, y que no tiene que ver con su hijo.

—¿Qué va a suceder?

Suni cogió de nuevo las cartas del Emperador y la Muerte.

—Va a morir un hombre. Un hombre que tiene autoridad.

—¿Un policía?

—Podría ser.

—¿Podría ser yo?

—Podría ser usted, nos ha salido la Sacerdotisa.

—Entonces no me muevo de casa.

—Muere un hombre que tiene autoridad. —Cogió ahora las cartas de espadas y bastos—. Un hombre que ha sufrido mucho. Veo mucho sufrimiento en este pobre hombre.

Cogió ahora el arcano del Juicio.

—Y esta carta es la investigación del caso.

—Y esta otra indica que el asesino es una mujer —dijo Sofía señalando a la Suma Sacerdotisa.

—Sí. Bueno, no sé si llegar a tanto. También puede decir que una mujer oculta es la clave del misterio.

—Pues yo prefiero quedarme con la primera lectura.

—Yo también.

—¿Cuál cree que es la correcta?

Suni se puso a recoger las cartas.

—Yo me tengo que ir, que ya se me terminó mi hora libre y tengo que preparar la cena de los señores.

—Contésteme, Suni. ¿De verdad cree que van a matar a alguien?

—Nunca se sabe. Son solo cartas. Las cartas abren

caminos, hacen pensar. No hay que tomárselas a la tremenda.

—Pero he visto su mirada. Usted sí se las toma a la tremenda.

—Si fuera mi hijo, no le dejaría salir de casa en varios días. Ni le dejaría abrir la puerta a nadie.

Cuando Suni se marchó, Sofía se quedó inquieta. La muerte del Emperador representaba el asesinato de un hombre con autoridad. Intranquila, llamó a Estévez.

—¿Dónde estás? —le preguntó.

—Adivina.

—No lo sé. ¿Estás con Lanau?

—No, Bárbara se ha ido. Habíamos levantado la vigilancia, pero se me ha ocurrido continuar un rato más. ¿Sabes a qué coche se ha subido Alejandra? Al de Blas Hermida.

—¿Qué dices? —se asombró Sofía.

—Ahora estoy aparcado frente a la casa del catedrático. La chica está dentro.

—¿Qué hacen?

—Usa tu imaginación. ¿Clases particulares? ¿Revisión de examen?

—Joder. Me preocupa que estés solo.

—¿Has bebido, Luna?

—En serio, ten cuidado.

—Gracias, mami.

Estévez colgó. Sofía se sintió ridícula. Pero se le había metido la aprensión en el cuerpo.

34

El señor Crory se quedó mirando un tapiz que decoraba la sala de homenajes. Últimamente le daban ataques de melancolía, y esos momentos le gustaba pasarlos solo en el castillo, vagando por las habitaciones o deteniéndose a pensar, como hacía ahora, delante de un tapiz que se había comprado en una feria de Córdoba. El motivo representado se conocía en heráldica como un ardiente: un castillo con llamas que salían de las ventanas y de la puerta. El dibujo era de trazos sencillos, casi infantiles. Las lenguas de fuego persiguiendo a un soldado que corre despavorido; una doncella de largos cabellos gritando desde lo alto de la torre, con las manos en la cabeza en señal de pánico... Pero algo tenía la representación de estas escenas que confería distinción al conjunto. Fuera del tapiz, la viñeta podría pertenecer a un cómic un tanto grotesco; estampado en la tela, hablaba de guerras, de nobleza, de linajes y de heroísmo. Se había comprado el tapiz porque el motivo le recordaba a la vieja historia de su familia, la raíz noble de la estirpe. En una esquina del dibujo, casi escondido como si fuera la firma del autor o una pequeña broma del dibujante, había un gallo con la pata derecha levantada. Una atrevida. Así se llamaba esa figura que simbolizaba la gallardía.

A cada lado del tapiz lucía un grabado. La pareja formaba parte de un encargo que Raimundo le hizo a un artista toledano. El primero de ellos era un caduceo, una vara recubierta de terciopelo que usaban los reyes en las ceremonias solemnes a modo de armas. Una obra muy sencilla que servía como recordatorio del nombramiento fundacional de la familia aristocrática. Aunque ese acto no estaba descrito en ningún documento histórico ni constaba en forma alguna en el archivo familiar, a Crory le gustaba imaginar el caduceo posándose sobre el hombro de su valiente antepasado. Cada vez que contemplaba el cuadro se felicitaba de haber hecho un encargo tan minimalista. Hombres más vanidosos o de peor gusto habrían pedido al artista que reflejara la ceremonia en sí, que salieran el rey y el Crory de antaño recibiendo las prendas de la nobleza en un salón lleno de gente; él había preferido sugerir el instante enseñando el objeto desnudo. Una simple vara. Uno de esos objetos precisos, rotundos, de humilde apariencia. Como un bastón, como una pala, como un paraguas y como un atizador. Objetos útiles que ayudan al ser humano. Objetos que nadie glosa en un poema, que se dejan en un rincón y solo se empuñan cuando se vuelven necesarios.

El otro grabado mostraba una batallada: una campana con el badajo tintado de esmalte distinto al de ella. A sus tres hijos, cuando eran pequeños, les había explicado el sentido del dibujo. «Somos nobles por azar, porque un antepasado salvó al rey de un incendio. Somos el badajo tintado de otro color. La campana es la nobleza y el badajo somos nosotros. No somos más que nadie.» Cómo no imaginar a los niños asintiendo desorientados a estas explicaciones. Seguramente las encuadrarían en el celo habitual de los padres por aleccionar a los niños en algunos aspectos cruciales de la vida. Este sentido de la modestia, que Crory quiso inocular en sus hijos, le llevó a adoptar esa campana como uno de sus motivos heráldicos favoritos, y a punto estuvo de convertirla en el blasón de la familia. Al final se impuso la badilla, porque el fuego no dejaba de aparecer ante sus ojos como el elemento principal de la estirpe.

Otros tapices de la habitación representaban batallas medievales, y uno de ellos se centraba en un duelo. Este le gustaba particularmente a Raimundo. Lo había comprado durante unas vacaciones por la región del Loira, en una tienda de antigüedades. Mostraba a los testigos discutiendo algún aspecto del duelo de forma desenfadada con los duelistas. Uno de ellos atendía a lo que decían los testigos; el otro miraba a su oponente con admiración y arrobo. La primera luz del día enmarcaba la escena, que a ojos de Crory rezumaba honor por todas partes. El brillo en los ojos de los duelistas, el respeto por el adversario, la vida suspendida por unos instantes, la indiferencia hacia el futuro, la certidumbre de que hay algo flotando en el aire, como partículas invisibles, que tiene más fuerza que el mero hecho de estar vivo.

El mundo que amaba se estaba desvaneciendo. Al contemplar los tapices y los grabados de esa sala notaba el fulgurante soplo de los siglos y se decía que algunas tradiciones habían soportado bien los embates del tiempo. Hasta ahora. En estos años cambiantes el viento soplaba con más fuerza. El vértigo de la vida, las nuevas tecnologías, la inestabilidad laboral estaban destruyendo la esencia del hombre. ¿Cómo puede uno mirarse al espejo si no tiene un trabajo? ¿Cómo puede estar en el mundo si sus manos, su fuerza, su energía y su inteligencia no le sirven para alimentar a su familia? ¿Con qué presencia de ánimo puede enfrentar a su mujer si no trae dinero a casa? ¿Qué cadenas no le estarán esclavizando si no puede optar al dinero ni al prestigio? Sin un trabajo, el hombre no tiene dignidad. Sin dignidad, el hombre no es un hombre. Una época que desatiende la necesidad más básica de sus hombres es una época sin alma, sin sangre y sin vida. Eso pensaba.

Raimundo era religioso. En las lecturas de la Biblia había aprendido que la mujer tenía un papel muy importante. Vicario del varón, puede ser, pero muy importante. Recogerá al hombre cuando caiga, le consolará, le aliviará y le sanará. Sin embargo, nada de eso estaba ocurriendo en estos tiempos cambiantes. Varones postrados, sin alma y sin aliento, estaban siendo pisoteados por hordas de mujeres sedientas de sangre. Los cadáveres de los hombres se apilaban en el patio del colegio para que los niños jugaran a saltar por encima. Las mujeres, mientras tanto, habían usurpado su lugar y las unas a las otras se jaleaban las hazañas entre carcajadas. Nada era como antes. Raimundo nunca había imaginado que iba a asistir al desembarco de las mujeres. Si este era el tiempo de las mujeres, él prefería hacerse a la mar en un barquito precario o, todavía mejor, quedarse dentro del castillo devorado por las llamas, sin huir como hacía el soldado del tapiz.

No, no entendía los nuevos tiempos. Sus vinos favoritos, los de siempre, tan pronto se ponían de moda como dejaban de estarlo. Su forma de vestir lo convertía en un mamarracho, como le decía su hija Patricia. Los jerséis de cuello vuelto ya no se estilaban. Él quería llevar el cuello protegido, porque tendía a coger frío y padecía de la garganta, pero tampoco servían sus pañuelos estampados, porque le daban la pinta de un dandi trasnochado. Sus pantalones de pana, sus chaquetas de ante y hasta sus corbatas con lunares habían quedado anticuados sin que él acertara a comprender cuándo ni por qué. En la última cena que había compartido con Julio Senovilla, poco antes del congreso de castillos, el escritor le había confesado su admiración por la vida que Crory siempre había llevado. ¿Lo había entendido bien? ¿Era posible que un escritor famoso que se había casado tres o cuatro veces y tenía hijos de distintas mujeres envidiara su estilo de vida tradicional? Eso le había dicho.

A él le gustaba Julio. Censuraba su forma de vida, su frivolidad sentimental, el profundo egoísmo que delataban los caminos que había tomado a lo largo de los años, pero se cuidaba mucho de expresar sus opiniones sobre esos asuntos. Había aprendido a cultivar la indulgencia como medio imprescindible para disfrutar de la compañía de ciertas personas. No era fácil encontrar a un buen conversador, y Julio Senovilla lo era. El dolor por la muerte de los hijos los había unido, como si los dos regueros de sangre se hubieran mezclado en el asfalto aquella noche infausta para crear un juramento misterioso, con la luz de la luna haciendo de testigo o sosteniendo con sus hilos plateados la vara de terciopelo.

35

A las doce de la noche, cuando sonó el teléfono, Sofía supo que había pasado algo.

Llevaba horas tratando de mantener a raya los horribles presentimientos que se agolpaban en su cabeza. Se decía que era presa de la sugestión y así lograba calmarse un poco, pero el timbrazo del teléfono reactivó sus temores de golpe.

Era Moura. Un hombre había sido asesinado en un coche. Todo era muy confuso, no se sabía quién era el muerto, acababa de llamar una patrulla y había pocos datos. Apenas la dirección del suceso. El juez Fraguas ya estaba avisado.

—¿Habéis hablado con Estévez? —preguntó Sofía.

Moura pareció desconcertado con la pregunta.

—¿Con Estévez? No, te he llamado a ti. ¿Preferías que le llamara a él?

—No, déjalo, Moura. Ya le llamo yo. Voy para allá.

Colgó y acto seguido marcó el número de Estévez. Había señal, pero no respuesta. Llamó a Laura.

—Tenemos otro muerto.

—¿Quién?

—No lo sé, pero no me gusta un pelo. Date prisa, yo voy para allá.

Le dio la dirección. Volvió a llamar a Estévez. Nada. Se vistió a toda velocidad y salió quemando rueda hacia el barrio de Chamberí. Desde el coche, marcó compulsivamente el número de Estévez. Sin respuesta. Cuando estaba llegando al lugar que le habían indicado, comprendió que ya había estado allí. Era una calle trasera del centro médico de Pablo Senovilla. A esa calle se salía desde el parking de los médicos, un pequeño rectángulo en el que había un vehículo estacionado. La entrada al parking estaba precintada. Los zetas habían establecido ya el perímetro. El juez Fraguas se había dado mucha prisa. Le salió al paso nada más verle bajar del coche.

—Está feo, le han rebanado el pescuezo. A ver si viene el forense y nos ponemos manos a la obra.

—¿Quién es?

—No lo sé. Pero es el parking del personal médico.

Sofía sacó una linterna de la guantera. El lugar era muy recogido y no había casi curiosos, solo los que se habían acercado al ver movimiento policial. Ya estaban todos fuera del perímetro. Todos menos la persona que había encontrado el cadáver, una mujer que estaba hablando con los municipales. Era Rosa. Sofía no se detuvo a saludarla. Tenía prisa por verificar lo que ya sospechaba, que la autoridad del muerto del tarot no era policial, sino más bien científica. El muerto era un médico. La puerta del coche estaba abierta. Sofía apuntó con la linterna al interior. Le costó reconocer en el cenagal de sangre que había allí dentro a

Pablo Senovilla. Movió el haz de la linterna por todo el habitáculo del coche, en busca del arma del crimen. Nada le habría parecido más natural que encontrar un cuchillo sarraceno, incluso parecía decepcionada por no hallarlo.

V

Justicia poética

Diles a Mario y a Candela que los he querido mucho. A ti también aprendí a quererte, pero eso ya lo sabes. ¿Cómo no coger cariño a la persona con la que pasas tu vida? Ahora te va a tocar a ti aprender a perdonarme. Ojalá lo consigas y te quede un buen recuerdo de mí.

(Fragmento de la nota de Pablo Senovilla a su mujer. Nunca aportada a la investigación y nunca encontrada por la policía)

36

Todo apuntaba a que el doctor Senovilla se había suicidado. Tenía un corte limpio en la muñeca izquierda practicado con un cuchillo de fiambre. Y otro corte en el cuello que le había descolgado la cabeza y le daba al cadáver el aspecto de una marioneta. La elección de la hora y el lugar parecía premeditada: el parking de médicos estaba vacío a esas alturas de la noche. Aunque se hallaba al aire libre, el acceso lo protegían enormes acacias y no se podía decir que fuera una zona de paso. Además, el vehículo estaba estacionado en un ángulo muerto del parking, de tal forma que desde la calle no se veía. No había servicio de urgencias, el edificio permanecía cerrado y apenas lo iluminaba una farola de la esquina de Caracas con Zurbano. El doctor había querido ahorrar la visión del cadáver al paseante. También, desde luego, a sus hijos. Por eso eligió el ambiente laboral en lugar del familiar. Se le podía reprochar el efecto estético que causaban las sillas de los niños en el asiento trasero del coche, pero quizá era mucho pedir que el suicida las hubiera guardado en el maletero. También podría haber metido en la guantera un disco de canciones infantiles, cuya carátula se había manchado de sangre. A Sofía le impactó ver a la Policía Científica metiendo el disco en una bolsita de plástico. Imaginó a los niños pidiéndole a su madre que les pusiera esas canciones en algún viaje. La madre acordándose de nuevo de la muerte de su marido, cayendo en la cuenta de que el disco se lo llevó la policía como prueba y nunca más regresó al coche. Sofía se prometió encargarse en persona de que la familia lo recuperara.

El juez Fraguas veía rara la sucesión de cortes. Sofía también. El forense se encogió de hombros antes de dar su opinión.

—Se corta las venas, ve que no se está desangrando, o que la cosa va muy lenta. Y decide acelerar el proceso. Es médico, sabe dónde cortar.

—¿Por qué no se toma pastillas? —preguntó Fraguas—. Ahí dentro tiene cincuenta mil frascos.

—Y yo qué sé. Pregúntaselo a él —dijo el forense señalando el cadáver.

El juez y el forense discutían a veces, pero sin llegar a las manos. Era una forma como otra cualquiera de adornar su relación profesional. Y las dudas de Fraguas eran las que se presentaban siempre ante un caso de suicidio. ¿No habrá alguien esperando que mordamos el anzuelo? ¿No será este suicidio la vulgar representación de un asesinato? En estas situaciones, al juez le gustaba mostrarse resabiado.

Carmen, la mujer de Pablo, había llamado a Rosa muy alarmada por la falta de noticias de su marido. Siempre llegaba a casa como muy tarde a las nueve, y si se retrasaba por algún motivo no dejaba de avisar. A las nueve y media empezó a llamarle al móvil con insistencia. Y sin respuesta. A las diez y media llamó a Julio, hasta que cayó en la cuenta de que había perdido el móvil. Le llamó al fijo de su casa, pero nadie respondió. Entonces llamó a Rosa. Julio estaba participando en una mesa redonda sobre el futuro del papel en el mercado del libro, y Rosa formaba parte del público asistente. Notó la vibración de su teléfono, vio que era Carmen quien llamaba y salió a la calle para devolverle la llamada. Estaba agobiada, no era normal que Pablo no informara de un retraso o de un plan inesperado. Le pedía por favor que fuera al centro médico a ver si lo encontraba allí. Los niños estaban acostados y no podía dejarlos solos. Rosa entró de nuevo en el salón de actos que acogía la mesa redonda. Le dijo a la editora de Julio que tenía que irse, que avisara a su novio, que se verían más tarde en casa. Se desplazó al centro médico. Lo encontró cerrado, no había luces en ninguna ventana, ninguna señal de que Pablo pudiera estar dentro poniendo al día historias médicas o emborrachándose con una enfermera y una botella de whisky. Entonces se le ocurrió asomarse al parking. Allí estaba su coche. Y una figura silueteada en la ventanilla del conductor. Todavía no pensó lo peor. Podía estar meditando, escuchando música o echando una cabezadita antes de volver a casa y enfrentarse al fragor de los niños. Al acercarse al coche sí comprendió que había pasado algo. La postura desmadejada de Pablo excluía de golpe todas las posibilidades. Estaba muerto. Abrió la puerta del conductor y contuvo una arcada ante el impacto de la sangre y el olor visceral del cuerpo. No tuvo arrestos para llamar a Carmen. Prefirió avisar a la policía y dejar que las cosas siguieran su curso. Sofía escuchó en silencio el relato de Rosa. No entendía por qué no la había llamado a ella directamente, que estaba investigando el caso.

—No sabía qué hacer. Lo único que quería era que viniera alguien cuanto antes, no quedarme allí con el cadáver de Pablo lleno de sangre.

Después de hacer la primera llamada, se serenó. Entonces reunió valor y llamó a Carmen para contarle que su marido estaba muerto. También llamó al centro cultural y dejó el recado de que Julio se pusiera en contacto con ella cuanto antes. Carmen había conseguido que alguien fuera a su casa a cuidar de los niños. Y allí estaba, con un ataque de nervios, tratando de responder a preguntas que para ella no tenían respuesta. ¿Estaba su marido deprimido? ¿Tenía motivos para sentirse infeliz? ¿Deudas? ¿Enfermedades? La vida de Carmen era una vida ordenada. Sofía la había conocido con un delantal, friendo patatas y croquetas para dar de cenar a su familia. Un piso bonito en un barrio bueno, dos niños felices y un marido que parecía atento, hogareño y cariñoso. ¿Qué abismos puede esconder una vida así?

Laura llegó un poco más tarde que Sofía, y al ver el estropicio del cadáver tomó aire y se puso muy seria, como hacía siempre ante el espectáculo de la sangre. La seriedad profesional la protegía de la emoción.

—¿Suicidio? —le preguntó a Sofía cuando se enteró de que era la hipótesis que manejaba el forense—. ¿Crees que es culpa nuestra?

Sofía la miró con seriedad. En la última conversación con ellos, Pablo había hecho confesiones dolorosas. Le habían amenazado, en cierto modo, con la cárcel. Puede que esa noche el médico no hubiera pegado ojo. Pero no tenía sentido fustigarse.

—Hicimos nuestro trabajo —contestó—. Y yo no lo vi tan mal.

No era el momento de desgranar su opinión sobre

los suicidas. Cometer un suicidio requiere de una buena dosis de energía, esa es la razón por la que las personas deprimidas esperan a encontrarse un poco mejor para matarse. En muchos casos se ha constatado que una fase de mejoría puede ser engañosa. Lo mismo sucede con los enfermos terminales. De pronto se observa una mejoría en ellos que resulta muy alentadora para la familia, cuando resulta no ser sino la antesala de la muerte. Es como si hiciera falta un poco de fuerza y de presencia de ánimo para enfrentar el tramo final. Pero con el cadáver presente, que ya estaba siendo enfundado en un sudario, era más bien el momento de las respuestas lacónicas. Ya tendrían tiempo de hablar sobre las razones de Pablo para poner fin a su vida, si es que de verdad lo había hecho.

Laura se encargó de hablar con la viuda mientras Sofía intentaba poner en orden el relato de Rosa. De los intentos desesperados de Carmen por contactar con alguien de la familia se desprendía un dato interesante que habría que investigar: nadie había respondido a la llamada al teléfono fijo, luego Suni no estaba en casa. (Moura aquí matizaría que esa deducción era muy aventurada. Hay muchas razones para no coger el teléfono, además de la ausencia física: la pereza, la sordera ocasional por estar haciendo algo ruidoso, el temor a la llamada inoportuna del amigo pesado o, más probablemente, de una compañía telefónica vendiendo sus ofertas...) Ya explicaría Suni por qué no cogió el teléfono cuando sonó esa noche. Aparte de este pequeño cabo del que tirar, Sofía no sacó nada en claro de su conversación con Rosa, hasta que llegó su novio. A Julio Senovilla le dio tiempo de acercarse al furgón en el que ya habían metido el cuerpo de Pablo. Apartó con movimiento suave, pero firme, a un auxiliar del juzgado que pretendía impedir que se aproximara al cadáver. Con una señal displicente pidió que abrieran el sudario. Asintió muy despacio al ver el rostro de su hijo. Rosa, muy pendiente de cada gesto de Julio, buscó su cercanía con la intención quizá de confortarle con un abrazo, pero Julio la esquivó. Sacó un cigarrillo, se lo puso en los labios y se acercó al juez Fraguas para pedirle fuego; después paseó por el parking dando grandes caladas. Parecía un vaquero contemplando la noche inmensa y ajena. Su actitud ante la muerte de su hijo resultaba desafiante. Incluso impía. Entonces Rosa, que no había obtenido ni siquiera una mirada de su novio, se aproximó a Sofía.

—¿Ve lo que le digo de la influencia de Crory? Ahora piensa que Pablo se merece esto por haber mentido en lo del accidente. Pero él no era así. Ahora mismo estaría llorando como un niño. Por lo menos el Julio que yo conocí.

Ya habían cerrado las puertas traseras del furgón. Se iban a llevar el cuerpo al Instituto Anatómico Forense. Julio se había sentado en un escalón junto a la salida de emergencia por la que sacaban los cubos de basura del centro médico. Sofía se acercó a él.

—Lo siento mucho.

Él asintió sin mirarla.

—¿Podemos hablar un minuto?

Las luces del coche patrulla matizaban el rostro de Julio con resplandores azules y le daban una cualidad de espectro. Tiró su cigarrillo y habló sin mirar a Sofía, como si las palabras brotaran a su pesar.

—Usted quiere saber si mi hijo tenía motivos para quitarse la vida. Sí que los tenía. La culpa, el arrepentimiento, la mala conciencia de haber actuado como un cobarde. Eso tiene que ser como un huracán que barre tus entrañas. Te tiene que dejar arrasado.

—¿Se refiere a que conducía él aquella noche y nunca lo dijo?

—Me refiero a que cargó a su hermano pequeño con las consecuencias de una tragedia espantosa. Cuatro muertos, por el amor de Dios. A Jon le cayeron esa noche cuatro muertos, uno de ellos su propio hermano.

—Cuando usted habló con Pablo de esto, ¿discutió con él?

—¿A usted qué le parece?

—¿Discutió con él o no?

—Tenía miedo de que le quitaran la licencia de médico. Pobre hombre. Era capital echarle la culpa a otro, miles de esguinces y de torceduras de tobillo estaban en juego.

Seguía sin mirar a Sofía. Parecía hipnotizado. La rabia que sentía, el enorme resentimiento hacia su hijo, le volvía invulnerable al efecto cegador de las luces.

—Julio, supongo que todo esto que me está diciendo se lo dijo también a Pablo.

—Estoy haciendo una versión resumida.

—Me gustaría saber qué le dijo exactamente.

—Repasé con él la mierda de vida que llevó Jon estos tres últimos años. Las depresiones, la adicción a las pastillas, la incomunicación, el rechazo social... Jon era un chico sociable, ¿sabe? Pero dejó de serlo. No soportaba las miradas de censura. Todo el mundo creía que él había matado a cuatro personas. En un accidente, sí. Pero la gente es muy cruel y Jon era muy sensible.

—¿Cree que arrastró un estigma desde aquella noche?

—Sin ninguna duda.

—Pero fue un accidente. Todo el mundo entiende que esas cosas pueden pasar.

—Y una mierda. Todo el mundo odia al que ha provocado la muerte de personas que no tenían que morir.

—No estoy tan segura de eso.

—¡Yo le odiaba!

Lo dijo elevando la voz. La frase salió retumbando, como si llevara mucho tiempo guardada en la caverna. Ahora sí, Julio miró a Sofía y ella pudo ver lo mucho que estaba sufriendo. En su mirada había dolor y patetismo.

—Yo estuve tres años odiando a mi hijo por algo que no había hecho. ¿Sabe lo que es eso? He estado tres años odiando al hijo equivocado.

—Pero le odiaba en secreto, a Jon nunca le dijo nada, no le hacía la vida imposible...

—El odio nunca es secreto. No puede serlo.

El furgón se puso en marcha. Julio lo vio salir del parking. Por unos segundos su rabia dejó sitio a la tristeza.

—Mire, mi hijo Jon vivió un calvario que no era suyo. Y mientras tanto, mi hijo Pablo pasaba consulta, vendaba rodillas y ponía corsés de Hewitt. Yo no sé si la muerte de Jon es consecuencia directa de sus depresiones y de todo lo malo que le trajo el accidente aquel, pero algo me dice que sí. De manera que mi hijo Pablo, aquella noche infausta en que quise celebrar con mis hijos el primer premio literario que me daban en mi carrera, esa noche, le digo, mi hijo Pablo mató a cinco personas. A cuatro de ellas en el acto. Y a la quinta lentamente, con el sadismo más espantoso que pueda albergar el ser humano.

—¿Le dijo estas palabras a su hijo Pablo?

—¿No quería la versión entera de nuestra conversación? Pues ahí la tiene.

Rosa se acercó a ellos.

—Cariño —dijo con delicadeza—, voy a parar un taxi y nos vamos al Anatómico Forense.

—¿Para qué? Le tienen que hacer la autopsia, no nos van a dar el cuerpo hasta mañana.

—Carmen va en el furgón con Pablo. Deberíamos hacerle compañía.

Julio emitió un chasquido con la lengua. Un gesto de impaciencia que Rosa conocía bien.

—Vamos, cariño. Por favor.

—Odio estas cosas. Las odio, Rosa. Lo sabes.

—Hazlo por Carmen.

—¡Está mejor sola, cojones!

—Venga, cariño.

Le ayudó a levantarse. Se encaminaron a la calle Caracas.

—Julio —le llamó Sofía—. Esta conversación con su hijo Pablo, ¿cuándo la tuvo?

—Hoy. Hemos desayunado juntos.

Parecía tener ganas de añadir algo, quizá nada importante, un exabrupto más o una frase de disculpa por lo duras que habían sido sus palabras. Pero Rosa le cogió del brazo y lo arrastró suavemente hacia la calle.

Laura se acercó a Sofía.

—¿Vamos con el forense?

La inspectora estaba aún bajo los efectos de las palabras de Julio.

—¿Te importa ir sola? Tengo algo que hacer.

—Claro. ¿Qué tal con el escritor?

—Luego te cuento.

Por muy tarde que fuera, debía hacerle una visita a Sunilda. En el coche, Sofía puso un disco de Norah Jones. Esa música le servía para relajarse. Le había impresionado la dureza del escritor. Daba la sensación de que consideraba justa la muerte de su hijo Pablo. Como si fuera el castigo que correspondía a su gran pecado. Esa vara de medir, ese sentido tan acerado de la moral, parecía trasplantado de otra época. ¿Vivía bajo la influencia nociva de Crory, como sostenía Rosa?

Sofía aparcó en la placita arbolada del chalé de Senovilla. Al lado, en el de Alejandra, todo estaba oscuro, menos por una lucecita que brillaba en la ventana de Mara. La niña podía estar leyendo a la luz de un flexo. Nadie había avisado a Sunilda de la desgracia. Le tocó hacerlo a Sofía. La mujer se sofocó y por un momento pareció que iba a perder pie. Se sentó en un taburete de la cocina y la inspectora le alcanzó un vaso de agua.

—Suni, ¿no le da miedo que se haya cumplido lo que decían las cartas?

—Tenía que pasar algo. Eran cuatro arcanos muy poderosos.

—¿Cómo lo sabía? No me diga que estaba en las cartas, por favor.

—Llevo tres horas rezando para que no se cumpliera la tirada. Pero no ha bastado.

—Suni...

—Mire, yo creo en las cartas. A veces se cumple lo que sale y a veces no. Y que no se cumpla está bien, porque entonces hay que pensar por qué. Mi maestra, allá en Santo Domingo, decía que es bueno fallar. Porque eso te hace pensar y abrir caminos nuevos. Esta vez, por desgracia, no ha hecho falta.

—¿Usted sabe quién mató a Jon?

—Yo eso no lo sé, señora.

—¿Si le pido una tirada de cartas me lo podrá decir?

—Yo no le voy a preguntar eso al tarot, no, señora.

—¿Por qué no? ¿Sabe que hay videntes que ayudan a la policía?

—Hay líneas sagradas que yo no voy a cruzar.

Se santiguó al decirlo. Se levantó y se sirvió otro vaso de agua. Lo vació de un trago.

—Suni, usted salió de mi casa con prisa porque tenía que prepararles la cena a los señores. Eso me dijo.

—Sí, señora.

—Pero los señores tenían hoy un acto cultural.

—Yo de eso no me acordaba.

—¿Vino aquí directamente?

—Claro, señora, ¿adónde voy a ir?

—¿Sonó el teléfono en algún momento?

—No, señora.

—Carmen, la mujer de Pablo, llamó a este número. Nadie respondió.

Los ojillos de Suni bailaban por los azulejos de la pared, sin detenerse en ninguno. Estaba nerviosa y no podía disimularlo.

—Usted no estaba en casa, Suni. Dígame la verdad.

—No les cuente esto a los señores, por favor se lo pido.

—¿Dónde estaba?

—Si los señores se enteran de que yo salgo cuando ellos no están en casa, me pueden despedir.

—No se preocupe, Suni, no se van a enterar. Pero dígame dónde estaba.

—Fui a hablar con mi hija. Mañana es su aniversario y yo quería pedirle una cosa.

—¿Dónde vive su hija?

—En Santo Domingo, allá en mi país. Fui a un locutorio que hay en la plaza de España y la llamé.

—¿A qué locutorio?

—Uno que hay en la calle Ventura Rodríguez. Puede usted preguntarle a Cristóbal, que me conoce de otras veces. Cristóbal es el dueño del locutorio, siempre me saluda y me da conversación. Y algún piropo me suelta también, pero hoy no, no sé por qué. Hoy estaba seriote y distraído.

—¿A qué hora ha ido al locutorio?

—Salí de casa a las nueve o así. Y fui derechita, para pillar a mi hija justo a la hora de la merienda, que sé que está en casa. Luego sale por ahí de pinga, y eso que tiene doce años. Pero a esa niña le falta un padre, porque su padre se fue hace siglos y sabe Dios dónde estará. Y su madre está muy lejos. Así que figúrese.

—¿Con quién vive?

—Con mi madre, que está mayor y no puede con ella. Si gano más dinero, me traigo a la niña, pero no sé, ese día está lejos todavía.

—Así que llegó al locutorio antes de las nueve y media...

—A las nueve y media en punto. Hablé casi media hora con la niña, me volví. A las diez y media estaba aquí. Y el teléfono no sonó en ningún momento, porque si suena, yo lo atiendo.

—Probablemente Carmen llamó antes de esa hora. Estaba preocupada.

—Cuando salen los señores yo aprovecho para ir al locutorio. Pero sin que se enteren.

—Antes ha dicho que quería pedirle a su hija un favor.

—Una receta de un plato dominicano. Yo dejé allá mi cuaderno de recetas para que mi madre cocinara los platos que le gustan a la niña. Y como mañana es su cumpleaños, yo quería cocinar su plato favorito. Y quería que me leyera la receta, para que no le faltara nada.

—¿Usted quería cocinar el plato favorito de su hija para comérselo usted?

—Es un poco tonto, pero no sabe lo que hace la distancia con la nostalgia y con el corazón. ¿Sabe cuántos años hace que no veo a mi hija? Va para siete. El día que la vea, tan moza, no la voy a reconocer. Espere.

Se levantó y se metió en una estancia diminuta que parecía una galería para tender la ropa, pero que había sido reconvertida en habitación del servicio doméstico. Volvió con su bolso y de él sacó una fotografía de su hija. Una chica morena, vestida con una camiseta de tirantes, mirando a cámara con ojillos de diablesa. Una chica guapa de verdad.

—Es una foto de hace dos meses, ya con doce años, y casi no la reconozco. Por la verruga de la cara, eso sí.

Sofía no se había fijado, pero en la foto se veía bien la verruga, justo debajo del pómulo.

—Ella no quiere, pero lo primero que voy a hacer cuando vaya a Santo Domingo es quemarle esa verruga.

—¿Cómo se llama?

—Liana. Mañana cumple trece años. Mi niña.

—Mi hijo también cumple años mañana.

Pronunció la frase con tristeza. Aunque, si se paraba a pensar en ello, Sofía podía encontrar motivos de consuelo. Ella tenía un conflicto abierto con Dani, pero la relación entre padres e hijos era difícil para todos. Julio Senovilla había pasado unos años odiando al hijo equivocado, él mismo lo había expresado así. Y Sunilda llevaba casi siete sin ver a su hija. Se había ido de Santo Domingo en busca de una vida mejor. Trabajaba como una mula para ahorrar algo de dinero. Dormía en un antiguo tendedero y tenía que mentir a sus jefes para poder hablar por teléfono con su hijita. Los problemas de Sofía resultaban muy pequeños al lado de los de esa mujer. Su coraje, su espíritu de lucha, su tristeza y su resignación eran dignos de encomio. Para Sofía, esa mujer era la Suma Sacerdotisa, como todas las mujeres que dejan atrás sus vidas por una quimera. Pierden la patria, los olores, las ricas salsas, al marido. Pero las anima la loca ilusión de un futuro mejor. El mundo es de las mujeres, pero no de todas.

37

Cuando Estévez entró en la sala de reuniones profiriendo sus bravatas habituales, Sofía se avergonzó de haber temido por su vida. Estaba recién afeitado y de buen humor. La vigilancia que le habían hecho a Alejandra podría dar sus frutos. Contó que había recogido una muestra de la vomitona y la había mandado a la Brigada de la Policía Científica. A Laura le parecía dudoso que se pudiera sacar el ADN de ahí.

—A lo mejor te dicen lo que cenó, pero el ADN lo dudo mucho.

—Querida Laura, me encanta cuando metes la pata hasta el corvejón: el vómito arrastra células epiteliales de la mucosa bucal.

—Aun así, es difícil.

—También tengo una colilla, lista.

—Eso es distinto. Pero entonces no entiendo para qué quieres la vomitona.

—La colilla está pisoteada, a lo mejor no sacan la saliva. Les estoy dando dos opciones.

—¿Y qué pasa con Blas Hermida? —preguntó Sofía.

Esa era la parte que más le interesaba del relato.

—Eso digo yo, ¿qué pasa con ese hombre? —respondió Estévez—. Es un follador de alumnas, parece.

—¿Viste sus cuerpos siluteados en la ventana? —preguntó Moura.

—Evidentemente no. Eso solo pasa en las películas malas.

—Entonces, ¿cómo sabes que es un follador de alumnas?

—No lo sé, Moura, no te pongas pesado. Pero sé que la recogió en su coche a la salida de la facultad y que se la llevó a su casa.

—Vomitó antes de subir al coche —apuntó Lanau.

La observación pareció molestar a Estévez.

—¿Qué quieres decir con eso?

—Que no creo que a Alejandra le gustara la perspectiva de irse con ese hombre.

—¿Y si le sentó mal la merienda? Díselo, Moura, dile que hay muchas razones que pueden justificar una vomitona.

Antes de que se enzarzaran en una nueva discusión, Sofía decidió intervenir.

—¿Hasta qué hora estuvo Alejandra en casa de Hermida?

—No lo sé.

—¿No te quedaste hasta el final?

—Me fui a las once y no había salido. Mi canguro no me había dado más margen.

—¿Estás seguro de que Alejandra no salió antes de las once de esa casa?

—Esa pregunta sobra, Luna.

Lo dijo con el gesto crispado. No le gustaba que dudaran de su eficacia policial.

—Solo quiero saber si Alejandra pudo o no matar a Pablo Senovilla.

Todos la miraron con sorpresa. Fue Caridad la primera en hablar.

—Pero ¿no ha sido un suicidio?

—La autopsia dirá que sí, pero nuestra obligación es dudar hasta el final.

—¿Hay alguna razón para dudar? —preguntó Estévez.

Fue Bárbara Lanau quien contestó.

—Por lo menos una: que mataron a su hermano hace una semana.

—Puede que se haya suicidado porque no soporta la muerte de Jon —razonó Estévez.

—Desde luego tenía motivos —dijo Sofía—. Su padre se encargó de grabárselos a fuego.

Bárbara siguió explicando su teoría.

—Solo digo que si mueren dos miembros de la misma familia en el plazo de una semana, lo normal es que las muertes estén relacionadas.

—Tú sigues con la teoría de la venganza de los Crory. Pero ya no te salen las cuentas, Lanau —dijo Estévez—. Ahora serían tres varones Senovilla contra dos Crory.

—¿Y si yo te digo que con esta muerte están empatados a tres?

Sofía miró a Bárbara enarcando una ceja. Ella había visto el árbol genealógico de esa familia, y no figuraba ningún otro varón. La subinspectora abrió su portafolios y sacó unos papeles.

—Este es el atestado de la Guardia Civil la noche del accidente. Y este es el informe de las autopsias. Ana Cisneros, la esposa del mayor de los Crory, estaba embarazada de cinco meses. Iba a tener un varón.

Estévez se echó hacia atrás en su silla.

—Ahora resulta que los no nacidos también cuentan.

—Por supuesto que cuentan. Ese niño iba a ser el heredero del apellido.

Moura cogió el informe. Palideció al encontrar el dato en cuestión.

—Siento no haber leído el texto hasta el final.

—No pasa nada, Moura —dijo Bárbara.

—La verdad, no se me ocurrió. Pensé que con el atestado era suficiente.

—Los pedí por si acaso encontraba algo más. Y mira.

—Buen trabajo, Bárbara —dijo Sofía.

Le había interesado ese dato. A Raimundo Crory le tenía que haber parecido una muerte horrible. Por fin iba a ser abuelo de un niño. Le preguntaría por esa vida truncada para ver cómo reaccionaba.

—Luna, aclárame una cosa —dijo Estévez—. Dices que Pablo tenía motivos para matarse. Cargo de conciencia, culpa... Su padre se encarga de restregárselo todo y él es un hombre débil y decide tirar la toalla. Coge un cuchillo de su casa, ¿no es verdad?

—Sí —dijo Laura—. Carmen, su esposa, lo ha identificado.

—Perfecto. El tipo se va a trabajar, pero coge un cuchillo de cortar fiambre y lo deja en el coche. Pasa consulta, espera a que todo el mundo se haya ido, se mete en el coche y se corta las venas. Como ve que se está desangrando lentamente, se corta el pescuezo para que no se le haga de día. Fin del misterio. Tenemos todo: la intención, el motivo, el lugar y la hora típicos de un suicida que tiene familia... Pero tenemos que dudar de que haya sido un suicidio. ¿Por qué?

—¿No crees que un médico se suicidaría con pastillas? —preguntó Sofía.

—O no. ¿Yo qué sé? Las tiene muy a mano, perfecto, pero también tiene muy a mano el cuchillo. Y es más rápido, eso seguro. Las pastillas no son infalibles.

—Depende de cuántas tomes.

—El caso es que cogió un cuchillo antes de irse a la consulta, o sea que pensaba matarse así. A menos que creáis que quería preparar unas tapitas de fuet a su equipo médico.

—A mí me extraña el segundo corte —dijo Bárbara.

—¿Por qué?

—No me creo que un médico no sepa abrirse las venas para desangrarse en menos de media hora.

—A lo mejor no es tan fácil. Ya sé que es médico, pero no está en un quirófano operando. Está en su puto coche a punto de matarse. Supongo que está nervioso. No se pone a calcular el ángulo del corte en la vena. Se pega el corte y ve que no está funcionando. Entonces se rebana el pescuezo. No lo veo tan raro.

—El lunes despidió a su enfermera —dijo Laura.

—¿Y qué? —Estévez abrió las manos en busca de una explicación.

—No sé, me parece raro que te quieras suicidar y un día antes despidas a tu enfermera.

—Un suicidio es raro —dijo Estévez—, lo normal es seguir viviendo por muy mal que te vaya todo. Pero la gente se suicida. Y este hombre cogió un cuchillo y se mató.

Sofía no entendía muy bien la resistencia de Estévez. Parecía preferir la tesis del suicidio para no embrollar más el caso. Él tenía su línea de investigación abierta, y ampliarla le podía dar mucha pereza. Pero entonces comprendió que lo raro era la resistencia de los demás a aceptar que Pablo Senovilla se había suicidado. Todo encajaba. Lo que decía Laura era cierto: no era muy natural despedir a Berta si el médico tenía tomada la decisión de acabar con su vida. Pero tal vez no la tenía tomada en ese momento. Fue la conversación brutal con su padre esa mañana lo que le decidió a dar el paso. Aun así, no pasaba nada por hablar con Berta sobre su despido. Le pidió a Laura que se encargara de hacerlo.

Moura y Caridad llevaban varios días haciendo un listado de las llamadas y mensajes de Jon en los últimos tres años. Habían empezado de la actividad más reciente hacia atrás, hasta que surgió la revelación del accidente mortal que cambió sus planes: ahora iban desde la fecha del accidente hacia delante. Moura se encargaba del móvil y Caridad del correo electrónico. Estaban diseñando un mapa de las relaciones de Jon, con los interlocutores que iban apareciendo en el rastreo. Generalmente, cuando se inspecciona un teléfono móvil, estos mapas ocupan toda la pared de un despacho. El nombre del investigado figura en el centro, y de él surgen flechas hacia todos lados que apuntan a las personas que han salido más veces en el rastreo. Esos mapas son un lío de flechas, anotaciones y colores. Pues bien, el mapa de Jon parecía un cuadro minimalista. Moura lo extendió sobre la mesa. Cabía todo en una cartulina grande de las que se enrollan. En las semanas posteriores al accidente, Jon hablaba mucho con Alejandra, con su hermano Pablo y con su madre. Había varios mensajes de un amigo de la facultad por el que Jon perdió interés, a juzgar por sus respuestas. El amigo dejó de insistir y la amistad se extinguió para siempre, al menos en lo que a presencia telefónica y electrónica se refería.

Lo más interesante de la correspondencia era la relación con su hermano, al que convirtió en su médico de cabecera y después en su camello. Había correos electrónicos de Jon a su novia que rezumaban un nihilismo preocupante, pero que a ella parecían enamorarla. Un nombre subrayado en el mapa era el del psiquiatra de Jon. «Primer psiquiatra», había escrito Caridad. Luego explicó que no se habían entendido bien, y de ahí que se leyera en el mapa la anotación «Segunda psiquiatra». El primero se llamaba Agustín y duró apenas unos meses. Nada relevante sobre él, ni llamadas ni mensajes. Una única mención en un correo electrónico de Jon a su madre informando de que iba a cambiar de terapeuta porque no le gustaba el que tenía. Sofía aprovechó para explicar lo que sabía: ese Agustín era el psiquiatra que le dio el alta a Jon porque no lo veía deprimido. La preferencia estética y todo eso.

La segunda psiquiatra era Mar, y esa terapia sí prosperó. Fue interrumpida por la muerte de Jon. Bárbara Lanau levantó la mano para contar que había hablado con esa doctora. No había sacado nada en claro. La mujer subrayó la importancia del secreto profesional y no reveló el contenido de las sesiones con Jon. Mostró sorpresa y pesar por su muerte, eso sí. En algunos correos a su madre, Jon sí hablaba de la terapia y de las líneas de exploración que le abría Mar. Caridad no quería abrumar a sus compañeros. En su opinión, la correspondencia resultaba más interesante como material para un tratado edípico o para una novela de corte decimonónico que para la investigación criminal. Aunque quería mucho a su madre, Jon se las apañaba para deslizar sus reproches por tenerla tan lejos, y Arancha respondía con largas justificaciones que oscilaban entre el victimismo y la autoindulgencia.

A todos les sorprendió lo parco que era el mundo afectivo de Jon. A esas horas, el comisario Arnedo estaba declarando ante el juez por el caso de la mafia china. El mapa de las llamadas intervenidas que tendría el juez a su disposición debía de ocupar todas las paredes del juzgado entero. Uno de los nombres señalados con flechas era el de Arnedo. Y eran llamadas efectuadas en solo unos meses. Las de Jon en tres años (o en la actividad que llevaban examinada) ocupaban media cartulina. Un chico solitario y atormentado, no había ninguna duda.

Sofía felicitó a sus oficiales por el trabajo y los animó a continuar con el barrido de las llamadas y mensajes de Jon. Quería ver más nombres en ese mapa. Un oficial anunció una visita: una mujer que decía llamarse Patricia Crory y que tenía algo urgente que contar.

Sofía la recibió en su despacho. Patricia no parecía nerviosa, pero se mostró consternada por la muerte de Pablo Senovilla.

—¿Cómo te has enterado? La prensa no dice nada.

—Me lo ha dicho mi padre. Creo que ha hablado con Julio esta mañana.

—¿Y qué es eso tan urgente que te ha traído hasta aquí?

—Igual es una tontería, pero estoy preocupada, se me ha metido una sensación rara dentro.

—¿Quieres sentarte?

—No. Ayer vino Nico a verme otra vez después de que tú te fueras. El chico que conociste en el castillo.

—Tu exnovio.

—Eso. Me estaba esperando en la subida al cigarral. ¿Sabes esa subida por el camino de tierra?

Sofía asintió.

—Allí estaba. Me cerró el camino con su coche. Yo ni siquiera me apeé del mío, pero sí bajé la ventanilla. Me dijo que quería verme a solas, sin escolta policial. Eso lo decía por ti.

—Ya me imagino.

—Me preguntó por la investigación, quería saber por qué metías la nariz en los asuntos de mi familia.

—¿Qué le dijiste?

—Le conté lo del accidente, para que viera la relación entre Jon y mi familia. Y él... No me gustó nada lo que dijo.

—¿Qué dijo?

—Dijo que Jon merecía morir. Que por su culpa él no podía casarse conmigo. Que la obsesión de mi padre por el apellido viene de aquella noche, de cuando perdió a sus hijos varones.

—Ese chico no está muy bien de la cabeza, ¿no crees?

—Eso no es lo peor.

Patricia se mordió el labio antes de seguir. Le entraron dudas sobre si contarlo todo o no. Sofía la animó con un gesto.

—Igual tenía que haberme callado, soy un poco bocazas.

—¿Qué le dijiste?

—Le dije que Jon no tenía la culpa de nada, que no fuera tan bruto. Que él no conducía aquella noche.

—¿Y qué dijo Nico?

—Se lo tomó muy mal. Me miró con furia, con odio, como si la culpa del equívoco fuera mía. Me insultó, se metió en su coche y se marchó a toda velocidad. Te juro que pensé que se iba a matar en una de las curvas de la cuesta.

—Quiero que me hables tranquilamente de ese hombre. Cuéntame quién es, cómo le conociste y dónde puedo encontrarle.

—Ayer me quedé alucinada con su reacción. Pero cuando esta mañana me he enterado de lo de Pablo Senovilla... Me ha dado un vuelco el corazón. Tengo un mal presentimiento, ¿sabes?

—Tranquila, Patricia. Todo indica que Pablo Senovilla se ha suicidado.

—Ya, ya lo sé. Pero yo tenía que venir a contarte todo esto.

38

El letrero decía: Fanaso. Organización de eventos de todo tipo. Cumpleaños, despedidas de soltero, fiestas, team building, planes especiales, competiciones deportivas. Un abanico un tanto heterogéneo, pensó Sofía. El negocio estaba situado en una calle soleada de Aravaca, frente a la estación de cercanías. Era un local pequeño, con dos mesas de oficina y las paredes decoradas con fotos de distintas fiestas, un reclamo colorido de lo que eran capaces de hacer. Un pasillo estrecho daba a una trastienda que muy bien podría ser el almacén. Las mesas estaban ocupadas por una chica joven que tecleaba algo en su ordenador y un hombre de unos treinta y cinco años que atendía a una pareja de clientes. Fue la chica la que acusó primero la entrada de Sofía. Nicolás Pérez, le dijo, había salido a desayunar. No tardaría mucho.

Tardó un poco más de lo que dura un desayuno. Mientras esperaba, Sofía se enteró de lo que estaba contratando la pareja. Su hijo cumplía cinco años y querían darle la mejor fiesta que hubiera tenido un niño en este mundo. Iba a incluir un mago profesional, dos payasos, un grupo de teatro y un poni para que los invitados pudieran dar paseítos. Cuando entró Nico, se estaba dirimiendo la duda de si contratar al adiestrador del poni o no. Nico no disimuló el fastidio al ver a Sofía en su negocio.

—¿Qué estás haciendo aquí?

—¿Tienes un minuto? Me gustaría hacerte unas preguntas.

—No tengo nada que decirte. Y además estoy en mi horario de trabajo.

—Va a ser solo un momento.

Nico se giró hacia el hombre que estaba atendiendo a la pareja.

—Óscar, ¿ha venido la señora Miralles?

—Todavía no.

—Si viene, le dices que vuelvo enseguida. Voy a hablar con este.

Lo dijo con un desprecio que llamó la atención de Sofía. No era normal que se dirigieran de ese modo a un inspector de la Policía Judicial. Lo peor era que aún le quedaba por asistir a la respuesta de Óscar.

—Ya, me he imaginado quién era. Que te sea leve —dijo Óscar.

—Vamos afuera —dijo Nico—. No quiero que me vean aquí con un travelo.

Abrió la puerta y salió sin cederle el paso a Sofía. Óscar dejó escapar una risita. La chica joven de la otra mesa se ruborizó y a Sofía le pareció que le pedía disculpas con un gesto. Salió a la calle. Nico estaba ya en la esquina.

—Podemos hablar allí, en aquellos bancos.

Se dirigió a grandes zancadas a unos bancos que había frente a unas pistas de tenis. Había cuarentones sudando, echando un partido en una mañana laborable. Parados felices, pensó Sofía, o bien ejemplares raros que le hacen un quiebro a la rutina y se las arreglan para vivir de otra forma.

—Antes de nada, te quiero aclarar una cosa —dijo Sofía—. No soy un travelo. Seguro que un chico inteligente como tú sabe distinguir entre un travesti y un transexual.

—A mí me parece lo mismo.

—Pues no lo es.

—Tengo prisa, si no te importa, vamos al grano.

Se sentó en el respaldo del banco y sacó un cigarrillo. Sofía trató de serenarse. Nico fumaba con una insolencia tal que sentía ganas de arrebatarle el pitillo y darle un puñetazo en los morros.

—Creo que ayer volviste a abordar a Patricia.

—¿Ya se ha chivado?

—Y creo que te alteraste un poco al enterarte de una cosa.

—¿Al enterarme de qué?

—De que no era Jon el que conducía la noche del accidente.

Nico soltó una carcajada que derivó en un ataque de tos.

—¿Te ha llamado Patricia para contarte eso? Esta tía es gilipollas.

—Creía que te gustaba.

—Está cada día más loca. Como su padre. Como toda esa familia.

—Familia con la que tú querías emparentar.

—Me quería casar con Patricia, que es distinto.

—Y no querías ponerles a tus hijos el apellido Crory.

—Evidentemente. Y tampoco querían ellos. Son

muy tradicionales, para ellos cambiar el orden de los apellidos es un sacrilegio.

—Entonces, ¿por qué se lo sugirieron?

—Una broma. Raimundo lo dijo en broma. Lo que pasa es que Patricia se lo cree todo porque solo tiene una neurona y media.

—¿Por qué insultas a la chica con la que te quieres casar?

—¿Te importa mucho eso?

—Trato de entenderlo.

—Pues te lo voy a explicar con palabras finas para que lo entiendas: está buena, tiene dos tetazas y su familia está forrada.

—Lo has explicado muy bien.

—No solo está forrada. Es una familia como Dios manda. Tradicional. De toda la vida. A mí me gusta la gente así.

—¿Por qué te sentó mal enterarte de que Jon no conducía aquella noche?

—No me sentó mal, no te creas todo lo que dice Patricia. Esa tía es muy fantasiosa.

—No me pareció que se lo estuviera inventando.

—¿Qué te contó exactamente?

—Que te pusiste pálido al saber que no conducía Jon. Y que te fuiste a toda velocidad sin decir nada.

—Me fui porque me revienta las pelotas que esté todo el rato hablando de Jon y de esa puta familia. No aguanto más esa obsesión que tienen con los Senovilla.

—¿Tú no la tienes?

—¿Yo?

—¿No dijiste que Jon merecía estar muerto?

—Puede que lo haya dicho. Se cargó a cuatro personas.

—En un accidente de tráfico.

—Me da igual. Se cargó a cuatro personas.

—¿Crees que por culpa de ese accidente no puedes casarte con Patricia?

Nico esbozó una mueca incrédula. Acto seguido, miró a Sofía con asco.

—¿Vamos a estar mucho tiempo diciendo tonterías? Lo digo porque he quedado con un cliente muy importante.

—¿Dónde estabas la noche del quince de mayo?

—Dando por culo a tu madre.

Sofía apretó el puño con fuerza. Sofocó el deseo de estamparlo en la cara de Nico.

—Si vuelves a hablar así, te juro que te rompo la cabeza.

—Yo qué sé dónde estaba el quince de mayo.

—Haz memoria. La noche de San Isidro, hace justo una semana, el miércoles pasado. Es la noche que mataron a Jon.

—Estaba con Óscar, mi socio.

—¿Es el que está dentro organizando una fiesta de cumpleaños con payasos y ponis?

—Sí, ese.

—¿Dónde estabais?

—En una fiesta que organizamos para unos clientes.

—¿Dónde era?

—En el Club de Campo. Una fiesta de la empresa Rallón Tec. Se jubilaba un empleado y le prepararon una despedida sorpresa.

—¿Desde qué hora estuvisteis en el Club de Campo?

—Óscar y yo desde las siete. Nos fuimos a las tres de la mañana.

—¿Estuviste todo el rato en el Club de Campo?

—Sí. Si no me crees, pregúntale a Óscar.

—¿A tu buen amigo Óscar? No hace falta. Te llamaré si me surge alguna duda.

Se marchó sin despedirse. Contactó con Moura y le pidió que investigara la actividad del Club de Campo la noche de San Isidro. La respuesta de Moura no tardó mucho en llegar. El día de San Isidro, el Club de Campo cerró a las ocho de la tarde. No hubo fiestas ni celebraciones de ningún tipo por la noche. Sofía se presentó de nuevo en «Fanaso. Organización de eventos». Esta vez Óscar estaba ocioso, y en cambio la chica y Nico estaban atendiendo a clientes.

—¿Le puedo ayudar yo? —preguntó Óscar al ver entrar a Sofía.

—Puede ser. ¿Estáis seguros de que el día quince de mayo celebrasteis un acto en el Club de Campo?

Óscar trató de contener la risa, pero le salió disparada por la nariz, como el resoplido de un búfalo.

—Perdona un momento, Lourdes —dijo a la señora que estaba con Nico—. Nico, creo que ha descubierto que el Club de Campo estaba cerrado.

—Dios mío —dijo Nico, afectando pánico.

—Estuvimos en mi casa los dos. De verdad —dijo Óscar—. Viendo películas de maricones. Nos encantan.

Sofía se marchó. Se había fijado en los nombres que había sobre las mesas. Óscar Fanjul y Nicolás Pérez Asorey. El nombre de la empresa era un acrónimo de los dos apellidos, evitando el Pérez que tanto desentonaba en el mundo de los Crory. Llamó a Moura y le pidió que rastreara esos nombres. La pesquisa dio resultado: Nicolás Pérez Asorey tenía antecedentes penales por agredir a un homosexual en el Hipódromo. La agresión se había producido siete años atrás. Según declaró Nico, quería apostar por un caballo y el hombre que le precedía en la ventanilla de las apuestas se demoró mucho. Él se impacientó y terminaron a puñetazos. Sin embargo, la víctima encuadró el ataque en un caso de homofobia. El suceso se saldó con una multa. Sofía se daba por satisfecha con esto, aunque había más. Óscar Fanjul no estaba fichado por la policía, pero figuraba como integrante de una banda de ultraderecha. Aunque mantenían una actividad intermitente, la policía los vigilaba de cerca y en una ocasión entraron a registrar el local en el que se reunían muy de vez en cuando. En esa inspección encontraron publicaciones filonazis, cruces gamadas, fotografías de Hitler y demás parafernalia fascista.

Sofía volvió al local de Fanaso. Óscar puso cara de hastío, pero enseguida se animó su mirada. Se notaba mucho que estaba buscando a toda prisa una bromita que deslizar. Sin embargo, la inspectora no venía a buscarlo a él. Se dirigió a Nico, que seguía reunido con la mujer a la que habían llamado Lourdes, y que estaba interesada en organizar una fiesta con su grupo de natación.

—Vas a venirte conmigo a la Brigada.

—¿Para qué? Ya te he dicho todo lo que podía decirte.

—Yo creo que no.

—Ahora no puedo ir. Como ves, estoy reunido.

—No me hagas llamar a una patrulla, anda —dijo Sofía—. Vente conmigo.

—¿Me estás deteniendo?

—Te estoy pidiendo que me acompañes.

Nico la miró unos segundos. Lourdes estaba muy interesada en la escena, pero el silencio duró demasiado y se sintió obligada a decir que podían seguir en otro momento, que tampoco tenía tanta prisa por cerrar la fiesta.

—De eso nada, Lourdes. Vamos a terminar —dijo Nico. Y luego miró a Sofía y señaló la puerta con un gesto desdeñoso—. Espera fuera, por favor.

Sofía salió a la calle, se dirigió al coche y pidió refuerzos para practicar una detención. Se le había terminado la paciencia.

39

—Esa noche Jon vino a buscarme. Le había pasado algo malo, estaba fuera de sí.

Berta vivía en un piso pequeño del barrio de La Latina, que compartía con otra enfermera del centro médico. Ahora que la habían despedido no sabía si iba a poder pagar su parte. Laura y ella hablaban en la terraza, sentadas a una mesita, junto a unas macetas de petunias que estaban un poco mustias. Berta vestía ropas cómodas y agarraba con las dos manos una taza de té, como si quisiera aprovecharse del calor de la cerámica. Un gesto innecesario, porque era una mañana bastante calurosa. Laura tenía la libreta en su regazo. Intentaba comprender por qué la enfermera parecía tan relajada con todo lo que había sucedido.

—Yo no estaba en casa, pero Macarena sí. Mi compañera de piso. Me lo contó ella, que estaba muy nervioso. Primero llamó al telefonillo y preguntó por mí. Maca le dijo que no estaba. Quiso saber a qué hora iba a llegar, necesitaba hablar conmigo. Al cuarto de hora o así, volvió a llamar. Dijo que quería subir, que se había dejado el móvil en mi cuarto y quería recuperarlo. Y Maca le abrió.

—No entiendo nada, Berta. ¿Se había dejado el móvil en tu cuarto?

—Era una excusa para subir. Lo que quería era coger las llaves del centro médico. Él sabía que yo tenía una copia.

—Pero ¿Macarena le conocía? ¿Había estado antes en tu casa?

Berta sorbió un poco de té. Miró a Laura por encima de la taza.

—Alguna vez.

—¿Teníais una relación?

—Yo le conocí cuando empezó a tratarse con su hermano. Luego lo dejaron. Pero él siguió llamándome algún día que otro para que le diera recetas. Vamos, que me usaba de camello.

—Y tú te prestabas.

—Era muy de vez en cuando. Le cogía una receta a su hermano. Una receta es fácil de justificar.

—¿Por qué te prestabas?

La mirada de Berta se paseó por sus petunias. Se le apagó el brillo de los ojos, como contagiados por el pulgón de las flores.

—No sé. Jon tenía algo que me daba pena.

—¿Te gustaba?

—Supongo que sí.

—¿Nunca llegasteis a nada?

—Le tuve que parar los pies.

—¿Por qué? Dices que te gustaba.

—Pero él tenía novia. Y conmigo no quería nada, solo tener contenta a su camello. Le dije que yo no era segundo plato de nadie, y que si le ayudaba con las recetas, era porque me daba la gana.

¿Contaba, como hacemos tantas veces, la postura que le habría gustado adoptar y no la que realmente presentó su carácter sumiso? Laura no lo sabía. Pero referir esa pose enérgica, fuera verdad o no, le había insuflado a Berta un nuevo brío.

—Los tíos tienen mucho morro —siguió—. Se les ve venir.

—¿Por qué dice Macarena que esa noche estaba muy nervioso? ¿En qué lo notó?

—Estaba yonqui perdido. Muy nervioso, sudando, incapaz de fijar la vista en nada... ¿Nunca has visto un síndrome de abstinencia?

—He visto muchos. Pero me pregunto si Jon padecía una adicción tan fuerte.

—Tenía fases. Estaba bien unas semanas y de pronto se venía abajo. Era muy sensible, cuando le pasaba algo que no le gustaba necesitaba tomar ansiolíticos.

—¿Y no le dijo a Macarena qué le había pasado?

—No. Pero ella ha visto mucha mierda, y muchas crisis de ansiedad, y se dio cuenta de que Jon tenía un brote chungo.

—Entonces esa noche quería coger tus llaves para entrar en la consulta de su hermano y robar recetas.

—Sí. Y el muy bestia se llevó un recetario entero.

—¿Por qué no nos contaste todo esto el día que estuvimos en la consulta?

—Porque no quería que me culparan del robo —esbozó una sonrisa sarcástica—. Aunque para lo que me ha servido...

—¿Cómo se enteró Pablo de que habías sido tú?

—A ver, yo no hice nada. Jon subió a mi cuarto y

me robó las llaves. Yo me las encontré esa noche en el buzón.

—¿Las puso él?

—Supongo. Pero ya le vale. Las podría haber encontrado Maca. Aunque yo creo que ha sido ella la que se ha chivado.

—¿Tu compañera?

—Seguro que le vio coger las llaves y cuando Pablo investigó lo del recetario le contó lo que había pasado.

—¿Qué explicación te dio Pablo cuando te comunicó el despido?

—Que había perdido la confianza en mí.

—¿No se refirió al recetario?

—Sí. Dijo que solo podía haber sido yo.

—¿Por qué no le contaste lo que sabías de Jon?

—Porque eso era peor. Él no sabía que yo seguía viendo a Jon, y si se ponía a revisar sus recetarios, se iba a enterar de que llevaba tiempo robándole recetas.

—Hay más gente que tiene llaves de la consulta. ¿Por qué decía que solo podías haber sido tú?

—No lo sé. El caso es que me enfiló. Y cuando te enfilan no hay nada que hacer. Estás condenada.

—Te tuvo que molestar.

—Imagínatelo. Llevaba cinco años con el doctor Senovilla.

—¿No te impresiona que esté muerto?

—Bueno, es que no me lo puedo creer.

—¿No es un poco raro que el lunes te despida y al día siguiente se corte las venas?

Berta asintió. De nuevo vagaba su mirada por las petunias.

—Podría haberlo hecho al revés —dejó la taza sobre la mesita y al instante se arrepintió de lo que acababa de decir—. Perdón, me he pasado un poco.

—¿Dónde estuviste ayer por la noche?

—¿A qué hora?

—Entre las nueve y las once.

—A esas horas estaba haciendo asistencia domiciliaria.

—¿Eso qué es?

—Es un programa de atención a domicilio. Voy a casas de pacientes que tienen dificultades motoras. Viejecitos, o discapacitados... Les pongo inyecciones, o un antibiótico, les tomo la tensión, esas cosas.

—¿Hasta qué hora estuviste haciendo visitas?

—Anoche acabé tarde. Yo creo que salí de la última casa a las once y media.

Laura le tendió su libreta y el bolígrafo.

—¿Podrías apuntarme aquí los nombres de los pacientes?

—¿Todo esto es porque sospechas de mí?

—Berta, ha muerto el médico que te despidió un día antes. Es lógico que investigue tu coartada.

—Pero ¿no se ha suicidado?

—No lo sabemos, estamos investigando.

—A mí me han dicho que se ha suicidado.

—Anota los nombres, si te acuerdas. Hazme el favor.

Laura le pidió también el teléfono de Macarena, su compañera de piso. Con toda seguridad, había sido una de las últimas personas en ver con vida a Jon. Desde el coche, llamó a Caridad para que comprobara que las visitas domiciliarias se habían producido. Aparcó en Pinar de Chamartín. Antes de subir a hablar con Carmen, la viuda, se informó de cómo iba la autopsia. Quería poder decirle si el cuerpo de su marido estaría disponible ese mismo día. Así era.

Algo asombroso había sucedido con el pelo de Carmen: había encanecido del todo en una sola noche. Laura pensó al principio que la mujer llevaba una peluca, por alguna clase de extravagancia en la que había caído por el duelo. También se preguntó si algún efecto de la luz le daba esa cualidad blanquecina al cabello. Al sentarse en el sofá del salón con ella se convenció de que el estrés le había jugado esa mala pasada. Había oído relatos de lo que pueden hacer el miedo o la ansiedad con el pelo, pero nunca había visto una manifestación tan rotunda.

Además del cabello cano, Carmen tenía ojeras como hondonadas y la carne de la cara se había consumido, dejando los huesos casi visibles, como palpitando por debajo de la piel translúcida. Era una mujer hundida, incapaz de entender lo que había pasado. Su marido era un hombre feliz: adoraba a sus hijos, salía corriendo de la consulta para intentar pillarlos despiertos, y eso que le gustaba mucho su trabajo. Amaba el deporte, jugaba al tenis, nadaba y hacía bicicleta en el gimnasio de la urbanización. Quería adelgazar cuatro kilos antes del verano. ¿Puede un hombre así suicidarse?

Laura preguntó delicadamente si había dejado Pablo alguna nota de despedida. Por toda respuesta, Carmen se echó a llorar. No hubo manera de sacarle más jugo a la visita. Laura se dirigió al centro médico. Macarena, la compañera de piso de Berta, estaba ocupada. La subinspectora aprovechó para hacer preguntas aquí y allá. El doctor Senovilla era un hombre respetado y querido, amable, educado, incluso servicial. Los elogios que siempre recibe un muerto o los elogios que algunos hombres se merecen de verdad. Un hematólogo, amigo de Pablo, reveló que tomaban unas cañas de vez en cuando en un bar de la calle Zurbano, al acabar la consulta. No era una gran transgresión del doctor, desde luego, pero Laura agradeció la pequeña grieta que se abría en la conducta de ese padre ejemplar. No tenía tanta prisa por llegar a casa y bañar a los niños. Como el hematólogo no pasaba consulta los martes, no le supo decir a Laura si el doctor Senovilla se había tomado algo en ese bar de Zurbano el día anterior.

Macarena por fin hizo un descanso y Laura pudo hablar con ella. La mujer confirmó el relato de Berta, aunque sin enfatizar tanto el síndrome de abstinencia de Jon. Le pareció que la noche de su muerte estaba un poco alterado, simplemente. La imaginación de Berta, quizá adornada por los sucesos posteriores, había convertido una leve inquietud en una crisis de ansiedad de las gordas. También le preguntó a Macarena por el tipo de relación que mantenían Jon y Berta. En este punto la enfermera se mostró esquiva, como si le pareciera desleal airear ciertos detalles, o como si las cuitas de una pareja formaran parte de un territorio muy privado en el que no estaba bien entrar.

Laura acudió al bar de la calle Zurbano donde el doctor se destensaba antes de volver a casa. El camarero que hacía el turno de noche no estaba, tendría que volver más tarde para saber si Pablo tomó allí la última cañita de su vida.

Antes de volver a la Brigada, Laura se dirigió al sanatorio de móviles de El Corte Inglés de Princesa para ver si ya estaba reparado el de Jon. Lo estaba. Se vio obligada a enseñar su placa de policía para poder retirar el teléfono, ante el celo esgrimido por el dependiente.

Le habían arreglado la pantalla táctil, la agenda de contactos la había perdido, esperaba que tuviera hecha una copia de seguridad. Laura asentía con asombro al ver que el dependiente no adaptaba la perorata habitual a la información de que ella no era la dueña del teléfono. La tarjeta gráfica estaba intacta, así que las fotos y los vídeos se habían salvado del desastre. En el coche, abrió la galería de fotos de Jon y fue pasando de una a otra con asombro creciente. Se quedó pensativa unos minutos, incapaz de reaccionar. Después arrancó y condujo distraída, tratando de imaginar la cara que iba a poner Sofía cuando viera las imágenes.

40

Nico se negó a prestar declaración hasta que no llegara su abogado. Esta espera permitió a Sofía repensar su estrategia. ¿Se había precipitado al detener a ese hombre? Algo le decía que sí. Era verdad que Nico había declarado a una testigo que Jon merecía morir. No tenía coartada para la noche del crimen, o por lo menos no quería darla. Y en el archivo policial constaban antecedentes por una agresión homófoba. Esta pelea no servía para probar nada, pero hablaba de un hombre agresivo, con una peculiar manera de entender la justicia en el mundo. Un buen abogado trituraría estos indicios. Acusaría a Sofía de pisotear los derechos fundamentales del detenido y de actuar movida por su antipatía personal hacia el joven. En una palabra, el abogado haría su trabajo. Y lo peor de todo era que tendría toda la razón. Pero Sofía se había dado el gustazo de tomarle las huellas dactilares a Nico y verle posar para las fotos de la ficha. Nico se comportaba con la chulería habitual y hacía todo lo posible para que no se le notara la humillación. Sofía disimulaba el enorme placer que le producía verle así.

El abogado era un hombre canoso, cargado de espaldas, y se movía con aire cansado, como si le diera mucha pereza tener que sacar al chico del problema en el que se había metido. Le saludó con gran cariño. Le preguntó por su padre.

—Hace mucho que no hablo con él —dijo Nico.

—Está bien, hablamos el otro día, a lo mejor voy a verle en agosto. —El abogado se comportaba como si Sofía no estuviera en la sala—. Por cierto, me ha dicho Constantino que no ha recibido los pistachos, ni el caviar. ¿Seguro que tu padre se los ha mandado?

—¿Quién es Constantino? —preguntó Nico.

—El secretario de Estado. Tu padre le había prometido caviar iraní. Y pistachos. Por lo visto Constantino es un absoluto vicioso de los pistachos. Y en Irán están buenísimos.

Así que el padre de Nico era un pez gordo. Ahora quedaba claro el porqué de esta conversación tan desenfadada. Una vez que el abogado se aseguró de dejar clarísima esta conexión, se sentó en su silla y preguntó por los motivos de la detención. Sofía se los explicó.

—Vaya, Nico, no has sido capaz de explicar dónde estabas la noche del quince —dijo el abogado con tono paternalista.

—Le dije dónde, pero me ha pillado en una mentira. Es endemoniadamente lista.

—Ya veo, ya —carraspeó el abogado—. Bueno, inspectora, ¿y qué podemos hacer para que este joven se vaya a su casa?

—Yo me conformo con que colabore en la investigación —dijo Sofía—. Que me cuente dónde estuvo la noche de San Isidro.

—¿Se lo quieres contar, Nico?

—Tengo derecho a guardar silencio, ¿no? —dijo Nico—. Es que no me apetece hablar con ella.

—Te puedo mandar al juzgado y se lo cuentas al juez.

Nico le susurró algo al oído a su abogado.

—¿A usted le importaría mucho que esta declaración la tome algún compañero suyo? —preguntó el abogado.

—¿Por alguna razón en concreto?

—Esto es un poco delicado de decir, pero sí que la hay. A mi defendido le provoca un poco de rechazo hablar con un policía transexual.

—No me provoca rechazo. Me provoca repugnancia.

—Yo lo estaba suavizando un tanto —explicó el abogado. Luego miró a Sofía—. Comprendo que es una objeción algo rara, pero lo cierto es que mi defendido no se siente cómodo con usted. Supongo que no habrá inconveniente en cederle los bártulos a un compañero. Total, aquí no hay mucha tela que cortar, los dos lo sabemos.

Sofía se quedó admirando la sonrisa de suficiencia del abogado. Una gotita de saliva le brillaba en el labio. A su lado, Nico había estirado las piernas y aguardaba con actitud indolente. Sofía se inclinó hacia el detenido.

—Vas a tener que responder a mis preguntas. Si te doy asco, te aguantas. Tienes derecho a no responder, en ese caso te vas al juzgado y te las ves con el juez. Voy a salir un minuto. Uno —miró al abogado—. Hable con su cliente y cuando vuelva me dice cómo seguimos.

Sofía salió. En el pasillo se cruzó con Arnedo. El comisario estaba nervioso y de mal humor.

—¿A quién tienes ahí dentro?

—Es el novio de Patricia Crory. O exnovio, o lo que sea, no me entero de si siguen juntos.

—También es el hijo del embajador español en Irán. ¿Lo has detenido?

—Sí.

—Si no hay nada muy gordo, lo sueltas. ¿Me oyes? El abogado ha llamado a Gálvez para ver qué coño estaba pasando. Así que ya sabes. Si no confiesa el crimen, lo sueltas. Que no tengo la polla para equilibrios.

Se alejó por el pasillo como un elefante en plena estampida. Sofía regresó a la sala. Nico estaba de brazos cruzados, muy serio.

—Está dispuesto a declarar —dijo el abogado—. Cuando usted quiera.

Sofía se sentó. Había perdido fuelle tras la conversación con Arnedo, pero esperaba que no se le notara.

—¿Dónde estuviste el quince de mayo entre las ocho de la tarde y las doce de la noche?

—Estuve en el castillo de Benagües.

—¿Qué hacías allí?

—Tenía una reunión.

—¿Con quién?

—Con dos de los asistentes al congreso de heráldica y con Óscar Fanjul, mi socio.

—¿Qué clase de reunión?

Nico miró a su abogado, que lo animó a continuar con un gesto.

—Óscar y yo hemos fundado un grupo patriótico. Se llama España Limpia. La reunión era para conseguir fondos.

—¿España Limpia?

—Así es.

—¿Esas dos personas del congreso conocían vuestro grupo?

—Nos puso en contacto Raimundo Crory.

—¿Él también pertenece al grupo?

—No. Pero me dijo que esas dos personas podían estar interesadas en sufragar nuestras actividades. Nos cedió una habitación para hablar aprovechando que esa noche iban a estar en el congreso.

—¿En qué consisten esas actividades?

—Estamos preparando una revista. Hacemos reuniones, charlas, cosas así.

—¿Me puedes dar los nombres de esos señores?

Se los dio. Sofía salió un momento y le pasó los nombres a Moura. Quería verificar cuanto antes la coartada. Volvió a la sala.

—España Limpia. Qué bonito nombre. ¿Es idea tuya?

Nico no contestó.

—Eso no tiene importancia, inspectora —dijo el abogado.

—¿De qué queréis limpiar España?

El abogado volvió a intervenir.

—Inspectora, no procede esa pregunta.

Pero Nico quiso contestar de todos modos.

—Queremos limpiar España de toda la suciedad. Los gays, las lesbianas, los transexuales son sucios. Son enfermos. Son locos. Y están llevando este país a la ruina. La suciedad es la gente que se separa y se está cargando la familia. La suciedad es el mogollón de inmigrantes que vienen aquí a mear en suelo español y a quitarnos el trabajo. ¿Sigo?

—Lo has explicado muy bien.

El abogado le susurró algo al oído. Sofía siguió preguntando. No estaba segura de estar conteniendo la ira.

—¿Y qué pretendéis hacer para limpiar la mierda?

—Ya te lo he dicho. Una revista. Charlas informativas. Difundir nuestra forma de pensar. Tal vez algún día formemos un partido político. Ya veremos. Lo primero es conseguir una plataforma.

—¿Esos señores con los que hablasteis en el castillo van a poner dinero?

—Puede ser. Aunque no te lo creas, hay mucha gente que piensa como nosotros. Mucha gente que está preocupada con lo que está pasando en este país. Supongo que no es un delito pensar así, ¿verdad?

Sofía lo miró largamente.

—¿A qué hora te fuiste del castillo?

—A las doce o así.

—¿Te fuiste con Óscar?

—Él se marchó antes. Yo me quedé un rato más. Confiaba en dormir con Patricia esa noche, pero no la encontré. Luego me dijo que estaba muy ocupada con los invitados.

—¿Por qué me has mentido antes cuando te he preguntado dónde estabas la noche de San Isidro?

—Porque no quiero que mi novia sepa que estoy metido en esto.

—¿No lo sabe?

—Sabe cómo pienso. Pero no sabe que he fundado un grupo.

—¿Sabe que tienes antecedentes por agredir a un homosexual?

—¡Ya estamos! —se echó hacia atrás en la silla, como para dejarle un poco de espacio a su indignación—. ¿Me va a sacar ahora la mierda esa? ¡Ni siquiera sabía que ese tío era maricón!

—¿Por qué le atacaste?

—Porque tardó una hora en poner una apuesta, y me quedé sin apostar por un caballo que me gustaba. Se lo dije, discutimos, me faltó al respeto y le di un cabezazo en la nariz. Eso fue todo. El tío denunció una agresión homófoba. Me descojono.

—Perdone, inspectora —dijo el abogado—. Jon, el hijo del escritor, ¿era homosexual?

—No, que yo sepa.

—Es que entonces no entiendo la pertinencia de estas preguntas. ¿Qué más da si mi defendido es homófobo, en el caso de que lo sea?

—Su defendido tiene una manera muy peculiar de ver la vida. Estoy tratando de entenderla.

—Si quiere entenderla, le sugiero que acuda a una de las charlas informativas del grupo. Pero, por favor, si no tiene ningún indicio más, le ruego que terminemos cuanto antes.

—Nicolás, ¿por qué crees que Jon merecía morir?

—Porque mató a cuatro personas. Te lo he dicho antes.

—¿Mataste a Jon porque pensabas que estabas haciendo justicia?

—Yo no lo maté. Te recuerdo que a esas horas estaba muy lejos de Madrid.

—No tan lejos.

Moura llamó a la puerta y Sofía salió a hablar con él. Había localizado a uno de los dos señores del congreso. En efecto, esa noche hicieron un aparte para hablar con Nico y con Fanjul. El oficial había hablado también con Raimundo Crory. Un poco avergonzado, admitía haber cedido una habitación para ese encuentro. Su papel de anfitrión le obligó a estar presente unos minutos, luego se ausentó. La coartada de Nico quedaba probada y ya no tenía sentido retenerle más, a menos que Sofía quisiera irritarle un poco. Pero no quería. El interrogatorio le había revuelto las tripas. Era recíproca la repugnancia.

Cuando se fueron, subió a hablar con Arnedo. Le informó, para su tranquilidad, de que había soltado a Nico. Y mostró su sorpresa por lo rápido que volaban las influencias.

—¿El abogado conoce a Gálvez?

—¡Yo qué sé! —exclamó Arnedo—. No quiero saber nada de este tema. Pero una cosa sí que te digo. Si aparece en la puerta una caja de pistachos o de caviar iraní, la tiras a la basura. No aceptamos regalos de nadie. ¿Está claro?

Sofía asintió.

—¿Qué tal con el juez? —se atrevió a preguntar.

—No me va a meter en la cárcel, si es eso lo que preguntas.

Sofía se quedó esperando una explicación más precisa. Arnedo estaba abriendo cajones, buscando algún papel.

—Me ha dado un capón por aceptar los regalos. Ha sido un poco humillante, la verdad. Saldrá mi nombre de vez en cuando en los papeles, pero ya no tengo que ir más al juzgado. He hablado con Gálvez y sigo en mi puesto. Así que cuidadito conmigo, que me están ardiendo las pelotas.

Volvió a su despacho. Allí estaba Laura, con un móvil en la mano y una expresión risueña que quería ser misteriosa.

—El móvil de Jon. ¿Quieres ver las fotos?

Había muchas fotos de iglesias medievales, de palacios, de fuentes viejas y de calles empedradas. Fotos de la muralla árabe de la Cuesta de la Vega que a lo mejor Jon miraba para inspirarse en su tesis. Pero no eran esas las imágenes que Laura quería enseñarle. Había más de cien fotos de Mara: Mara sonriendo con un helado en la mano, Mara sacando la lengua, Mara dormida en el columpio y un primer plano de Mara que permitía ver las marcas que había dejado en su rostro el acné. En algunas salía disfrazada, con un gorro de los años treinta sobre una peluca rubia y fumando un cigarro con boquilla como si fuera Marlene Dietrich. En otras fotos posaba vestida de mujer adulta, con un abrigo de piel que seguramente era de Rosa, cuyo armario habrían saqueado una tarde. También había fotos de Jon haciendo gestos que indicaban su resistencia a ser retratado, las manos por delante como queriendo recuperar el teléfono que Mara le habría quitado en un momento de travesura. En unas pocas imágenes salía en actitudes reposadas, escribiendo o afectando concentración en su escritorio, los papeles de la tesis sobre la mesa, o bien oliendo un vino en la mesa del jardín, o fumándose un canuto en el columpio.

Lo más llamativo de toda la galería era la ausencia de Alejandra. Jon hacía fotos de Mara y de nadie más. Fotografiaba lugares recoletos, vestigios de otra época, jardines en calma y fachadas de piedra. Espadañas, campanas con verdín, ermitas abandonadas, calles estrechas y zaguanes. Un recodo del Manzanares en su paso bajo un puente que no se distinguía bien en la foto. Posiblemente el puente del Rey, o el de Segovia. Un pato cruzando bajo el ojo del puente. Ese pato tenía el honor de ser el único ser vivo que salía en la colección de fotos del misántropo. Ese pato y Mara.

Sofía fue pasando las imágenes con una mueca muy seria. Cuando dio por terminada la inspección, se echó hacia atrás en la silla y se quedó mirando por la ventana unos segundos. Laura tenía ganas de comentarlo todo, pero dejó que Sofía se tomara un tiempito para reajustar el foco, como había hecho ella en el coche antes de volver a la Brigada. La niña fantasiosa que odiaba a su hermana por robarle al hombre que en puridad le pertenecía; la mentirosa compulsiva empeñada en que Jon la quería solo a ella; la amante piadosa que esperaba su momento porque era muy joven todavía... Las tres decían la verdad. Y, aun así, era difícil convertir en un testigo fiable a la lunática que bailaba sobre la lona azul de la piscina.

41

El inspector Estévez se apostó frente al portal de Blas Hermida. Había hablado con él por teléfono una hora antes y el catedrático le había citado en su casa para mantener una entrevista. Pero ahora no respondía a sus llamadas. A las cuatro y media vio salir del garaje el Volvo. Lo siguió hasta la Facultad de Historia y esperó a que el catedrático subiera caminando la rampa del parking. Llevaba un maletín en la mano. El esfuerzo de subir la cuesta ya le había moteado la frente de gotitas de sudor.

—¿Se acuerda de mí? Habíamos quedado en su casa para hablar.

Hermida trató de continuar su camino hacia el edificio. Estévez acopló su paso al ritmo del profesor.

—¿Se había quedado sin café? No me hubiera ofendido, yo bebo cualquier cosa.

—Tengo clase, llego tarde. Si no le importa, hablamos en otro momento.

—No me gusta que me den esquinazo.

—A mí no me gusta hacer esperar a mis alumnos.

—Usted es muy atento con sus alumnos, me parece a mí —dijo Estévez.

Un respingo, tal vez, en Hermida. El deseo de detenerse congelado un instante en el aire. Pero se metió en el edificio. El inspector volvió al coche y llamó a la Policía Científica para saber si estaban ya los resultados del ADN de la colilla y la vomitona. Quería saber si la uña y el pelo, o una de las dos cosas, pertenecían a Alejandra. Le pasaron con Maite, la inspectora que llevaba el caso Senovilla en esa Brigada. Le dijo que no tenía los resultados.

—¿Cuánto tiempo necesitáis para hacer un puto cotejo? —bramó Estévez—. ¿Tengo que ir yo para poneros un petardo en el culo?

—Tenemos mucho trabajo, Juan. No eres el único que pide cosas.

—Pero soy el más simpático, así que cuélame.

—¿Quién lleva la investigación? ¿Tú o Luna? Porque tenemos aquí un cuchillo del que sacar unas huellas, y un pelo que nos han mandado del coche del doctor Senovilla. Y tenemos unas manchas en las ropas de Jon que a lo mejor son de un batido y a lo mejor no.

—Esas manchas son de sangre, mi amor. Ya las habéis examinado.

—Hay otras, listillo. Detectadas por la luz forense.

—¿Por qué no me habéis dicho nada de eso?

—Te he preguntado quién lleva el caso, tú o Luna. Este dato se lo hemos dado a Luna, pero a lo mejor hemos hecho mal.

—¿De qué es esa mancha, Maite?

—No lo sabemos, pero tiene flúor.

—¿Flúor?

—Sí. Puede que Jon se lavara los dientes antes de sentarse en el columpio.

—Es posible, esa noche estaba desesperado. Y la gente desesperada se lava los dientes a todas horas.

—Echaba de menos tu sarcasmo. ¿Tienes alguna explicación mejor para el flúor?

—No, mi amor, no la tengo. Gracias a Dios tenemos a la Brigada de la Policía Científica con sus magníficos laboratorios. Hablamos de una mancha de algo que tiene flúor, ¿verdad?

—Eso es.

—¿La estáis mirando detenidamente? Lo digo por si acaso no es de un dentífrico con flúor.

—Tengo a un esclavo trabajando día y noche con esa mancha. Cuando haya algo concreto te lo diré. A ti y a Luna, que estoy un poco despistada ahora mismo con la cadena de mando.

—Infórmanos a los dos. Y no dejes lo mío, pon a otro esclavo con el ADN de la vomitona.

—Eres un cachondo mental. No sabes la suerte que has tenido con esa pota asquerosa. Te voy a sacar el ADN de ahí, pero porque soy una bestia parda.

—Lo sé, Maite, lo sé. Que no pase de hoy, por favor.

Colgó. Llegó a la Brigada y le dijeron que tenía una visita. En su despacho esperaba Alejandra.

—¿Y esta sorpresa? —dijo Estévez según entraba.

—Como ya no vienes a verme a casa, tengo que venir yo.

El inspector se obligó a examinar a la mujer que tenía frente a él. No le parecía la misma joven angustiada y todo el rato a la defensiva que había conocido días atrás. Llevaba un vestido negro con lunares blancos, muy sencillo, que dejaba al descubierto un escote lleno de pecas. Pero era sobre todo la voz la que parecía otra: lo que antes era un gemido o un susurro áspero ahora sonaba como un puro cascabeleo. Alejandra parecía divertirse con el desconcierto que al inspector le causaba la transformación.

—No iba a tardar mucho en ir a verte.

—Vaya —sonrió Alejandra—. Entonces tengo telepatía.

—Siéntate y dime para qué has venido.

Lo dijo mientras se sentaba exagerando la rudeza, para espantar la más mínima sugestión de coqueteo. Pero no se daba cuenta de que a ella le gustaba mucho su rudeza.

—¿Para qué pensabas venir a verme? —preguntó ella—. Por algo del caso, supongo.

—¿Qué otra razón puede haber?

—No lo sé. Tú sabrás.

Estévez la miró unos segundos. Le pareció que el rubor que coloreó de pronto las mejillas de Alejandra era parte de su disfraz.

—Todo este coqueteo de zorrita, ¿es el mismo que has utilizado con tu profesor?

Ella se tensó, como si la frase de Estévez la hubiera sacudido por dentro.

—¿Cómo?

—Ayer te vi con él. Te subiste a su coche. Te fuiste a su casa. ¿Por qué?

—¿Me seguiste?

—Contesta, Alejandra. ¿Por qué fuiste con Blas Hermida a su casa?

—Eso no te importa.

—Deja que decida yo lo que importa y lo que no.

—Eso no tiene nada que ver con lo que estás investigando.

—También vi cómo vomitabas antes de irte con él. ¿Estabas mal del estómago? ¿O es que te daba asco echarte en brazos de ese viejo?

A Alejandra se le crisparon los labios. Los frunció como para silbar una melodía, o como si estuviera imitando a un pajarito. Nada restaba de su primera apariencia. Toda la pose fresca y alegre había quedado arrasada.

—¿Es constitucional espiar a la gente? —exclamó.

—¿Te refieres a si es legal? Yo te contesto: sí. Siempre que tengas una orden del juez. Y yo la tengo. ¿Y sabes por qué la he pedido? Porque no me fío de ti.

—¿Por qué? ¿Yo qué he hecho?

—Tú no te das cuenta de lo rara que eres, eso es lo más asombroso —se inclinó hacia ella—. ¿Por qué subiste a casa de Hermida?

—¿Desde cuándo me espías?

—Desde que naciste. Te he visto gatear. ¿Por qué te fuiste ayer con tu profesor?

—¿Me has visto con más gente?

—Te he visto con un gilipollas que te esperaba al salir de clase. ¿Quién es ese tío?

—No es un gilipollas.

—Vale, lo retiro. ¿Quién es?

—Un amigo.

—¿Un buen amigo?

—¿A ti qué te importa?

—Alejandra, se me están inflando los cojones. Tú no te das cuenta de tu situación y yo te la voy a explicar. He cogido una colilla de un cigarrito que te fumaste antes de irte con el viejo. He cogido una muestra de la pota asquerosa que echaste. Las están analizando para sacar tu ADN. Y vamos a ver si ese ADN coincide con un pelo de mujer que encontramos en el cadáver de Jon y con un trocito de uña que había en su bolsillo. ¿Me dejas ver tus manos?

Alejandra las extendió sobre la mesa. Examinadas de cerca, con los dedos tan separados, parecían las manos de un palmípedo. Estévez cogió primero la derecha y observó las uñas. Hizo lo mismo con la izquierda. Alejandra lo miraba con expresión desafiante.

—¿Falta una uña? —preguntó.

Estévez soltó la mano que aún sostenía.

—Esta misma noche voy a tener los resultados. ¿Hay alguna posibilidad de que tu ADN coincida con el del pelo o con el de la uña?

—Era mi novio. Me lo follaba. Un pelo mío no es raro que esté en su cazadora, o en una camiseta.

Ahora lo miraba con algo parecido a la furia. Estévez aguantó la mirada unos segundos.

—Te estoy preguntando si estuviste esa noche con Jon en el columpio.

—Claro, como me espías y me has visto con otro chico, piensas que Jon no me gustaba. Pero no sabes una mierda. No tienes ni idea de lo que pasa en mi interior.

—Eso es verdad. Por eso quiero que me lo cuentes tú.

—Pues lo estoy pasando muy mal.

—No me cabe la menor duda.

—Vete a la mierda.

—¿Te importaría tratar con más respeto a la autoridad?

—Váyase a la mierda, inspector.

—Así me gusta.

Alejandra tomó aire. Una bocanada enorme que le infló el pecho. Estévez se obligó a no fijarse en ese movimiento.

—Yo he venido porque me fiaba de ti.

—¿De mí?

—Sí. Me pareciste un hombre en el que se podía confiar. Bueno, más que un hombre, un policía en el que se podía confiar.

—¿Y para qué has venido?

—Para presentar una denuncia.

—¿A quién quieres denunciar?

—A mi padre.

Estévez abrió los ojos y consiguió mantener calladas las frases sarcásticas que se le ocurrían en todas las situaciones de la vida. Se limitó a esperar a que la joven dijera algo más.

—Quiero denunciar a mi padre por malos tratos. Bueno, por violencia de género. Sé que puedo ir a un juzgado o a cualquier comisaría. Hay una cerca de mi casa. Pero quería decírtelo a ti. Pensé que tú me podías ayudar en esto. Aunque no sé, igual me he equivocado.

42

El doctor Coll había hecho un hueco a Sofía en la consulta. Tres cuartos de hora para repasar los últimos acontecimientos y poner en orden el tobogán de emociones en el que se había convertido su vida. En el fragor de la investigación, esa sesión con el terapeuta formaba una burbuja un tanto irreal. Un lugar en el que no cabían la urgencia ni el estrés. Allí se imponían la calma del despacho, la suavidad de la alfombra, el reflejo ambarino de la mesa de caoba y la voz reposada del doctor, monocorde incluso en los consejos más vehementes. «Es tu hijo, es mayor de edad desde hoy, debe aceptar tu nueva condición. Tienes que ir a su cumpleaños con la cabeza bien alta, vestida de mujer, que es lo que eres. No flaquees ahora, que lo estás haciendo muy bien.»

En su casa, Sofía se vistió de hombre con una cierta sensación de derrota, pero también paladeando el placer de desobedecer al terapeuta. Había algo raro en despojarse de las prendas femeninas y ejecutar frente al espejo ese ritual de travestismo. Carlos Luna la miraba como saliendo de su pasado y parecía burlarse de ella con una mueca de sorna. Sofía tomó aire. Aunque Natalia le había dicho que cenarían como pronto a las nueve, quiso llegar un poco antes. Pasaban unos minutos de las ocho y media cuando su ex le abrió la puerta. Lo recibió con una sonrisa ambigua.

—¿Qué estás haciendo aquí?

—Vengo al cumpleaños de mi hijo.

—No, por Dios, no —dijo Natalia, como anticipando una cadena de desastres.

—¿Ya has dejado de apoyarme, Nata? ¿También tú?

Natalia meneó la cabeza y le miró con aire compasivo.

—Pasa, idiota. ¿Cómo voy a dejar de apoyarte? Dani está en la ducha.

Sofía le tendió una botella de vino blanco que había comprado de camino. Sabía que a ella le gustaba mucho el vino de Rueda.

—Ponla a enfriar, anda —dijo sin coger la botella.

Sofía la metió en el congelador.

El horno estaba encendido y posiblemente sucio. Olía como a grasa quemada. Natalia debía de llevar mucho tiempo sin limpiar las paredes.

—No esperaba que vinieras, pero al menos te agradezco que vengas así.

—¿Disfrazada?

Natalia abrió la nevera y cogió una lata de cerveza. La sirvió en un vaso y se la tendió a Sofía. Se agachó para mirar el estado de la lasaña. Sacó un mantel de un cajón y lo extendió en busca de manchas poco decorosas para una celebración. No estaba a gusto con la visita y escondía su malestar en una actividad frenética.

—¿Le has dado ya tu regalo? —preguntó Sofía.

—Se lo voy a dar en la cena.

Natalia le había comprado un iPhone. Sofía le iba a pagar un billete de Interraíl para que se fuera de viaje en verano.

La mesa para la cena estaba en el salón. Le pareció que apenas había cambiado nada desde que ella se fue. Una lámpara nueva y poco más. Natalia no había querido mudarse después de la ruptura. Le gustaba ese piso espacioso, elegante, pese a que habían sido muy infelices allí. Se quedó un rato contemplando los grandes ventanales que daban al paseo de La Habana. Dejó de oír el ruido de la ducha. Fue a la cocina en busca de platos, cubiertos y vasos. Dani apareció con el pelo mojado y el pecho desnudo. Solo se había puesto unos vaqueros.

—Hola, papá.

—Felicidades, hijo.

No le dio un beso, hacía mucho que no sabía cómo dárselos. Dani era esquivo para las demostraciones físicas de afecto, y Sofía había aprendido a suplir esa laguna con sonrisas, con miradas, con entonaciones cariñosas.

—No sabía que venías.

—Hombre, por lo menos una pasadita para verte, que cumples dieciocho años.

—Qué bien huele.

—Creo que tu madre te está preparando tu comida favorita.

—Me voy a vestir.

Se metió en su cuarto. Sofía terminó de poner la mesa.

—Pon música —oyó decir a Natalia.

Se acercó a la estantería de los discos y escogió uno de jazz, de Thelonious Monk. Sabía que a Natalia le gustaba mucho. Las primeras notas del piano se adueñaron enseguida de la atmósfera. Sofía encendió la lámpara nueva. Tenía una pantalla verde y proyectaba una luz muy acogedora. Parecía que el salón, con esa luz y con un buen disco de jazz sonando, solo podía albergar una convivencia placentera. Pero no había sido así en absoluto.

Volvió a la cocina. Natalia estaba agachada frente al horno.

—Le faltan diez minutos.

—¿Qué más pongo? ¿Pan, agua?

—Servilletas. En ese armario.

Dani entró en la cocina. Se había puesto una camiseta negra.

—Mamá, Lorena no viene. Hemos quedado directamente en la fiesta.

—¿Y eso?

—Se le ha hecho tarde. ¿Cuánto queda para la lasaña?

—Diez minutos.

—Pues guardadme un poco. Me voy pitando, que voy a ir a buscarla.

Dani volvió a su cuarto, perseguido por Natalia.

—Pero ¿cómo te vas a ir? Estoy haciendo la lasaña para ti.

—Ya, mamá, pero hay cambio de planes. Me la como mañana, ¿qué más da?

—Me dijiste que tu fiesta era a las diez. Tienes tiempo.

—Tengo que ir a buscar a Lorena. Quiero ir con ella. Y le ha surgido no sé qué.

Dani rebuscaba en el zapatero de su armario. Encontró por fin las deportivas que quería ponerse. Se echó un poco de colonia y se metió en el cuarto de baño.

Natalia volvió al salón. Estaba furiosa. Pero antes de que pudiera decir nada, Sofía la calmó con un gesto.

—Me voy. Lo siento, Nata.

—No, ya quédate, y nos comemos la lasaña.

—Pensaba que esto era una celebración más...

—¿Más qué?

—No sé, algo más oficial. Cena, entrega de regalos, la novia presente, una copa.

—Solo quería cocinarle su plato favorito. Ya está. El cumpleaños lo celebra con sus amigos. Pero tú te has empeñado en venir.

Sofía sonrió tristemente.

—No te olvides de sacar el vino del congelador.

Le dio un beso en la mejilla y se fue. Decidió volver a casa dando un paseo. La luz del crepúsculo le venía bien a su estado de ánimo. No le importaba el ruido del tráfico. Solo quería llegar a casa y quitarse la ropa masculina. De pronto, sintió una enorme urgencia por vestir sus ropas de mujer. En la calle Piamonte, frente a su portal, había un grupo de jóvenes hablando entre carcajadas. Cuando se acercó a ellos, comprendió que no eran tan jóvenes.

—¿Dónde has dejado tu peluca?

La voz le resultó familiar. Reconoció a Óscar Fanjul, el socio de Nico. Sacó las llaves del bolsillo y se aprestó a abrir la puerta.

—No es él.

—Que sí es él, cojones, pero se ha quitado la peluca. ¿A que eres tú?

Nico también estaba, pero era peor fisonomista que su socio. Sin la peluca y el vestido le costaba ver a Sofía, que aún no había conseguido abrir la puerta.

—Te estoy hablando, maricón.

Uno de los amigos se encaró con ella.

—¿No te da vergüenza manchar el uniforme de la policía? ¿Es que ya no respetáis nada?

—No te acerques. ¿Me oyes? —Sofía se giró hacia él.

El hombre miró a sus amigos y extendió los brazos en plan teatral.

—Dice que no me acerque, Nico. ¿Qué hago? ¿Le meto dos hostias?

—Déjale —dijo Nico aproximándose al portal—. ¿No ves que ha entrado en razón? Se ha vestido de hombre. Está curado. ¿O no?

Óscar y el otro se sumaron al grupo.

—Eres una puta escoria. Si quieres vivir como una maricona, vete a la Casa de Campo a chupar pollas. Pero deja la policía.

—La policía es una institución seria, no es para payasos —dijo el que venía con Óscar. Remató la frase empujando a Sofía con un dedo, como si le diera asco tocarla. Sofía se giró hacia él.

—Tranquilo, campeón —dijo Nico—. Solo queremos saber por qué te vistes de hombre y de mujer según sople el viento. Tenemos mucha curiosidad.

—¿Por qué no os vais a tomar una copa por ahí? —preguntó Sofía—. ¿Queréis meteros en un lío?

—¿Nos invitas a una ronda, maricón? —preguntó Fanjul.

Uno de sus amigos celebró la ocurrencia con una risa nasal. Sofía los miró con pena y abrió la puerta. Notó un frescor en la oreja que le llegó hasta el tímpano. Alguien le había escupido. Se giró hacia ellos. Cuatro perros rabiosos con ganas de bronca. Cerró una mano con el manojo de las llaves dentro. Sentía ganas de romperle la cara a alguno de ellos. Probablemente solo le daría tiempo a atacar a uno, pero aun así podía merecer la pena.

—Una más y me lío a tiros aquí mismo. Os lo juro.

Se dio la vuelta y volvió a meter la llave en la cerradura.

—¿Y si te metemos un palo por el culo?

—Eso no, tío, que le encantaría.

Nuevas risas. Sofía empujó la puerta.

—¿Qué dice tu hijo de todo esto? —preguntó Nico—. Estará fardando en el colegio, ¿no? Tengo dos madres, tengo dos madres, y tú solo una.

Dijo esta última frase en tono de mofa, y fue muy celebrada por sus amigos. Nico estaba riéndose también y no vio venir el cabezazo. Empezó a dar alaridos de dolor. La nariz sangraba abundantemente. Sofía le dio un puñetazo en la boca del estómago que le dobló el cuerpo a Nico. Todavía tuvo tiempo de derribarlo de una patada. Todo fue muy rápido, tres golpes encadenados en un segundo. Fanjul se puso a insultar a Sofía, pero se lanzó a socorrer a su socio. Uno de los amigos voló con la pierna por delante y estampó la suela de su bota en el esternón de Sofía. El golpe no la derribó, pero sí lo hizo una llave del otro amigo, que la agarró del cuello y la volteó. Sofía se protegió como pudo de una cadena de patadas. Logró levantarse y empujar a uno de los atacantes. El otro la envió contra el portal de un empellón. Una esquina del buzón de publicidad se le clavó en un costado. Algo estalló en mil pedazos. Fanjul había lanzado una litrona contra Sofía, y la botella impactó contra la pared, muy cerca de su cabeza. Una vecina salió del portal.

—¿Qué hacéis aquí? ¡Voy a llamar a la policía! ¡Fuera de aquí!

Nico, con la cara ensangrentada, se acercó a la mujer.

—¡Mira lo que me ha hecho! ¡Este puto maricón está loco!

Sofía le empujó con fuerza, las dos manos contra su pecho. Salió de su rincón a la calle, con ganas de pelear.

La señora sacó un teléfono móvil y empezó a marcar.

—Estás muerto —dijo Fanjul.

—¿Policía? —dijo la señora.

—Vámonos de aquí, que huele a mierda —dijo Nico.

Se fueron. Sofía no se relajó hasta que doblaron por la calle Barquillo. La señora guardó el móvil en su bolso.

—¿Qué ha pasado?

—Nada. Gracias, Alicia.

—¿Estás bien?

—Sí, estoy bien. Son muy chulitos, pero luego no saben dar un puñetazo.

—¿Esos son los que han pintado el buzón?

Entró en el portal con Sofía y le mostró la pintada que habían hecho con grafiti. AQUÍ VIVE UN MARICÓN DE MIERDA.

—Sí, son ellos. Ahora la limpio.

Subió a su casa y bajó con un barreño de agua, dos bayetas y una esponja. Empezó a limpiar la pintada, hasta que los dolores que sentía por todo el cuerpo le impidieron continuar. Volvió a casa, se tomó una aspirina y se acostó. Enseguida comprendió que no iba a poder dormir.

43

En el jardín de los Senovilla había una mesa para dos personas, y esas personas eran Sunilda y Mara. Las viandas ya estaban dispuestas. Un platito de calabacines rellenos de arroz y chorizo, receta caribeña con un toque español porque, como decía Suni, «acá no es fácil encontrar nuestras especias». De segundo había pollo guisado, blandito, suculento, cocido al amor de la lumbre durante un par de horas. De guarnición, un plato de tostones, el tradicional plátano frito que no puede faltar en una mesa dominicana. Y por si Mara quería una inmersión más caribeña, Sunilda había preparado un aderezo autóctono, el agrio de naranja, que podía añadirle un poco de picante a la comida, pero sin provocar apuros en los tímidos paladares españoles.

—A ti no sé si te gustará, pero mi hija se levanta de la mesa si no tiene a mano este aderezo —explicó Suni.

Mara se sirvió un chorrito en el plato y lo probó con la punta del tenedor.

—¡Está buenísimo!

—Pues ponte más —sonrió Suni.

Había pasado la tarde cocinando esos platos. Rosa había entrado en la cocina atraída por el olor.

—Qué bien huele, Suni.

—Estoy preparando comida de mi tierra, si no le importa.

—¿Te parece el mejor día para esto?

—Es el cumpleaños de mi hija, y así me acuerdo de ella. No me lo tome a mal, señora.

—Acaban de darnos el cuerpo de Pablo. Creo que Julio va a pasar la noche en el tanatorio. Y yo no tengo muchas ganas de cenar.

—La comida puede quedar para mañana.

—Muy bien, Suni.

Rosa se marchó. Durante unos minutos, Suni se quedó removiendo el guiso con aire maquinal. Un poco antes de las ocho, se formó un revuelo en la casa de los vecinos. Dos policías sacaron a la calle a Joaquín Bálmez, esposado. Le acompañaba Mara, pero la niña no se subió al coche. Lo vio alejarse y se metió en su casa. Media hora después, Mara llamó al telefonillo. Suni abrió la puerta y la niña entró y se acurrucó en el columpio. Entonces alumbró la idea. Fue al cuarto de Rosa y le preguntó si podía cenar con Mara en el jardín, que la pobre estaba pasando una mala racha. Rosa estaba en la cama leyendo un manuscrito. No le importó. A Mara le encantó la propuesta, y Suni se sintió muy feliz de tener esa compañía y de poder hablar de su tierra y de su hija.

—¿Puedo mezclar esta salsa con el tostón?

—Claro. Mi hija lo mezcla con todo.

—¿Cómo se llama?

—¿La salsa? Agrio de naranja.

—Tu hija.

—Mi hija se llama Liana.

—¿Liana? ¿Como las lianas de Tarzán?

—Eso.

—Me gusta. ¿Cuántos años cumple?

—Los mismos que tú. Trece.

—Si viviera aquí, podríamos ser amigas.

—Huy, no creas, Liana es tremenda criatura. Sois muy distintas.

—¿Por qué? —Mara mojó un tostón en la salsa y se lo llevó a la boca. Estaba comiendo con un apetito voraz.

—Tú eres más tranquila. Liana está siempre en la calle, con pandillas, con chicos. Ahora tiene un novio de veinte años.

—¿La dejan salir hasta la hora que quiera?

—No es que la dejen, pero ella sale. Es distinto, con trece años allí eres una mujer. Y aquí eres una niña.

Mara se lamió una gota de salsa que se le había quedado en el labio.

—Qué envidia.

—Es mejor lo tuyo, hazme caso.

—Yo creo que no.

—Deja de servirte agrio, que te va a hacer daño. ¿Te pongo un poco de pollo?

—¡Sí!

Le tendió el plato. Suni le sirvió una buena ración.

—Ya verás lo riquísimo que está.

El timbre del telefonillo interrumpió la conversación. Era la subinspectora Manzanedo, que quería hablar con Mara. Le habían dicho en su casa que seguramente podría encontrarla allí.

—Estábamos cenando las dos, muy tranquilitas. Si gusta un poco de comida de mi tierra...

—No, gracias —dijo Laura acercándose a la mesa.

—Creía que el miércoles era su día libre.

—Me ha pedido la señora que me quede. Con todo lo que está pasando... —explicó la asistenta.

Mara tenía la boca llena.

—Esto está buenísimo, Suni.

—¿Qué te dije?

—Hola, Mara —dijo Laura.

Mara contestó al saludo con algo que se parecía a un gruñido. Se acababa de meter un buen trozo de pollo en la boca y no podía hablar. La dominicana se sentó a la mesa.

—Suni, ¿le importaría dejarme a solas con Mara unos minutos? No tardo nada.

—Voy a prepararle a la señora su infusión —dijo levantándose—. Siempre le llevo una a estas horas.

Además de la infusión, cortó un pedacito de bizcocho relleno de piña que tenía reservado para el postre. Se lo llevó a Rosa en una bandeja.

Laura se sentó junto a Mara.

—¿Qué tal estás?

—Bien.

Mojó pan en la salsa del guiso y se lo llevó a la boca, como para demostrar con este gesto que en efecto lo estaba.

—Han detenido a tu padre.

Mara asintió. No parecía muy afectada. O no quería reflejarlo.

—Supongo que habrá sido un momento duro para ti.

Laura comprendió que por ese camino no le iba a sacar nada a la niña. Se refugiaba en la comida y en el silencio.

—Mara, la noche que murió Jon, alguien preparó esta mesa para una cena. Ahora que te veo cenando con

Suni, me ha parecido que a lo mejor estaba preparada para ti.

—Mmm —dijo Mara meneando la cabeza. Un hueso afilado de pollo brotó de sus labios. Parecía un truco de prestidigitador—. Esa noche Suni libraba.

—¿Ibas a cenar tú con Jon esa noche?

Mara movió la comida dentro de la boca, para asegurarse de que no había más huesos. Luego tragó.

—Me invitó a cenar, sí. Me dijo que teníamos la casa para nosotros. Que me llamaría cuando llegara. Pero luego no me llamó.

—¿Por qué no te llamó?

Mara se encogió de hombros.

—¿No te extrañó?

—Sí. Pensé que le tenía que haber pasado algo malo. Pero no tanto como luego fue.

—¿Por qué no le llamaste para ver qué pasaba? ¿Sabías que no tenía móvil?

—Sí tenía móvil. El mío.

—¿El tuyo?

—Yo le dejé mi móvil. El suyo se lo estaban arreglando y el que le dieron de sustitución no le gustaba.

—¿Jon estuvo los últimos días funcionando con tu móvil?

—Sí.

—¿Dónde está ese móvil?

Mara se encogió de hombros otra vez.

—No lo sé. Ojalá aparezca. Mi madre no me quiere comprar otro. Y mi padre no sé yo...

Laura sacó su libreta.

—Dime tu número de teléfono, anda.

Lo anotó. Ese era el móvil que había que rastrear urgentemente. Lo que fuera que pasara aquella noche, el percance o noticia que había descompuesto los nervios de Jon, podría haber sucedido vía telefónica.

—Si aparece el móvil, me lo dais, ¿vale?

Laura asintió. Mara cogió un tostón, lo manchó de salsa y se lo llevó a la boca.

—¿Llamamos a Suni? —dijo con la boca llena—. Es que se le va a enfriar.

—¿Te gustaba mucho Jon?

Mara asintió.

—¿Y tú a él?

Ella asintió de nuevo.

—¿Os llegasteis a besar alguna vez?

Mara dio un respingo y estuvo a punto de atragantarse. El ataque se quedó en un par de toses y en un buen trago de agua.

—¿Cómo nos vamos a besar? Me sacaba diez años.

—No lo sé. Solo preguntaba.

—No. Pero me iba a esperar. Estoy segura. ¿Sabes lo que me ha dicho Suni? Que si viviéramos en Santo Domingo podríamos haber estado juntos Jon y yo. Allí es normal. Pero aquí no. —De pronto estiró el cuello hacia la casa—. ¡Suni, que se te enfría todo!

Laura llamó a Sofía para contarle las novedades. Le sorprendió que tuviera el móvil apagado y decidió presentarse en su casa. Un vecino salía y Laura puso el pie en la puerta para no tener que llamar al telefonillo. Vio la pintada medio borrada en el buzón y subió deprisa los dos tramos de escaleras. Sofía abrió al cuarto timbrazo. Estaba vestida de hombre y se tambaleaba de una forma grotesca. Ni siquiera en las gloriosas noches de Carlos Luna le había visto tan borracho.

—¿Qué ha pasado?

Sofía se dejó caer en el sofá.

—Me han pegado.

En la mesa había una botella de whisky. El vaso estaba en el suelo, junto al sofá. Laura lo recogió.

Se sentó junto a ella y logró arrancarle un relato confuso de lo que había sucedido.

—Anda, acuéstate.

No parecía capaz de levantarse, así que Laura la ayudó. La llevó a la cama y Sofía se tumbó.

—Duerme la mona y mañana hablamos. Yo voy a estar en el sofá. Si quieres algo, me llamas.

—Vete con tu marido —dijo Sofía arrastrando la voz—. Se va a enfadar si no vas a casa.

Laura se sentó en la cama y le acarició el pelo.

—¿Te han hecho mucho daño?

Sofía apretó los ojos.

—Estoy en el salón. Luego vengo a verte. Ahora tienes que dormir.

—Gracias —musitó Sofía.

Laura apagó la luz. Se puso un dedito de whisky, se recostó en el sofá y saboreó las novedades de la noche. Le gustaba sentirse buena persona. Y también agradecía que la vida le pusiera tan a mano una excusa natural, perfectamente defendible, para no volver a casa.

44

Por la mañana, al verse en el espejo, se asustó de su aspecto. Tenía la cara hinchada, un corte debajo del ojo y un hematoma muy feo en el costado. Lo peor de todo era que los dolores no habían remitido. Al anticipar los comentarios en la Brigada, echó de menos su vida masculina. Un policía con moretones y heridas se ha podido meter en una pelea en acto de servicio; una policía con ese mismo aspecto es una mujer maltratada. Con estos tristes pensamientos machistas se dirigió a la cocina. Laura había preparado el desayuno. Sofía disimuló el asco que le daba el olor del café.

—Buenos días, ¿qué tal has dormido? —dijo Laura con una sonrisa.

—Mejor que tú. El sofá del salón es muy incómodo.

—No hace falta que lo jures.

—¿Por qué no te has ido a casa? No necesitaba una canguro.

—No me pareció que estuvieras muy bien. Tienes una pinta espantosa.

—Gracias por los ánimos.

Se sentó a la mesa y dejó escapar un lamento de dolor.

—¿Te duele?

—Creo que tengo un par de costillas rotas.

—Pues ahora mismo nos vamos a Urgencias.

—Tenemos reunión a las diez, no te olvides. Luego voy.

—¿Sigues desayunando pan con aceite y jamón?

—Laura, muchas gracias por todo. Pero no quiero nada. No me encuentro bien. Lo mejor es que nos vayamos cuanto antes a la Brigada.

—¿Puedo desayunar yo, o estoy castigada?

A las diez en punto estaban en la sala de reuniones. Sofía explicó con vaguedad lo que le había pasado, un encuentro con Nico y sus amigos de ultraderecha. Su cara de dolor y la seriedad de su rostro disuadieron a los demás de preguntar por los detalles.

Estévez abrió una carpeta que tenía sobre la mesa. Eran los resultados de la Policía Científica sobre el ADN de Alejandra: no coincidía con la uña ni con el pelo encontrados en el cadáver de Jon. Esto no la absolvía de culpa, pero desde luego no la señalaba con el dedo, como Estévez había esperado. La subinspectora Lanau aportó otro indicio absolutorio.

—Ayer denunció a su padre, y lo hizo con toda tranquilidad. Eso indica que no le preocupaba mucho si Jon lo denunciaba o no.

—Eso no lo podemos saber —dijo Moura.

Estévez se volvió hacia él.

—Moura, te aseguro que esa chica estaba muy convencida de lo que hacía.

—Solo digo que eso no demuestra nada. La gente puede empezar viendo un problema con mucha angustia y asimilarlo poco a poco según pasan los días hasta tomárselo como un problema normal.

Tal vez Moura tuviese razón, pero a Sofía le faltaba paciencia para asistir a una discusión construida a base de sutilezas. Antes de que la cosa pasara a mayores, tomó las riendas de la conversación.

—Moura, ¿has averiguado algo sobre Sunilda?

Las pesquisas de Moura confirmaban lo que Laura había sabido por boca de la dominicana. En efecto, había llegado a España hacía siete años y la conocía el dueño del locutorio de Ventura Rodríguez, lugar al que ella acudía con frecuencia para hablar con su hija adolescente. Caridad había avanzado un poco más en la inspección del correo electrónico de Jon, pero ahora iba a empezar a hacer el barrido del móvil de Mara, el que usaba Jon la noche de su muerte. De la correspondencia de Jon no había extraído ninguna información relevante, pero quiso leerles un mensaje que ilustraba bien la manera de pensar del joven.

—«Según pasa el tiempo me agota más y más el mundo de los adultos —leyó Caridad—. Tengo la impresión de que la personalidad del hombre se va haciendo más compleja, pero en un sentido negativo, y su camino más tortuoso a medida que se aleja de la inocencia de la infancia. Empiezo a pensar que la inteligencia no tiene nada que hacer en el combate contra el encanto y la ingenuidad. Para mí, esas cualidades son puras y hablan de la belleza de la vida, mientras que la inteligencia habla de la oscuridad, de la ambición y de cosas feas.»

—Conmovedor —dijo Estévez cuando Caridad levantó la vista del papel—. ¿Para qué coño nos sirve este texto que nos has endilgado?

—Me ha parecido interesante.

Laura decidió echarle un cable a Caridad.

—Lo es, Estévez. Todo lo que nos ayude a entender cómo era Jon está muy bien.

Tenía ganas de añadir que en ese mail se hallaba la explicación del amor de Jon hacia Mara, buena encarnación de esa inocencia que él echaba de menos en el mundo. Pero no se atrevió a tanto. Aun así, explicó que el misterio de la cena para dos estaba resuelto.

Sofía tenía sobre la mesa el informe de la autopsia de Pablo, que apuntaba a la posibilidad del suicidio. Los cortes en la muñeca y en el cuello describían una trayectoria de izquierda a derecha. No había señales defensivas en el muerto, lo que excluía un ataque por sorpresa. Tampoco había indicios de que el doctor Senovilla hubiera sido sedado para anular su resistencia. El análisis de tóxicos daría una información más exhaustiva. Podría ser que el hombre estuviera bajo los efectos del alcohol o de las drogas, y en ese caso se podría considerar nuevamente la posible acción de una tercera persona. Pero el análisis de las pupilas invitaba al forense a descartar esa hipótesis. La Policía Científica aún estaba trabajando en las huellas del cuchillo, y Laura no daba por cerrada la búsqueda de testigos que pudieran haber visto algo. Esa noche se pasaría por el bar que frecuentaba el médico.

Sofía, cada vez más dolorida, expuso sus sospechas sobre Nico. Pidió a Bárbara que investigara las actividades de ese grupo de ultraderecha. Fue la última orden que dio sobre el caso Senovilla, porque a los pocos segundos el comisario Arnedo interrumpió la reunión para pedirles a Sofía y a Estévez que lo acompañaran a su despacho. Nico había presentado una denuncia contra Sofía Luna por agresiones.

—¿Quieres que te enseñe las marcas de las suyas? —dijo Sofía.

—No, no quiero.

Giró la pantalla del ordenador para que los dos inspectores pudieran ver los titulares de un periódico digital. «El policía transexual agrede a un testigo del caso Senovilla.»

—Por supuesto, no dice que me provocaron.

—Lo peor no es que hayas salido en prensa —dijo Arnedo—. Lo peor son las redes sociales. Ahora mismo eres *trending topic* en Twitter. ¿Quieres saber cuál es el hashtag?

—Me lo puedo imaginar.

—Brutalidad policial.

—¿Qué hiciste anoche, Luna? —preguntó Estévez—. ¿Duplicaste la ración de hormonas?

—Eran cuatro fachas atacándome por ser transexual. Fue un momento espantoso, os lo puedo asegurar. Una vecina es testigo de lo que pasó.

—¿Por qué ibas de hombre? —preguntó Arnedo.

Sofía lo miró sin entender la importancia de la cuestión.

—Te leo un tuit —siguió Arnedo, y bajó con el ratón hasta encontrarlo—. «El poli trans se viste de hombre para dar hostias y de mujer para sacar información.» «Metehostias y Mata-hari.» Eso va en otro tuit. Retuiteado trescientas veces.

—¿Ibas vestida de hombre? —preguntó Estévez.

—¡Qué más da si iba de hombre o de mujer! —dijo Sofía levantándose—. ¡Eso es asunto mío, cojones!

—Siéntate, Luna, que esto es serio —pidió Arnedo.

—¡A ese puto niñato le tenía que haber arrancado la cabeza!

—No hacía falta —respondió Arnedo—. Solo con lo que has hecho a Gálvez le parece ya lo suficientemente grave.

—¿Me va a castigar?

—Gálvez no castiga, no se rebaja hasta ese punto. Solo da su opinión.

—Esa distancia es muy sana, díselo de mi parte —opinó Estévez.

—Pero yo sí castigo.

Sofía lo miró largamente. Arnedo estaba serio y parecía cansado, como si llevara varios días durmiendo mal.

—Siéntate, Luna, que esto no es fácil para mí.

Ella se sentó para esperar su condena.

—Puede que esté grabada la pelea. Hay una sucursal de Bankia al lado de tu portal.

—Lo sé, pero no creo que se vea bien. Me arrinconaron en mi portal.

—¿Es posible que se vean las provocaciones previas?

—Puede. Estaban esperando a que llegara. Y pintaron mi buzón con insultos.

—Haz una foto de esas pintadas.

—Las he limpiado —lamentó Sofía.

—Muy cívica —dijo Estévez—. Y muy poco práctica.

—Soy gilipollas.

—No pasa nada —dijo Arnedo. Vamos a pedir esa grabación. Con total secretismo, claro está. Lo último que nos faltaba sería que alguien filtrara las imágenes a YouTube.

—Me gustaría estar presente cuando lleguen.

—Eso no sé si va a ser posible.

—Es una denuncia contra mí. Me gustaría poder defenderme.

—Trae a esa vecina. Esa testigo es fundamental.

—Ahora mismo la llamo.

—Luna, estos procesos son largos, no podemos esperar a que un juez se pronuncie.

—¿Qué quieres decir con eso?

—El escándalo está en la prensa y en las redes sociales y Gálvez quiere una reacción inmediata por mi parte.

—¿Me suspendes de empleo y sueldo?

—Tres días. Gálvez quiere más, quiere sangre. Pero le voy a convencer de lo siguiente: te pongo una falta leve, eso son tres días. Es lo mínimo que puedo hacer. En prensa pueden sacar el titular de que el policía transexual está suspendido. A lo mejor con eso Gálvez se calma.

—Lo de que soy transexual sobra por completo, ¿no te parece?

—Eso explícaselo a los periodistas —dijo Arnedo.

—Bueno, déjalo. Tres días. ¿Y luego qué?

—Vamos a ver esas imágenes y hablaremos con la testigo. En función de eso, veremos si se queda en falta leve o si tenemos que considerarlo una falta grave.

—¿Cuándo se hace efectiva la suspensión?

—Ya. El caso Senovilla lo va a coger el inspector Estévez.

—Estupendo, pues me voy a Urgencias. Creo que esos animales me han roto un par de costillas.

—Si eso es así, trae el informe médico. Te servirá de ayuda.

Sofía se levantó. Puso una mano en el hombro de Estévez.

—Suerte.

—Para ti también.

Sofía le contó a Laura las novedades. Su compañera no daba crédito.

—Esos cabrones te tienen enfilada. Te estaban esperando.

Podía ser. Mientras aguardaba en el hospital a que le dieran las radiografías, Sofía prefirió pensar que no estaba siendo víctima de una persecución. Había agredido a una persona y merecía el castigo. Eso era así. Se podía escudar en la injusticia de que un ciudadano normal tiene la sartén por el mango en el enfrentamiento con un policía. Ella, como representante de la autoridad, quedaba sujeta a ciertas normas de conducta. El castigo era justo y Arnedo había sido un buen compañero. Tenía que evitar caer en el victimismo por su condición de transexual. No podía vivir en un estado constante de susceptibilidad. Se consoló al imaginar al doctor Coll admirando su resolución. También Natalia estaría orgullosa de ella. El médico le dio las radiografías. Tenía una costilla rota, lo mejor era el reposo. Le pidió un informe al médico pensando en el juicio que tendría que afrontar. Cayó en la cuenta de que era urgente hablar con la vecina. La intentaría localizar al llegar a casa. O quizá mejor por la tarde. Ahora solo quería tomarse dos analgésicos fuertes y meterse en la cama.

VI

La mujer en la Edad Media

Todo suena a cosa leída o vista. Falta originalidad. Lo de las mujeres encarceladas por organizar reuniones de lectura lo saca Salcedo en una novela y ni siquiera le citas. Desatención, casualidad, o es que has salido a tu padre. Esperemos que no.

(Comentarios de Blas Hermida a la tesina de Jon. Nunca encontrados por la policía)

45

El mundo es de las mujeres que intentan escapar de una relación tóxica y de un marido que se dejó el amor olvidado en algún sitio, como el que olvida un paraguas. Pero eso Mara no podía comprenderlo. En su diario había muchas anotaciones sobre sus padres. Todas eran de carácter positivo. Pinceladas de una vida doméstica agradable, llena de ternura y complicidad. Hoy papá ha saludado a mamá con un beso. Hoy mamá ha dicho una cosa divertida y papá se ha reído. El diario de una niña fantasiosa que quiere conjurar una pesadilla. Hoy papá y mamá han cocinado juntos. Hoy papá ha puesto un disco y ha sacado a bailar a mamá. El intento desesperado de una niña por prolongar el paraíso de la infancia.

Su padre, a esas horas, estaría en un calabozo o prestando declaración ante el juez. Le podían meter en la cárcel, según le habían dicho. En el mejor de los casos, le pondrían una orden de alejamiento y no podría acercarse a ellas. Pero cuidado, los hombres despechados son capaces de cualquier cosa. Muchas veces hacen daño a los hijos de la pareja, el punto débil de la mujer que ha dado el paso de denunciar los malos tratos. Estas advertencias se las había hecho Laura, la chica que acompañaba normalmente a la inspectora Luna. A Mara le gustaba más la inspectora Luna porque el primer día era un hombre y después se empezó a vestir de mujer. Le parecía fantástico que un policía jugara a disfrazarse de esa forma. Los adultos dejaban de jugar a medida que se hacían mayores, y en cambio esa mujer seguía considerando que el juego de la vida no se había terminado. A la vez le daba pena, porque se vestía de mujer y se notaba mucho que era un hombre. Parecía sufrir, parecía divertirse con el juego, era feúcha, pero era maja. Le caía bien.

Esa noche podría haber sido tranquila, ya que su padre estaba detenido, pero a primera hora de la tarde los gritos sonaban más fuertes que nunca. Discutían su madre y su hermana.

—¿Por qué te metes? ¿Quién te ha pedido ayuda?

—Lo hago por ti, ya no puedo más. Verte todo el día deprimida, llorando.

—Sé lo que hago, yo sé cómo tratar a tu padre.

—Pero si no haces otra cosa que llevarte hostias.

—¿Te pega a ti? ¿Te ha pegado alguna vez?

—No.

—¡Pues entonces no te metas! Esto es asunto mío.

—¡Y mío! ¡Y de Mara! Que nosotras también vivimos aquí.

Mara salió de su cuarto y se sentó en el primer peldaño de la escalera. La discusión era en el piso de abajo. Se oían pasos, no estaban sentadas en el sofá ni en la mesa de la cocina. Su madre lloraba y de vez en cuando decía una frase en voz alta. Alejandra intentaba tranquilizarla, pero no era fácil.

—¿Qué va a pasar ahora? —decía su madre.

—Que vamos a tener una vida mejor.

—¿Por qué no me consultas las cosas antes de hacerlas?

Alejandra volvía a explicar que lo había hecho por su bien, por el bien de todas. Que saldrían adelante sin su padre.

—Pero ¿tú te crees que no va a volver? ¿Tú te crees que lo puedes expulsar de su casa así como así? ¡No seas ingenua, hija!

Nuevos pasos de un lado a otro del salón. ¿Qué estarían haciendo? Más gritos. Se decían los mismos argumentos con otras palabras, como esperando a que alguna nomenclatura del problema cristalizara por el método de ensayo y error y entonces ya no quedara más que decir. Salvo que eso no ocurría nunca.

—Yo no le he dicho a la policía que tu padre me pega.

—Pero ¿estás loca, mamá? ¿Por qué no se lo has dicho?

—Porque no me da la gana de acusar a mi marido. No quiero.

—¿Qué les has dicho?

—Que se le ha ido la mano alguna vez, que nada grave.

—Vete a la mierda, mamá. Entonces claro que va a volver. Y me va a matar a mí.

—Pero ¿qué querías que hiciera?

—¡Eres una cobarde! ¡Sigue así, sin abrir la boca hasta que estés muerta!

De pronto se apagaron las voces y el silencio se adueñó de la casa. Mara intuyó que alguna de las dos estaba a punto de subir al piso de arriba. Se refugió en su cuarto. No quería que la sorprendiesen espiando en la escalera. En efecto, se oyeron pisadas en los peldaños que Mara adjudicó a su madre. El silencio duró un buen rato. Hasta que llegó la voz de Alejandra, que también había subido.

—¡Mamá! ¿Qué has hecho, mamá? Pero ¿estás loca?

Mara deseó intensamente que su madre respondiera algo, aunque fuera un grito, un reproche o un insulto. Pero ya no había réplicas de su madre. Solo sonaba la voz de Alejandra, cada vez más nerviosa.

—¿Cuántas te has tomado? ¡Mamá, responde! ¿Te has tomado todo el frasco? ¡Mamá, despierta!

Mara metió la cabeza debajo de la almohada. Deseaba despertar al cabo de unos días y que todo estuviera bien, encontrar a su padre con un plato de tostadas y el café humeante del desayuno. Sentarse con él y anticipar la aparición de su madre, recién salida de la ducha, con el pelo mojado y oliendo al gel de menta que tanto le gustaba. Esas treguas que el día les reservaba de vez en cuando para crear una sugestión de armonía familiar.

Alejandra abrió la puerta de su cuarto de un fuerte embate.

—¡Deprisa, Mara, ayúdame! ¡Vamos, levanta!

La arrastró hasta el cuarto de su madre. Estaba tumbada en la cama, inconsciente, un mechón de su rubio cabello colgando por un lado de la cama y casi rozando el suelo.

—Intenta despertarla. Voy a llamar a una ambulancia.

—¿Cómo la despierto? —preguntó Mara.

—Como sea. Dale bofetadas, échale un vaso de agua a la cara. Vamos, Mara, date prisa.

Alejandra salió con el móvil en la mano. Llamó a una ambulancia. Después llamó al inspector Estévez y le rogó que viniera deprisa. Mara fue al cuarto de baño, vació un vaso que contenía dos cepillos de dientes y un tubo de pasta dentífrica, lo llenó de agua y se la tiró a su madre a la cara. Nada. Corrió al cuarto de baño, llenó el vaso de agua y esta vez levantó la cabeza de su madre sosteniéndole la nuca y se aseguró de que el golpe de agua le acertara de lleno en el rostro. En un segundo de pánico se preguntó si no estaría aprovechando la emergencia surgida para tratar a su madre con saña. Adela empezó a toser y tuvo una arcada, pero no vomitó. Alejandra entró en el dormitorio.

—Ya están en camino. Me han dicho que haga café, que tiene que vomitar.

—¿Le echo más agua?

Alejandra advirtió que su madre abría y cerraba los ojos. Era un avance.

—¡Mamá! Despierta, mamá.

Pero a la mujer se le cerraban los párpados.

—Háblale —ordenó Alejandra mientras se dirigía a la puerta.

—¿Y qué le digo?

—Lo que sea, Mara, tú háblale.

Se fue escaleras abajo hacia la cocina, para preparar a toda prisa la cafetera. Mara le dio una bofetadita a su madre, que se estaba quedando dormida otra vez.

—Mami... Mami, no te duermas.

—¡Háblale! —sonó la voz de Alejandra desde el piso de abajo.

—Mami, no hace falta que me compres el móvil, ¿vale? Tú ponte buena y te prometo que no te pido que me compres un móvil nuevo. Ya no te voy a dar la matraca. Suda del móvil. De verdad. Suda.

La conversación no daba resultado. Y además Mara se sentía ridícula hablando así con su madre. De hecho, confiaba en que no estuviera registrando la conversación, pues el móvil nuevo lo quería de verdad. Decidió echarle más agua en la cara, pero su madre parecía haber entrado en una fase más aguda, porque ya no se despertaba. Mara se empezó a poner nerviosa. Inspiró el olor a café y por alguna razón eso la tranquilizó un tanto. Se oyó un grito de Alejandra. Subía tan rápido con la cafetera que un poco de café derramado le había caído en la mano.

—Incorpórala —dijo según entraba.

Mara trató de hacerlo mientras Alejandra servía café en un vaso, el mismo que había usado Mara para echarle agua en la cara. Un vaso con manchas de pasta de dientes y con el poso que deja la agüilla estancada tras varios días de uso. Pero no había tiempo para pararse en tonterías. Entre las dos consiguieron que Adela diera un sorbo al café. Le sobrevino una arcada al instante, pero no vomitó. Volvieron a darle un sorbo. Nada. Sonó el timbre de la puerta. Alejandra pareció disgustarse con lo inoportuno de la llamada, pese a que venían a ayudarla. Era como si le molestara verse relegada a un papel secundario. Bajó corriendo las escaleras y abrió la puerta. Eran el inspector Estévez y la subinspectora Lanau.

—Mi madre se ha tomado un frasco de pastillas.

—La ambulancia está en camino —dijo Estévez—. ¿Cuántas se ha tomado?

—No lo sé.

Subieron al dormitorio. Mara estaba intentando darle otro sorbo de café. La subinspectora Lanau tiró de los párpados de un ojo de Adela para estudiar su pupila. Estévez la incorporó cogiéndola por los sobacos y pidió que le dieran un buen trago de café. Adela vomitó. La ambulancia llegó enseguida y se la llevaron al hospital. Alejandra quiso viajar junto a su madre. Bárbara se ofreció a llevar a Mara en el coche, pero la niña prefirió quedarse en casa.

Le hicieron a Adela un lavado de estómago. Estaba muy grave. En la sala de espera, Alejandra se mordía las uñas y lamentaba haberse dejado el móvil en casa. Le hubiera gustado poder hablar con una amiga para desahogarse. Le ardía la mano por la quemadura del café, pero no tenía ganas de pedirle a una enfermera que le aplicara una cura. Estévez se sentó junto a ella.

—No se ha tomado bien que denunciaras a tu padre.

Alejandra dejó escapar una sonrisa fatigada. Era más bien un suspiro.

—¿Tu madre no sabía que habías decidido denunciar el maltrato?

Un puntito de sangre asomó en la uña que Alejandra se estaba mordiendo. Había llegado demasiado lejos. La invadió una oleada de dolor en la mano quemada, una oleada que se extendió por todo el cuerpo. Alejandra movió la mano en el aire en un reflejo nervioso, como si quisiera secársela al sol. El dolor golpeaba con latigazos ardientes. Se inclinó hacia delante y se cubrió el rostro con las dos manos para que el inspector no la viera llorar. Bárbara se acercó.

—¿Quieres que me quede yo con ella?

—No. Déjame a mí. Gracias, Lanau.

Bárbara se retiró. Estévez le dio un par de palmadas a Alejandra en la espalda.

—Suéltalo todo. Desahógate. Son muchas emociones a la vez.

Sonó una frase de Alejandra amortiguada por el llanto y por la presión de sus manos en el rostro. Aun así, Estévez creyó entender que preguntaba qué iba a pasar si su madre se moría.

—No se va a morir.

Alejandra se incorporó.

—El médico ha dicho que está muy grave.

Tenía la cara roja, empapada de lágrimas y de mocos. Estévez sintió un acceso de ternura por esa joven que lo estaba pasando tan mal.

—La han cogido a tiempo. El lavado de estómago suele funcionar, pero tiene que salir del coma. Un poco de paciencia y tendrás otra vez a tu madre en casa regañándote por llegar tarde por las noches.

—Tengo veintidós años, ¿eh?

—Perdón, ya eres mayorcita, no tienes hora de llegar a casa. Es que te veo como a una niña.

—Pues no lo soy.

La pulla de Estévez le devolvió a Alejandra de golpe buena parte de su carácter. Se sonó los mocos y se mostró algo más tranquila.

—¿Qué pasa si no sale del coma?

Estévez la miró unos segundos. Alejandra esperaba una respuesta y él decidió dársela.

—En el caso improbable de que tu madre no salga de esta, te quedarás huérfana de madre. Eso es horrible. Pero como tú bien has dicho, ya tienes veintidós años. No eres una niña y la vida sigue.

—¿Y Mara?

—Mara lo pasaría mal.

—¿Quién se quedaría con ella? Porque mi padre está denunciado.

—Mara se quedaría contigo.

—Yo me quiero ir de aquí. Quiero estudiar en Estados Unidos. Paso de mi familia, de mi casa y de mi vida aquí.

—Estados Unidos. No es mal plan, ¿qué vas a estudiar?

—He pedido una beca para hacer allí el doctorado, pero primero tengo que acabar la carrera, claro. Todo es una mierda.

—¿Por qué es una mierda? En junio acabas la carrera, tu madre se pone buena, te dan una beca y te vas a Estados Unidos a comer hamburguesas y engordar un poco, que buena falta te hace.

—Me queda también una asignatura de segundo.

—¿A estas alturas?

Alejandra asintió. Estévez se dio cuenta de todo en un instante de lucidez.

—¿Arrastras desde segundo la asignatura de Blas Hermida?

Ella asintió. Puso una mueca de dolor y se sopló la mano en la zona de la quemadura.

—Eso es lo que quería Jon que denunciaras.

Alejandra no entendió a qué se refería, pero Estévez se lo explicó.

—Te oyeron discutir con él. Te oyeron decir «si lo denuncias no te vuelvo a hablar en mi vida». Creíamos que esa frase se refería a tu padre. Pero no es así.

Ella no dijo nada. Estévez siguió metiendo el dedo en la llaga.

—Jon quería que denunciaras a Blas Hermida.

Se le achinaron los ojos a Alejandra, le temblaron los labios y compuso un puchero, como los niños pequeños. Parecía que iba a empezar a llorar otra vez, pero aguantó el tipo.

—Te está poniendo caro el aprobado, ¿verdad?

Alejandra rompió a llorar. Un llanto impúdico, tanto que ni siquiera consideró la posibilidad de esconderlo tras las manos o de girarse un poco para negarle el rostro al inspector. Alejandra lloraba y Estévez pensó en el río de fango que se esparcía por todos los rincones de este mundo, un pensamiento triste que le visitaba muchas veces. El fango capaz de convertir a una joven llena de encanto en una niña fea y llorona.

—Me obliga a ir a su casa —musitó Alejandra entre hipidos—. Me dice que me desnude. O se desnuda él y me pide que le toque. O...

El llanto arreció justo para aplastar el final de la frase. Estévez tuvo que esperar a que la terminara.

—... o que se la chupe.

—¿Cuánto tiempo lleva ese cerdo chantajeándote?

—Dos años. Pero a Jon se lo conté hace un mes.

—¿Y tú por qué no querías denunciarle?

—¡Porque necesito que me apruebe, necesito irme de aquí, escapar de la mierda de familia que tengo!

La frase nació con tanta rabia que ningún acceso de llanto pudo interrumpirla. Después la inundó la vergüenza y se vio incapaz de sostener la mirada del inspector.

—Tranquila, yo no te juzgo. Solo quiero saber lo que pasó. Ven.

Hizo algo que se había prometido no hacer: abrazarla. Alejandra se sumergió de lleno en el abrazo y así se quedaron unos segundos. Bárbara Lanau miraba la escena con un gesto que a primera vista parecía imperturbable. Pero había oído todo lo que se había dicho en esa sala de espera y la rabia se iba adensando en su mirada.

46

Los alumnos de Historia Medieval de España asistieron al revuelo que se formó esa tarde en la facultad. A las cinco y veinte entró en el aula Diana, una profesora auxiliar del departamento, y se acercó a Blas Hermida para darle un recado: había venido la policía y querían hablar con él.

—Estoy en clase, Diana. Díselo.

Al cabo de dos minutos volvió a entrar Diana y le susurró algo al catedrático. Los alumnos no pudieron oír lo que le decía, pero sí llegó clara y rotunda la respuesta.

—¡Estoy dando clase y acabo a las seis! No estoy dispuesto a interrumpirla.

Diana se marchó.

No había pasado un minuto cuando se abrió la puerta y entró el inspector Estévez.

—O sale inmediatamente del aula o traigo una orden de detención.

Dijo la frase en voz alta, calculando el daño que podía hacerle a su prestigio. O al menos a su sentido de la dignidad. Un temblor de vergüenza sacudió a Hermida. La mirada del inspector le insinuaba que había pasado algo y que era mejor obedecer sin oponer más resistencia.

—Enseguida vuelvo —dijo a sus alumnos—. Nadie más sale de aquí.

Pasó por delante de Estévez sin mirarle a la cara. En el pasillo aguardaba la subinspectora Lanau junto a la profesora auxiliar.

—¿Está libre el despacho, Diana?

—Sí.

—Podemos hablar allí en privado. Sin montar numeritos.

Lo dijo mirando a Estévez con odio.

—Le aseguro que lo he intentado todo —se excusó Estévez.

Al entrar en el despacho, Hermida se puso a ordenar unos papeles con anotaciones en rojo que había sobre su mesa.

—Supongo que vienen a estas horas a molestarme porque ha pasado algo.

—Voy a ser franco con usted, catedrático —dijo Estévez—. Si no le he puesto las esposas delante de sus alumnos, ha sido porque mi compañera, la subinspectora Lanau, me ha parado los pies.

—Eso no quiere decir que no se las pongamos ahora —matizó Bárbara.

—Y si no le arranco la cabeza de un puñetazo, es porque me echarían del Cuerpo y tengo que pagarle a mi padre una interna.

—¿Por qué no nos calmamos un poco y me dicen de qué se trata? —dijo Hermida, por una vez sin atisbo de arrogancia.

—¿No lo sabe? —contestó Estévez—. ¿No tiene ni idea de qué podríamos haber descubierto?

—Estoy seguro de que me lo van a decir ustedes.

—Y yo estoy seguro de que lo vas a decir tú, hijo de puta —saltó Estévez.

—Juan... —dijo Bárbara—. Déjame a mí.

Habían pactado esta medida en el coche. Estévez se conocía, odiaba al catedrático y no estaba seguro de poder controlar su ira. Si Bárbara veía que se estaba poniendo demasiado nervioso, debía tomar las riendas del interrogatorio.

—Hemos hablado con Alejandra Bálmez —dijo Bárbara—. ¿Sabe quién es?

Hermida intentó disimular la preocupación, pero le delataban los gestos. Tenía los labios apretados y aspiraba bocanadas de aire por la nariz. Su respiración se volvió pesada y se oía en la habitación como si alguien se hubiera dejado un disco puesto, con la aguja barriendo el final del vinilo.

—Sabe quién es, ¿no?

—Claro. La alumna más despistada y más mentirosa que tengo.

—¿Mentirosa? —dijo Bárbara—. ¿En qué tipo de cosas?

—¿Quiere que le ponga ejemplos?

—Sí, por favor.

—¿No sabe lo que significa la palabra *mentirosa*?

—No sé por qué un profesor puede saber si una alumna es o no mentirosa. A menos que tengan una relación personal.

—Yo tengo con muchos alumnos una relación que roza lo personal. Es inevitable.

—¿Cómo de personal? ¿Los invita a su casa?

Hermida la miró con seriedad. Se tomó unos segundos para contestar.

—A veces.

—¿Les ofrece algo de beber? ¿Pone música?

—Hago la tutoría en mi casa de vez en cuando. Y saco una Coca-Cola, no sé si hago mal.

—¿Qué más hace?

—No la entiendo.

—Ha dicho que tiene una relación con sus alumnos que roza lo personal. Me imagino que no se refiere a que les pone una Coca-Cola. Habrá algo más.

—Hablamos, me cuentan sus cosas. Algún problema que tengan.

—¿Y hablan de esos problemas antes o después de que usted se desnude?

—¿Perdón?

—¿No sabe lo que significa la palabra *desnudarse*?

—¿Le importaría decirme qué quiere usted de mí?

—¿Tenía usted relaciones sexuales con Alejandra Bálmez?

El catedrático sacó un pañuelo del bolsillo. Parecía que lo iba a usar para secarse las gotitas de sudor que empezaban a formarse en su frente, pero lo que hizo fue limpiar los cristales de sus gafas. Se le habían empañado.

—No creo que eso sea de su incumbencia, inspectora.

—Gracias por ascenderme, soy subinspectora. Y creo que sí que es de mi incumbencia, por eso se lo pregunto.

—Pues no voy a contestar a esa pregunta.

—Sí que va a contestar —dijo de pronto Estévez.

—¿Me va a torturar hasta que hable? —preguntó Hermida mientras se colocaba de nuevo las gafas.

—Alejandra Bálmez está ahora mismo en la Brigada de la Policía Judicial esperando a que volvamos. Si usted no colabora, va a presentar una denuncia contra usted por acoso sexual.

—Sería su palabra contra la mía.

—Hay otros testigos.

—Lo dudo mucho.

—Jon Senovilla.

—¿Va a llamar a testificar a un muerto?

—Es usted tan gracioso que me dan ganas de hacerme un llavero con su jeta —dijo Estévez—. Jon dejó varios mails escritos contando el asqueroso chantaje que usted le estaba haciendo a Alejandra. Hay una llamada el día de su muerte en la que le cuenta todo a su padre. Esas pruebas le señalan con el dedo, Hermida.

No era verdad lo que decía Estévez, pero necesitaba presionarle. El catedrático tomó aire antes de hablar.

—Teníamos una relación. Sí, es cierto. No estoy orgulloso, un profesor no debe acostarse con sus alumnas, por mucho que esto suceda en todas las universidades del mundo. Pero esa chica es seductora y yo no soy de piedra. Por supuesto, estoy hablando de una relación sexual consentida entre dos personas adultas.

—Alejandra no habla de una relación consentida —dijo Bárbara.

—Ya les he dicho que esa chica miente más que habla.

—Una chica que vomita antes de irse con usted a su casa. Eso no es típico de una relación consentida.

—Si hablan del martes pasado, es verdad que esa tarde no se encontraba muy bien. Y creo saber por qué.

—¿Nos lo cuenta? —le apremió Bárbara.

—Sí. Llegados a este punto creo que es importante que conozcan la historia entera. Alejandra y yo estamos juntos desde hace dos años. Juntos en la medida en que lo pueden estar un profesor y su alumna. En fin, ustedes me entienden. Manteníamos una relación esporádica y discreta. Hasta que yo me cansé. El otro día le dije que teníamos que hablar seriamente, y me temo que ella intuyó que había llegado el final. Tal vez por eso se encontraba mal justo antes de verme y vomitó, pero se subió al coche, fuimos a mi casa y hablamos. Yo sabía que no se lo iba a tomar bien. A Alejandra le gustaba estar conmigo, decía que le serenaba, que era como un padre para ella. Lo que no me podía imaginar era que se lo tomaría tan mal.

—¿Qué hizo ella cuando le dijo que no quería verla más?

—Me amenazó con arruinarme la vida. Con contar nuestra relación a los cuatro vientos. Con decir que yo la chantajeaba. Llegó a decir que me denunciaría por acoso sexual. Ahora veo que sus amenazas iban en serio.

Hermida terminó su relato y se las apañó para componer la imagen de un pobre viejo desvalido. Siguió un silencio de unos segundos. Estévez odiaba a ese hombre, pero no tenía más remedio que admirar su inteligencia. Y, aunque le pesara, se decía que Alejandra era ciertamente una joven seductora que se fijaba en los hombres mayores que ella, sobre todo si ostentaban alguna clase de autoridad. Él mismo había tenido que pararle los pies. ¿Había seducido al catedrático, al ogro de la Facultad de Historia, para sumar un trofeo a su colección? ¿Proyectaba en otros hombres la figura paterna que en casa le fallaba clamorosamente? Resultaba muy difícil saber quién decía la verdad. Alejandra se había desmoronado en su presencia no hacía ni una hora, pero desde el principio Estévez había señalado en sus notas que Alejandra era una joven muy astuta y muy poco fiable. ¿Había aprovechado el drama de su madre para empezar a tejer su venganza contra Hermida? El momento era perfecto, su estado de ánimo era tan precario que bastaba con rebozarse un ratito más en la miseria para deslizar el relato del acoso con total convicción.

Sin embargo, Bárbara Lanau no tenía ninguna duda de que Alejandra decía la verdad y el catedrático mentía. Fue ella quien retomó el interrogatorio, y lo hizo con una pregunta de desconcertante sencillez.

—¿Por qué no la aprobó?

—No la entiendo.

—Dice que su relación con Alejandra empezó hace dos años. Y Alejandra lleva dos años suspendiendo su asignatura.

—Si no la he aprobado, es porque no ha hecho un buen examen. Es obvio.

—¿No aprueba a su amante? Eso no se lo cree nadie.

—Aunque cueste creerlo, todavía quedan profesores honestos.

Bárbara lo miró fijamente. Notó que al catedrático le temblaba un párpado. Estaba nervioso.

—Tengo entendido que usted posee el récord de suspensos de toda la Facultad de Historia.

—Si le digo la verdad, yo no me fijo en esas cosas.

—Solo suspenden las chicas. ¿Tampoco se fija en eso?

El catedrático se encogió de hombros. Trató de sonreír con suficiencia, pero el temblor del párpado iba en aumento. Estaba muy incómodo.

—Puede que sean más lentas que los chicos para memorizar fechas o nombres de reyes visigodos —siguió Lanau.

—Como le digo, yo no me fijo en esas estadísticas.

—¿Sabe por qué me he fijado yo? Porque quiero hablar con esas chicas. Algunas se callarán, por miedo, por asco o por lo que sea. Esas chicas hablarán cuando alguien le denuncie. Se sumarán enseguida, aunque al principio necesitarán un empujón para empezar a contarlo todo. Pero alguna sí hablará. Y dirá que usted las coacciona para tener sexo. Si quieren aprobar, tienen que complacerle en todos sus deseos.

Hermida se pasó la lengua por los labios resecos.

—Señores, si además de estas suposiciones tienen alguna pregunta, les rogaría que me la hicieran. Me incomoda mucho dejar una clase a medias.

—No está entendiendo nada —dijo Estévez. Se acercó al profesor y puso su cara muy cerca de la suya—. Voy a repasar los hechos con usted. Alejandra Bálmez le cuenta a su novio que usted la está chantajeando. Un chantaje asqueroso: sexo a cambio de un aprobado. Para estirar hasta el máximo el sexo con la alumna, la va suspendiendo y pretende aprobarla solo al final de la carrera. Podría cambiar de alumna, la verdad, pero le gusta esta. La ve frágil, la ve asustada, la ve insegura. O a lo mejor es como dice la subinspectora Lanau y tiene a varias chicas en la recámara. El caso es que Jon se entera y se sube por las paredes. Quiere que ella denuncie. Hay testigos que los han oído discutir sobre este punto. Pero ella no quiere denunciar. Así que Jon se enfrenta a usted y le dice a la cara lo que sabe. Y usted se siente acorralado, le sigue hasta su casa el quince de mayo, ve que no hay nadie en el chalé y lo mata. Ahora dígame que tiene una coartada buena la noche de San Isidro y yo no le llevo detenido a la Brigada.

—No me puede detener sin pruebas.

—Claro que puedo, si veo indicios. Y los veo por todas partes. Luego vendrá el juez y a lo mejor lo deja en libertad sin cargos. Pero para entonces su prestigio estará un pelín manchado, y usted sabe bien lo que eso significa. Adiós a la Academia de la Historia. Adiós al sueño de tantos años.

—¿Me está pidiendo que hable a cambio de que no me detengan para mantener mi prestigio intacto?

—Es usted mucho más listo de lo que parece.

—¿Quién está chantajeando a quién?

—Llámelo chantaje si quiere, pero en mi idioma esto es un trato. Usted me cuenta lo que pasó en este despacho con Jon el quince de mayo y yo no le llevo a la Brigada.

—¿Dónde estaba la noche del quince de mayo, profesor? —preguntó Bárbara.

—Está bien, se lo voy a contar —dijo Hermida—. Estaba en mi casa.

—¿Hay alguien que pueda corroborar su coartada?

—Una alumna. No me pidan que les dé el nombre.

La subinspectora Lanau le tendió una libreta.

—Escriba el nombre de la alumna. Tenemos que comprobarlo, pero lo haremos con discreción, sin mencionar el sexo ni el chantaje.

Blas Hermida cogió un bolígrafo con pulso tembloroso y escribió el nombre de la chica. Deslizó la libreta por la mesa hasta ponerla junto a Bárbara.

—Ahora dígame qué pasó con Jon el día quince, en la última sesión que tuvo con usted sobre su tesis.

—Si se lo cuento, ¿mantendrán en silencio lo demás?

Bárbara buscó a Estévez con la mirada; él asintió. Hermida empezó a hablar.

—Ese día no hablamos de la tesis. Jon venía muy enfadado. Me atacó con saña. Me llamó acosador, viejo asqueroso y no sé cuántas cosas más. Me dijo que me iba a denunciar. Y yo me tuve que defender.

—¿Cómo se defendió? —preguntó Lanau.

—Le dije que si me denunciaba, yo tendría que denunciar lo de su padre. Conseguí contener su furia al decirle eso.

—¿Qué es lo de su padre?

—Eso mismo me preguntó Jon. Y entonces se lo conté.

Hizo una pausa. Los dos policías aguardaron en silencio, conteniendo la ansiedad. Hermida carraspeó varias veces, como si tuviera que traer el relato desde muy lejos.

—Su padre, el insigne escritor Julio Senovilla, plagió la novela de una alumna. Fue hace muchos años, más de quince, diría yo. Él todavía daba clases, dirigía este departamento de Historia Medieval. Había publicado una novela que pasó sin pena ni gloria. Estaba atascado. Entonces éramos amigos y me contaba sus cosas. Yo estaba con él en este despacho cuando entró una alumna y le pidió que se leyera una novela que había escrito. Julio aceptó. Esa novela, debidamente esquilmada aquí y allá, se convirtió en *Las alas del águila*, el primer éxito de Julio Senovilla.

—¿La alumna denunció el plagio? —preguntó Bárbara.

—Sí, pero la editorial le pagó un dinero bajo cuerda y la cosa quedó en nada. Ni siquiera salió en prensa. Sin embargo, el prestigio de Senovilla en el departamento quedó un poco tocado.

—¿Él admitía que había plagiado la novela?

—Claro que no. Decía que como mucho se le podía haber colado algo inconscientemente. A raíz del escándalo yo leí el manuscrito de esa chica, y el plagio era evidente. Se formó un buen revuelo en la facultad.

—¿Esa es la razón por la que Senovilla dejó las clases? —preguntó Bárbara.

—No solo las clases. Interrumpió toda relación con la universidad. Julio no podía seguir dirigiendo el departamento ni un minuto más.

—Y usted le relevó —dijo Estévez.

—Así es.

—Estuvo rápido de reflejos, Hermida.

—No quiera ver intrigas donde no las hay. Yo era el mejor colocado. Punto.

—No me cabe duda. Continúe, por favor.

—Pero si ya se lo he contado todo. Esto mismo se lo conté a Jon la tarde del quince de mayo. Quería que comprendiera que todos somos humanos, que nadie es perfecto, que incluso su padre había cometido algún que otro pecadillo.

—Lo que usted quería era comprar su silencio. Si me denuncias, denuncio a tu padre. Un vil chantaje —dijo Estévez.

—Yo prefiero llamarlo un trato. ¿No es esa la palabra que también usan ustedes para sus chantajes?

Estévez sonrió deportivamente.

—¿Cómo se tomó Jon lo del plagio? —preguntó Lanau.

—No se lo creyó. Yo le mostré la ficha de la alumna. Se llamaba María Sánchez, de la promoción del noventa y nueve. Le dije que la llamara. Podía haber cambiado de teléfono, pero allí figuraban sus datos y podía rastrearla. Creo que esto le convenció de que yo decía la verdad.

—¿Aceptó el trato que usted le ofrecía?

—No llegamos a concretarlo.

—¿Por qué no?

—Porque sucedió algo raro. Se puso a respirar muy deprisa, como si estuviera sufriendo una crisis de ansiedad. Se levantó, se llevó la mano al pecho, tropezó con un par de muebles y se fue corriendo.

—¿Se fue corriendo en pleno brote de ansiedad?

—Así es. Cuando se marchó incluso salí detrás de él ofreciéndole ayuda.

—¿Qué cree que le provocó ese ataque? —preguntó Bárbara.

—No lo sé. Pero saber que tu padre ha destrozado la vida de una persona no es algo agradable de oír.

—Y toda la rabia que sentía hacia usted por estar acosando a su novia...

—¿Acosando? —protestó el catedrático.

—Da igual, ponga la palabra que quiera —zanjó Bárbara—. ¿Toda esa rabia se esfumó?

—Ya le digo que se fue en pleno ataque de ansiedad.

—¿A qué hora salió de aquí?

—A las ocho.

—Tres horas después estaba muerto.

—En efecto —dijo Hermida—. Solo espero que su muerte no tenga nada que ver con lo que sucedió en este despacho.

—Eso le haría dormir mejor, ¿verdad? —dijo Estévez.

—No le quepa duda —contestó el catedrático—. Y recuerden, por favor, el pacto de silencio al que hemos llegado aquí.

—Ni lo sueñe —soltó Lanau mientras abría la puerta.

47

El rastreo del teléfono móvil de Mara reflejaba las últimas llamadas que hizo Jon en su vida. A las ocho y cinco de la tarde, justo después de abandonar el despacho de Blas Hermida, telefoneó a su hermano Pablo. A las ocho y siete minutos marcó el número de Berta. Esta llamada se repetía varias veces. A las nueve y media llamó a su padre. Lo intentó cinco veces más en un lapso de diez minutos. A las diez y cuarto había una llamada a un número desconocido. Ya no había más llamadas.

Estévez intentó reconstruir el itinerario de Jon en esas horas finales. La conversación con el catedrático le provoca una crisis de ansiedad. Sale del despacho con la urgencia de conseguir un ansiolítico. Llama a su hermano Pablo para que le dé una receta. Su hermano se niega, porque está harto de hacer de camello; o porque le parece más lógico que el chico se vaya al hospital para que le den un calmante; o simplemente no puede atender la llamada. El caso es que no le ayuda y Jon se ve obligado a llamar a Berta, la enfermera que le ha suministrado recetas otras veces. Berta no responde a la llamada. Jon opta por presentarse en su casa. Berta tampoco está en casa, pero Jon consigue que su compañera de piso le deje subir, con el pretexto de recuperar su teléfono móvil. Coge un juego de llaves del centro médico. Entra en el despacho de su hermano y se lleva un recetario. Compra una caja de ansiolíticos. Cuando ya está más sereno, intenta verificar las acusaciones de Hermida hacia su padre. Le llama varias veces, sin saber que su padre ha vuelto a perder el móvil. Se va a su casa y se relaja fumándose un canuto. Aunque tenía previsto cenar con Mara esa noche en el jardín, no la avisa de que ha llegado, bien porque se le ha hecho un poco tarde, o bien porque no se siente con ánimos después de pasar unas horas tan angustiosas. Prefiere quedarse en el columpio relajándose un poco. Entonces decide llamar a la alumna que sufrió el plagio. Pero tampoco obtiene respuesta. Se va adormeciendo por el efecto de los calmantes y del canuto. En torno a las once de la noche, alguien entra en el jardín sin forzar la puerta, bien porque tiene llave o bien porque Jon la ha dejado entornada. Jon está profundamente dormido. El asesino coge un cuchillo medieval que ha llegado esa tarde por mensajero. Se lo clava a Jon en el abdomen. El sopor provocado por las drogas anula toda capacidad de resistencia y Jon muere desangrado en pocos minutos.

El relato le despertó a Moura algunas dudas. ¿Por qué Jon no acudió a un servicio de urgencias para tratarse la crisis de ansiedad? ¿No es lo que haría todo el mundo?

—Jon no era como todo el mundo —dijo Estévez—. Era un experto en crisis de ansiedad, había padecido varios ataques. Prefirió conseguir una caja de ansiolíticos.

—Pero es mucho más eficaz el tratamiento en un hospital —insistió Moura.

—Puede que Jon odiara los hospitales.

—Yo he tenido una crisis de ansiedad y te aseguro que lo único que quieres es que te atienda un médico.

—¿Tú has tenido una crisis de ansiedad? No me lo creo, Moura.

—El caso es que no fue a un hospital —intervino la subinspectora Lanau—. Lo sabemos por el rastreo del teléfono y por el testimonio de Macarena, la compañera de piso de Berta.

—Ya sé que no acudió a un hospital —dijo Moura—. Solo intento adivinar por qué.

—Porque tenía una cita —dijo de pronto Laura.

Estévez la miró con escepticismo.

—¿Te refieres a la cena con Mara en el jardín de su casa?

—Sí. No quería correr el riesgo de que le dejaran ingresado.

—Si le importaba tanto esa cita, ¿por qué no avisó a Mara de que ya estaba en casa? —preguntó Moura.

—Porque se quedó dormido en el columpio —dijo Laura—. No podemos saber lo que pasó, pero igual calculó mal el efecto de los calmantes. Quería llamarla, pero se encontraba fatal y se sentó en el columpio para recuperarse un poco. Y se quedó dormido.

Todos la miraron en silencio.

—¿Alguna otra llamada relevante en el teléfono de Mara?

El hecho de que Estévez cambiara de tema significaba que daba por buena la explicación. Caridad, la encargada de rastrear ese móvil, dijo que Jon hizo muy pocas llamadas con ese teléfono. Solo lo usó unos días, y no había nada más de interés.

—Yo tengo otra duda —dijo Moura—. Un mensajero trae un paquete por la mañana a nombre de Julio Senovilla. Dentro está el arma del crimen. Ya sabemos que es un regalo de Patricia Crory. Mi pregunta es cómo llega ese cuchillo a las manos del asesino.

—Eso no es difícil de imaginar, Moura —dijo Estévez—. El paquete está en el mueble de la entrada, cualquiera pudo haberlo cogido.

—¿Quién abrió el paquete? Nadie de la casa admite haberlo hecho.

—Pudo abrirlo Julio Senovilla. Ya sé que dijo que no reconocía el arma, pero a ese hombre se le va la cabeza.

—Os estáis olvidando de un dato importante —dijo Lanau—. La necrorreseña de Jon coincide con una de las huellas del cuchillo.

—Tenía un cuchillo dentro del cuerpo, es normal que lo tocara antes de morir —dijo Estévez.

—O puede que abriera él el paquete. Es más, creo que es evidente que lo abrió él.

La seguridad de Bárbara había conseguido desconcertar a Laura.

—¿Por qué estás tan segura?

—Porque nadie en esa casa dice que lo abrió. Y no entiendo por qué iban a mentir en algo tan inocente. Si Rosa hubiese abierto la correspondencia de su novio nos lo habría dicho. O si por un casual se encargaba de esa tarea Sunilda, también lo habría dicho. ¿Qué sentido tiene no admitirlo?

—¿Y qué sentido tiene que Jon abra un paquete de su padre? —preguntó Laura.

—Que necesita hablar con él. No le coge el teléfono, llega a casa y ve el paquete sin abrir. El remite dice que lo manda Patricia Crory, que esa noche está en el castillo de Benagües con su padre. Jon abre el paquete para ver si encuentra dentro una tarjeta de visita. Y la encuentra. Estoy segura de que esa llamada que hace a las diez y media pertenece al móvil de Patricia. Jon quiere localizar a su padre como sea.

—Un momento, vamos a salir de dudas ahora mismo —dijo Laura.

Llamó por teléfono a Sofía y le pidió que le enviara cuanto antes el número de móvil de Patricia Crory. Sabía que esa mujer la había telefoneado y era la forma más rápida de cotejar los números. Sofía se lo dictó y Laura lo fue repitiendo en voz alta. Caridad, que tenía el listado de llamadas, asintió. La última que hizo Jon en su vida fue al número de Patricia Crory, posiblemente para intentar localizar a su padre.

Lanau, seria, profesional, ni siquiera sonrió para celebrar que sus deducciones eran acertadas. Siguió con su línea de argumentación.

—Bueno, entonces está claro que Jon quería hablar con su padre a toda costa. No lo consigue, pero el paquete está abierto y dentro hay un cuchillo que llama su atención. Es una pieza medieval muy rara. Lo coge. Puede que incluso salga al jardín con él.

—¿Por qué? —preguntó Moura.

—No lo sé, porque le gusta. Se sienta en el columpio con él en las manos. ¿Te parece absurdo lo que digo, Estévez?

Lo decía porque Estévez estaba poniendo caras muy raras.

—No, no es eso. Es que... Habría jurado que esa última llamada de Jon era a la chica de la facultad, la pobre que se quedó sin novela.

—Se ve que primero quería hablar con su padre —dijo Bárbara con sencillez.

Estévez se levantó y se puso a pasear por la habitación.

—Vamos a ver. Jon sufre un *shock* el día de San Isidro al enterarse de que su padre dista mucho de ser un angelito. Le da un ataque de ansiedad. Intenta hablar con él a toda costa, llega al extremo de violar su correspondencia en busca de un teléfono que le permita localizarle. Y no se le ocurre hacer una simple llamada a una alumna que le puede explicar directamente lo que pasó. Yo no lo entiendo.

Se quedó en medio de la sala como una estatua, con la mirada ida, paralizado por el misterio. Laura echó de menos a Sofía. Toleraba mejor la frustración de no obtener enseguida todas las respuestas. A Estévez lo devoraba la impaciencia. Acababa de hablar con ella por teléfono y ahora le empezaba a parecer que la actitud de Sofía había sido muy esquiva. Se había limitado a proporcionar el dato que le pedían, sin preguntar qué tal iba todo o si habían surgido novedades. Podía estar dolida por haberse visto fuera del caso, pero aun así era algo raro. La reunión se alargó un poco más, pero ya no arrojó ningún resultado positivo. Lanau había investigado las actividades del grupo de ultraderecha de Nico. El líder parecía ser Óscar Fanjul. Todo apuntaba a que eran unos niñatos que rendían culto a Hitler, Mussolini y Franco y se consideraban los últimos bastiones de la civilización. Se reunían en una casa de la sierra de Madrid y terminaban los encuentros emborrachándose y matando tórtolas.

Laura contó que había hablado con el camarero del bar de Zurbano, el que le sirvió a Pablo Senovilla las últimas cañas de su vida. No notó nada raro en el médico, aunque esa noche se bebió cuatro cervezas cuando siempre se tomaba dos. También había comprobado la coartada de Berta aquella noche. Efectivamente, visitó a dos pacientes que estaban adscritos al programa de atención domiciliaria: una señora mayor que tenía siete gatos y necesitaba inyecciones de insulina y un viejo militar retirado al que le cogió una vía para pasarle un antibiótico.

Estévez dio instrucciones a Moura y a Caridad de que localizaran a María Sánchez, la alumna que según Hermida había sufrido el plagio. En la Secretaría de la Facultad de Historia le habían prometido que buscarían esa ficha. Ahora se trataba de meterles prisa. Pidió a Lanau que llamara al juez Fraguas para solicitarle una orden de vigilancia. Quería seguir los pasos de Blas Hermida. Después llamó al móvil de Alejandra para ver qué tal estaba su madre. Alejandra le contó que su padre había aparecido por el hospital. Como su madre no había confirmado las agresiones le habían dejado libre, y quería ocuparse en persona de vigilar la evolución de Adela. Aterrada, ella se había ido a casa y había llamado a León para que le hiciera compañía.

—¿Quién es León?

—Un amigo.

Estévez se preguntó si sería el joven con el que ella había retozado al salir de la facultad. La voz de Alejandra sonaba asustada.

—¿Qué va a pasar cuando vuelva mi padre?

—Tienes mi teléfono. Ante la mínima sensación de peligro me llamas.

—No quería molestar, pero he estado a punto de llamarte.

—¿Por qué? ¿Ha pasado algo?

—Mi hermana no está en casa. He llamado al chalé de los vecinos, no saben nada de ella.

—¿Dónde está?

—No lo sé. Pero se quedó en casa, sola, y mi padre

ha venido primero aquí. Supongo que Mara le ha contado que mi madre estaba en el hospital.

—Es pronto para organizar una búsqueda. Tranquila, que aparecerá.

—No lo sé. Esa niña es imprevisible. Se le puede haber ocurrido cualquier cosa.

48

La llamada despertó a Sofía de la siesta. Los dolores habían remitido con los analgésicos y por fin había logrado cerrar los ojos y dejar que el sueño la invadiera lentamente, cuando sonó el teléfono. Era Mara. Estaba muy asustada. Su padre había vuelto y tenía miedo. Entre lágrimas, desgranó a su manera los últimos acontecimientos. Sofía entendió que su madre luchaba por su vida en un hospital y que Alejandra la había dejado sola en casa. No sabía a quién acudir.

Al levantarse de la cama, Sofía notó que le bailaba la costilla. El médico le había dicho que se soldaría sola en cuestión de semanas y que para evitar el dolor lo más eficaz era no respirar. Acompañó la broma con una risa despreocupada. Se vistió conteniendo la respiración y cogió el coche. Aparcó en la calle de Mara y la avisó de que ya estaba. Mara tardó dos minutos en salir. Le contó que su padre se había ido al hospital, pero ella tenía miedo de que regresara. Parecía nerviosa.

—Te invito a merendar —propuso Sofía.

Mara sonrió y subió al coche. Dijo que le apetecía comer tortitas con nata y con sirope de chocolate, que hacía mucho que no las comía. Fueron al Vips de Príncipe Pío. Sofía le explicó a Mara que el testimonio de su madre había sido la clave para que soltaran a su padre. Era fundamental convencerla de que denunciara las agresiones.

—Ya, pero es que ella no quiere —dijo Mara.

—Es normal. Tiene miedo, no ve cómo salir de esto.

—Yo ya me había imaginado que mi padre no iba a volver.

—Puedo intentar que tu madre hable con un asistente social. Ellos saben lo que hacen, están acostumbrados a tratar estos problemas. Si la convencen de que denuncie, todo se arreglará.

En medio de la conversación, sonó el teléfono de Sofía. Era Laura. Quería el número de Patricia Crory para hacer una comprobación. Sofía lo miró en su agenda y se lo dictó. Se preguntó para qué lo querría. ¿Habría surgido algún indicio que apuntaba a los Crory? Con la niña delante, se obligó a apartar de su mente esas punzadas de curiosidad.

Mara se comió las tortitas con avidez. Sofía probó una, pero también le dolía la costilla al masticar.

—¿Me puedo quedar contigo? —preguntó Mara de pronto.

—No puede ser, tesoro. Yo estoy hecha polvo, me duele la costilla y solo quiero meterme en la cama.

—Pues déjame en casa de los vecinos.

—Hacemos una cosa. Le pregunto a Suni si se puede quedar contigo un rato. Y tú me prometes que llamas a tu hermana y le dices dónde estás.

—Vale.

Durante el trayecto en coche, Mara miraba por la ventanilla con una extraña sonrisa melancólica. Sofía se preguntó si estaría asistiendo al punto de inflexión exacto, imperceptible, en que un niño abandona la infancia para ingresar en una vida llena de problemas. Llamaron al telefonillo y la niña empujó la puerta al oír el timbre y entró con decisión. Sofía se dio cuenta de que llegaban en mal momento. La ventana de la cocina estaba abierta y se oía la bronca que Rosa le estaba echando a la interna.

—¿No has visto que hoy tenía la cabeza del revés? ¿Es que no te has dado cuenta?

—Yo le he visto igual que siempre, señora.

—¡Pero si no sabía ni dónde estaba! ¡Y tú le dejas que coja el coche! De verdad, no lo entiendo, Suni.

—¡Hola, Suni! —dijo Mara alegremente.

Suni evitó devolverle el saludo. Deseó que la visita aliviara el enfado de Rosa. No fue así, pero sí sucedió que Rosa encontró otro frontón sobre el que rebotar su cabreo. Al ver a los recién llegados por la ventana se acercó a la entrada, abrió la puerta de la casa y se dirigió a Sofía.

—Inspectora, me alegro mucho de verla. ¿Usted sabe qué ha pasado en casa de los Crory?

—No tengo ni idea.

—Ha pasado algo muy grave. Julio ha cogido el coche y ha ido para allá.

—¿No te ha dicho qué es?

—Yo no estaba. Me lo ha contado Suni. Julio no está para conducir, lo digo en serio. Esta misma mañana ha sido el entierro de su hijo. Está muy despistado, no sabe ni en qué día vive.

Sofía miró a Sunilda para ver si ella ampliaba la información.

—Yo no sé más. Ha pasado algo muy gordo. Eso le

han dicho por teléfono. El señor ha cogido las llaves del coche y se ha ido. ¿Yo qué podía hacer?

—Impedírselo, Suni —exclamó Rosa—. Y llamarme inmediatamente.

—No se me ocurrió, señora.

—No ha querido acompañarme al médico porque estaba muy desorientado. Pero le llama Raimundo y sale cagando leches.

—¿Quieres que llame a la Brigada a ver si ha ocurrido algo? —ofreció Sofía.

—Por favor.

Sofía marcó el número de Laura. Mientras esperaba, vio que Mara le decía algo a Suni al oído. Suni se ruborizó, miró a Rosa y le pidió a Mara calma con un gesto.

—No responde —dijo Sofía.

—Bueno, no importa. Ya me contará qué ha pasado. Eso si no se mata con el coche.

—Díselo —insistió Mara a Suni.

—Ahora se lo digo.

Pero no se atrevía a hablar con Rosa. Sofía decidió echarle un cable.

—Rosa, a Mara le gustaría quedarse aquí un par de horas. Ya sabes que en su casa...

—Siempre se queda, un día más no importa —dijo Rosa.

La mujer se metió en la casa. Sofía se intentó agachar para ponerse a la altura de Mara. Un latigazo de dolor se lo impidió.

—Pórtate bien —dijo.

Mara asintió.

Laura llamó cuando Sofía estaba conduciendo.

—No he podido cogerte, Sofía, estábamos en una reunión importante.

—¿Sabes si ha pasado algo en casa de los Crory?

—Que yo sepa no, ¿por qué?

—Raimundo ha llamado a Julio Senovilla para contarle que ha pasado algo muy grave. Pensé que a lo mejor sabíais qué era.

—Ni idea, pero tenemos novedades. La mancha en la ropa de Jon es de un antibiótico.

—¿La mancha de flúor?

—Sí, por lo visto muchos antibióticos tienen flúor, ¿sabías eso?

—No tenía ni idea. Pero si te enteras de uno que cure el dolor de costilla me lo dices. Me estoy muriendo.

—No exageres. Estamos preguntando en todos los hospitales si Jon entró por Urgencias el día quince. A lo mejor le dieron un antibiótico y eso explica la mancha.

—Bien hecho, Laura. Estáis cerca de resolver el crimen, lo intuyo.

—Estamos. Tú no te excluyas, que el caso lo llevas tú.

Sofía se quedó en silencio, pensativa.

—¿Sigues ahí? —dijo Laura.

—La enfermera de Pablo Senovilla.

—Berta. ¿Qué pasa con ella?

—¿No dijo que la noche que murió Pablo estaba haciendo atención domiciliaria?

—Sí. Comprobé la coartada.

—En esos cuidados a domicilio, ¿llevan antibióticos encima?

Ahora fue Laura la que se quedó en silencio.

—¿Laura?

—Joder, Sofía, Berta pone antibióticos cuando hace atención domiciliaria.

—¿Tiene coartada para la noche de San Isidro?

—Lo voy a averiguar ahora mismo. Te tengo que dejar. Métete en la cama y descansa.

Colgó. Berta, la enfermera de Pablo Senovilla. La amante ocasional de Jon. La mujer que le suministraba recetas a escondidas. ¿Estaba enamorada de él y lo mató por despecho? El crimen más antiguo del mundo, todo podía ser. Sofía se sintió satisfecha. Su compañera, su gran amiga, su examante, la había llamado por su nombre femenino, y eso tenía que significar algo: la situación se iba normalizando. Estaba contenta. Le había dado a Laura un buen cabo del que tirar, un cabo que podría terminar en la resolución del caso. Le había gustado oír la voz de Laura, su vibración alegre, el entusiasmo febril del trabajo en cada nota. Métete en la cama y descansa, le había dicho. Sonrió con sarcasmo. Sí, lo mejor era meterse en la cama y descansar. Pero era tarde para eso. Estaba a cinco kilómetros de Toledo. Había decidido hacer una visita a los Crory.

49

Una luz cenicienta bañaba el jardín de los Crory y mejoraba las vistas de Toledo. El aire detenido le daba al crepúsculo una extraña perfección. Daban ganas de tumbarse en una hamaca a meditar un rato y poner el espíritu en orden. Parecía mentira que en esa casa, con la paz que comunicaba el entorno, hubiera sucedido una desgracia.

Dorita no había querido soltar prenda, pese a las preguntas de Sofía. Se había limitado a decir que la señora estaba descansando, pero que la podía avisar. Ella prefirió esperar en el jardín. La tarde invitaba a la quietud y se convertía por tanto en un bálsamo para su costilla. Seguramente soldaría antes en ese cigarral que en su piso de Madrid.

Elvira se acercó con sigilo. Pisó una ramita, que se partió con un chasquido, y Sofía se giró.

—Si busca a mi marido, tendrá que ir a Olías —dijo quedamente.

La voz de Elvira sonaba muy cansada, todavía malherida después de una tormenta emocional. Le brillaban las pupilas, y todo en ella comunicaba firmeza y algo así como una orgullosa placidez.

—En realidad, estoy buscando a Julio Senovilla.

—Están juntos.

—Elvira, ¿ha pasado algo? Parece ser que Julio ha recibido una llamada muy extraña.

—¿Muy extraña?

—Una llamada de auxilio. O algo así.

Elvira tomó aire y sonrió débilmente.

—¿Por qué no se sienta, por favor?

Le señaló unas butacas de mimbre colocadas en el mirador. Al sentarse, Sofía se fijó en una de las manos de Elvira. Tenía cortes en los nudillos.

—¿Qué le ha pasado en la mano?

—Me he cortado, nada grave.

—¿Me va a contar qué es lo que ha pasado?

Se quedó mirando las vistas de Toledo y achinó los ojos como si quisiera afinar la vista.

—Le he pedido el divorcio a mi marido.

Sofía había considerado varias opciones en el coche. Durante el viaje había visualizado un incendio en el castillo, una irrupción de Nico en el cigarral exigiendo la mano de Patricia, una reunión violenta del grupo de Fanjul y un infarto de Raimundo Crory. La idea del divorcio no había cruzado su mente.

—¿Le parece muy raro? —preguntó Elvira.

—A mí lo que me parece raro es que las parejas se mantengan.

—Pues a mí el divorcio me parecía inconcebible hasta hace dos días.

Sonrió de nuevo, como si estuviera disfrutando despacio de las ventajas de su decisión.

—¿Cómo se lo ha tomado su marido?

—No se lo puedo describir. Ha sido una locura. Al principio creía que hablaba en broma. Y cuando ha visto que iba muy en serio se ha puesto a tirar cosas, como un personaje de culebrón venezolano. Ha habido un momento en que he pasado miedo, cuando se ha acercado al armario a coger su escopeta de caza. Pensé que me iba a matar a tiros, o que se iba a matar él, pero ha sido solo un impulso. Ha tirado la escopeta dentro del armario y ha regresado al salón dando gritos, preguntándome si me había vuelto loca.

—¿Esos cortes de la mano tienen que ver con la discusión?

Elvira crispó el gesto ante la nueva mención a su mano. Un pequeño brote de impaciencia. Después miró a Sofía como una niña que se dispone a hacer una travesura.

—Mire, se lo voy a contar. Estos cortes tienen que ver con el cuchillo medieval. Una tontería que hice.

Sofía comprendió de golpe lo que había sucedido.

—Usted vio que la vitrina estaba vacía y pensó que alguien de su familia lo había cogido.

Elvira asintió.

—No había señales de que hubieran forzado la vitrina. Al principio no le di importancia, pero cuando me enteré de que esa era el arma del crimen pensé que mi hija podría... No sé lo que pensé.

—¿Su hija Patricia? ¿Por qué iba a querer matar a Jon?

—No lo sé. Simplemente me pareció que podía ser, y yo quería protegerla. Di un martillazo al cristal para alejar las sospechas de ella. La llave de la vitrina solo la tienen ella y Raimundo. Pero si el cristal aparecía roto, cualquiera podía haber cogido el cuchillo. Esa noche el castillo estaba lleno de gente.

—¿Por qué me cuenta todo esto?

—Es una manera de pedir disculpas. Me sentí un poco tonta cuando Patricia me reveló después que el cuchillo lo había sacado ella de la vitrina para regalárselo al escritor.

—Me alivia saber que los cortes son por esa tontería, y no por la discusión con su marido.

—La discusión con mi marido ha sido muy desagradable, pero no ha llegado a la agresión física.

—Y por lo que me cuenta, su marido ha llamado a Julio para desahogarse.

—Así es. La verdad es que hablan horas y horas de los temas más diversos. Del amor, de la vida en pareja, de la memoria, de la fuerza de la costumbre. Le hablo de lo que yo cazaba cuando pasaba por allí. Por supuesto, yo no era bienvenida en esas conversaciones.

—¿No le contaba luego Raimundo de qué habían hablado?

—Raimundo no me cuenta nada. Yo dejé de ser una persona para él hace mucho tiempo. Me convertí en un adorno, o en algo que le daba un estatus, y finalmente en una presencia molesta.

—Son buenas razones para pedirle el divorcio.

—Se lo pido porque estoy harta de que me mande callar. Y ya no aguanto más esta casa, ni las comidas en silencio, ni la chimenea encendida en verano. Cuando oigo los pasos de mi marido en el camino me entran estremecimientos. Solo porque está volviendo a casa.

Le contó más pesares, otras angustias. Tenía ganas de hablar, ahora que por fin se sentía liberada. Se expresaba con una mezcla de miedo y esperanza, como una mujer renacida.

Sofía le deseó suerte al despedirse de ella.

Cuando estaba entrando en el coche, sonó su móvil. Era Laura. Habían detenido a Berta. La habían llevado a la Brigada. La enfermera había confesado, aunque no el crimen; había confesado que llevaba años traficando con recetas. La noche de San Isidro estuvo en casa del militar retirado, haciendo atención domiciliaria. Por supuesto, podía haber estado en casa del militar y después en el chalé de Jon. Ella decía que no, que después se había ido a su casa. Macarena, su compañera de piso, confirmaba que así fue. Estévez seguía interrogándola, pero Laura estaba chafada. Se había imaginado un desenlace más rápido.

Una bandada de loros pasó volando sobre la cabeza de Sofía. Los chillidos llegaron al otro lado de la línea telefónica.

—¿Dónde estás? —preguntó Laura.

—No te lo imaginas.

—¿Te has ido a la playa y estás dando de comer a las gaviotas?

—No son gaviotas. Son loros. Estoy en el cigarral de los Crory.

Sofía le explicó el impulso que había sentido de ir allí. Laura le contó las novedades sobre Jon, las revelaciones en el despacho de Hermida la tarde de su muerte, las últimas llamadas que hizo.

—Ya que estás allí, podrías ir a ver a Patricia. La última llamada se la hizo a ella. Pregúntale si contestó al teléfono, si dejó Jon un mensaje en el buzón de voz, si le dio algún recado a su padre... Llevo un rato llamando, pero ese castillo no tiene cobertura.

—Laura, te recuerdo que estoy suspendida de empleo y sueldo.

—Y entonces, ¿qué pintas en Toledo con la señora Crory?

Tenía razón. Se había metido de lleno en el caso y ya no había forma de dar marcha atrás. Se dirigió al castillo de Benagües para hablar con Patricia. Antes de tomar el desvío, desde la calle principal del pueblo de Olías, vio el coche de Julio Senovilla aparcado frente a un restaurante. Se preguntó si tenía sentido hablar con el escritor. Podía transmitirle la preocupación de Rosa, pero se sentía ridícula irrumpiendo en la conversación de dos amigos con una embajada como esa. Bajó del coche y espió por una ventana. No tardó en localizar la mesa de Raimundo Crory y Senovilla. Todavía era un poco pronto para cenar y estaban solos en el comedor. Un restaurante de castellano viejo, con vigas de madera oscurecida y lámparas que derramaban una luz rojiza. Los dos amigos estaban tomando vino tinto y una ración de jamón. Conversaban. A Sofía le habría gustado saber de qué hablaban, pero no había modo de irrumpir en ese coto privado que forman dos amigos cuando tienen cosas que contarse. Hablarían del pasado, de formas de vida, de la increíble variedad del ser humano, de costumbres amenazadas o del soplo de los nuevos tiempos. La memoria, que tanto preocupaba al escritor, o la modernidad, que había trastocado el matrimonio de Crory.

Sofía volvió al coche y condujo hasta el castillo de Benagües. Patricia estaba trabajando. Tenía un evento la semana siguiente y había muchos flecos por organizar. Una leve crispación en el gesto le insinuó a Sofía que su visita no era muy oportuna. Estaba concentrada y le molestaba la interrupción.

—Me coges un poco liada. ¿En qué puedo ayudarte?

—Tenemos algunos datos nuevos sobre las últimas llamadas que hizo Jon antes de morir.

—¿No te importa que hablemos mientras andamos?

Tengo que supervisar un montón de cosas y voy fatal de tiempo.

Recorrieron un pasillo muy estrecho, iluminado por bombillas incrustadas en antorchas para crear un ambiente medieval.

—La semana que viene organizo un congreso de numismática, y se alojan aquí doce personas. Tengo que abrir el ala este.

—Creía que ya estaba abierta. ¿No durmió aquí Julio Senovilla?

—Sí, pero era solo un invitado. Los demás estaban en la otra ala.

—El día del congreso de heráldica Jon te llamó por teléfono. ¿Hablaste con él?

—Pero si yo no conocía a Jon.

—Pues te llamó.

—¿Para qué?

—Quería hablar con su padre y pensó que tú le podías dar el recado.

—Si me llamó, yo no vi la llamada. Pero no es raro, aquí hay muy mala cobertura.

—Lo sé. Para llamar al hospital Julio tuvo que subir a lo alto de la torre.

Atravesaron dos salones, cruzaron un patio de piedra y por fin llegaron al ala este. Por una escalera se subía a los dormitorios.

—Yo también subo allí arriba cuando tengo que hacer una llamada importante.

—¿Podrías comprobar el registro de llamadas para ver si te llamó Jon esa noche?

Patricia coronó la escalera, sacó el móvil de su bolsillo y buscó la llamada. El parón le sirvió para tomar aire. La escalera era muy empinada.

—El día quince de mayo, ¿no?

—Sí, a las diez y media de la noche, o así.

—Hay una llamada perdida a las diez y veintidós. Pero no sé de quién.

—¿No llamaste a ese número para ver quién era?

—Nunca lo hago. Es un mecanismo de defensa contra los pesados. Si es algo importante, que dejen mensaje.

Reanudaron el camino. Patricia abría puertas y se asomaba a los dormitorios para asegurarse de que las habitaciones estaban preparadas.

—¿En qué habitación se alojó Julio Senovilla?

—En la que acabamos de estar. ¿Por qué? ¿Es importante?

—Queda muy lejos del resto del castillo. Tenía que andar mucho para reunirse con los demás.

—Lo sé. Pero no estaba previsto que se alojara aquí, y las habitaciones del otro lado estaban todas ocupadas.

—Claro. Lo comprendo. ¿Has tenido algún encuentro más con Nico?

—No le cojo el teléfono.

—¿No te ha dicho nada de mí?

—¿De ti?

—Nos hemos hecho muy amigos últimamente. Yo le detengo, le interrogo y él me parte una costilla.

—¿De verdad te ha pegado?

Sofía trató de ponerse grave.

—Ten cuidado con él, Patricia. No está bien de la cabeza.

—Ya, ya lo sé.

—Debo irme ya.

—¿Sabes salir? Tengo que terminar esto, que me quiero ir a mi casa.

—Solo tengo que desandar el camino.

—Eso es.

Desandar el camino no era tan fácil. Las escaleras las encontró sin problemas, aunque se equivocó al seguir por un pasillo iluminado que conducía a distintos salones, pero no al patio de piedra que separaba las alas del castillo. Retrocedió hasta la escalera, convencida de que ahí estaba el origen de su extravío. Tomó otro camino que tampoco conducía al patio de piedra. Sintió una punzada de vergüenza al imaginarse un encuentro con Patricia minutos después, el ala este ya inspeccionada del todo y Sofía desorientada entre pasillos estrechos, muebles viejos y tapices. Ya solo quedaba comprobar el tercer pasillo que se abría desde la escalera. Sintió un gran alivio al oír sus pasos resonando en el suelo de piedra del patio. Luego lamentó haber disparado la euforia prematuramente, pues una vez rebasado el patio de piedra se volvió a perder. Lo peor es que ahora no había guardado referencias en la cabeza. Tras unos tanteos lamentables, como abrir una puerta que daba a un almacén y aventurarse por un pasillo circular que la terminó dejando en el mismo punto de partida, Sofía intentó serenarse, se dijo que no podía ser tan obtusa y entonces vio la puerta de madera un poco desportillada que habían empujado para acceder al vestíbulo principal. Se metió en el coche deseando que Patricia no estuviera viéndola por una ventana. La humillación fue remitiendo a medida que se alejaba de allí. No le costó convocar un sentimiento de indulgencia. Era muy grande el castillo de Benagües. Era muy fácil perderse por esos pasillos laberínticos.

Le empezó a doler la costilla, y los cuarenta y cinco minutos de viaje que tenía por delante para llegar a Madrid se le presentaron como una eternidad. Pasó a demasiada velocidad por encima de un badén y el bote del coche le descolocó la fractura. En medio de los dolores cayó en la cuenta de que sabía quién había matado a Jon. Una certeza surgida de su caja torácica, como liberada por las costillas al separarse. Le dolía mucho y estaba ansiosa por llegar a Madrid. Sabía quién había matado a Jon, sabía cómo lo había hecho e incluso conocía el porqué. Pero el dolor de las costillas, cada vez más agudo, no dejaba sitio a la euforia. La resolución del caso, desgraciadamente, no tenía propiedades analgésicas.

50

El inspector Estévez abandonó la sala de interrogatorios con aire cansado. La declaración de Berta había llegado a un callejón sin salida. No le había costado mucho arrancarle la confesión de que llevaba unos años traficando con recetas. Fue mucho más complicado poner en claro la relación sentimental que había mantenido con Jon. Una hora de preguntas, de trucos, de presiones, de descansos, de entonaciones persuasivas mezcladas con giros autoritarios hasta que finalmente la enfermera se desmoronó y admitió que había mantenido un romance con Jon y que se había sentido como la mierda cuando él decidió dejarlo. Pero eso era todo. Dos personas se quieren, tienen sexo, uno se cansa y el otro sufre. Estévez quería ver en el despecho el móvil del crimen y ahí topaba con un muro. Berta insistía una y otra vez en que ella no había matado a Jon.

Se sirvió un café de la máquina y salió a la terraza para descansar un poco y pensar en el interrogatorio. Había dado instrucciones de que dejaran a Berta sola unos minutos, rumiando su desventura y sintiendo en sus carnes la incertidumbre. Pensaba apretarla un poco más por si acaso, pero ya no tenía fe en sacar mucho más de su declaración. Curioso cómo funciona el alma humana. Berta había confesado casi con alivio un delito que le iba a traer muchos problemas; y en cambio quería proteger con uñas y dientes el secreto y la dignidad de su desamor.

Estévez llamó al móvil de la subinspectora Lanau. Estaba vigilando la casa de Blas Hermida. No había ningún movimiento sospechoso. Desde la Secretaría de la Facultad de Historia habían mandado un fax con la ficha de María Sánchez, de la promoción del 99. La había llamado por teléfono. María Sánchez nunca había escrito una novela.

—Pero Hermida le mostró a Jon la ficha de esa alumna, nos lo ha contado él mismo.

—A lo mejor se lo ha inventado. Ese hombre es un mentiroso compulsivo.

—No: a Jon le mostró la ficha de María Sánchez. A lo mejor hay más de una. Es un nombre muy común.

—Ya, eso he pensado yo. Después de hablar con María Sánchez he vuelto a la facultad para pedir un listado completo de los alumnos de esa promoción. Pero la Secretaría estaba cerrada, tendremos que esperar a mañana.

—Vale. Llámame con lo que sea.

Estévez dio un trago a su café. Cuando estaba cansado, la cabeza le funcionaba a gran velocidad, pero sin ningún criterio. No distinguía las ideas buenas de las malas, y entonces le parecía que la mujer con la que había hablado Bárbara por teléfono podía ser la asesina. Había escrito una novela, se la habían plagiado y ahora había decidido vengarse. ¿Por qué quince años después? Porque Jon la llamó esa noche para contarle lo que sabía y esa conversación reactivó un odio que llevaba muchos años dormido. Pero no: el registro de llamadas no incluía el número de esa mujer. Jon no la llamó y Estévez se preguntaba otra vez por qué no lo hizo. Una crisis de ansiedad paraliza el entendimiento, eso seguro. Pero Jon se preocupó primero de paliar el ataque y luego de lo que acababa de descubrir. No es agradable saber que tu padre es un farsante. Bien lo sabía Estévez, que había soportado en sus propias carnes las acusaciones más atroces. Nunca les había prestado oídos. Ya podían aullar con toda fiereza los lobos, que él siempre iba a estar del lado de su padre. Y entonces comprendió, en un fogonazo de lucidez, que Jon debió de experimentar la misma inclinación tribal a defender el honor familiar. De pronto le pareció imposible que ese joven creyera las acusaciones de Blas Hermida, un hombre al que además detestaba porque estaba abusando sexualmente de su novia. Jon no pudo sufrir un ataque de ansiedad al oír unas acusaciones que debían de resultarle por lo menos infundadas. El ataque vino después. Vino al ver la ficha de la alumna que se quejaba del plagio.

Estévez apretó el vaso de plástico y lo tiró a una papelera según enfilaba el camino de su despacho. Moura y Caridad cambiaron una mirada al verle pasar por la sala con ese aire tan febril. Entraron en el despacho y Moura preguntó si todo iba bien.

—Ya sé por qué no llamó por teléfono a esa alumna.

—¿Se quedó sin batería? —preguntó Caridad.

—¡Ja! Te tengo por una chica tan seria que cuando dices algo gracioso me coges con la guardia baja. No sé cómo lo haces, Caridad.

—¿Por qué no la llamó? —preguntó Moura.

—¡La conocía! Me cago en mi puta calavera, la conocía. Vio la foto en la ficha y supo quién era. Ahí fue cuando se puso a hiperventilar. Ahí le empezó a dar el ataque, no con las babosas acusaciones del gilipollas de Hermida.

—¿Y quién era? —preguntó Caridad, casi con miedo.

—Eso lo vamos a saber muy pronto. Quiero el currículum académico de todas las mujeres que salen en esta carpeta.

Puso sobre la mesa el dosier del caso.

—Si alguna ha estudiado Historia, me lo decís. Si no es ninguna de estas, mañana sabremos quién es la misteriosa mujer que reconoció Jon en una ficha académica.

Volvieron a la sala y se pusieron a investigar esos datos. Caridad regresó al despacho de Estévez al cabo de unos segundos. Había recibido un mensaje muy extraño.

—Inspector, ha llegado un fax del castillo de Benagües. Lo manda Patricia Crory.

—¿Qué es?

Caridad le tendió un papel.

—¿Qué cojones es esto? —exclamó Estévez al estudiarlo.

Era un plano del castillo. Sus dos plantas, las salidas de emergencia, el sótano y las torres con sus almenas. Y una pequeña leyenda al pie de la hoja: LLAMA A SOFÍA. Estévez marcó el número.

—Luna, ¿qué coño te traes entre manos? Acabo de recibir un plano del castillo de Benagües.

Sofía estaba entrando en su casa. Sujetó el móvil con la oreja y se lanzó al cuenco de la cocina en el que guardaba las medicinas de uso común. Le ardía la costilla y necesitaba tomarse un calmante y un analgésico.

—Estoy suspendida, Estévez, no puedo investigar. Pero le he pedido a Patricia que mande ese plano a la Brigada.

—Perfecto, bien por la chica, es muy aplicada. Tengo el plano en mis manos.

—¿Ves una cruz en una casilla del ala este? Le he pedido a Patricia que la pintara. Allí se alojaba Julio Senovilla la noche de San Isidro.

—¡Al grano, Luna, tenemos novedades, no tengo tiempo para estupideces! —bramó Estévez.

—Para ir al salón de actos, Julio tenía que recorrer un pasillo que se bifurca al llegar a un zaguán con una cabeza de ciervo disecada. Si elige el camino correcto, llega enseguida a las escaleras que bajan al piso principal. Una vez allí tiene que atravesar dos salones, un patio de piedra, una maraña de pasillos, otro vestíbulo y acertar con la puerta que le abre al mundo de la heráldica. Este viejo con síntomas de alzhéimer logró recorrer ese camino sin perderse. Espera...

Aprovechó la pausa para tragar dos pastillas con un vaso de agua.

—Luna, ¿estás ahí? —rugió impaciente la voz de Estévez.

—Sí, ya está. Esa noche va al hospital a ver a su novia. Está en la planta cero. Tiene que empujar una puerta, recorrer veinte metros y fijarse en el letrero que dice HABITACIÓN 14. Eso es todo. Y resulta que se pierde y no es capaz de encontrarla. Yo no me lo creo.

—Según ha contado él mismo, se desorientó.

—¡No! Eso es lo que él pensaba. Lleva meses preocupado por sus despistes y puede que tenga un principio de alzhéimer. Pero esa noche encontró la habitación de su novia a la primera. Lo que pasa es que su novia no estaba.

Estévez se quedó en silencio unos segundos. Sofía continuó desarrollando su teoría.

—Eso fue lo que le hizo pensar que se había equivocado. Entonces se puso a abrir puertas sin ton ni son. Entró en pánico y se marchó.

—Me gusta que sigas con el caso cuando te han apartado.

—Yo no he hecho nada. Solo he pedido que os manden un plano.

—¿Tienes alguna forma de demostrar tu teoría?

—Bueno, he hecho algo más que mandar el plano. Le he pedido a Laura que vaya al hospital a por la historia médica de Rosa. Creo que la mancha de antibiótico de Jon podría coincidir con el que le estaban poniendo a Rosa esa noche.

—¿La subinspectora Manzanedo está en el hospital?

—No sé si habrá llegado todavía.

—¿Y por qué no me lo comunica?

—De momento estamos comprobando una mera hipótesis. Es una locura, pero puede ser. El hospital está muy cerca del chalé de los Senovilla, Rosa podía recorrer a pie la distancia y luego volver sin que nadie notara su ausencia.

Estévez carraspeó.

—Vamos a ver. Sostienes que Rosa se quita la vía, sale del hospital sin ser vista...

—La ventana de su habitación da al jardín. Es solo saltar un murete, no tiene que salir por la puerta principal.

—Bien, se quita la vía y salta el murete. Se carga a Jon y vuelve. ¿Se pone la vía ella misma?

—Laura va a preguntar si se le soltó la vía en algún momento de la noche y llamó a una enfermera para que se la pusiera.

—Vale. ¿Y qué pasa si entra una enfermera en su ausencia? Quedaría delatada.

—Eso es verdad. Pero ella llevaba varios días ingresada y conocía la rutina. Podía saber que hay un intervalo de tranquilidad.

—Aun así, es mucho riesgo.

—Es cierto. Eso demuestra que actuó movida por una necesidad muy apremiante. Se enteró de algo esa noche y se dio cuenta de que tenía que reaccionar de inmediato.

—La llamada —dejó escapar Estévez.

—¿Qué llamada?

—Jon llamó a su padre varias veces. Pero él había perdido el móvil. Se lo pudo haber dejado en la habitación de Rosa.

—Exacto. La visitó por la mañana, antes de irse al congreso de heráldica.

—Jon deja un mensaje en el buzón de voz y ella lo escucha.

—Y algo dice ese mensaje que a ella le preocupa.

—Yo sé lo que dice ese mensaje —contestó Estévez—. Papá, estás durmiendo con el enemigo.

—¿Cómo?

—La mujer a la que su padre plagió una novela hace quince años. Creo que esa mujer es Rosa.

Caridad salió del despacho de Estévez andando a pasos cortos, como una sonámbula. Se acercó a Moura y le dijo que necesitaba meterse en la cama. Por lo visto, su escritor favorito había plagiado la novela de una alumna.

Estévez llamó a Laura. Ella contó que no le querían dar la historia médica de Rosa. Eran datos privados y la obligación del hospital era protegerlos. Tendrían que ir con una orden judicial. Estévez llamó a Fraguas, dispuesto a conseguirla en ese mismo momento, pero el teléfono de Fraguas comunicaba. Cuando por fin pudo hablar con él, se sintió un poco expuesto al desgranar las sospechas hacia Rosa. A Fraguas le parecieron poca cosa, aunque le dio al inspector un voto de confianza. Le mandaría la orden esa misma noche. Estévez tardó mucho rato en acordarse de Berta, que estaba encerrada en la sala de interrogatorios esperando a que continuara la declaración.

Después de hablar con Estévez, Sofía llamó a Laura. Había caído en un detalle que podía ser importante cuando interrogaran a la detenida. Fue Rosa quien encontró el cadáver de Pablo Senovilla. Si el médico no estaba muerto, podía haber sido ella la que le rebanara el pescuezo para quitarse a los dos hijos de en medio. Así sería la única heredera de los derechos de autor millonarios de Julio Senovilla. Siempre y cuando se casara con él.

Cuando colgó, vio que tenía un mensaje de su hijo Dani: «Papá, me gustaría verte». Hacía más de una hora que había recibido el mensaje, pero solo ahora lo veía. Ese mensaje era buena señal. Se puso contenta. Lamentó no haberlo escuchado antes, pero la vorágine de llamadas de la última hora se lo había impedido. Empezó a teclear: «Cuando quieras, hijo». Pero antes de que terminara de escribir el mensaje entero llamaron a la puerta. Pensó que era Dani, que ante la falta de respuesta se presentaba en su casa. Se planteó cambiarse de ropa a toda prisa para recibirle como un hombre, pero no podía dejarle tanto tiempo esperando al otro lado de la puerta. El dolor de las costillas o la euforia de olfatear el desenlace del caso relajaron sus pudores. Abrió vestida de mujer. Era Rosa.

—¿Has visto a Julio? ¿Está bien? ¿Por qué no me has llamado? —dijo desde el umbral.

—Acabo de llegar, iba a llamarte. Tu novio está bien.

Rosa estaba al borde del llanto. Entró en la casa y

Sofía retrocedió por puro instinto. No recordaba haberle prometido noticias sobre el escritor, pero resultaba evidente que ella las esperaba. ¿Cómo se había enterado de su dirección? ¿Se la habría dicho Suni?

—Esto es el final, ¿verdad? —preguntó.

Sofía no sabía a qué se refería. Podía estar hablando de su relación con Senovilla. Pero también del caso policial. En medio del pasillo, abrió los brazos como una niña desvalida.

—¿Quieres tomar algo?

Rosa meneó la cabeza lentamente. Se metió en el salón andando muy despacio y se fijó en los detalles del mobiliario y de las paredes. Parecía una mujer interesada en alquilar el apartamento.

—Me han llamado del hospital. Dicen que la policía quiere mi historia médica.

—¿De verdad te han llamado?

—Una chica de recepción es amiga mía. Bueno, más o menos. Nos hemos ido haciendo amigas.

Sofía la miró unos segundos.

—Rosa, ¿qué estás haciendo aquí?

—¿Para qué queréis ver mi historia médica? ¿Es que sospecháis de mí?

—¿Por qué no nos sentamos y hablamos tranquilamente?

Se sentaron en el sofá. Sofía cogió su móvil.

—Esto tú no lo sabes, pero yo estoy apartada del caso. No puedo investigar. Voy a llamar a la subinspectora Manzanedo para que venga. Puedes hablar con ella.

—No la llames, por favor.

Lo dijo con aire suplicante. Sofía dejó el móvil y tomó aire. Una ráfaga de dolor le recordó que era mejor respirar despacio.

—Rosa, creemos que tú mataste a Jon.

Lo dijo con suavidad, pero con convicción. La mujer se quedó mirando un punto de la alfombra, incapaz de reaccionar. No levantó la mirada para responder.

—Pero si estaba ingresada.

—Creemos que te arrancaste la vía del suero, fuiste andando al chalé, mataste a Jon y luego volviste. Nadie te vio o nadie se fijó en ti. Pero tenías cogida una vía y en la cánula quedaba un resto de antibiótico que se vertió sobre la ropa de Jon. Por eso queremos la historia médica. Para confirmar que la mancha se corresponde con el antibiótico que te estaban poniendo en vena.

Rosa asintió muy despacio, la mirada fija en la alfombra.

—También sabemos quién eres en realidad. Lo hemos comprobado en el Registro de la Facultad de Historia.

Eso no era del todo cierto, pero Rosa emitía señales de fragilidad y se trataba de conseguir una confesión completa.

—¿Y no te parece justo que recupere mi dinero?

—Eso no es asunto mío.

Un brillo animó la mirada de Rosa.

—Puedo decir que me escapé esa noche del hospital y fui al chalé. Y me encontré a Jon muerto.

—Puedes decir eso y muchos trucos más que te enseñará tu abogado.

—De hecho, me lo encontré medio muerto. Dormido y con el cuchillo en el regazo. Lo único que tengo que hacer en mi declaración es cambiar la posición del cuchillo. En lugar de en el regazo estaba clavado en el abdomen. Me inclino para intentar sacar el cuchillo, se vierte el antibiótico, reculo y dejo el cuerpo como estaba, me asusto y vuelvo al hospital. Ya está.

—Perfecto. Puedes decir eso. Un jurado decidirá si te cree o no. Esa es la ley.

—¿La ley? Yo no creo en la ley. Cuando denuncié el plagio, la ley no me ayudó nada. Me obligaron a aceptar dinero para mantener la boca cerrada.

—Y tú aceptaste.

—Me dijo mi abogado que era mejor aceptar. Esa es la mierda de ley que tenemos. Defiende al poderoso y deja al débil desprotegido.

—Ese es un bonito tema de conversación. Yo represento a la autoridad, no me siento libre de opinar.

—¿Tengo alguna opción de salir de esta?

—Colaborar con la justicia, mostrar arrepentimiento, buscar la pena más favorable que puedas.

Rosa se levantó de pronto.

—Necesito un vaso de agua.

Se fue a la cocina. Sofía cogió el teléfono móvil y empezó a escribir un mensaje a Laura.

—Deja el móvil, por favor.

Rosa estaba de nuevo en el salón, con un cuchillo en la mano. Incluso en el pasmo que le produjo esta aparición, Sofía admiró la elección del cuchillo: era el que mejor cortaba de todos los que tenía. Ella lo usaba para picar verdura.

—¿Qué estás haciendo, Rosa?

—Me estoy buscando la vida. Ni más ni menos.

—¿Quieres matarme? No soy yo quien te ha descubierto, somos muchos. Toda la Brigada sabe que has sido tú.

—Me da igual.

—No ganas nada matándome.

—Yo creo que sí.

—¿Qué ganas?

—Ahora mismo estoy en el coche, camino del castillo de Benagües. Le he dicho a Suni que voy en busca de mi novio porque estoy muy preocupada. Si te mato, van a buscar a otra persona, un mismo asesino para los tres muertos. Yo tendré una buena coartada y la mancha de antibiótico se convertirá en la gilipollez que los dos sabemos que es.

Un mismo asesino para los tres muertos, eso dijo. Esa frase contenía la confesión de que había matado o por lo menos rematado a Pablo Senovilla. Pero no era el momento de señalarle el desliz.

Se le ocurrían argumentos para desmontar la locura de plan que Rosa había concebido. Estaba el resto de una uña que a buen seguro se le había desprendido al buscar en el bolsillo de Jon para hacerse con su teléfono móvil. Pero no había tiempo. Rosa avanzó hacia ella. La primera cuchillada la paró con la mano, que llevaba dos años mimando con cremas y masajes para feminizarla lo máximo posible. La segunda cuchillada la recibió en un costado. Sofía agradeció la delicadeza de que no se cebara con su rostro, ahora que había conseguido adelgazar el mentón y suprimir los brotes de vello. No quería ser una mujer con la cara marcada. Sintió un mareo violento y un dolor que recorría el pecho entero. Lo quiso atribuir a la costilla rota y no a la posibilidad de que el cuchillo hubiera penetrado en sus pulmones. Buscó a tientas el cojín que le servía de almohada durante las siestas en el sofá, y con ese escudo precario trató de contener la segunda tanda de cuchilladas. El aire se llenó de las plumas del cojín, y una de ellas le rozó las pestañas con incongruente dulzura. Todo se volvió neblinoso e ilógico. Sofía ignoraba el estado en que había quedado su escudo de plumón, pero lo seguía esgrimiendo ya casi convertida en una niña que pelea con armas invisibles en un juego de chiquillos. Por su cabeza cruzó uno de los argumentos que había encontrado en la urgencia de la amenaza para aplacar el instinto homicida de Rosa. ¿Qué hay del reportaje sobre Virginia Woolf?, le podría haber preguntado, con la insensata esperanza de que ese horizonte le pareciera tan gozoso a la asesina como para que detuviera el ataque y se parase a restablecer sus prioridades. Le hizo gracia recordar esa tontería mientras contenía la nueva andanada, y entonces se dio cuenta de que ya no se estaba defendiendo. Por alguna razón, Rosa también se había detenido.

—¡Suelta el cuchillo o disparo! —oyó entonces.

Pese al gallo que adornó la frase, producto de los nervios del momento, Sofía reconoció la voz de Laura. Encañonaba a Rosa con el gesto firme del que está dispuesto a descargar el arma. No había sonado ningún disparo. Tampoco un patadón había abierto la puerta. Lo más probable era que Laura hubiera entrado en el apartamento con su llave. La demostración de que llevaba siempre la llavecita encima consoló a Sofía de todos los dolores que la tenían empapada en sudor y le estaban provocando una fiebre espantosa. Laura tenía una copia de las llaves de su casa. Salía siempre con ella. No descartaba usarla cualquier día por sorpresa. Meterse en su cama sin hacer ruido y abrazarla. Luego no la había olvidado del todo, por mucho que pusiera mohínes ante el hecho de que ella hubiera cambiado de sexo. Se daba cuenta de que el silogismo estaba lleno de poros. Una cadena lógica de andar por casa, con varias suposiciones como saltos mortales. Pero de todas formas le daba igual. La vida estaba llena de silogismos todavía más aventurados.

51

En su declaración en la Brigada de la Policía Judicial, Rosa insistió en que estaba realmente enamorada de Julio Senovilla. Dijo que se reencontró con él en unas charlas literarias a las que ella acudió como oyente y que le sorprendió mucho comprobar que el escritor no la reconocía. No era tan extraño: con el dinero de la compensación por retirar la denuncia se había sometido a una operación de nariz. Por lo visto, su tamaño la tenía muy acomplejada. Aprovechó la misma cirugía para darle volumen a los labios. No había ninguna intención de disfrazar su aspecto para seducir años después al hombre que le había robado una novela. Todo sucedió por casualidad, tanto el encuentro en las charlas literarias como el hecho improbable de que el escritor se pusiera a flirtear con ella. Ciertamente, las historias de amor se tejen con hechos improbables muchas veces. La prueba más evidente que encontró Rosa de que se había enamorado era que no sentía ningún rencor hacia Julio.

Lo que sí hizo por precaución fue cambiarse el nombre. Ella se llamaba María Rosa Sánchez Soriano. En la

Facultad de Historia, y en su vida, se presentaba como María Sánchez. Para reducir las probabilidades de que Julio la reconociera algún día, pasó a llamarse Rosa Soriano. En cualquier caso, enseguida advirtió que su novio era un hombre muy despistado, y los despistes fueron adquiriendo tintes preocupantes. Resultaba muy difícil que un hombre en la primera fase del alzhéimer se acordara de una de las miles de alumnas que habían pasado por el aula.

Rosa confesó haber matado a Jon, pero quiso desligar su acción de las motivaciones económicas. Según ella, no pretendía matar a los herederos naturales de los derechos de autor para quedarse ella con todo. Esgrimió como prueba el hecho de que había rechazado varias propuestas de matrimonio de Julio Senovilla. Eso era cierto, pero muy bien podría estar evitando ese lance por el miedo de enseñar su nombre completo en los documentos. El temor de verse descubierta podía haberla paralizado, y tal vez su astucia le había sugerido que era mejor esperar a que el alzhéimer progresara un poco antes de dar el paso de casarse. Todo esto eran suposiciones, aunque en el fondo una confesión no es otra cosa que una suposición verbalizada por un sujeto que tiene un montón de intereses ocultos, complejos, temores y preferencias sentimentales. La única verdad es que nadie sabe nada. Según el acta de la confesión, Rosa mató a Jon por proteger su amor. Temía que la revelación de que ella era la pobre muchacha que había padecido el plagio arruinara su vida con Julio. Nunca confesó haber matado a Pablo Senovilla, y no fue juzgada por ese homicidio.

El comisario Arnedo felicitó a su equipo por la resolución del caso y decidió mantener el castigo a la inspectora Luna hasta el día del juicio por las agresiones a Nico. No le gustó enterarse de que Sofía había seguido investigando cuando estaba suspendida de empleo y sueldo. Laura la defendió delante de todo el mundo: dijo que Sofía, simplemente, había respondido a la llamada de una adolescente que tenía miedo y la había tranquilizado en la medida de sus posibilidades. Eso era cierto. La visita al castillo de los Crory tenía una justificación más complicada.

Cinco días después de la detención de Rosa, Sofía recibió la visita de su hijo Dani. Entró con timidez y sonrió con un pelín de sorna al ver a su padre vestido de hombre.

—Poco a poco —se justificó Sofía.

—Has salido mucho en los periódicos —dijo Dani.

—Ya. La policía transexual. Ese es mi nombre.

—Sí. Supongo que tendré que acostumbrarme. ¿Qué tal estás?

—Mira lo que me han hecho —dijo extendiendo una mano.

Tenía varios cortes. Ella recordaba haber recibido solo una cuchillada en la mano, pero seguramente detuvo varias más cuando sostenía el cojín como parapeto.

—Y tengo dos cortes en el costado. Según el médico, he tenido mucha suerte. Son superficiales, no han llegado a ningún órgano ni me han seccionado vasos importantes.

—Lo importante es que has resuelto el caso. Eres famoso.

—Famosa —le corrigió Sofía tratando de ser simpática.

—Eso.

—¿Qué tal estás? ¿Sigues con tu novia?

—Claro. Voy a estar con ella toda la vida.

Sofía sonrió ante la inocencia de su hijo. Pero no sería ella quien le quitara la ilusión por la felicidad amorosa.

—Esa es la actitud, hijo. Tú cuídala y trátala bien.

—Mamá y yo hemos quedado en que voy a vivir solo con ella. ¿No te importa?

Sofía intentó disimular la decepción.

—Eres mayor de edad. Puedes hacer lo que quieras.

—Voy a estar más tranquilo. Por lo menos hasta que me aclare un poco.

—Pero nos veremos algún día, ¿no?

—Claro. Lo que no sé es... Bueno, es una tontería.

—No, dilo. ¿Qué es lo que no sabes?

Dani se armó de valor para decirlo.

—No sé cómo llamarte. No tiene sentido que te siga llamando papá. Pero me parece absurdo llamarte mamá.

—Llámame Sofía.

—Es que no me sale.

—¿Cómo me quieres llamar?

—No sé.

Dani se levantó, nervioso.

—¿Ves? Es que esto es un lío. Me tengo que ir. Pero hablamos otro día, ¿vale?

—Vale. Hablamos cuando tú quieras.

Sofía se levantó y se acercó a la puerta. Se moría de ganas de que Dani se marchara. Pero él no se iba. Se entretenía mirando fotos en el mueble del recibidor, como si quisiera alargar la despedida.

—Esta foto de dónde es.

Se refería a una en la que salía él a los diez años, con sus padres, en un lugar costero.

—Eso es Conil. La puesta de sol que se ve allí es impresionante.

—Es bonita.

Después miraba otras fotos, contemplaba el cuadro de la entrada, se hacía el remolón y Sofía no entendía por qué. De pronto, Dani la miró con un temblor de colegial.

—¿Te puedo pedir un favor?

—¿Qué favor? ¿Necesitas dinero?

—No, no es dinero. Qué mal pensado eres.

Esta vez Sofía no le corrigió el uso del masculino.

—¿Qué es?

—Quiero verte con peluca.

—¿Quieres que me ponga una peluca?

—Nunca te he visto de mujer.

—Espera.

Sofía se apresuró cuanto pudo hasta su dormitorio. Cogió la peluca rubia, la cepilló bien y se la ajustó. Se sujetó por detrás de la oreja un mechoncito que siempre se desprendía. No necesitó volver al recibidor, porque Dani la había seguido hasta el dormitorio.

—¿Qué tal? —preguntó.

Dani se quedó mirándola unos segundos.

—¿Por qué rubia?

—¿Te gusta más morena?

—Te imagino morena.

—Tengo una peluca morena.

Abrió el armario y la sacó. Se la puso.

—Esa me gusta más.

Sofía se miró en el espejo.

—Pues a mí me gusta más la rubia.

—Pues entonces ponte la rubia. Es tu pelo.

Era su pelo. Era su hijo. Con una peluca en cada mano, esperó a que el sentido del ridículo le dejara disfrutar de ese momento de felicidad.

52

Llegó el día de la operación más importante de su vida: la reasignación del sexo femenino. Le iban a hacer una vaginoplastia. Además, un cirujano maxilofacial le iba a limar los ángulos de la barbilla y la mandíbula, rellenar los pómulos con prótesis, actuar sobre los labios, adelantar el nacimiento del cuero cabelludo y hacerle una rinoplastia. Durante varios días iba a tener la cara hinchada y protegida por una venda. Ya le habían advertido de que el postoperatorio era largo y doloroso. El juicio contra Nico no estaba fechado todavía, así que seguía suspendida de empleo y sueldo. El doctor Coll creía que Arnedo la estaba castigando por cambiarse de sexo. Natalia también lo creía. Pero a Sofía le daba igual. Una suspensión larga le permitía concentrarse en la operación y convalecer en su casa sin agobios.

Le había pedido al cirujano plástico que, ya puestos, disimulara las cicatrices de las cuchilladas.

—A ver qué podemos hacer —fue la contestación del médico.

Lo que más le preocupaba era la nariz. Una rinoplastia mal hecha dejaba trazas, o la piel demasiado brillante, o una punta respingona muy poco natural.

Natalia se había pedido el día libre para poder estar con ella.

—Cuando salgas del quirófano vas a ser una mujer de los pies a la cabeza. Piénsalo.

Se lo decía para animarla, porque la veía muy nerviosa. Era verdad que lo estaba. Deseaba verse guapa, le daba mucho miedo no reconocerse en el espejo y no adaptarse al cuerpo femenino. Para tranquilizarse, se decía que en realidad llevaba toda su existencia mirando el mundo con ojos de mujer. El cambio no podía ser tan traumático. Las personas que la querían seguirían queriéndola. Los amigos que empezaron a rehuirla cuando les contó su problema seguirían escondidos. Su padre no le hablaría jamás. Todo seguiría igual. Pero algo le decía que esa presunción era absurda, que al quitarse las vendas empezaría una vida nueva con claves desconocidas que tendría que ir aprendiendo.

Se pasaba al bando de los ganadores. También esa frase era de Natalia. ¿Era verdad? ¿Estaba viviendo la sociedad un cambio de paradigma? El mundo seguía lleno de mujeres que sufrían discriminaciones horribles por el simple hecho de ser mujeres. Un oleaje suave y tenaz erosionaba lentamente la mole. Covadonga Aranzubía había ingresado en la Real Academia de la Historia y eso ya era algo. Adela había denunciado a su marido y las tres mujeres de la familia Bálmez respiraban ahora un aire menos viciado. Gotas en el océano, tal vez. Pequeñas victorias que desmoralizaban a algunos hombres anticuados.

La bajaron al quirófano y Natalia la despidió con un beso en los labios. Desnuda, cubierta por una sábana y muerta de miedo y de frío, recibió la anestesia como una bendición.

—Haz una cuenta atrás, despacito, desde el diez —le dijo el anestesista.

Sofía le hizo caso. Se puso a contar hacia atrás desde el diez. Antes de llegar al cero estaba dormida.

Agradecimientos

El autor quiere expresar su gratitud a las siguientes personas:

A María Soriano (Gádor), que me habló una noche de una policía transexual inglesa. Esta novela existe gracias a aquella conversación.

A Josi, por inspirar el personaje de Sofía Luna.

A Cristina y Pilar, de Transexualia, por ayudarme a entender el viaje alucinante de un sexo al opuesto.

A la inspectora jefa Ana Isabel Fernández García, de la Comisaría General de Policía Científica, y al inspector jefe Máximo Carretero Martín, por instruirme en los procedimientos policiales.

A Rebeca Tabales, primera lectora del manuscrito, por animarme en todas las fases de la escritura.